꿈과 희망

"당신은 지금 행복한가요?"

'행복'이라는 가치 개념이 개인적으로 다르다 하더라도 이 질문에 과연 몇 명이나 자신 있게 "네"라고 말할 수 있을까요? 그중에서 한참 미래를 꿈꿀 우리 학생들은 어떤 표정을 지으며 대답을 할까요? 긍정적인 대답을 하는 사람의 경우라도 그것은 소소한 행복감인 경우가 많을 것입니다. 그러한 개인적인 행복감을 뛰어 넘어 사회가 건강하고 행복하여 모두가 공동체적인 행복감을 느낄 수 있다면 얼마나 좋을까 생각해 봅니다.

이러한 사회가 되기 위해서는 사회 구성원간의 원활한 소통이 먼저 이루어져야 할 것입니다. 하지만, 학교에서 학생들을 가르치다 보면 '나'와의 소통조차도 되지 않는 경우를 많이 볼 수 있습니다. 이런 학생들을 보면서 언젠가부터 그들을 '행복하게 살 수 있는 사람, 우리 사회를 행복하게 할 사람'이 되도록 가르치지 못하고 있다는 생각에 교사로서의 자책감을 짊어지게 되었습니다. 때론 이런 생각을 이상주의적 발상으로 치부하며 마음의 짐을 내려놓기도 했습니다만, 책쓰기 동아리 활동을 하면서 이런 고민의 답을 찾을 수 있었습니다. 2009년 '대구광역시 책쓰기 프로젝트'를 접하고 시작한 책쓰기 동아리 활동은 정규 수업시간에 다룰 수 없었던 내용을 다양한 방법으로 실현시킴으로써 교사와 학생이 함께 소통할 수 있고, 학생 스스로도 자신 안의 벽을 허물고 진정한 자아의 모습을 찾을 수 있도록 했습니다.

책쓰기 활동은 세상에 출간되어 있는 다양한 책만큼이나 다양한 방법으로 이루어질 수 있겠지만, 제일 중요한 것은 그들의 삶을 담고 희망을 일궈낼 수 있는 활동이라 생각하여 이 점에 초점을 두어 활동을 했습니다. 우리 학교 책쓰기 동아리 수업은 진정한 자아의 모습을 찾기 위한 '나'와의 소통 시간 가지기와 내가 진정으로 원하는 삶의 모습 구상하기, 막연하게만 알고 꿈꾸던 직업 세계에 대한 자료 조사 및 전문가와의 인터뷰하기, 사회 속에서의 나의 위치를 인식하고 '나'를 통해 건강하고 행복한 사회 만들기 등의 주제를 통해 학생들이 과제를 수행하고 그 결과를 발표·토론하는 형식으로 이루어졌습니다. 이러한 동아리 활동의 결과물로 2009년도에는 8명의 학생들의 꿈을 담은 자전적 소설인 『소녀 협주곡 18번 – 미래를 위한 약속』을 엮어 출판하였고, 이어 올해는 동아리 2기 학생 13명이 자신의 꿈을 바탕으로 쓴 소설과 기행문을 엮어 『꿈의 토핑 한 조각, 희망 소스 한 방울』을 출판하게 되었습니다.

책쓰기 동아리를 지도하면서 교육 원론적인 질문(– '무엇을 위해서 교육하는지?, 어떤 것을 가르쳐야 할지, 어떻게 교육해야 하는가?' –)에 대해서 다시금 고민하는 시간을 가질 수 있었습니다. 학생들이 자신의 삶을 긍정적으로 보고 행복한 삶을 살 수 있도록 도와주는 것이 그 해답이 되지 않을까 생각해 봅니다. 창의·인성 교육을 강조하면서도 실제적으로는 허울뿐인 제도권 교육의 한계를 동아리 활동을 하면서 조금이나마 극복할 수 있어서 교사로서 행복한 시간을 보낼 수 있었습니다. 문제만 잘 풀어주는 교사의 모습에서 벗어나 어릴 적 교사를 꿈꾸면서 그렸던, 아이들과 소통하는 수업을 실현할 수 있었기 때문이지요. 아이들과 '꿈'을 이야기하며 미래를 담을 수 있는 수업, '나'를 돌아보며 진정 자신이 추구하는 삶의 방향성을 찾아가는 이야기를 나누는 그 모든 순간들이 꽃이었습니다. 처음에 학생들은 자신의 현 위치에선 가당치 않은 꿈이지 않은가하고 감히 그것이 자신의 꿈이라고 말하기를 주저하며 부끄러워했지만, 이젠 자신이 꿈꾸는 것은 이루어질 것이라 믿고 당당하게 말할 수 있게 되었습니다. 지난 일 년간, 자신의 꿈 찾기와 그 꿈을 이루어갈 길 찾기를 점검하면서 우리의 행복감은 점차 커져갔고 이제 아이들은 더욱 밝아진 표정으로 가슴 뛰는 하루하루를 살아가고 있습니다.

학생들의 삶의 태도나 사회에 대한 인식이 이렇게 긍정적으로 변하게 된 계기는 글쓰기 과정이 가장 크게 작용했을 것이라 단언합니다. 학생들은 동아리 활동을 통해 글을 쓰는 동안 자신이 가진 문제를 점검하고 스스로 고민하면서 각자의 문제를 해결하고 또한 마음 깊은 곳에 묻어 둔 자신만의 상처를 꺼내 치유함으로써 새롭게 변하기 시작했습니다. 국어 교사로서 글쓰기의 가치와 중요성에 대해 늘 강조해 왔지만 실제 학생들과 지속적인 글쓰기를 하면서 아이들이 내적으로 성장하고 변화되는 것을 지켜보는 것은 어떠한 가치 개념으로도 설명하기 어려운 감동 그 자체였습니다. 글쓰기가 전문가의 영역에서 벗어나 우리의 삶을 일궈갈 수 있도록 일상 생활화되어야 한다는 점을 이 책쓰기 프로젝트를 하면서 더욱 실감하게 되었습니다. 책쓰기는 삶쓰기이니 어떠한 삶도 모두 책으로 쓸 수 있을 것입니다. 글로써 마음의 이랑을 만들고 씨를 뿌려 꿈의 텃밭을 일궈갈 수 있을 것이라 믿으며 더 많은 사람들이 책쓰기에 관심을 가질 수 있기를 희망합니다.

이 책 속에는 학생들의 과거-현재-미래의 삶이 표현되어 있습니다. 이 책을 쓴 한 학생이 훗날 자신의 아이들에게 엄마가 학창시절 당시 직면했던 문제에 대해 치열하게 고민하고 깨치며 그린 작품이라며 당당하게 자신의 책을 내 보이고 싶다고 한 말이 생각납니다. 책을 엮으며 아이들의 꿈과 희망을 담은 한 줄 한 줄에 애정을 담아 보다 보니, 이 책의 부족함보다는 아이들이 이 글을 써 온 과정과 그 마음이 먼저 와 닿아 그저 대견스럽기만 합니다. 자식 사랑에 눈먼 어미의 마음으로, 이 책을 엮어 자랑스럽게 세상에 펼쳐 보입니다. 문장의 유려함이나 치밀한 구성의 묘미를 느끼기보다는 아이들의 '꿈과 희망'을 읽는다면 여러분들의 마음속에 있는 작은 꿈을 찾을 수 있는 시간이 될 것이라 믿습니다.

이 책이 나오기까지 도움을 주신 많은 분들께 지면을 통해 감사 인사말을 전합니다. 책 표지(꿈의 피자)를 그려준 함은진 학생, 표지 및 목차를 디자인해 주신 서수경 선생님, 학생들의 글을 읽고 멘토가 돼 주신 본교 많은 선생님들께 감사드립니다. 그리고 학생들의 '전문가와의 인터뷰' 요청에 응해 주신 분들께-(꿈과 희망 출판사 김창숙 편집장, 김수진 작곡가, 유승민 국회위원, 매호초 전미영 선생님, 본교 이정남 선생님, 신남희 새벗 도서관장님, 진해 기적의 도서관 이진희 선생님, 계명대 문헌정보학과 김종성 교수님, 대구가톨릭대 김은란 교수님) – 깊은 감사 말씀을 드립니다. 인터뷰에 응해 주신 여러 전문가들 덕택에 우리 학생들에게는 막연하기만 했던 꿈의 세계를 한층 더 현실적이고 구체적으로 다가 설 수 있는 기회가 되었습니다. 또한, 항상 책쓰기 활동을 격려하고 적극적으로 지원해 주신 본교 박재규 교장 선생님과 엄기성 교감 선생님께도 감사드립니다.

저에게 더 없이 큰 기쁨과 희망을 준 동아리 친구들에게 감사하며 그들의 마음에 심은 꿈의 씨앗인 이 책을 소중히 간직하겠습니다. 이젠 두려움 없는 이 아이들이 만들어 갈 우리의 미래를 설레는 마음으로 기다려 봅니다.

2011년 3월
김묘연

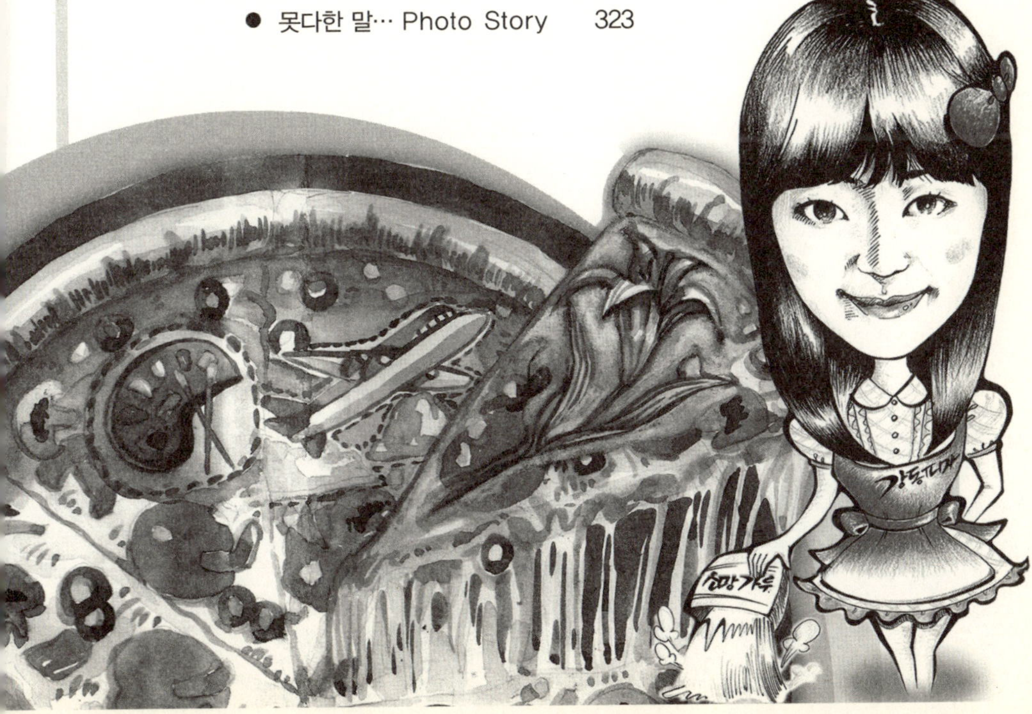

구인득인
(求仁得仁)
이유라

구인득인(求仁得仁)
: 자신이 원하던 것을 얻음

불에 달구어진 쇠붙이도 한여름의 태양에는 비길 게 못 된다. 이제 막 봄을 벗어난 초여름인데 날씨는 요 몇 년 동안의 여름 중 최고로 덥다. 조금이라도 하늘을 향해 고개를 들면 온몸이 태양에 닿아 탈 것 같은 느낌.

더위는 도저히 버틸 게 못 된다며 투덜거리는 이 집 하인, 평 곤이 비 오듯 흐르는 땀을 대충 훔쳐낸 뒤 순식간에 달구어진 마당을 쓸어내며 등목을 상상하고 있다.

"우와 날씨가 미쳤네, 미쳤어."

몇 시간 동안이나 자신의 아버지에게 혼쭐이 나고 그제야 나온 좌의정 대감의 외아들, 이문호는 여전히 정신을 못 차리는 듯하다. 요즘 이문호는 모든 것을 태우려는 듯 내리쬐는 한여름의 태양처럼 쉬지도 않고 주변 사람을 지치게 하고 있다. 원래부터 자유분방하지만 그렇다고 해서 공부도 하지 않고, 자신에게 주어진 일도 뒤로 미룬 채 무작정 노는 사람은 아니었다. 그러나 요즘에 그는 무척이나 게으르다. 한 번도 자신의 아버지, 좌의정 대감에게 실망을 안겨 준 적 없던 자가 어째서 요즘은 이토록 삐뚤어지고 싶어 안달이 난 걸까? 무언가에 뒤틀려도 단단히 뒤틀려 있어 보인다.

평 곤이 마당을 쓸고 있는 동안 그는 대청마루에 앉아 집에 이리저리 뒹구는 짝 없어진 열쇠를 손가락에 끼워 돌리며 계속해서 덥다고 투덜거렸다. 평 곤은 그 투덜거림이 더위와 함께 짜증으로 몰려와 뭐라도 그에게 한소리 해야 하겠다는 생각을 하고 있을 때쯤 그가 갑자기 벌떡 일어나선 덥고 심심해서 안 되겠다며 훌쩍 나가버린다.

"도련님 혼자 가시면 우짭니까!"

평 곤의 외침에 그는, "어머님께는 네가 잘 좀 말씀드려라."라고 말하고는 사라졌다. 곤은 그런 그의 등을 바라보며 귀찮은 얼굴을 지어 보였으나, 한편으로는 그가 어째서인지 조금 작아진 듯한 느낌을 받았다. 그러나 자신으로서는 할 수 있는 게 없다 여기고 한숨을 쉬었다.

평 곤은 마님께 도련님이 학당으로 갔다고 말하고 종일 집에서 일했다. 저녁 때까지 집 안에서만 일하면서도 일편으로 그를 걱정하면서.

1

"이문호, 네 이놈!"

우려가 현실로 다가왔다. 그가 있던 기생집에서 불이 난 것이다. 어쩌다 불이 난 것인지에 대해서는 별말이 없었으나 그가 원인인 것만은 자명했다.

이문호의 모(母)는 믿고 있던 자신의 아들이 기생집에 가 있다는 것을 듣고 무척이나 놀랐으나 겉으로 그 당황함을 드러내 보이지 않으려 자신의 마음을 추슬렀다. 하지만 직접 좌의정 대감과 함께 가서 여기저기로 흩어지는 재와 밤하늘을 환히 밝힐 만큼의 거대한 불을 보고는 그대로 쓰러졌다.

이문호는 더는 형체를 알아볼 수 없는 기생집 앞에서 사람들의 목자(目眥, 시선)를 받으며 대감에게 혼이 났다. 집에 돌아가서까지 훈계를 듣고 결국 그에게 벌이 내려졌다. 그 밑에 있는 평 곤 또한 벌을 같이 받는 것이나 다름없는 상태가 되어버렸다.

"도련님 땜시 이기 뭔 꼴입니꺼?"

"내가 뭘 어쨌다는 것이냐."

다음날, 평 곤은 이문호의 당당한 태도에 화가 나 하나하나 따졌다. 그러자 그는 알았다고, 미안하다고 건성으로 사과하고는 더는 곤의 말을 듣기 싫다는 듯 빠르게 걸어갔다. 곤은 그를 향해 원망스런 눈초리를 보냈으나 엎질러진 물, 더는 어찌할 수도 없고 조용히 투덜거리며 그를 쫓아갔다.

그리고 당도한 곳. 이문호가 벌을 받을 장소, 맑은 하늘이 그대로 내려다보이는 넓디 넓은 논. 이곳이 벌 받을 장소라는 것을 깨우치자마자 문호와 곤의 얼굴은 하늘처럼 파랗게 물들어갔다.

그때 의식하지 못한 곳에서 걸걸한 남자의 목소리가 들려왔다.

"어! 혹시 이 대감님 댁 자제분이십니까?"

소리가 난 곳으로 고개를 돌리니 까무잡잡한 얼굴에, 우락부락한 몸을 가진 덩치 큰 남자가 덩치와는 다른 선한 미소를 지으며 문호와 곤을 향해 다가오고 있었다. 그들은 처음 그의 커다란 덩치를 보고 겁이 나 살짝 뒤로 주춤하다가 점점 가까이 다가오면 올수록 보이는 그의 장난기 있는 그러나 기분 좋게 휘어지는 눈웃음에 조금 경계를 풀고 그를 바라보았다.

잠시 후, 일이 시작되자마자 그는 선한 얼굴과 호탕한 성격과는 다르게 무섭고 강압적이게 그들을 몰아붙였다. 쉬고 일을 하는 법은 절대 없었다. 오자마자 모내기에 들어가니 그의 본색이 드러났다.

"1촌(=약 3cm) 깊이로 심으라니까 모춤이 왜 자꾸 그렇게 깊게 들어가!"

모내기를 시작하자마자 문호는 그에게 된통 혼이 나고 있었다. 아까 전 서로 한 소개 덕분에 그의 이름이 장호복이라는 것과 나이는 35살에 결혼도 못한 노총각이라는 것, 그리고 이 넓은 토지를 소유하고서도 옷차림은 가난한 평민 차림새를 한 평범한 인물이 아니라는 것이었다. 겉으로 뿜어져 나오는 아우라며, 아무도 감히 덤빌 수 없을 것 같은 만만치 않은 성격 하며 딱 보아도 숨어 사는 위인(偉人, 뛰어나고 훌륭한 사람)이었다.

일을 다 끝마치자마자 문호와 곤은 드디어 쉴 수 있겠구나 하는 생각에 장호복의 뒤를 따라 빠르게 걸어갔다. 장호복의 뒤를 따라 그의 집에 도착하니 금방이라도 무너질 듯한 초가집이 보였다. 곤은 허름한 집은 둘째 치고 너무 피곤해서 얼른 짐을 풀고 씻어야겠다고 생각해 장호복에게 어디서 자야 하는지 물었더니 그는 아무 생각 없이 곤과 문호가 들고 있던 짐을 한 방 안에다가 던져놓고 이제부터 여기서 생활하라고 대충대충 말하고는 미련 없이 등을 돌렸다.

곤은 그의 행동에 경악했다. 좌의정 대감 댁 아들, 이문호와 그의 하인이 같은 방을 쓴다니? 상상조차 할 수 없는 어마어마한 일이었다. 곤은 너무 황당해서 뻔뻔한 장호복의 등에 대고 아무런 말도 하지 못했다.

곤이 얼마나 사랑방 앞에서 멍하니 서 있었을까? 들어오라는 문호의 목소리가 들리자마자 정신을 차리고 들어가 보니 그는 이미 짐을 다 푼 상태였고 곤의 짐까지 풀어주고 있었다. 곤은 그런 그를 제지한 후 짐을 풀면서 어색한 분위기도 그렇고 요즘 그의 이상한 행동에 대해 궁금해져 질문을 꺼냈다.

"도련님, 요시 고민 있으십니꺼?"

평 곤의 말에 이문호의 얼굴이 굳어갔고, 그런 그의 얼굴에 그림자까지 드리워져 분위기는 점점 더 싸해졌다.

분명히 무슨 힘든 일이 있으신 게 틀림없다고 곤은 그렇게 생각하면서도 한편으로는 자신의 도련님이 말하지 않으시는 데는 이유가 있을 터인데 괜히 나선 것은 아닌가 하는 생각도 들었다. 결국, 그의 어두운 표정 때문에 곤은 더는 어떤 질문도 할 수 없었고 이 우울한 기분이 칠흑 같은 밤으로 실려 내려갔으면 하고 바랐다.

2

곤은 밤새 잠을 제대로 자지 못했다. 어제의 굳어 있던 도련님의 얼굴 때문에 뒤척인 것이다. 결국 피곤한 얼굴로 일어나 자신의 도련님부터 깨우려 옆을 바라보았다. 그러나 그는 보이지 않았다.

자신보다 먼저 일어나서 씻고 있는 건가 생각되어 나와 보았지만, 장호복만이 우물에서 물을 퍼 얼굴을 씻고 있었다. 그는 도망간 것이다.

그가 도망을 갔다는 사실에 장호복은 불같이 화를 냈다. 이 대감이 직접 장호복에게 문호를 맡기어 버릇을 단단히 들여놓으라고 부탁했는데 그 부탁을 하루

만에 어긴 사람이 된 것이다. 곤은 도련님이 도망갔다는 사실을 처음에는 인정할 수 없어 어리둥절해 하다가 일할 시간이 다 되어 가는데도 보이지 않자 그제야 나오는 당황함을 감출 수 없었다.

이문호는 종일 나타나지 않았다. 장호복 혼자 그를 찾아오겠다며 쏜살같이 나갔으나 허탕만 치고 돌아왔고 결국 잠자리에 들 시간까지 그는 감감무소식이었다. 곤은 자신의 도련님을 걱정했지만, 한편으로 오늘 도망친 그의 행동에 아직도 화가 나 나오는 분노를 잠재우려 원래 자려는 시간보다 더 일찍 자자며 눈을 감았다. 그런데 감은 지 얼마 되지도 않았는데 갑자기 문이 덜그럭거리는 소리가 나더니 누군가가 들어왔다. 곤이 콩알만 해진 가슴을 쥐며 실눈을 뜨고 바라보니 자신의 도련님, 이문호였다.

"도련님! 왜 이제 오시는 깁니까!"

문호는 놀라서 소리치는 곤을 향해 '쉿!' 이라고 말하며 조심스레 갓을 벗고 곤이 혹시나 문호가 올지도 모른다고 생각되어 펴둔 이부자리 위에 누웠다.

"도련님, 어딜 그렇게 댕기시는 겁니까. 저는 도련님 때문에 참말로 가슴이 벌렁벌렁 거려서 못 살겠심더!"

"……."

곤의 외침에도 그는 아무런 말을 하지 않는다. 곤이 황당해서 상체를 일으켜 옆에 그를 바라보니 그는 이미 꿈나라다. 곤은 아무렇지도 않게 자는 그를 보다가 깊은 한숨을 내쉬고 자신 역시 눈을 감고 잠을 청했다. '오늘은 무슨 일이 있으셨음이 틀림없다.', '내일은 일하시겠지. 또 도망가시겠어?' 라고 그렇게 생각하며 불안한 마음을 애써 쓸어내리고 잠을 청했다.

그러나 곤의 그런 희망은 일어나자마자 부서졌다.

그가 바로 다음날 다시 도망을 쳤을 때 곤은 또다시 희망을 걸었다. '금방 소사(所事, 볼일)를 끝내시고 돌아오시겠지. 조금 있으면 정신 차리실 거야.' 며칠 동안 그 말로 끓어오르는 분노를 잠재우고, 이문호에 대해 느끼는 실망감을 잊으려 노력했다. 그러나 점점 더 곤에게 차오르는 화는 잠재우면 잠재울수록 거세게 불타올랐다.

　장호복 역시 이문호 덕분에 하루라도 화를 안 내는 일이 없었다. 호복은 그가 사라질 때마다 집에 있는 물건을 하나씩 부러트리기 시작했다. 그를 말릴 이는 아무도 없었다.

　계속 도망치는 그를 사흘 만에 잡았을 때 호복은 통쾌함과 동시에 올라오는 짜증을 풀려 그를 있는 대로 훈계했다. 그러나 그는 작심삼일로써 반성하는 척하며 다시 도망쳤다.

　결국, 호복과 곤은 일을 다 끝내고 술시(戌時, 오후 7시부터 9시까지)쯤 호복의 방에 모여 이문호를 어떻게 해야 할 것인지 의논하기에 이르렀다.

　“곤아, 네 도련님 좀 어떻게 해봐라.”

　“지보고 카지 마이소. 지도 얼마나 답답한데예.”

　“그럼 얼른 방법을 강구해 보잔 말이다.”

　“지 같은 촌한(村漢, 촌놈)이 뭘 알겠습니꺼.”

　“만날 ‘-꺼 -꺼’ 거리지만 마! 그렇게 따지면 나도 한낱 농민일 뿐이란 말이다! 이렇게 머리 쓰는 일은 하고 싶지 않았는데 네 도련님이란 작자가 힘에도 굴복하지 않으니까 내 이러는 거 아니냐!”

　“아. 알겠심더. 소리 좀 고만 지르소. 거 소리가 그래 커서야 어디 목구멍이 남아나겠수?”

　곤의 말에 호복은 다시 한 마디 뱉으려다 무의미한 말싸움이 될 것이란 걸 깨닫고 긴 한숨을 쉰 후 조용히 말을 하기 시작했다.

　“알았다, 알았어. 이렇게 작게 말하면 되는 거냐?”

　“예. 딱 듣기 좋네예.”

　“그럼 다시 같이 생각해 보자.”

　그들은 거의 밤을 새우면서까지 이문호의 성질머리를 고칠 방법을 생각해내려 머리를 싸맸다.

　한참 후에서야 곤은 무슨 방도가 생각난 것인지 자신의 허벅지를 탁 치고 반짝이는 눈으로 호복을 바라보았다. 그리고 누가 들을세라 조용히, 순식간에 계획을 말하고는 둘 다 씩 웃어 보였다. 아주 수상하고 음흉한 웃음이었다.

3

다음 날 저녁, 호복과 곤은 그가 오기만을 학수고대하고 있었다. 곤은 대청마루에 앉아서, 호복은 문 밖에서 그가 언제 오나 하며 고개를 내밀고 기다리고 있었다.

그때, 저 멀리서 술을 먹었는지 비틀거리며 이쪽을 향해 오는 인형(人形, 사람의 형상)이 보였다. 저 형체는 분명히 이문호다. 호복은 온몸을 이용해 호들갑을 떨며 곤에게 그가 온다는 표시로 문 밖에서 손가락질해댔다. 곤은 그를 향해 알았으니 얼른 오라며 손짓했고 호복은 긴장한 탓에 쿵쾅쿵쾅 뛰어대는 심장을 가라앉히지 못하고 문호가 얼른 문을 열고 들어오기를 기다렸다.

문호가 문을 열고 들어왔으나 술을 좀 먹었는지 몸을 제대로 가누지 못하고 있었다. 그러나 둘은 그것에 대해 개의치 않아 했다.

"아이고! 이제 오십니까, 이문호 도련님!"

호복의 우렁찬 소리에 문호가 고개를 들어 몽롱한 눈으로 자신의 앞에 앉아 있는 곤과 그 옆에 일어서 있는 호복을 바라보았다. 그리고는 멍청한 웃음을 띠며 말했다.

"예. 반갑습니다, 호복 형님. 오랜만입니다."

호복은 문호의 말에 목까지 차오르는 화를 겨우겨우 참아내고 다시 일부러 기분 좋은 척하며 그에게 말을 걸었다.

"정말 오랜만이다, 그려. 그나저나 우리 도련님은 뭐가 그렇게 당당한 건지 모르겠네? 일도 안 하고, 반성도 안 하면서 술까지 먹고 와?"

"아, 형님. 그건요. 제가 요즘 너무 힘들어서 말입죠. 오늘은 또 제 동무가 그걸 알고 '술을 사주겠다.' 해서 거절할 수 없었습니다."

"흠, 그랬나? 그런데 이걸 어쩌나. 지금 자네가 아끼는 하인의 발이 이 모양이 됐는데 말일세."

문호는 그 말이 무슨 말인가 하여 게슴츠레 뜬 눈으로 곤의 발을 살폈다. 그리고 그의 한쪽 발목이 얇은 천에 감겨 있다는 걸 알고는 화들짝 놀라며 곤에게 다가가 물었다.

이미 그는 술에서 완전히 깬 듯했다.

"곤아, 이게 어찌 된 영문이더냐?"

곤은 그의 행동에 놀라면서도 그 속내를 얼굴에 나타내지 않았다. 일부러 퉁명스럽게 말했다.

"지 꼴이 왜 이렇겠습니꺼? 도련님이 지한테 떠맡기신 일을 하느라 이 꼴이 됐지예. 다 도련님 덕분이라예."

비꼬는 말이 역력했다. 곤의 말에 문호는 정말로 미안해 하는 얼굴을 하며 한참 동안 가만히 서 있다가 입을 열었다.

"그래, 미안하다. 내가 내 생각만 했구나. 너무 진량(津梁, '동분서주' 너무 돌아다녔다는 뜻)했어. 내일부터는 농사하마."

라고 말하고는 다시 한 번 더 곤의 발목을 보다가 '괜찮으냐?' 라고 물었다. 곤이 그 말에 '안 괜찮습니더!' 라고 말하자 그는 씁쓸한 얼굴을 하고 조용히 방에 들어갔다. 그 모습에 곤은 괜히 미안해져 오는 것이 너무 심하게 한 것은 아닌가 하는 생각이 들었다.

곤은 문호가 들어간 방의 창호지 문을 바라보다 호복을 보았다. 그는 자신과는 다르게 통쾌한 얼굴을 하고 있었다. 호복을 향해 너무 심하지 않았냐라고 물으니 그는 어리둥절해 하다가 말도 안 된다며 손사래를 쳤다.

"무슨 그런 말을! 반성해야 할 자는 네 도련님이야! 그가 이제까지 도망만 치고 일하지 않았으니 그것은 무조건 잘못한 것이고 하는 것이 당연하지. 쓸데없는 걱정 하지 말고 너도 얼른 들어가서 자라. 그리고 너 연기 잘해야 한다."

그렇게 말하며 먼저 방으로 들어가는 호복을 보고 곤은 하늘로 고개를 돌렸다. 셀 수 없을 정도로 무한한 별들이 반짝여서 아름다웠지만 곤은 그 별을 보며 마냥 감상에 젖어 있을 수 없었다. 도련님에게 드는 왠지 모를 죄책감 때문에……

<h1 style="text-align:center">4</h1>

곤은 처음 도련님의 이상 행동을 눈치챘을 때 그한테 뭔가가 있다는 것을 어렴풋이 느끼고 있었지만, 그 망상이 그리 오래가지는 않으리라고 생각했고 그의 이상한 행동 또한 별것 아니라 여겼다. 그러나 그의 행동은 날이 가면 갈수록 그를 보는 주변 사람들을 불안하게 만들었고 그 자신 또한 위태롭게 만들었다.

점점 더 힘들어하는 도련님의 모습을 보며 곤은 그를 조금이라도 돕고 싶었다. 하지만 그가 어떤 생각을 하는지, 뭣 때문에 힘겨워하는지 곤은 알 수 없었다. 알 수 없어서 더욱더 답답하고 짜증이 났다.

문호는 곤이 다쳤다는 사실(?)을 알게 된 후부터 농사하기 시작했다. 며칠 동안 도망만 다녀 알지 못했던 농사일에 관한 지식을 호복을 통해 하루 만에 습득했고 습득 후에는 뼈 빠지게 고생을 했다.

호복은 빠릿빠릿하게 행동하는 문호 덕분에 아주 흡족해 했고 그에게서 생겨났던 분노는 순식간에 공기처럼 흩어졌다.

곤은 다친 척 연기하기 위해 농사일을 하지 않았고 그저 그들이 하는 일을 구경만 했다, 아니 ‘그들’이 아닌 ‘이문호’를 ‘관찰’했다. 문호는 열심히 일하고 있었지만, 그의 어깨는 할 일이 없는 사람처럼 축 늘어져 있었고 눈은 공허했다. 아무것도 담겨 있지 않은 눈은 그저 일만 열심히 하는, 움직이는 허수아비 같았다.

자신은 자신의 도련님에 대해 얼마나 알고 있었던 걸까? 겉으로 보이는 그가 너무나도 완벽하다고 느껴서 그 밑에 있는 자신이 괜히 우월감에 젖어 그를 자세히 바라보지 못한 것은 아닐까? 이때까지 자신은 그를 걱정하는 척하면서 외면하고 있었던 건 아닐까? 그래, 쉬운 문제라 여겼고, 금방 끝날 거라 여겼고 나 같은 미천한 사람은 끼지 않아도 잘 풀릴 것으로 생각했다. 그 고정된 상념이 자신을 여기서 멈추게 한 것이다.

이제부터라도 도련님에 대해 더 알아보자. 그의 고민을 풀어줄 수 없다면 들어주기라도 하고 싶다.

"도련님."

그가 꿈속으로 빠져들기 전 곤은 얼른 입을 열었다. 문호는 단조로운 목소리로 대답하고는 그대로 눈을 감았다. 그의 목소리는 살짝 가라앉아 있었다. 그건 밤이라서가 아닌 그의 마음이 점점 어두워지고 착잡해지고 있어서라고 곤은 문득 그리 생각했다.

"고민은 혼자 안고 있으면 죽도 밥도 안 됩니더."

"…… 내 번민(煩悶)은 그리 간단하게 넘길 수 있는 문제가 아니다. 아무리 날 믿어주는 이라고 하여도 내 번민을 듣는다면 무조건 날 설득하려고 달려들 것이야. 난 설득 받고 싶지는 않구나. 또한, 이리저리 휘둘리고 싶지도 않아."

"감히 제가 도련님에게 이래라저래라 할 수 있는 처지가 된답니까? 염려 마시라예. 저는 오직 듣기만 하겠심더."

문호는 곤의 말에 갈등을 느끼는 건지 침묵을 유지하는가 싶더니 한참 만에야 입을 뗐다.

"나의 길은 누가 정하는 것이냐."

긴장하고 있던 곤은 그에게서 나온 말이 자신으로 돌아오는 질문임을 알아차리고는 한숨을 내쉬었다. 긴장했던 몸에 힘이 스르르 풀려나갔다. 그러나 곧바로 얼떨떨한 마음을 추스르고 그의 질문에 대해 생각해 보았다.

"글씨요. 그게 누구한테 정하라고 한다 해도 마음대로 되는 것도 아이고 제가 해야겠죠."

"…… 혼자 힘으로도 안 된다면?"

"그른 게 어딨습니까? 지가 해야지예. 그거는 안 되는 게 아니라 못하는 거지예."

곤의 당찬 말이 끝나자 그는 아무런 말도 하지 않았다. 혹시나 잘못 말한 것은 아닐까 하며 곤은 괜스레 조마조마해지는 마음을 진정시키고 '주무십니까?'라고 물었다. 반대편에서는 어떤 대답도 들려오지 않았고 곤은 그렇게 불안에 떨며 날밤을 새웠다.

다음날, 그는 아무렇지도 않게 일을 하기 시작했다. 자신의 벌을 제대로 수행하기로 한 듯했다.

그런데 그날의 밤으로부터 문호에게는 조금 이상한 점이 생겼다. 일을 끝마치고 나면 몰래 어딘가로 나가는 것이다. 곤과 호복은 어느 정도 눈치를 채고 있었지만 일을 열심히 하는 사람에게 뭐하는 거냐고 닦달하는 것도 언짢은 일이라 암묵적으로 무시해 주고 있었고, 문호는 그들이 무시해 주고 있다는 걸 알면서도 집을 나가서 늦은 밤에 돌아오곤 했다. 그는 자신의 번민을 풀기 위해 무언가를 찾으러 다니는 것처럼 보였다.

열나흘 정도가 지났을까? 곤은 구경만 하고 호복과 문호는 일만 하는 똑같은 일상이 오늘은 조금 달랐다. 그 이유는 바로 이 대감의 방문이었다. 대감은 오자마자 호복과 인사를 한 후 곤에게 안부를 묻고 문호를 데리고 그의 방으로 들어갔다.

안에서 말소리가 들리기는 했으나 그저 옹알옹알 거리는 소리로밖에 들리지 않았다. 곤은 안에서 하는 이야기를 좀 더 상세히 듣고 싶어 창호지에 귀를 갔다 댔다. 그러자 아주 미약하게나마 그들이 하는 대화 소리가 들리기 시작했다.

"그래, 열심히 하는 것 같구나."

대감은 자신의 아들을 자랑스럽게 바라보고 있었으나 문호는 곤란함에 어쩔 줄 몰라 하고 있었다.

대감은 그가 이상하다는 것을 어렴풋이 알아차렸다. 그는 아주 조심스럽게 문호를 향해 물었다. 문호는 당황했는지 잔뜩 긴장해 굳은 몸을 곧게 펴고 대답했다.

"문호야."

"네, 네. 아버지."

"내가 지금 무슨 생각을 하는지 아느냐."

"제가 그 기수(幾數, 낌새)를 어찌 알겠습니까."

"몰라듣는(옛말로, 듣고도 모른다는 뜻) 척 말아라. 내가 지금 네게 내 생각을 물어보는 것은 허투루 말하는 것이 아님을 너는 느끼고 있을 테지. 나는 네가 걱정이다. 네가 네 몸을 그리 살피지 못하고 간과하고 있으니 아비로서 그 모습을 보고 어찌 그냥 묵과할 수 있겠느냐.”

“아버지, 염려치 마십쇼. 이미 혼사 치를 나이가 된 제가 아버지께 폐를 끼쳐서야 하겠습니까?”

그 말에 대감은 애처로운 눈빛으로 그를 바라보기만 했다. 문호는 고개를 계속해서 숙인 채 안절부절못하며 대감과 눈을 마주치려 하지 않았고 대감은 그런 아들이 고개를 들어주길 바라며 안타깝게 바라보고 있었다.

그렇게 한참 동안 계속 서로 같은 자세로만 있다가 대감이 먼저 입을 열었다.

“네가 힘들어하는 일이 무엇인지 가늠할 수 없지마는 너에게 이 한 마디는 해주고 싶구나. 절대 망양보뢰(亡羊補牢, 양 잃고 우리를 고친다는 뜻으로, 이미 일을 그르친 뒤에는 뉘우쳐도 소용이 없음을 뜻한다.)하지 말거라. 절대 네 그 고민이 후회로 변하는 일은 없어야 할 것이야. 사람은 누구나 힘들어하니 네가 겪고 있는 지금의 일도 당연하다. 하지만, 이 일이 너한테 후회로 남겨질 시에 그 슬픔은 나조차도 헤아릴 수 없을 게야.”

대감의 말에 문호의 눈빛이 아주 잠깐 놀람과 깨달음으로 반짝였다. 그러나 고개를 숙이고 있어 대감은 그것을 알아차리지 못했다.

대감은 자신의 말이 끝나도 자신의 아들에게서 아무런 말이 들려오질 않자 쓸쓸한 미소를 지으며 일어났다. 그는 자신이 일어나자마자 똑같이 일어나는 문호를 향해 따라나오지 않아도 된다고 말하곤 문을 열었다.

곤은 문이 열리려는 소리가 들리자마자 재빠르게 문에서 물러섰다. 대감이 나오자마자 그를 향해 어색한 미소를 지어 보이면서도 방 안을 조심스레 곁눈질하며 문호의 등을 바라보고 있었다.

곤의 그런 모습을 대감은 흐뭇하게 바라보며 말했다.

“곤아.”

“네, 네! 대감마님!”

“네가 고생이 많다는 걸 알고 있다. 너에게 언제나 감사한 마음을 갖고 있어.”

"아, 아뇨! 과찬이십니더!"

"네가 문호를 잘 좀 봐 주거라. 내 아들이지만 어디 불안해서 혼자 내버려둘 수 있어야지 말이다. 내 너를 믿겠다."

대감은 곤에게 그리 말하고 뒤에 서 있던 장호복에게 고맙다고 한 뒤 평교자(平轎子, 조선 시대에, 종일품 이상 및 기로소(耆老所)의 당상관이 타던 가마)를 타고 사라졌다. 그러나 대감이 사라지고 나서도 문호는 방에서 나오지 않았다.

호복은 방에서 나와 일하지 않는 그를 혼내지 않았다. 오랜만에 아버지를 봤으니 감정이 북받쳐 올랐겠지라고 생각하고 '오늘 하루만 봐준다.' 말하며 다시 혼자서 일을 하러 논에 나갔다.

곤은 다친 척하는 상태였기에 호복을 따라서 일을 하러 갈 수 없었고 그렇다고 해서 마음이 복잡해 보이는 문호한테 다가갈 수도 없었다. 그저 조심스레 문을 닫고 문호가 혼자 생각할 수 있는 시간을 주는 것이 자신이 할 수 있는 최대의 일이라 여겼다. 곤은 문을 닫은 뒤 바로 앞, 마루에 앉았다. 자신의 도련님처럼 괜스레 심란해져 오는 마음을 잊어보려 어젯밤과는 사뭇 다른 파란 하늘을 올려다보고 말했다.

"와, 날씨 참말로 조태이."

그때, 방문이 열리고 문호의 목소리가 들려왔다.

"곧 입추(立秋, 24절기의 하나. 이때부터 가을이 시작된다고 함)니까."

"어? 도련님, 이제 괜찮으십니꺼?"

"안 괜찮을 건 또 뭐 있겠느냐?"

이문호의 얼굴은 무언가를 결심한 듯 결연함으로 차 있었고 눈빛 또한 형형했다.

곤은 밝아진 문호의 얼굴을 보고 속으로 다행이라 여겼다. 그는 마루에서 벌떡 일어나 '도련님! 힘내시소! 힘든 일에 풀죽어 있으면 도련님 잘생긴 얼굴이 망가진다 아입니꺼!' 라고 말하고 최대한 밝게 웃었다.

문호는 그런 그를 흐뭇하게 미소지으며 바라보다가 갑자기 미소를 그치고 무표정이 되어 그를 주시했다. 곤은 갑작스레 표정이 변한 그 때문에 당황해서 물었다.

"도, 도련님. 왜 그카십니까? 지가 뭐 죄짓습니꺼?"

"곤이 너……. 오른쪽 발목 괜찮은 게냐?"

그의 굳어버린 얼굴에서 나온 화난 목소리에 곤의 몸은 얼어버렸다. 그리고 곤은 속으로 생각했다. 이제 죽었구나 하고.

5

"서두르지 못하겠느냐!"

"예, 예! 알겠심더!"

"문호야, 너무 그러지 마라. 그게 다 너를 위해서 그런 거였는데……."

"형님이 지금 그렇게 변명해 줄 위치가 되십니까? 형님도 얼른 하십시오!"

결국, 곤과 호복은 자신들이 거짓말했다는 것을 문호에게 들키고 혼쭐이 나는 중이다. 언제까지 문호가 그들을 괴롭힐지는 모르겠으나 지금 상황을 보아하니 오래갈 것이 틀림없다.

곤은 자신의 처지에 대해 한탄하면서도 즐거운 얼굴이다. 그 이유는 아마도 자신의 도련님, 문호 때문일 터. 요새 문호의 얼굴은 왠지 모르게 펴져 있다. 어깨에도 단단히 힘이 들어가 있고 목소리도 우렁차다. 다시 기운을 되찾은 문호 덕에 곤은 그에게 혼이 나면서도 미소는 함빡 미소다.

해가 서산으로 넘어가려는 것이 보이자 그렇게 빠듯하게 일하던 그들이 일을 멈췄다. 문호는 얼굴에 흐르는 땀을 대충 훑어내고 흡족한 얼굴을 해 보였다. 낡아서 무너지기 일보 직전인 초가집으로 돌아가 부엌에서 목욕하고 나오니 곤이 마루에 대 자로 누워 땀을 식히고 있었다.

문호는 그 모습을 보고 조용히 그 옆에 가 앉았다.

"응? 어이쿠! 도련님, 벌써 다 씻으셨습니꺼?"

옆에 사람 기척이 나 눈을 뜨니 자신의 도련님이라는 것을 안 곤은 당황하여 벌떡 일어났다.

문호는 그런 곤의 행동에 신경 쓰지 않고 말했다.

"곤아."

그의 부드러우면서도 떨리는 목소리에 곤은 자신도 모르게 긴장을 해 상체를 곧추세우고 허벅지 위에 두 손을 가지런히 올린 뒤 대답했다.

문호는 곤의 행동에 봄바람 같은 미소를 띠며 말했다.

"내가 그동안 누태(陋態)를 좀 부렸지 않느냐."

"예. 좀 넘세스러웠습니다."

곤의 직설적인 말에 문호는 웃음을 터트리고 계속 말을 이어 나갔다.

"이제는 그러지 않기로 했다. 내가 이토록 고민했던 일에 대해서 아버님도, 너도 별것 아닌 듯이 말하니 정말 그렇게 느껴지더구나."

"…… 소인은 미천해서 뭔 소린지 도통 알아먹질 못하겠습니더."

"미천하다니. 그런 소리는 하지도 마라. 네가 내 번민을 거의 씻어 준 거나 다름없으니까."

곤은 영문을 모르겠다는 얼굴로 고개를 갸우뚱했다. 문호는 장난스럽게 미소지어 보였다.

"내가 누구인지 나는 한 번도 돌아보지를 못했단다. 어느샌가 그 생각을 했을 즈음엔 난 이미 늦은 건 아닌가 하고 허탈해 했지. 나 자신이 안쓰럽고 처량했다. 내가 가야 할 길은 오직 관직에 오르는 그 하나뿐인가 하고 생각하다 보니 여기까지 온 것 같구나. 모든 환경이 날 가로막고 있다고 느꼈어. 하지만, 가만 생각해 보면 그리 어렵지도 않은 일이야. 내가 선택한다면 그걸로 이미 반은 성공했다고, 네 덕분에 그렇게 여길 수 있었다. 내가 뭘 잘하는지, 뭘 좋아하는지 아직은 모르지만 뭔가 한 짐을 던 것 같아. 요즘에는 온 세상에 따뜻한 미풍이 부는 듯하구나."

곤은 생각했다. 문호는 분명히 온 세상에 따뜻한 미풍이 부는 것 같다고 말했지만 따뜻한 미풍은 그에게서만 불어오는 걸 거라고, 가을을 봄으로 느끼는 건 그 혼자일 거라고.

그들은 서로 마주보며 빙긋 웃었다.

　글을 다 쓰고 나니 그간의 동아리 활동이 제 머릿속을 빠르게 스쳐지나 가네요. 어쩐지 뿌듯하기도 하고 공허하기도 한 것은 끝이라는 단어 때문이겠죠?

　처음 2학년이 되어 여러 동아리에 대한 이야기가 나올 때쯤 저는 귀찮은 일은 하지 말자는 생각을 하고 올라왔습니다. 하지만, 책지게라는 동아리가 있다는 말에 솔깃하고 말았죠. 제가 좋아하는 글쓰기를 할 수 있다는 말에 솔깃하기도 했지만, 처음에는 '이거 귀찮은 일일 수도 있는데 꼭 해야 하나?' 라며 갈팡질팡하기도 했습니다. 그러나 결국 글 쓰고 싶은 욕구 덕분에 이 동아리에 들게 되었죠. 가만 생각해 보면 이렇게 나온 제 소설이 두 기로에 섰다가 결정한 하나의 길 덕분에 나온 작품이 아닐까 싶습니다.

　제 소설의 주인공은 아시다시피 좌의정 대감 아들, 이문호 도련님입니다. 그런데 3인칭 관찰자 시점으로 하면서도 도련님의 생각은 그다지 많이 반영되지 않습니다. 그 이유는 도련님의 고민을 그대로 알려주는 일은 글의 완성도를 떨어트리는 것으로 생각했기 때문입니다. 덕분에 고민도 많이 하고 재미있게 쓸 수 있었다고 말하고 싶습니다. 이문호 도련님의 하인인, 평 곤의 생각을 좀 더 잘 반영함으로써 궁금증을 증폭시키고 싶었고, 또 흥미를 느끼게 하고 싶었습니다.

　여기 나오는 문호는 방황하는 청소년 시기입니다. 저희와 나이가 비슷하죠. 옛날이라 결혼해야 할 나이지만 그것보다 문호에게 중요한 것은 꿈입니다. 문호는 양반의 아들이니 그가 가야 할 길 역시 관직에 오르는 길이죠. 하지만, 어느새 문호는 당연한 일에 의문을 제기합니다. 그 계기 때문에 고민합니다. 고민은 점점 더 커지고 이제는 자신이 뭔지도 모를 정도가 됩니다. 결국, 그렇게 방황하다 좌의정 대감이 내린 벌을 받게 되고 벌로 농사일을 하면서 깨달아가는 것이죠. 그 깨달음이 무엇인지는 소설을 보면 분명히 느끼실 거라 생각합니다.

제가 이 소설을 통해 전해 주고 싶었던 것은 꿈을 갇혀서 바라보지 말라는 것입니다. 자신의 성적이나 환경 등으로 꿈을 크게 가져보지도 못하고 그냥 포기하는 사람들을 위해 쓴 글이라고 그리 말하고 싶습니다. 문호 역시 작게 바라보다가 크게 바라본 경우입니다. 자신의 꿈 하나가 무조건 당연하다고 생각하지 말고 좀 더 넓게, 깊게 바라보라는 뜻에서 이 소설을 쓰게 되었고, 혹시나 깨닫지 못하셨다면 제 미흡함 때문이라 생각됩니다.

하지만, 잘 깨닫지 못하더라도 제 이 글을 재미있게 읽어주셨으면 좋겠습니다. 유용하고 재미있는 글이 저는 최고라고 말하고 싶어요.

다른 사람의 눈으로 바라보는 제 글은 어떤 느낌일까요? 정말 긴장과 기쁨으로 두근거립니다. 이 글을 읽는 사람 모두가 행복한 고민을 하셨으면 좋겠습니다.

— 사진 : http://blog.naver.com/grinu/40112472495 김광혜

이현정
45+30은?
캘리포니아 농장의 비밀

1

−똑똑−

"어서 들어와"

"절 부르셨죠."

"그래. 어서 앉아. 드디어 학교에 왔구나."

난 혀로 입천장을 두드리며 무슨 말이라도 해 보려 애썼지만 떠오르는 말이 하나도 없었다. 선생님의 훈계하는 말투도 그 속의 뻔한 내용도 이젠 귀찮을 따름이었다. 어차피 그런 말은 마음속에 와 닿지도 않는다. 지금까지 많은 선생님을 겪어봤지만 나의 문제를 진심으로 심각하게 여겨준 선생님은 한 분도 없었다.

'학교를 다녀야 할 이유를 잘 모르겠어요. 학교를 졸업한 뒤엔 전 무얼 해야 하죠?' 라는 나의 물음에 모든 선생님은 한결같이 한 가지 대답만을 나에게 주었다.

'일단 공부부터 열심히 해. 대학만 가면 네가 좋아하는 거 실컷 할 수 있어.'

"그래. 이번엔 도대체 3일 동안이나 학교에 나오지 않은 이유가 뭐야! 아직도 댈 핑계가 남았니? 중학교 땐 제법 공부도 잘하고 성실했단 녀석이 고3이 돼서 왜 이러는 거야? 이 시기가 얼마나 중요한지 알고는 있는 거야! 우리 반 꼴등도 공부하는데 넌 정말~ "

"……. 죄송합니다."

"이제 그런 말은 더 이상 통하지 않는단 걸 너도 알고 있겠지. 그냥 나가 봐라."

날 더 이상 보기도 싫다는 듯 손을 젓는 선생님을 뒤로한 채 교무실을 나섰다. 나라고 고3의 불안감을 느끼지 못 할리 없다. 하지만 공부를 하겠단 마음을 다잡아 봐도 돌아서면 이 모든 것이 쓸데없는 일로만 느껴졌다. 책상 앞에 자신의 목표대학을 적어 놓은 아이들을 볼 때면 '꿈만 크면 뭘 하냐.' 하고 비웃었지만 속으론 나도 그런 꿈이라도 가지고 싶단 생각에 사로잡혔었다. 사실, 꿈이 있단 것만으로도 행복해 하는 모습의 아이들을 볼 때면 나도 그렇게 되고 싶단 생각이 많이 들었었다. 하지만 나에겐 무리였다. 바보같이 눈앞이 뿌옇게 흐려질 거 같아서 애써 생각을 지우고 바닥을 응시하며 1층 화장실로 빨리 걸어갔다. 그때 화장실 앞 빈 교실문이 열리는 것이 보였다.

"잠깐만. 너 승연이 아니니?"

제일 먼저 보이는 것은 검정 구두였고 고개를 더 들자 베이지색 원피스를 입은 긴 생머리의 선생님이 보였다. 나를 어떻게 아는 걸까?

"일단 들어와."

팔을 잡아끄는 손에 의해 빈 교실에 들어섰다. 근데 내 예상과 달리 그곳은 빈 교실이 아니라 휴게실처럼 생긴 공간이었다. 핑크색 소파와 간이침대 또 벽 여기저기에는 귀여운 돼지 사진이 붙어 있었다. 난 어색하게 주춤거리며 소파에 앉았다.

"안 그래도 널 제일 먼저 만나고 싶었는데. 이번 일은 운이 좋은데."

이상한 웃음소리를 내며 웃는 알 수 없는 선생님이었다.

"왜 절 만나려고 하셨는데요?" 난 따지듯 물었다.

"난 새로 부임한 상담 선생님이야. 담임선생님께 이야기 아주 많이 들었단다."

그 얘기가 무엇일지는 너무 뻔한 것이라 자연스레 얼굴이 빨개지며 온몸이 후끈해졌다. 그러나 그것을 들킬까봐 애써 헛기침을 했다. 선생님은 더 크게 웃기 시작했다.

"찔리는 게 많나 보구나. 걱정 하지 마. 선생님은 너에게 잔소리를 하려는 게 아니니까 그냥 너에게 전해 줄 게 있어서 부른 거야.

승연아, 고3이 된 지금까지도 목표학과, 목표대학, 심지어 장래희망 어느 하나도 정하지 않은 학생은 전교에 몇 명이나 될 거 같니?"

"……. 한 30명?"

"아니, 너 한 명뿐이야."

"네?! 말도 안 돼요."

나도 모르게 울컥 해서 큰소리가 나와 버렸다.

"억울하니? 하지만 정말 모두들 타의든 자의든 미래에 대해 정하긴 했단다. 이번 진로설문지의 단 한 칸도 채우지 않고 낸 건 너뿐이란다."

"정말 억울해요. 어차피 성적 맞춰서 원서 적을 게 뻔한데 억지로 칸을 채우는 게 무슨 의미가 있어요."

나는 억울한 마음에 빠르게 반박했다. 하지만 선생님은 계속 의미심장한 미소만 짓고 계셨다.

"진정해~. 이름을 불러줄 사람이 없다고 자신의 이름이 필요 없어지는 게 아니듯이, 꿈도 그런 거란다. 꿈은 그것이 존재하는 것 자체가 의미 있는 거야. 조금은 꿈의 마법을 믿어 보는 게 어때? 꿈은 자주 마법을 부린단다."

난 선생님의 엉뚱한 말에 순간 진지해진 나 자신이 우스워져서 헛웃음을 지었다. 그리고 선생님의 눈을 빤히 쳐다보았다. 그리고 또 얼마나 황당한 소리를 하실지 기대된다는 듯한 도전적인 눈빛을 보냈다.

"어라~ 내 말을 안 믿는 눈치네. 하지만 내 말은 100% 사실이란다. 모두가 자신의 꿈이 이루어질 거라고 확신하고 꿈을 갖는다고 생각하니?

그럼 확신이 없는 사람은 꿈을 갖는 것조차 쓸데없는 일이 될 거라고 생각하니?"

선생님은 부드러운 어투로 말했다.

"잘 모르겠어요. 저는…….."

"그럼, 열 마디 말보단 너에게 이 책을 주는 게 낫겠구나. 자~ 특별히 빌려주는 거니까 귀찮아도 끝까지 다 봐야 해.

끝까지 보고 나면 아주 소중한 게 생각날 거야.”

선생님은 빨간색 표지의 책을 나에게 건네주었다. 궁금증에 아무 페이지나 펼쳐 보았다. 그런데 아무것도 적혀 있지 않았다. 몇 장을 더 넘겨보았지만 마찬가지였다.

“이제 슬슬 종이 치겠는데 얼른 교실로 돌아가. 그리고 잊지 마 끝까지 읽어야 한다. 그러면 꿈의 마법을 믿게 될 거야.”

난 또다시 의미를 알 수 없는 선생님의 말씀에 아리송한 마음이 들었지만, 선생님에게 밀려 교실을 나왔다.

‘도대체 저 선생님의 정체가 뭐지?’

2

로스는 새벽 5시만 되면 충실히 알람시계 역할을 하는 수탉 아저씨의 울음소리에 귀를 틀어막으며 오른쪽 짚단 쪽으로 굴렀다. 하지만 이 시끄러운 상황에서도 꿈쩍도 안하는 벨라의 등 때문에 다시 왼쪽으로 굴러야 했다.

“아가야, 아직 해가 뜨지도 않았단다.”

어머니의 따스한 음성이 머리 위에서 들려왔다. 하지만 대답을 하기엔 마이클 아저씨가 어제 새로 깐 지푸라기가 너무 포근했다. 결국 눈을 뜬 것은 교회의 종소리를 듣고였다.

“와~ 오늘은 일요일이죠?”

일어나자마자 들뜬 목소리로 로스는 머리맡에 있는 엄마의 품을 찾아 파고들며 물었다.

“넌 저번 주 일요일에도 그 말 하지 않았냐?”

심통 맞은 로잘린의 목소리에 로스는 모르는 척 태연히 로잘린의 발을 밟았다. 로잘린은 멱따는 소리를 내며 로스를 째려 봤다.

"그만들 해라. 로스, 오늘은 일요일이 맞단다. 교회의 일요일 미사종만 축사까지 들려온단다."

엘리자베스는 마른 목소리로 대답했다.

그녀는 일요일 미사 종을 들을 때면 한 사람을 떠올렸다. 농장 유일의 검은 털을 가진, 이름보단 블랙으로 통했던 호탕한 그녀의 남편은 교회의 뒤편에 깊게 패인 발자국만을 남긴 채 실종되었다. 그리고 벌써 1년이 흘렀다. 하지만 그녀도 이미 알고 있었다. 피그교회의 뒤편엔 그녀가 본 적조차 없는 바다로 향하는 강물이 흐르고 있었고 앞으로 나아갈 수 없는 가파른 절벽만 존재한다는 것을.

"어서 세수하거라. 아버지께 가야지."

로스와 로잘린은 서로에게 닿기도 싫다는 듯이 멀찍이 떨어진 채로 개집 옆 수돗가에 다녀온 뒤 엄마와 함께 피그교회의 뒤편으로 향했다. 피그교회는 피그 농장의 남쪽으로 그들의 걸음으로 10분쯤 걸리는 거리에 있었다. 그들은 교회에 온 사람들과 마주치지 않게 조심하며 교회 뒤 낭떠러지로 걸었다. 그곳엔 나뭇가지로 만든 엉성한 십자가로 표시된 초라한 무덤이 있었다. 로잘린은 무언가 마음에 안 드는지 은행나무 뒤로 가며 무언가 중얼거렸다.

로스는 그 소리를 놓치지 않았다.

"그게 무슨 소리야? 아버지가 자살하셨다니. 말도 안 돼."

로잘린은 당황한 표정으로 뒷걸음질치려 했다. 하지만 로스가 더 빨랐다.

"얼른 제대로 말해 봐. 그게 무슨 헛소리야."

"헛소리가 아니야. 엄마와 오빠가 하는 소리를 몰래 들었어. 아빠는 사고로 절벽에서 떨어지신 게 아니라 절벽 낭떠러지에서 강으로 뛰어내린 거야. 생각해 봐. 우리 말고 다른 돼지가 교회에 가는 걸 본 적이 한 번이라도 있니? 우리 농장에 개를 제외한 어떤 동물도 교회에 가지 않아. 근데 왜 아버지가 교회에 갔겠어."

로잘린은 어쩔 수 없이 체념한 듯 자신만만하게 자신의 추리까지 덧붙여 으스대며 말했다. 어차피 한 번도 본 적 없는 아버지라서 그녀의 목소리엔 아무런 감정도 담겨 있지 않았다.

하지만 로스의 눈빛은 흔들리고 있었다. 마음속에서 자신이 믿고 있던 아버지가 산산이 조각나고 있었다. 밤마다 잠이 오지 않을 때면 어김없이 달을 보며 어머니가 해주시던 용감하고 똑똑했던 아버지에 대한 일화를 통해 그에게 아버지는 슈퍼맨이나 스파이더맨 같은 영웅이란 존재로 각인되었다.

로스는 로잘린의 말을 완전히 믿게 된 것은 아니지만 마음에 검은 잉크가 퍼져나가듯 의혹이 점점 커져가는 게 느껴지는 걸 부인할 순 없었다. 지금은 어머니와 로잘린 둘 다 보고 싶은 마음이 들지 않았다. 그는 곧장 농장으로 향하기 시작했다.

"꺄악. 돼지가 나타났다."

"세상에 돼지라니."

"어머. 새끼돼지잖아."

사람들은 로스의 주위로 몰려들었다. 로스는 사람들에게 갇혀 앞을 볼 수조차 없었다.

'큰일이야. 이러다 마이클 아저씨에게 들키겠어.'

로스는 어떻게든 이곳에서 벗어나야겠단 생각에 눈을 감고 바닥에 누워 기절한 척하기 시작했다.

"엄마, 돼지가 이상해. 돼지야, 일어나~"

한 소년이 로스를 세게 흔들기 시작했다.

'이게 아닌데~. 이제 어쩌지. 이대론 정말 아저씨에게 들키겠어.'

로스는 들키면 사랑하는 엄마, 벨라와 헤어질지도 모른다는 상상을 하자 불안해졌다.

그때 상냥한 목소리가 들려왔다.

"애야, 그러면 안 돼. 아직 어리잖아. 아마 농장에서 길을 잃고 나온 돼지일 거야. 우리가 데려다 줄까?"

소년은 자신의 어머니를 보며 고개를 끄덕인 뒤 로스를 안아 올렸다. 하지만 생각보다 로스가 무거운지 로스의 꼬리가 바닥에 끌렸다. 로스는 기절한 척을 하면 사람들이 자신에 대한 흥미를 잃고 떠날 거란 생각이 역효과를 일으키자 당황해서 언제 깨어나야 할까 눈치만 보고 있었다.

"엄마, 돼지가 꿈틀거려요."

"하하하. 돼지가 부끄럼을 타는 걸지도 모르겠구나."

두 모자는 서로를 바라보며 입 꼬리가 올라가는 것을 참으며 돼지에게로 따뜻한 시선을 보냈다. 그리고 이윽고 그들은 농장에 도착했다.

로스는 모르는 척하며 소년의 품을 순식간에 빠져나가 자신의 축사로 달려갔다. 그리고 한참을 달린 뒤 뒤를 돌아보자 희미하게 소년이 자신을 보며 손을 흔들고 있는 것을 발견했다. 로스도 열심히 짧은 꼬리를 흔들었다.

로스는 엄마의 얼굴을 떠올리며 축사로 달렸다.

3

로스와 벨라는 머리를 맞대고 하늘을 바라보았다. 오늘은 보름달이 뜨는 날이었다. 농장 안은 서로의 눈동자 색깔을 볼 수 있을 정도로 환했다.

"어서 얘기해 봐. 저번에 교회에 가서 무슨 일이 있었던 거야?"

"아무것도 아니야."

벨라는 발끈해서 머리를 세게 올렸다. 로스는 무척 아픈 듯 머리를 움켜쥐고 몸을 둥글게 말았다.

"왜 그래."

"몰라서 그래? 넌 그때부터 아줌마와 아무 말도 안하고 로잘린에게도 매일 시비를 걸잖아."

"로잘린이 짜증나니까 그렇지. 우리가 쌍둥이라는 사실이 너무 싫어."

"그러지 마, 로스. 형제가 있다는 게 얼마나 좋은 건데. 나도 쌍둥이가 있었다면 부모님과 이별해야 했던 슬픔을 나눌 수 있었을 텐데."

벨라는 시린 표정을 지으며 하늘을 바라봤다.

"우리 엄마는 엄마가 보고 싶을 때는 밤하늘의 별을 보래. 그럼 하늘에 계신 엄마도 내 눈에 비치는 엄마의 모습을 볼 수 있대."

로스는 왠지 벨라에게 미안해졌다. 그래서 말없이 벨라의 손을 마주잡았다.

"나도 너의 눈에 비치는 내 모습을 볼 때면 내가 아주 소중하단 기분이 들어. 아마 너희 부모님도 그런 기분이실 거야."

벨라는 머쓱한 표정의 로스를 열렬히 바라보았다. 그리고 자신도 모르게 로스에게 다가갔다. 로스의 눈에 비치는 자신은 매우 아름답게 보였다. 로스의 입술은 아주 얇지만 부드러워서 맞대고 있는 것만으로도 애틋한 기분이었다. 둘 모두 눈을 감지 않고 서로의 눈을 바라보았다. 그것만으로도 그들의 마음은 따스함으로 가득 채워졌다.

"로스, 넌 소원이 뭐야?"

"소원……. 아빠처럼 훌륭한 돼지가 되는 것. 근데 이제 그건 거짓이란 걸 알았어. 아빠는 훌륭한 돼지가 아니라 겁쟁이였을 뿐이야."

"아니야. 아저씨는 겁쟁이가 아니야. 혹시 아저씨가 자살했단 소문을 들은 거니?"

"너도 그걸 아는 거야? 그건 소문이 아니야. 로잘린이 엄마와 형들이 아버지가 자살하셨다고 얘기하는 걸 들었대."

"아니야. 그건 단지 소문일 뿐이야. 그것도 헛소문이야."

"네가 그걸 어떻게 알아?"

"내가 너보다 생일이 6개월이나 빠르단 걸 잊었니? 난 어릴 적 실제로 블랙 아저씨를 본 적도 있어."

"맞다. 그렇구나. 그럼 네가 알고 있는 아버지에 대해 말해 줘. 난 이제 더 이상 그를 영웅이라고 믿을 수가 없어."

"로스. 넌 그의 아들이야. 그런 소문은 믿어선 안 돼. 난 아저씨가 돼지들의 생명을 위해 밤마다 다른 아저씨들과 회의하는 것을 들으며 컸단다. 또 블랙 아저씨가 아무리 외쳐도 겁 많은 다른 돼지들이 못들은 체하는 것도 모두 보았어. 결국 그는 혼자서 농장을 떠날 수밖에 없었어. 너마저 그를 원망하는 건 부당해!"

"더 자세히 말해 줘. 난 아버지의 죽음에 대한 진실을 지금까지 바보처럼 모르고 있었어."

"잘 들어. 너도 알다시피 농장돼지들이 가장 최근에 공장에 끌려간 건 5년 전
이야. 그때 끌려간 돼지들은 우리의 할머니, 할아버지들이란다. 그래서 우리의
어머니, 아버지 돼지들은 부모와 이별해야 했던 슬픔을 모두들 간직하고 있지.
블랙도 예외가 아니었어."

"정말? 난 할아버지에 대해 들은 적이 없어. 한 번도 그들에 대해 생각한 적
도 없어."

"그럴 수밖에. 원로회의 돼지들이 그 사실을 다신 입 밖에 내지 말라고 명령
했거든. 혼란을 잠재우겠단 의도였겠지만 결국 그런 행동 때문에 우리 어린 돼
지들은 아픔도 모른 채, 공장에 끌려갈 거란 의심도 없는 채 단지 하루하루를
의미 없이 보내는 데 만족하게 된 거야."

로스는 한 번에 너무 많은 진실을 들어 어지러움을 느꼈다. 자신은 어째서 한
번도 선조 돼지들에 대해 생각해 보지 않았을까?

"블랙 아저씨는 원로들의 명령을 듣지 않았어. 그는 시간이 지나면 언젠가
자신도, 그리고 자신의 아이들도 모두 공장에 끌려가 인간의 먹이가 될 뿐이라
고 생각하셨지."

로스는 벨라의 말을 듣고 처음으로 마이클 아저씨가 무서워졌다. 그리고 항
상 인간은 자신을 귀여워해 주는 존재라고 생각했던 것이 자신의 오만한 생각
인가 하는 의심이 들었다.

"그럼 아버지는 먹이가 되기 싫어 농장에서 도망친 거야? 혼자서?"

"아니야. 아저씨는 겁쟁이가 아니야. 오히려 농장의 모든 돼지들을 설득해
함께 탈출을 하려고 했어. 하지만 원로들은 오히려 마이클 아저씨가 주는 사료
를 포기하는 건 바보짓이라고 블랙을 비웃었지."

벨라는 쓸쓸한 얼굴로 로스의 어깨를 자신의 다리로 쓰다듬었다. 그녀는 아
주 오랫동안 블랙의 이야기를 들은 뒤부터 자신의 마음속에서 조금씩조금씩 자
라던 씨앗이 이미 그녀의 마음을 모두 사로잡았단 걸 비로소 깨닫게 되었다. 그
래서 확신에 찬 목소리로 로스에게 외쳤다.

"로스, 꿈을 가지지 않는 건 위험하고 어리석은 거란다. 꿈이 없으면 미래도 희망도 없는 거야. 원로들을 봐! 넌 그들에게서 미래가 보이니? 그들의 말처럼 앉아서 사료만 먹으며 인간의 식탁에 오를 날만 기다리는 게 우리의 운명일까? 그게 정말 우리가 태어난 이유일까?"

로스는 자신의 네 다리가 떨리는 걸 느꼈다. 그리고 머리에서 등, 팔, 다리까지 자신의 모든 털들이 쭈뼛 서는 것을 느꼈다. 그가 로잘린에게 들었던 말보다 벨라의 말이 자신이 믿고 싶던 진실과 가까운 건 사실이었지만 그게 아니더라도 로스는 본능적으로 벨라의 말이 진실이라는 것을 느꼈다. 자신은 블랙의 아들이었다. 지금까지 믿어왔던 아버지는 겁쟁이가 아니라 돼지들을 위해 싸우는 모습이 더 잘 어울렸다.

차라리 기절하고 싶은 기분이었다. 앞발에 힘을 너무 줘 바닥이 패는 것도 남의 일처럼 느껴졌다. 자신은 그저 어머니를 만나고 싶었다. 그리고 아버지를 믿으라고 말하고 싶었다. 아버지는 어딘가 분명히 살아계실 거라고…….

"로스. 왜 그렇게 서둘러 돌아오니? 벨라와 싸웠니?"

엘리자베스는 타이르는 음성으로 자신의 막내아들을 바라보았다.

"저 할 말이 있어요."

로스는 단호한 목소리로 말을 이었다.

"엄마는 정말 아버지가 겁쟁이라고 생각하세요? 아버지가 계곡으로 뛰어내렸다고 생각해요?"

엘리자베스는 얼마 전부터 달라진 로스의 태도로 이 순간이 올 것이란 걸 직감하고 있었다. 하지만 이야기를 꺼내는 것이 쉽지 않아서 자신도 아들을 피하고 있었다. 하지만 이젠 말해야 할 때가 된 것이다.

"로스, 잘 들어라. 블랙은 겁쟁이도 그렇다고 영웅도 아니란다. 단지 그는 최초의 '꿈꾸는 돼지' 였어. 그것도 아주 위험한 꿈이었지. 하지만 나에게 그는 단지 매우 낭만적인 돼지였단다. 그는 다른 돼지들이 인간들의 식탁에 오르는 것을 자신의 숙명으로 받아들이는 걸, 공장에 끌려갈 차례가 오기만 기다리는 걸

참을 수 없어했어. 그는 돼지들이 모두 자유로운, 인간과 친구가 될 수 있는 날이 언젠가는 올 거라고 생각했단다. 마치 개들과 인간의 관계처럼 말이야."

엘리자베스의 눈은 매일 밤마다 블랙의 어깨에 기대어 그의 꿈을 들었던 순간의 그 눈과 같았다.

"나는 그의 꿈이 이루어질 거라고 믿지 않았어. 그저 그가 꿈을 가지고 있단 사실에 매료되었단다. 별빛에도 반짝거리며 윤이 나던 검은 털보다 꿈을 가진 그의 눈이 더 탐났단다. 그래서 나도 꿈을 가지게 됐지."

로스는 엄마를 바라보았다. 그리고 엄마의 몸에 자신의 몸을 기대었다.

"난 블랙이 계곡에 빠졌다고 생각한단다. 그리고 그건 사고였을 거야. 그날은 아주 비가 많이 내리는 날이었거든. 하지만 한편으론 끝까지 그가 어딘가에 살아 있을 거라고 믿고 싶단다."

로스는 엄마의 목소리가 떨린다는 걸 느꼈다. 그리고 자신의 눈을 비볐다. 그에겐 그 순간 앞발이 촉촉이 젖어드는 것도 아무 상관이 없었다.

"나의 꿈은 좋은 엄마가 되는 거야. 그 꿈을 위해선 너희 모두가 꿈을 가져야 한단다. 너희가 그 꿈을 이루는데 조그만 힘이라도 되어 주는 게 엄마의 꿈이야. 로스, 이제 너의 꿈을 말해 보렴."

엘리자베스는 로스를 품에 안아주며 물었다.

"전 세상 모든 돼지에게 알려주고 싶어요. 식탁에 오르는 것 말고도 우리가 할 수 있는 게 있다는 걸요. 우리의 힘으로도 무언가 이룰 수 있다는 걸요!"

로스는 더 힘찬 목소리로 말을 쏟아냈다.

"전 세상에서 제일 유명한 돼지가 되겠어요. 그래서 우리 농장 뿐만 아니라 세상 모든 돼지에게 꿈의 마법을 알려 모든 돼지를 '꿈꾸는 돼지' 로 만들겠어요. 그러면 돼지도 자유로운 세상이 될 거예요. 인간의 도움 없이도 주체적으로 살 수 있는 세상, 그게 바로 우리의 미래가 될 거예요."

엘리자베스는 어느새 훌쩍 자란 아들을 뿌옇게 흐려진 눈으로 바라보았다.

"엄마는 네가 자랑스럽구나. '인간, 돼지, 닭, 양 누구든지 꿈을 가져야 해. 꿈은 그 존재만으로도 가치가 있다' 라는 말을 너희 아빠는 자주 했단다. 네 말대로 그런 세상이 온다면 언젠가 모든 동물이 행복한 세상이 될 거야. 널 보면 분명 블랙은 뿌듯해 할 거야."

로스의 마음에 별이 반짝이기 시작했다. 하늘에선 별똥별이 쏟아졌다.

4

오랜만에 새벽비가 내려서인지 농장의 모든 동물들은 5시가 채 되기도 전에 일어나기 시작했다. 물론 로스의 두 형들 로키와 로마도 예외는 아니었다. 겉보기에도 3살은 되어 보이는 로키는 농장의 어린 돼지들 중 생일도 제일 빠르고 덩치도 제일 컸다. 그래서 농장의 개들과 사이가 제일 나쁜 돼지이기도 했다. 그는 항상 먹어 대기만 한다고 돼지를 모욕하는 개를 만나면 항상 깨갱거리는 소리와 함께 꼬리를 내릴 때까지 몸통을 박아 댔다. 그래서 그는 농장에서 로키보단 로켓으로 많이 알려져 있었다.

그리고 그의 쌍둥이 동생인 로마는 덩치는 작지만 농장 제일가는 잔머리로 피그 농장의 모두가 회피하는 상대였다. 그들은 한 마디로 피그 농장의 악동이었다.

로스는 형들의 소리를 듣고 반사적으로 벌떡 일어났다. 그들은 로스가 제일 무서워하는 상대였다. 물을 마실 때 형들이 밀어서 물통에 처박히는 건 익숙해질 만큼 당했다. 하지만 이제 로스도 얼마 후면 2살이 되기 때문에 더 이상은 당하고 싶지 않았다.

"네가 웬일로 이렇게 일찍 일어난 거야."

로키는 킥킥대며 웃었다.

"그러게 벨라랑 데이트라도 있나 보지."

로스는 볼이 달아오르는 걸 느꼈지만 아무렇지 않은 듯이 형들을 노려보았다.

"그만해. 나도 이제 더 이상은 어린애가 아니야."

로키와 로마는 뒤로 자빠져 배를 보이며 더 크게 웃었다. 그리곤 곧 자세를 가다듬으며 엄한 목소리를 냈다.

"이 꼬맹이가 감히 형에게 반항해. 오늘 제대로 혼내줄까."

로스는 순간 움찔하며 몸을 떨었다. 그리고 뒷걸음질치기 시작했다. 그러나 형이 자신을 비웃으며 입 모양으로 겁쟁이라고 말하는 걸 보자 참을 수가 없어졌다.

"날 겁쟁이라고 하지 마. 겁쟁이는 바로 형들이니까."

"뭐라고. 우리 앞에서 벌벌 떨기만 하는 주제에. 넌 입만 용감한가 보구나."

그때 엘리자베스가 그들 사이에 끼어들었다. 그리고 로스를 자신의 등으로 숨기며 자신의 두 아들을 바라보았다. 이미 덩치가 자신만 해진 두 아들을 볼 때면 항상 미안한 마음부터 들었다. 자신이 두 아이의 아버지를 지키지 못했단 죄책감이 들었기 때문이다. 두 아들들은 아버지가 꿈을 위해 다른 돼지들과 싸우는 것도, 그리고 그들을 떠난 것도 이해하지 못했다. 하지만 그녀는 언젠가 아이들이 자라면 분명히 이해할 거라고 믿고 있었다. 그렇지만 그 생각은 어림없는 생각이었다.

"이 겁쟁이야. 넌 엄마 뒤에나 숨어 있어라."

로키가 으르렁거렸다. 그리곤 로마와 함께 축사를 떠났다. 엘리자베스는 그들을 황급히 따라갔다. 그리고 부드러운 음성으로 그들의 이름을 불렀지만 그들의 발걸음을 잡을 순 없었다.

"내 말 좀 들으렴. 이제 로스도 아버지에 대해 모두 알게 되었단다. 난 너희 모두가 함께 상처를 극복했으면 좋겠어."

"상처라고요? 아버지가 떠나는 걸 구경만 한 어머니는 그런 말을 할 자격도 없어요. 겁쟁이 로스나 가서 달래주시지 그래요."

로마는 빈정대며 말했다. 그리곤 그의 어머니의 눈을 똑바로 응시했다. 그의 기억 속에 아버지의 마지막 모습은 자신들에게 차례로 키스를 한 뒤 어머니와 포옹을 하고 축사를 떠난 모습이었다. 자신의 어머니는 아버지를 잡기는커녕 자신들을 부둥켜안고 울기만 했다. 그리고 자신이 아버지를 따라가려는 걸 막기만 했다.

그는 지금도 그 순간 어머니를 밀치고 아버지를 쫓아가지 않은 걸 후회하고 있었다. 그리고 아버지가 떠난 날과 같이 비가 많이 오는 날에는 악몽까지 꿨다. 그는 꿈에서조차 아버지를 잡을 수 없었다. 가까이 갈수록 아버지는 희미한 미소를 지으며 자신에게 손짓을 했지만 자신의 다리가 꿈쩍도 하지 않았기 때문이다. 아무리 발버둥을 쳐도 다리를 움직일 수 없었다. 똑같은 꿈을 반복해서 꿀수록 그는 어머니가 점점 더 미워졌다.

또 어머니의 편을 드는 로스는 더더욱 싫었다. 그는 '꿈' 그 말만 되뇌었다.

"로마, 넌 왜 그렇게 어머니를 미워하는 거야? 난 잔소리가 듣기 싫어서 그렇다지만 넌 아버지가 떠나기 전까진 어머니를 세상에서 제일 좋아하지 않았냐?"

"이게 다 그 빌어먹을 꿈 때문이야. 꿈……."

"뭐라는 거야? 꿈이 어쨌다는 거야."

"그냥 따라 오기나 해."

"왜 나한테 성질이야."

로마는 한심하다는 듯 자신의 형을 바라봤다.

"넌 아버지가 왜 떠났다고 생각해?"

"갑자기 왜 그 소리야. 당연히 겁쟁이라서지. 원로들의 말 못 들었어?"

"잘 들어. 아버지가 떠난 건 그가 돼지의 권리니 뭐니 하는 꿈을 가졌기 때문이야. 우리가 농장을 벗어나 살 수 있다고 믿다니, 우리가 돼지라는 사실을 잊은 거지. 돼지가 꿈을 가진다는 게 말이나 돼?"

"꿈? 그건 잘 때 꾸는 거 아냐?"

"이 멍청아. 아무튼 너도 엄마의 말에 넘어가면 안 돼. 명심해. 돼지가 꿈을 가지면 그건 돼지임을 포기하는 거야. 그렇게 되면 더 이상 인간들이 우릴 돌봐주지 않을 거야. 그럼 다 끝장이라고. 한 마디로 돼지가 꿈을 꾸는 순간 그건 돼지임을 포기하는 거야. 바로 우리 적이 되는 거라고."

로키는 잘 모르겠다는 표정으로 로마에게 장난을 건다.

"가만 있어 봐. 우리 샘 아저씨에게 말해야겠어. 이대로 가다간 우리 농장의 질서가 흔들릴지도 몰라. 그럼 결국 마이클 아저씨가 눈치챌 거야."

5

샘은 점점 먹구름이 몰려오는 흐린 하늘을 쳐다본다. 벌써부터 축사의 양철 지붕에 타닥타닥 빗소리가 들리는 듯하다. 그의 입에서 거친 소리가 나온다.

"빌어먹을. 또 재수 없는 비가 오는군. 퉤."

그의 부모는 모두 핑크색 돼지였지만 왜인지 그의 털 색깔은 적갈색에 가까웠다. 그래서 그는 다른 돼지들에게 어릴 때부터 많은 괴롭힘을 당했다. 특히 비가 오는 날이면 비에 젖은 털 색깔을 더욱 짙어져 마치 검은색처럼 보였다. 그러면 다른 돼지들은 모두 자신의 어머니를 욕했다. 그리고 아버지의 폭력은 더욱 심해지곤 했다.

샘의 오른쪽 눈의 찢어진 상처도 그의 아버지가 그에게 준 유일한 것이었다. 그의 아버지는 이 상처를 남기고 자신의 손에 사라졌기 때문이다. 그날도 비가 지독스럽게 왔었다.

샘은 축사 밖으로 누군가의 발자국소리가 가까워지는 것을 느꼈다. 그는 소리를 질렀다.

"거기 누구야!"

"오오~ 진정하세요. 저희에요, 로키와 로마."

블랙을 끔찍하게 싫어했던 샘이 그들을 반길 리가 없었다. 하지만 그는 애써 억지미소를 지으며 그들을 반기는 척했다. 피그 농장의 대세, 차기 우두머리로 꼽히고 있는 것이 그들이었기 때문이다. 또 그들은 블랙의 검은 털도 물려받지 않아서 그나마 혐오감이 덜했다.

"너희가 여기까지 웬일이니?"

그의 양 뺨에 경련이 이는 듯 억지미소가 그려진다.

"아저씨께 드릴 정보가 있어요. 아마 관심이 생기실 거예요."

"으응, 일단 시작해 봐. 난 시간 낭비를 제일 싫어한단다."

샘은 찢어진 오른쪽 눈을 번뜩였다.

채 자정이 되지도 않은 시간이었다. 서서히 농장의 모든 불이 꺼지고 있었다. 하지만 농장의 가장 중앙에 위치한 의회의 돌 앞에선 횃불이 켜지고 있었다. 거의 대부분이 4살이 된 수컷 돼지들이었다. 그들의 입에는 모두 볏짚을 둘둘 만 횃불 가지가 물려 있었다. 그리고 농장의 돼지들 중 가장 나이가 많은 원로들인 5명의 돼지들은 심각한 표정으로 무엇인가를 중얼거리고 있었다. 그들 중 우두머리 격인 샘은 으르렁거리며 말했다.

"오늘밤에 끝장을 내야 해. 오늘이 지나면 기회를 놓치게 될 거야. 그는 블랙의 아들이라고."

"그건 맞는 말일세. 또 다시 그런 쓸데없는 일이 일어나는 건 안 돼지. 그리고 로스란 아이는 아직 어리니 오늘 밤 안으로 충분할 거야."

그들 중 나이가 가장 많은 돼지가 말했다.

"또 다시 '꿈꾸는 돼지' 가 생기다니. 그때 확실히 블랙을 처형했어야 했어."

"옳은 말이오. 그렇게 도망치게 두는 게 아니었는데……. 난 지금도 그가 돌아올까 봐 불안하단 말이오."

샘이 이를 갈며 말했다.

"이번엔 우리 두 눈으로 그 아이의 마지막을 보아야 하오."

"모두 들거라. 또다시 우리를 분열시키려는 돼지가 나타났다. 바로 겁쟁이 블랙의 막내아들 로스다. 오늘 밤, 우리는 그 애를 처결한다."

샘이 모든 돼지들에게 외쳤다. 그리고 횃불을 물고 위 아래로 흔들기 시작했다. 그러자 모든 다른 돼지들도 소리를 지른 뒤 횃불을 흔들었다. 광장은 금세 흥분한 돼지들의 발길질로 인해 여기저기 흙이 튀었다.

엘리자베스는 횃불이 흔들리는 것을 계속 주시했다. 이렇게 빨리 그들이 알아차리다니. 그녀는 로스를 흔들어 깨웠다. 막 잠이 들었던 로스는 칭얼거리며 눈을 비볐다.

"로스, 어서 일어나거라. 여길 벗어나야 돼. 오늘은 일요일이라 마이클도 우릴 도와주지 못해. 오늘만 이곳을 벗어나면 안전해질 거야. 어서 서두르거라."

그녀는 단호한 목소리로 말했다. 그녀의 사랑스러운 막내아들은 아직도 어렸다. 근데 이렇게 빨리 이런 일이 일어나다니, 그녀는 로키와 로마가 의심스러웠지만 애써 의심을 지우기 위해 고개를 저었다. 지금은 시간이 없었다. 횃불이 앞뒤로 흔들리기 시작했다. 그들이 결정을 내린 것이다.

로스는 어리둥절했다. 평소라면 깜깜한 어둠이었을 농장 안에 횃불이 가득 비쳤다. 그리고 흥분한 돼지들의 고함소리가 들렸다. 로스는 자신도 모르게 귀가 떨리는 것을 느꼈다. 멈추려 해도 자신의 몸은 말을 듣지 않았다. 로스는 엄마 품에 숨고 싶었다. 본능적으로 그들이 자신을 노린다는 것을 느낀 것이다. 그들은 아버지처럼 자신도 죽음으로 내몰 것이다. 로스는 그제서야 왜 아버지가 떠난 것인지 진정으로 이해했다. 저들에게 꿈꾸는 돼지란 단지 적일 뿐이었다.

"엄마, 이제 어떡하죠. 저들이 날 죽일 거예요. 날 광장에서 불에 태울 거예요."

"로스, 그런 약한 소리 하지 마! 너만은 이 엄마가 반드시 지킬 거다. 반드시!"

벨라는 횃불을 보자마자 로스의 축사로 달려왔는지 숨을 헉헉거렸다. 그리곤 로스를 껴안았다.

"아주머니, 제가 로스와 함께 떠날게요. 며칠 뒤 마이클 아저씨가 오시면 저들도 어쩌지 못 할 거예요. 그때까지 제가 로스와 함께 있을게요."

벨라와 엘리자베스는 말없이 서로의 눈을 들여다보며 고개를 끄덕였다.

6

로스와 벨라는 막 피그 농장을 빠져나와 마이클 아저씨의 집인 빨간 벽돌집의 모퉁이를 돌고 있었다. 그런데 갑자기 밝은 빛이 그들을 비췄다.

"이런~ 요 녀석들. 길을 잃은 거냐? 색이 연한 걸 보니 벨라구나. 옆에는 로스겠지?"

그것은 마이클 아저씨의 빨간 트럭의 헤드라이트였다. 아저씨의 옆에는 그들을 한심하게 보고 있는 개 샘이 있었다. 아저씨는 피그 농장의 주인이었다.

"오늘은 포커를 안 치길 잘했군. 하마터면 새끼돼지들을 잃어버릴 뻔했잖니?

안 그래 샘?"

　로스와 벨라는 자신들을 쫓고 있을 샘과 이름이 같은 그 개마저 미워져 눈을 흘겼다.

　"뭘 째려 봐."

　샘은 어이가 없다는 듯 짖었다.

　그들은 모두 빨간 트럭에 올라타고 농장으로 향했다. 로스와 벨라는 다시 농장으로 돌아가는 것이 두려웠지만 왠지 마이클아저씨는 든든했다.

　빨간 트럭은 오솔길을 따라 5분쯤 달렸다. 그리고 피그 농장에 도착했다.

　마이클 아저씨와 로스, 벨라, 또 억지로 따라 오게 된 샘까지 그들 네 명은 모든 돼지들이 입에 횃불을 물고 이리 저리 뛰어다니는 모습을 보았다. 마이클아저씨는 처음엔 멍한 표정을 짓더니 점점 얼굴이 붉어지며 눈썹이 씰룩거렸다.

　"이게 대체 무슨 일이야. 샘, 어서 돼지들을 축사로 몰거라."

　샘은 충실한 종의 얼굴로 돌아가 돼지들 사이를 이리저리 뛰어 다녔다. 그리곤 곧 농장의 모든 불이 꺼지고 다시 고요가 찾아왔다. 마치 아무 일도 없었다는 듯이. 로스는 눈을 감았다. 그래서 마이클이 중얼거리는 소리를 듣지 못했다.

　'이제 다 큰 녀석들은 내 보내야겠군.'

7

　이틀 전 돼지들의 폭동이 있은 뒤 아저씨의 눈초리는 예전과 달리 며칠간 사나워져 있었다. 그리고 돼지 한 마리 한 마리를 눈여겨보기 시작했다. 그리곤 혼자서 너무 작다느니 크다느니 이상한 소리를 중얼댔다는 소문이 돌았다. 농장 안 모든 돼지들은 바짝 긴장하기 시작했다. 분위기는 살얼음판을 걷는 듯 위태로웠다. 샘과 원로들도 당분간은 로스와 엘리자베스를 건드릴 생각을 접어야 했다. 그러나 곧 모든 돼지들의 걱정은 현실로 다가왔다.

　"철커덩"

　엄청 큰 흰색 트럭이 농장 앞에 선다. 트럭엔 농장에서 얼마 떨어지지 않은 햄 공장인 'SPAM' 의 마크가 새겨져 있었다.

"몇 마리나 되죠?"

"한 50마리에서 60마리 정도 될 겁니다. 아직 어린 아이들도 많아서요."

"음. 그럼 후하게 쳐서 50,000달러 정도군요."

"좋소. 한 5년 만에 돼지를 파는 거 같구먼. 3살 이상인 것은 다 데려가시오."

마이클 아저씨는 차가운 음성으로 말했다.

귀가 밝은 양치기 개는 그 소식을 돼지들에게 전해 주었다. 순식간에 죽음의 공포가 돼지우리를 둘러쌌다. 돼지들은 몸을 벌벌 떨었다. 특히 나이가 많은 돼지일수록 자신들이 어릴 적 겪은 부모와의 이별이 떠올라 더욱 무서워졌다.

그것은 엘리자베스도 마찬가지였다.

하지만 그녀는 그녀에게 남은 마지막 시간을 공포에 떨며 보내고 싶지 않았다. 그래서 오랜만에 그녀의 아이들과 벨라 모두를 모이게 했다.

"먼저 로키와 로마야. 난 너희들을 원망하지 않는단다. 그리고 그건 로스도 마찬가지일 거야. 난 너희의 신념을 존중한단다. 하지만 너희 사이가 나빠지는 것은 원치 않아. 그냥 서로 한 번씩 안아주렴. 그리고 서로의 목소리에 귀 기울이렴. 그럼 이념이든 신념이든 그런 것보다 서로에 대한 사랑의 소리가 들릴 거야. 그거면 된단다. 내가 너희에게 줄 수 있는 것은 그 말 밖에 없구나."

로마는 한 발짝 엘리자베스에게로 다가섰다.

"제가 잘못했어요. 전 로스가 아버지처럼 되는 게 싫었어요. 그냥 전 샘이 로스를 위협해서 다시는 꿈이란 소리를 못하게 할 거라고 생각했어요. 절대 로스가 죽길 바란 게 아니에요. 로스는 저의 사랑스런 동생인 걸요."

로마는 흐르는 눈물을 참을 수가 없었다. 눈물 때문에 어머니의 마지막 모습이 흐릿하게 보였지만 아무리 애써도 눈물이 멈추지 않았다.

"나도 다 알고 있어. 나도 형을 많이 사랑해."

로스 역시 눈물을 흘렸다. 순식간에 축사 안은 울음소리로 가득 찼다.

"로스, 내 말 잘 듣거라. 넌 유일하게 꿈을 가진 돼지란다. 모두가 너에게 꿈을 버리라고 강요해도 절대 굴복하면 안 돼. 넌 옳은 길을 가고 있는 거야. 절대 흔들리지 말거라. 위기가 올 때마다 엄마를 생각하렴. 엄마는 항상 너의 마음속에 있단다.”

엘리자베스는 로스를 품에 안았다. 그리고 곧 이어 달려드는 로잘린, 로키, 로마, 그리고 자신의 딸과 다름없는 벨라까지 모두를 껴안았다. 그들은 서로를 사랑하는 마음 하나로 가득 차 인사의 말조차 할 수 없었다. 하지만 사랑한다는 말은 서로의 맞닿은 가슴과 배, 다리 어느 곳에서든 전해졌다.

“음, 이 축사엔 5살 된 암컷 한 마리뿐이군.”

흰 장화와 앞치마, 그리고 흰 모자까지 쓴 사내가 서류를 들여다보며 말했다. 그리곤 축사로 들어왔다. 그는 제일 덩치가 크고 털이 긴 엘리자베스의 몸통을 들어 올리려 했다. 그러나 로키와 로마가 그의 다리에 몸을 부딪쳐오자 넘어지고 말았다.

“이 돼지들이 지금 해보자는 건가.”

그는 화가 난 듯이 씩씩거리곤 동료들을 불렀다. 그리곤 곧 3명의 동료가 도착했다.

“그냥 여기 있는 돼지들 모두 데려가지. 덩치가 모두 3살은 되 보이니 문제없을 거야. 시작해.”

그의 말이 떨어지자마자 모두 한 마리씩 몸통을 손쉽게 들어 올려 트럭에 실었다. 그렇게 엘리자베스뿐만 아니라 로키, 로마, 로잘린까지 모두가 공장에 가게 된 것이다. 그들은 로스와 벨라를 향해 소리를 질렀다. 하지만 로스와 벨라가 할 수 있는 것은 없었다. 로스는 이제 혼자가 된 것이다.

1년 뒤

“일 더하기 십은?”

“십일.”

“맞았어.”

로스와 벨라는 덧셈 연습에 한창이었다. 가족을 한꺼번에 몽땅 잃은 뒤 로스는 몇 달간 꿈, 희망 모두 자신에겐 더 이상 어울리지 않는 단어라고 생각했다. 하지만 그에겐 벨라가 남아 있었다. 그만의 햇빛이자 달빛인 벨라. 아직도 그에 겐 살아갈 이유가, 꿈을 꿀 용기가 남은 것이었다. 그들은 마이클 아저씨의 빨 간 벽돌집에 몰래 침입해 아저씨의 딸 베이지가 던져 놓은 덧셈 책을 발견한 뒤 몇 달간 그것에만 매달려 왔었다. 그리고 이젠 두 자리 이상은 힘들지만 제법 덧셈을 할 수 있게 되었다.

그들은 기회만을 노려왔다. 아저씨에게 자신들의 실력을 보여줄 바로 그 기 회. 그리고 그것은 곧 찾아왔다.

"왜 로키와 로마가 안 보이는 거지? 공장에 끌려간 건가? 휴~ 너희는 알고 있니?"

마이클은 벨라와 로스의 머리를 쓰다듬었다. 그리곤 깜짝 놀랐다. 바닥엔 아 주 놀라운 것이 쓰여 있었다.

15+30=45

"누가 낙서를 한 거지? 설마 너희들은 아니지?"

마이클은 믿기지 않는다는 표정으로 둘을 바라봤다. 그러자 로스와 벨라는 씩 웃으며 바닥에 무언가를 다시 적었다.

45+30=75

마이클은 두 눈이 믿기지가 않았다. 돼지가 덧셈을 하는 게 말이나 되는 이야 기인가! 그의 36년 인생에서 처음 겪는 일이었다.

"너흰 천재야!"

벨라와 로스는 빙그레 웃으며 꼬리를 힘껏 흔들었다. 그들은 놀란 마이클의 얼굴을 보며 분명 자신들은 유명해질 수 있단 생각이 들었다. 그렇게 되면 분명, 자신들은 TV에도 출현하게 될 것이다.

"우린 이제 인터뷰도 하게 되겠지?"

"당연하지. 우린 아마 기네스북에도 오르게 될 거야! '세계 최초 덧셈 하는 돼지' 이렇게!"

"그럼 난 인터뷰에서 이렇게 말할 거야. '여러분들도 꿈을 가지세요. 꿈만 있다면 우린 식탁에 오르는 고깃덩어리보다 더 가치 있는 존재가 되는 거예요.' 라고."

마이클은 흥분한 두 돼지가 '꿀꿀' 대는 모습을 흐뭇하게 지켜보았다.

8

'과연 이들은 어떻게 되었을까? 꿈을 이뤄 유명해졌을까? 블랙과 로스는 만났을까? 돼지들이 농장을 탈출했을까?'

난 머릿속에 떠오르는 의문들 때문에 뜬 눈으로 밤을 새웠다. 선생님이 준책의 내용은 너무 놀라운 것이었다. 처음에 그들이 돼지란 것이 너무 우스워 그냥 쓱쓱 읽어나갔다. 하지만 로스가 아버지의 죽음에 대해 알게 되고 꿈을 갖게 된 부분부턴 한 글자 한 글자가 마음에 박혀 천천히 읽을 수밖에 없었다. 그리고 그 책을 끝까지 읽은 지금 난 느낄 수 있게 되었다. 선생님이 말한 '꿈의 마법'이란 게 무엇인지를. 그리고 더 나아가 그 꿈의 마법엔 대가가 필요하단 것을. 로스는 그 대가로 가족과의 이별로 인한 슬픔을 지불해야 했다. 나도 그만큼 괴로움을 극복할 만큼 노력해야 꿈을 이룰 수 있을 것이다. 하지만 이젠 꿈을 갖는 게 헛되다는 생각은 정말 조금도 들지 않았다. 심지어 '돼지보단 내가 꿈을 이루는 게 더 쉽지 않을까? 난 덧셈은 자신 있어!' 하는 생각까지 들었다. 난 이게 자신감이라고 확신한다. 이제 나도 무언가 할 수 있단 용기가 생긴 것이다.

서둘러 교복을 입고 가방을 챙긴 뒤 그 책을 가슴에 안고 처음으로 7시 30분이 채 되기도 전에 학교로 출발했다. 그리고 1층 상담실에서 선생님을 기다리기 시작했다. 하지만 뜻밖에 상담실 문고리에 먼지가 많이 쌓여 있단 걸 발견하게 되었다. 불과 어제 선생님이 연 문이었다. 너무 이상한 일이다. 그래서 난 그냥 문고리를 돌렸다. 하지만 문고리는 돌아가지 않았다. 문이 굳게 잠겨 있던 것이다. 난 뭔가 이상한 기분에 휩싸였다.

"거긴 빈 교실이야. 얼른 너희 반으로 가거라."

내 뒤에서 어떤 선생님의 목소리가 들렸다. 난 심장이 너무 뛰어서 기절할 것 같았다. 그럴 리가 없다고 되뇌어 보았지만 정말 상담실 문고리의 먼지는 착각이라고 하기엔 너무 층층이 쌓여 있었다. 난 서둘러 가슴에 안고 온 책을 펼쳤다. 그리고 내가 맨 마지막 장을 읽지 않았단 걸 알아챘다. 하지만 곧 그 내용이 지워지기 시작했다.

그래서 난 오직 마지막 문장 하나만을 읽을 수 있었다.

나의 자서전을 내 준 베이지에게 감사를 보낸다.

그럼 내가 손에 들고 있는 이 책이 실화란 말인가?
선생님의 정체가 마이클의 딸이란 것이 난 믿기지가 않았다.
그런 그녀가 끝까지 보면 떠오른다는 것은 무엇일까?
난 아직도 잠이 오지 않는 밤이면 그녀가 떠오른다.
하지만 로스의 이름 말곤 책의 내용이 하나도 기억나지 않았다.
그리고 난 그 해에 나의 꿈을 찾을 수 있었다.

　전 지금까지 한 번도 글쓰기가 이렇게 재미있고 창조적인 일이라곤 생각하지 않았습니다. 물론 글을 읽는 것이 즐거운 적은 많았지만요. 하지만 이젠 글쓰기가 얼마나 재미있는 일인지, 그리고 한편으론 힘든 일이란 걸 뼈저리게 느꼈습니다.

　먼저, 글을 쓸 때 처음 마주한 어려움은 제 꿈이 확실하고 구체적이지 않다는 것이었습니다. 우리 책의 전체적인 주제가 꿈에 대한 것이니까요. 전 다른 아이들에 비해 꿈에 대한 구체적인 생각이 없었고, 꿈에 대한 '열정'이라든지 '꼭 이 꿈을 이루겠어!' 하는 마음이 약해서 처음에 글을 쓰기 전에 구상하는 단계에서부터 혼란스럽고 걱정이 많이 되었습니다. 그런데 갑자기 나처럼 꿈을 가지는 걸 부담스럽게 생각하는 아이들이 꽤 많지 않을까? 하는 생각이 들었습니다.

　그래서 주제를 '꿈을 이루는 것도 중요하지만 꿈을 갖는 것, 그 꿈을 이룰 용기를 갖는 것 그 자체도 소중하다.'라는 메시지로 정했습니다. 글을 읽으며 느끼셨나요?

　일종의 이 글은 꿈을 가지는 걸 겁내는 겁쟁이인 제 자신에게 주는 열쇠인 샘이죠. 또 만약 '꿈이 이뤄지지 않는다고 그 꿈이 의미 없고 헛될까요?'라는 질문을 받으면 당당하게 '아니야'라고 외칠 수 있게 되길 바랐습니다. 또 저 뿐만 아니라, 제 글을 읽은 사람 모두가 그럴 수 있도록 용기를 주기 위해 이 글을 적기 시작했습니다.

　글을 적으며 고민하다가 누구든지 쉽게 용기를 가질 수 있고, 공감할 수 있게 하려고 주인공을 돼지로 정했어요. 한 마디로 돼지도 꿈을 가지고 있고 이루는데 우리도 못할 것 없다는 희망과 용기를 쉽게 줄 수 있다고 생각했기 때문입니다.

　그러기 위해서 등장인물의 이름에도 특별한 의미를 주었는데요. 그 이름이 바로 '로스'입니다. 글을 읽다 느끼셨는지 모르겠지만 꿈을 가진 돼지인 로스의 이름인 '로스'는 'roast'란 영어단어에서 따온 것입니다. 우리가 자주 먹는 '로스구이'의

'로스'가 바로 이것입니다. 처음부터 이름을 '돼지고기'라는 의미와 비슷한 '로스'로 정한 것입니다. 이름 자체가 돼지고기인 녀석 돼지 '로스'가 꿈을 가지고, 그 꿈을 이뤄 가는 과정을 글을 통해 보여주면, 독자들도 좀 더 자신의 꿈을 찾고자 하고, 또 그 꿈을 이루어가는 과정을 쉽고 재미있게 느끼지 않을까? 하는 생각을 했습니다. 재미있었나요?

큰 틀을 정해놓고 나니 생각보다 글이 술술 잘 써져서 즐겁게 작업할 수 있었답니다. 나중엔 등장인물들을 죽일까? 살려둘까? 하는 즐거운 고민도 했답니다. 아마 작가가 되어보지 않으면 알 수 없는 즐거움이겠죠? 하하

그리고 현재 제가가진 가장 큰 고민은 제가 글을 통해 표현한 주제가 과연 내 글을 읽는 사람에게 잘 전해 질수 있을까? 하는 것입니다. 제 글의 주인공은 '로스'가 아니라 바로 꿈을 가진 적이 한 번도 없던 학생 '승연'이입니다. 바로 제 또래의 학생들을 표현한 것이죠.

한 마디로 제가 표현하고 싶었던 건 돼지인 블랙, 엘리자베스, 로스, 벨라 이들의 가진 꿈의 의미나 형태가 아니라 돼지들도 꿈을 가진다는 사실입니다. 그러니 이들은 단순히 꿈을 가진 이를 대변하는 존재일 뿐이지 주인공이 아닙니다.

내가 학교를 졸업하고 나이가 들어도 이 책 속의 제 글은 계속 18살 나의 생각을 담고 제자리에 있을 거라고 생각하니 나중에 다시 보면 더 즐거울 거란 생각도 듭니다. 아마 저희 책을 보며 얼굴이 빨개져 있을 수도 있고 마구 웃고 있을 수도 있겠죠?

제 글에 대해 허심탄회하게 평가해 주신 정강욱 선생님 감사드립니다. 정말 큰 도움이 되었습니다. 그리고 사랑하는 우리 가족과 우리를 위해 소중한 시간과 마음을 내주신 김묘연 선생님, 모두모두 열심히 한 우리 '책지게' 친구들 사랑해♥ 모두 꿈을 위해 노력하자~

비가 다시 와도 젖지 않는다

젖지 않은 자는

김미나

햇살 가득한 하늘에 한줄기의 비가 내린다. 여우비다. 여우비를 보기는 오랜
만이라서 한참을 볼 생각으로 창 밖을 내다본다. 여우비는 비가 국지적으로 올
때 다른 쪽에서 햇빛이 비추는 것으로 내가 바라보는 곳에 빛이 비치고 있지만
멀지 않은 곳에는 먹구름이 아마 잔뜩 끼워져 있을 것이다.

소나기는 아이가 잃어버린 엄마를 찾듯이 소란하고 빠른 소리로 나를 재촉해
잘하던 일도 제대로 마무리짓지 못하게 한다. 그런 이유에서일까? 소나기는 반
갑기보다는 밉다. 천둥과 번개를 친구로 사귀고서는 시끄럽게 짖어대는 셰퍼
드를 닮기도 하고, 매년 지겹게 찾아와서는 부모님께서 가꾸는 농작물을 망쳐
버리는 장마 역시 미운 놈이다.

그런데 여우비는 다르다. 맑은 날에 비라니 어울리지 않다고 생각하는 사람
도 있겠지만 흰색과 검정 역시 서로 다르지만 누구보다 잘 어울린다. 내게 여우
비는 그렇다.

어른이 되고 나니 더 그리워진다. 어렸을 때의 몰랑하고 유연했던 사고와 이
렇게 감상에 빠지는 시간이 말이다. 나도 모르는 사이에 설렘이 가득했던 시절
의 빛바랜 추억이 내 머릿속을 어지럽지 않게 휘저어 스쳐 지나간다.

꿈이 가득했고 항상 꿈속에서 살아가던 내가 떠오른다. 그때 꿈꾸었던 것들
중의 하나를 지금은 이루었다. '임상심리사' 남들이 소위 떠들어대는 대학을
나오지는 않았지만 원하는 대학에 가서 4년 동안의 학업을 마쳤다. 대학에서는
심리학 관련 전 분야를 조금씩 얕은 수준에서 배웠기 때문에 대학원에 진학해
서야 전공을 선택한다 해도 무방하다. 나는 늘 '진짜 내가 원하는 길이 무엇이

지? 에 관해 끊임없이 생각했고 대학원을 가서도 처음부터 원하고 꿈꾸던 임상 심리 분야에 관해 좀 더 구체적으로 배워보기로 결정했다.

그 꿈은 어렸을 때 사람은 좋아했지만 늘 혼자만의 시간을 즐겼던 시간과 그런 내 곁에는 항상 책이 있었던 것에서 시작된다. 쉬는 시간에도, 수업 중에도, 길을 걸으면서도, 틈틈이 시간이 날 때면 읽었으며 읽은 내용에 관해 누군가와 이야기하지 않고는 가슴이 터질 것만 같을 때는 친구들과 침을 튀겨가며 오랜 시간을 함께 이야기해야지만 무언가가 해소되었다. 그렇게 늘 허기진 듯 분야를 가리지 않고 책을 읽다 보니 남들이 어렵고 딱딱하게 여기는 철학 분야까지 접하게 되었고, 그것은 나에게 정말 매력적으로 다가왔다.

철학을 접하면서 자연스럽게 '나'에 대해서 고민하기 시작했고, '나'를 넘어서 나와 공존하는 이 세상 '사람들'에 대해서 공부하고 싶다는 생각으로 심리학에 관심을 가지게 되었다.

그렇게 꿈꾸었던 꿈이고 그 길을 간절히 원했기에 대학원에서의 석사 취득의 과정도 연구소와 병원에서의 짧지 않은 3년의 세월과 수련 기간 중의 지도 교수의 혹독한 가르침은 나에게 포기가 아니라 더 독한 자극제가 되어 더욱더 열심히 연구하도록 했다. 그렇게 부푼 꿈을 안고 아직도 달리는 중인 나는 지금도 꿈을 꾼다. 꿈을 꾼다는 것이 얼마나 행복하고 대단한 일인 줄 알기에 꿈꾸는 일을 멈출 수는 없다.

여우비는 잠깐 딴 생각을 하는 나의 무관심이 야속했는지 그만 그쳐버렸다. 잠깐 졸았나 싶을 정도로 화창한 날씨이다. 오늘은 왠지 기분 좋은 하루가 될 것 같다.

♪♩♪ ♫♫ ♪♩

완벽한 현실로 돌아왔다. 하루에 몇 번씩은 듣는 전화소리가 내 귀를 깨운다.

"네. ○○센터입니다."

"미나야, 나야."

그 전화는 같은 하늘 아래에 있다는 사실만으로도 안심이 되는 친구 진영이었다. 진영은 책에 갇혀 현실로 나아가지 못하던 나를 이끌어 주었다. 무엇보다 친구도 연인도 서로에게 정신적으로 자극을 주며 성장을 도와야지 사람과 사람 사이의 참다운 관계가 성립된다고 생각했던 나에게 진영은 이상적인 친구였다.

진영은 곧은 성품에 자기가 원하는 것에는 악착같이 노력하는 근성으로 자기가 꿈꿔 온 기상학자가 되었다. 학창 시절 생소하게만 들리던 기상학자라는 직업이 지금 친숙하게 들리는 걸 보면 지난 20년 동안 진영이가 얼마나 많은 노력을 했는지 알 수 있다. 진영이가 열심히 노력한 만큼 사람들도 진영이 하는 일에 관심을 보였고 이제는 종종 강연을 하러 나가기도 한다.

그래서 쉴 틈 없이 바쁘게 살고 있을 녀석이 대뜸 연락이 와서는 외국으로 짧은 연수를 가게 되어 맡길 사람이 나밖에 없다며 자기 딸 미소를 봐줬으면 한다는 것이다. 나는 당황스러울 수밖에 없었다. 내가 알기에는 미소의 나이는 16살인 걸로 아는데 그 나이면 굳이 보호자가 없어도 다 알아서 할 나이고 어른의 관심을 반가워하지 않을 나이가 아닌가. 부담감과 함께 이런 의문에 빠져 있는데 진영이가 수수께끼의 힌트를 꺼내듯 뜻밖의 얘기를 덧붙였다.

"애가 평상시에도 워낙 속내를 보이지도 않아서 무슨 생각을 하는지도 잘 모르겠고 요즘 지켜보는 내내 불안해서 말이지. 그리고 불안했던 그 시절의 우리의 모습을 조금 닮은 것도 같아. 그렇게 걱정을 하고 있었는데 네가 생각이 난 거야. 모르는 사람보다는 안면 있는 네가 낫지 않겠어?"

진영의 부탁은 '나는 내 딸을 맡길 정도로 널 믿는다.' 라고 들려와서 나는 거절할 수 없었다. 그래도 부담스러운 건 부정할 수 없는 사실이다. 결혼할 나이지만 사랑보다는 일이 먼저이고 가정을 꾸려서 누구의 아내, 아기를 낳아서 누구의 엄마로 살기보다는 아직은 나로 살고 싶다.

이런 이유로 혼자 지내는 공간에 덜 자란 소녀가 침범하는 일은 조금 불편하지만, 한편으로는 대부분의 여자 아이가 엄마의 화장대에 앉아 몰래 립스틱을 바르던 상황이다. 엄마 입장에서는 자신도 어렸을 때 그랬기에 딸을 크게 혼내지 못한다. 여자 아이의 입장에서도 어쩌면 예뻐지기 위한 본능으로 당연한 일이다. 지금의 내 경우도 그렇다. 언제까지 혼자서만 살 수 없을 일이고 가족을 들이는 연습이라고 생각하자. 혼자 지내면서 외롭고 쓸쓸한 적이 없다고는 자신 있게 말할 수는 없으니 말이다.

근데 우리의 모습을 조금씩 닮아 보인다는 미소의 모습은 어떨까? 우리를 동시에 닮기는 정말 상상이 되지 않는다. 지금 생각해 봐도 참으로 묘한 건 우리에게 공통점이 있다면 중학교 3학년 때 같은 반이었던 것과 형제 중에 오빠가 있다는 정도였다. 오빠들의 나이도 달랐고 그들과의 관계 역시 차이가 있었다. 좋아하던 연예인도, 종교도, 즐겨듣는 음악도, 추구하는 가치까지 달라도 너무나 다른 우리였다. 그래서 그런지 우리는 항상 모이기만 하면 주변에서 보면 싸운다 싶을 정도로 의견 충돌이 잦았다.

또, 사람과의 관계를 중요시했기 때문에 선을 그으면서 우리끼리만 어울린 것 같다. 내가 생각해도 유별난 우리였던 것 같은데 우리의 모습을 닮았다니…….

내게 미소에 대해 잊히지 않는 것이 있다면 그 나이의 아이들처럼 모든 것에 호기심을 가득 담은 눈이 아니라, 모든 것을 알고 있다는 듯이 담담하다 못해 가라앉은 눈을 지녔다는 것이다.

오늘은 예약된 진료만 하면 되는데 생각보다 더 일찍 끝났다. 그래서 습관처럼 책을 펴고 글을 읽는데 왠지 까만 활자들이 숨바꼭질을 하는지 눈에 들어오지 않는다. 조금 답답한 마음에 습관처럼 손톱을 세워 책상에 두드린다. 유리와 부딪힌 손톱이 맑은 소리를 만들어 낸다. 얼마 지나지 않아 기분이 좋아져서 혼자 흘러간 옛 노래 멜로디를 흥얼거리는데 유리 소리가 아닌 좀 더 둔탁한 노크 소리가 들려온다.

"네. 들어오세요."

얼마 지나지 않아 문이 열렸다. 미소였다. 못 본 사이에 키가 큰 것인지 조금 커 보였던 교복이 주인을 만난 듯 딱 맞아 보였다.

솔직히 말하자면 아직도 나는 사람을 대하는 것이 조금 버겁다. 사람마다 다른 성격을 지녔듯이 대하는 방법도 달라야 한다. 스스로 거기에 대한 노련함이 아직 부족하게 느껴진다. 그래서 미소를 만났을 때 심장이 불규칙하게 뛰는 느낌을 받았다. 미소는 환자로 나를 찾아온 것은 아니지만, 진영의 간절한 부탁이 있기도 해서 어떻게 해야 하나 고민스러웠다. 일단 처음 만나면 하는 의례적인 안부 인사를 건넸다.

"오랜만이지?"

"네."

"학교는 잘 다니고 있어? 학교 생활은 어때?"

"그냥 그래요."

"성적 고민은 없니? 지금 성적만큼 또 스트레스가 되는 게 있을까?"

"별로……."

"소풍은 갔다 왔어?"

이젠 '네, 아니오' 라는 답도 귀찮은 듯 고개만 벽을 바라보며 있다.

나를 향해 고개를 끄덕인 것도 같고 아닌 듯도 하다. 대화라기보다 상대를 앞에 두고 하는 혼잣말에 가까웠다. 짧은 단답형의 답은 다음 말을 이어가려는 나의 노력을 매정하게 싹뚝싹뚝 끊어 버린다. 미소 나이 때 아이들 대부분은 질문을 하면 관련된 이야기를 덧붙여 해주기 마련이건만 미소와의 대화는 간단한 안부 인사인데도 서로 딱 세 발짝 정도 떨어져 있는 느낌이다. 나를 경계하면서도 움츠러들지 않고 오히려 바라볼 때는 정확히 시선을 맞춘다. 그렇기에 어려운 상대라고 느껴지는 것인지도 모르겠다.

"네 엄마가 너를 나한테 맡긴 이유가 특별히 너한테 문제가 있어서 여기로 온 건 아니니깐 그렇게 경계할 필요는 없어. 편하게 있으렴. 물론 간단한 테스트는 할게. 그렇다고 해서 기분 나쁘게 생각하지는 마. 임상 심리사 이모를 만난 특별 체험이라 생각하면 너도 재미있게 받아들일 것 같아. 뭐 궁금한 거 없어?"

"말 많네요."

"……. 뭐, 사람을 상대하는 것이 일이니 말이 많은 직업이지."

미소의 앞에 마주 앉은 후 나는 방 안 가득 찬 어색한 이 분위기를 어깨로라도 올려보려는 듯 자꾸만 으쓱거리게 된다. 하지만 오히려 미소의 시선은 마주 앉은 나의 시선을 피해 블라인드가 쳐진 진료실 창문으로 가서 꼼짝 않고 이 방 안의 어색함이 달아나지 못하게 꼭 붙들어 매고 있는 듯하다. 블라인드 사이로 비친 조각 난 빛이 미소의 얼굴에도 길게 가로줄을 그었다. 해가 저물어가는 노을이 하얀 블라인드를 밀감빛으로 물들이고, 진료실 안을 물들이고, 미소의 얼굴을 물들여 놓았다. 조용한 침묵은 조금 더 오랫동안 지속됐다.

도대체 뭐를 볼 게 있다고 보는 걸까? 되려 궁금해진 내가 미소의 시선을 따라 창 밖으로 고개를 돌렸을 때 미소의 건조한 목소리가 들려왔다.

"선생님은 제가 어떻게 보이는데요?"

뭐가? 네가 말하는 어떻게 보인다는 것은 뭐지? 나는 블라인드와 하나가 된 듯한 미소를 바라보며 소파에 깊숙이 몸을 묻었다.

"글쎄."

나의 대답에 미소는 또 답이 없다. 미소는 나의 시선을 느꼈는지, 창 밖을 향한 시선을 느린 거북이 걸음처럼 천천히 돌린다. 하지만 나를 바라보는 것이 아닌 자신의 앞에 놓인 테이블을 바라본다.

"내가 어렵죠?"

사람의 심리를 꿰뚫어 보는 건 눈빛뿐만이 아니다. 무심코 내뱉는 한 마디 한 마디가 왠지 뜨끔거린다. 별말이 오간 건 아니지만 그 몇 마디 속에서 두려움을 느꼈다고나 할까.

"아니라고는 말 못하겠네."

지끈거리는 두통에 나는 자리에서 일어섰다.

서랍에서 테스트 종이를 꺼내오는 나를 가만히 바라보던 미소는 다시금 자신의 앞에 앉아 테이블 위에 내가 내민 종이를 무관심하게 내려다본다.

"해주는 거 어렵지 않지? 그냥 간단한 테스트니까."

"이딴 거 싫어요."

"……."

"내 속을 뒤집어 까서 뭐하려고요? 내가 어떤 인간인지 무슨 생각을 하고 살든지 관심 갖지 마요. 당신도 같이 할 것도 아니면서 내게 요구도 하지 말라고요. 나만 까발려지는 건 너무 억울하잖아요."

뾰족해진 말투에 난 입을 꾸욱 다물었다. 어디가 어떻게 삐뚤어진 녀석일까? 정말 알 수가 없다. 그래서일까? 더욱 녀석에게 다가서는 나를 느꼈다.

네가 어떤 아이인지 알고 싶다.

"날 알고 싶죠? 점점 더 궁금해져 가죠?"

"……."

"내가 알려주길 바라지 말고 당신이 알아가요."

말이 끝나자 미소는 자신의 앞에 놓인 테스트 종이를 들어 올려 쫘—악, 쫘—악, 찢어버린다. 그 모든 행동을 가만히 바라만 볼 수밖에 없었다. 종이가 찢어지는 날카로운 소리가 경계선을 긋는 듯 함부로 다가설 수 없을 만큼 녀석은 강압적이게 느껴진다. 예사로운 애가 아니라는 건 알았지만 이건 내 상상을 초월한 수준이다. 나는 버릇처럼 아랫입술을 깨물었다. 녀석의 분위기와 행동에 그간 나의 열정과 내가 쌓아온 경력이 무참히 허물어지는 느낌이다.

"난 너 심심풀이로 종이 찢기 하며 놀라고 그거 준 거 아니다."

"편하게 행동 하라고 하지 않았어요? 난 찢고 싶었어요."

"편하게 행동 하라고 했어도 예의 없이 굴지 말라고는 안 했어."

"진작 말하지 그랬어요."

"그 짜증나는 말투도 좀 쓰지 마."

"그럼 어쩔까요?"

"차라리 반말을 쓰든지."

"그러지 뭐."

미소의 말에 나는 허— 하고 헛웃음을 보일 수밖에 없었다.

혈압이 올라갔다. 내려갔다. 이러다 뇌의 어느 혈관이 '펑' 하고 터져 죽을지도 모른다는 생각이 들었다.

"엄마가 아줌마한테 무슨 말을 했나 본데, 쓸데없이 용쓰지 말란 말이에요."

"네 엄마 부탁이긴 한데⋯⋯. 허— 그것보다 너 재미있네."

나를 찾아오는 사람은 거의 두 가지 태도를 보인다. 먼저 나를 경계하고 적개심을 드러내거나 또 다른 하나는 내가 자신의 일을 해결해 줄 거라는 믿음을 가지고 처음부터 나에게 모든 것을 털어 놓는 유형으로 말이다. 하지만 미소의 행동은 이러한 일반적인 유형에서 벗어난다. 허물어지던 마음이 미소의 이런 별난 행동에 약간의 호기심과 도전 의식으로 바뀌는 것 같다.

"진심이 아니면 다가오지 마요. 난 그딴 싸구려 감정 받아줄 만큼 착한 인간이질 못하니까요."

나는 한숨을 살짝 내쉬고는 찢어진 테스트 종이를 주우며 말했다.

"진심이라면? 네 엄마의 부탁이긴 하지만 어떤 상황이든 나는 하고 싶은 일을 하는 거고, 더욱이 사람을 상대할 때 진심으로 대하지 않은 적은 없어."

미소가 아무 대꾸도 하지 않고 있자 둘 사이에 정적이 흐르고 그 틈에 기다렸다는 듯이 벨소리가 울렸다.

Some people want it all But I don't want nothing at all

미소는 휴대전화 액정에 뜨는 이름을 보고는 잠시 머뭇거리더니 전화를 받는다.

"여보세요."

"응. 주말에 다른 일이 생겼어."

"나도 보고 싶어."

"다음에 봐."

미소가 전화를 끊고도 휴대전화를 한참이나 바라보고 있자 궁금한 마음에 내가 먼저 입을 열었다.

"남자 친구야?"

"네."

"같은 학교? 다른 학교?"

“학생 아닌데요.”

“그럼?”

“뭐가 궁금한데요?”

“대부분 네 나이면 나이 많아도 대학생 만나는데 아니라기에 어떤 사람 만나는지 궁금하지. 근데 왜 이렇게 과민 반응이야?”

“……, 군대도 갔다 왔어요.”

“더 말해 줄 수 있어?”

“……, 나이는 스물여덟에 작은 카페 운영하고 있어요. 왜요? 문제 있어요?”

“나는 문제 있다는 소리 안 했어. 흔한 경우가 아닌 건 사실이잖아? 너도 전화 받을 때 머뭇거렸잖아.”

“…… 궁금한 거 있어요?”

“널 탓하는 게 아니야. 사귀는 이유 물어봐도 될까?”

“날 사랑해 주니까요.”

혹시라도 나쁜 의도로 만나고 있지 않을까 걱정되어서 던진 물음에 미소의 대답은 나에게 강한 충격을 주었다. 저 나이 때의 사고방식처럼 편하게 사귀는 것도 아니고 대개 사귀는 이유를 물어보면 자신이 상대를 사랑한다고 말하지 나를 사랑한다고 말을 할 확률은 희박하다. 너는 어떻게 살아온 거야?

이 아이에게 해주고 싶고, 해줘야 하는 말은 많은데 어떻게 어디서부터 말해 줘야 될지 감이 오질 않는다.

“너를 보니 고아원의 아이들이 생각나.”

“내가 불쌍해 보여요?”

“아무의 손도 잡지 않고 혼자서 걷는 법부터 배우는 애들 말이야.”

“손잡고 걸을 사람이 없으니까요.”

“가족이 있잖아.”

“가족이 뭔데요?”

“태어나자마자 얻는 네 평생의 아군.”

“그러면 필요 없어요.”

"무슨 말이야?"

"저는 평생 아군이 필요한 게 아니라 날 사랑해 주는 사람이 필요하거든요."

"그럼 네 엄마가 너를 사랑하지 않는다고 생각하니?"

"그건 잘 모르겠는데 내가 정작 필요로 할 때는 없거든요."

"바쁘잖아."

"가족이란 건 아무래도 형식적인 절차 밖에 되지 않아요."

"네가 그렇게 생각하는 가족. 네 엄마한테는 전부야."

"돈이 전부겠지."

"네 엄마가 어떻게 살아온 줄 알아?"

"관심 없어요."

"정신 차리고 내가 하는 말 잘 들어. 너는 지금 하고 있지 않을 돈 걱정, 네 엄마는 네 나이 때 돈 걱정하면서 살았어. 다른 애들처럼 학원 다니면서 부족하게 느껴지는 공부를 하고 싶은데 형편이 힘들다는 걸 알아서 스스로 뒤로 물러서고 말조차 꺼내지 못했어."

"⋯⋯."

"난 남을 배려한다는 건 스스로 삶을 돌아볼 수 있을 어른에게서 나올 수 있는 행동이라 생각해서 어려서부터 다른 사람에 대한 배려가 몸에 배어 있는 네 엄마를 보며 대단함을 느꼈어. 근데 함께한 시간이 길어질수록 네 엄마는 대단하다기보다는 멍청하다는 생각이 더 들더라. 항상 자신은 생각도 하지 않은 채로 남을 생각한다는 것이 옆에서 내가 보면 정말 답답한 정도였어. 왜인 줄 알아?"

"⋯⋯."

"네 외할아버지 알코올 중독자로 평범한 가족생활 못 했어. 상태도 심해서 병원에 가면 바로 입원해야 했어. 그래도 다행히 자식은 때리지 않은 모양인데, 네 엄마는 자기 엄마가 맞는 모습을 보면서 자라 왔어. 근데 철 안든 오빠, 언니가 그런 아버지 요양소에 보내고 편하게 살자고 했을 때 평소에는 자기 의견도 잘 내지 않는 네 엄마가 아버지를 어떻게 버리냐면서 말렸고 따로 사는 지금도 유일하게 네 외할아버지를 찾아가고 있지."

"……."

표정이 깊어지는 미소를 보며 나는 진영이라면 말할 수 없을 이야기를 더 펼쳐 보이기로 한다.

"아버지만 문제였던 줄 알아? 내가 보기에는 네 삼촌이나 이모도 네 엄마 힘들게 만들었어. 한참 놀다가도 항상 집에는 일정한 시간에 꼬박꼬박 맞춰 들어가는 거야. 부모님께서 일하시는데 늦게 가도 되지 않느냐고 물어보니깐 오빠 밥 차려 줘야 한다고 하더라. 하루는 약속 시간에 늦어서 이유를 물어보니까 언니를 6시에 깨워줘야 하는데 그날 따라 잠을 설쳐서 눈 감으려니 새벽 4시라 그때 자면 언니 못 깨워준다는 생각에 결국은 밤새고 언니 깨워주고 자다가 약속 시각에 늦은 거라는 거야."

"……."

"오빠한테 맞은 일도 한두 번이 아니야. 네 엄마는 고작 언니에게 한 마디했다고 앞 뒤 사정 가리지 않고 오빠한테 맞았어. 그러면 또 아무 말도 하지 않았고 아니 말을 할 수 없었을지도 모르겠다. 근데 그런 상황에서 자랐으면서도 늘 '자신' 보다 '가족' 이 먼저인 사람이야."

"……."

"내가 너무 힘들어서 죽고 싶을 때가 있었어. 그때 같이 죽자고 네 엄마한테 말하니깐 하는 대답이 가관이더라. 자기도 너무 힘든데 자기는 죽으면 슬퍼할 가족 때문에 못 죽는데. 죽으면 안 된데. 근데 나는 네 엄마가 부럽더라. 누구를, 무엇을 위해서든지 살고자하는 그 모습이 아주 조금은 부러웠어."

"……."

"네 엄마가 살아가는 이유는 지금 너라고. 근데 그런 사람한테 너는 무슨 일을 저지르고 있는 줄 알고 있어?"

"그렇지만 나 혼자라는 생각이 머리를 떠나지 않아서 괴로워요."

"네가 왜 혼자야."

"엄마도 아빠처럼 내 곁에서 사라질 것 같아요."

남들이 보기에 아무런 문제가 없어 보이는 가정이라도 찬찬히 그 배경을 들여다보면 문제가 있다.

진영은 대부분의 이혼한 부부처럼 성격 차이로 헤어지게 되었다. 어린 시절에 부모의 이혼이라는 힘겨운 경험을 했으며, 이후에는 아버지의 부재가 주는 고통을 미소는 고스란히 받았다.

"사람들이 다 나를 증오하는 것만 같고, 다른 사람이 불쾌함이나 불편함을 보이면 그것이 다 나 때문인 것만 같아 견딜 수가 없어요. 나만 없으면, 죽어서 없어지면 세상이 평화로울 것 같아요."

미소는 자신의 현실을 포기하려는 데 필사적인 노력을 하고 있는 듯했다.

"나는 누구에게나 아무것도 아닌 사람이라는 생각에 살 이유가 느껴지지 않아요. 밥을 먹을 때도, 공부 할 때도, 심지어 친구들과 놀면서도 외롭고 무언가가 항상 빠져버린 기분이 들어요."

사람들은 보통 자기의 열정을 다한 일이 생각만큼 되지 않을 때 공허감을 느낀다. 미소는 항상 공허감이라는 발자국과 함께하는 것이다.

"네 이야기 듣고 싶어. 들어줄 테니 다 얘기해 봐."

미소는 좀 전에 말투에서 뾰족했다고 느껴졌었다고 믿을 수 없을 만큼 지친 목소리로 말하기 시작했다.

"내 기억속의 엄마는 항상 일을 하고 와서 피곤한 뒷모습이었어요. 나 같은 건 아무래도 상관없다는 듯이 무생물로 취급했어요. 하나님을 믿으면서 천국에서의 행복할 인생을 꿈꾸고, 부처를 믿으면서 착하게 살면 다음 생에 사람으로 태어난다는 것을 믿는 것이 이상해요."

"……."

"지금 이 순간도 숨이 막히고 답답한데 어째서 사람들은 다음 삶을 기다리고 원하는지 이해가 안 가요. 만약에 다음 생이 있다면 저는 태어나고 싶지 않아요. 지금도 충분이 지쳤거든요."

그 말을 할 때 그 아이의 눈을 들여다보면 정말이지 '쓸쓸했다'

열여섯 소녀가 아니라 한 마흔에 인생을 반추하는 어른처럼.

미소의 눈을 마주칠 수 없어진 내가 내린 시선이 미소의 팔로 자연스레 향한다. 나의 시선이 자신의 팔을 향해 있는 걸 알자 미소는 당황해 하며 팔을 뒤로 감춘다.

그냥 아무렇지 않게 행동했으면 별다른 생각을 하지 않았을 텐데 녀석답지 않은 저 행동이 호기심을 불러일으켰다. 왜 여름에 손목 밴드 따위를 하는 걸까? 게다가 장신구로 보기엔 이상하다. 일어나서 미소를 향해 다가갔다. 내가 자신에게 다가가는 걸 알자 곧 당혹감을 눈에 떠올린다. 표정은 아무것도 나타내고 있지 않지만, 미소는 약간씩 떨리는 눈과 바싹 마른 입술로 자신의 감정을 조금씩 비추었다.

"자… 잠깐만요."

잠시 멈추어 주었다.

"말할 게 있으면 거기서 말해요."

"손목 보여줘."

"……그건……."

말을 하자마자 틈도 주지 않고 바로 요청해 줬더니 미소는 말문이 막힌 듯한 얼굴로 나를 쳐다보았다.

"안 들려? 더 가까이 가서 말해 줄까?"

"아니, 됐어요. 충분히 알아들었어요."

알아들었긴 한데 내게 자신의 손목을 보여 줄 마음은 없는 것 같다. 뭔가 얼버무리려는 태도가 역력하게 보인다.

"이거 봐요…. 사람마다 누구에게나 다 프라이버시가 있는 법이라고요. 선생님도 남한테 보이고 싶지 않거나 알려주기고 싶지 않은 일은 한 개 정도는 있을 것 아니에요?"

미소의 흔들리는 목소리가 나의 호기심을 자극한다.

"없어."

"…에?"

예상치도 못한 대답을 들은 듯 미소는 그 다음 말을 이어갈 수 없었다.

"팔 줘 봐."

미소는 엉겁결에 고개를 저었다. 침착하게 '싫어.' 라든가 '왜 남의 팔을 달라는 거예요?' 라고 말하는 게 정석인데도 불구하고, 뭔가를 눈치채고 있는 듯한 나의 눈빛에 입이 얼어붙은 듯하다.

"타악-"

나는 미소의 팔을 낚아챘다. 미소는 반항했지만 예상했기 때문에 빠져나가게 놔두지 않았다.

미소는 이를 꽉 깨물었다.

"하지 마요!"

손목 밴드를 벗겨 내려는 나의 손을 미소는 붙잡고 힘을 주어 끌어내었다. 하지만 힘의 차이로 미소는 나의 행동을 멈출 수는 없었지만 잠시 멈추도록 하는 것은 가능했다.

"왜 이래요? 대체 뭘 더 알고 싶은 거야? 내게 이럴 권리 당신에게 없어!"

무표정하게 미소의 말을 듣고 있던 내가 입을 열었다.

"감추려고 했잖아. 뭘 알고 싶으냐고? 굳이 이것을 감추려고 한 이유를 알고 싶어."

나의 힘에 의해 미소의 손목에서 달랑거리고 손목 밴드는 벗겨져버렸다.

"……!!"

선명한 상처 자국… 그리고 미소의 커져가는 눈동자. 드러난 치부에 미소는 바닥으로 스르르 주저앉았다. 팔목은 여전히 나에게 붙잡힌 채.

"뭐야……. 이건."

"이게 대체 뭐냔 말이다!"

여전히 미소의 손목을 꽉 움켜쥔 채로 미소를 내려다보는 나의 윽박지르는 목소리가 진료실 안을 진동시킨다.

"이거… 네가 손목을 그어버린 흔적이야?"

미소는 주저앉은 그대로 움직이지 않았다. 나의 화가 섞인 물음에도 대답하지 않았다.

"너 죽고 싶었던 거야? 이게 대체 뭐냐고 묻잖아!"

"남에게 보여주고 싶지 않은 오래된 상처를 보여야 할 만큼 내가 뭘 그렇게 잘못했어요?"

나에게 잡히지 않은 한쪽 팔을 천천히 들어 올려 자신의 머리를 감싸던 미소는 소리를 내기 시작했다.

"그렇…다고 한다면?"

"……!!"

"죽고 싶으면 안 돼요? 어차피 내겐 그런 정도의 자유조차 없었어. 시도했지만 성공하지 못했어. 그런데 죽고 싶었다는 사실 자체가 뭐가 중요해요?"

성공하지 '못했다?'

"그리고 내가 그러고 싶었건 말건, 당신이 무슨 상관이야!"

"너 자신을 더는 상처 입히지 말란 말이야."

미소의 눈이 흔들린다. 처음 사귄 친구와 싸우고 사과를 받는 아이처럼 한 번도 들어 보지 못한 말을 들은 듯 무슨 말을 해야 할지 모르기라도 하는 것처럼 한참이나 말을 잇지 못한다.

"넌 참 안 드러나는 것 같으면서도 이렇게나 쉽게 파악이 되다니 알 수 없는 애야."

내가 미소의 머리카락을 흩트리면서 말을 하는데,

"나…"

미소가 들릴 듯 말 듯한 목소리로 말을 꺼낸다.

"이럴 때 어떻게 해야 할지 몰라서… 나한테 왜 이래요?"

"감정이 흐르는 데는 이유가 없어. 네가 무엇 때문에 그런 생각을 하는지는 알 수 없는데 누군가 너에게 뭐라고 잔소리를 하고, 충고를 하면 그건 그 사람이 살면서 느낀 삶의 충고라고 받거나 한 귀로 듣고 한 귀로 흘려버려."

"……."

"아직 해보지 못한 것도 잔뜩 있는데 벌써부터 다 살고 죽어버린 사람처럼 말하면 그걸 듣는 사람의 기분은 어쩌겠냐."

“…….”

“굳이 네 엄마가 아니더라도 너를 사랑하는 사람 앞에서 그런 말은 하지 말라는 말이야. 너를 사랑하는 사람은 만약 네가 사는 것이 힘에 겨워서 죽어버리면 어쩌냐.”

고개를 드니 저물어가고 있던 창 밖이 어느새 어두워져 가로등 불이 켜져 있다. 창을 두들기는 빗방울소리가 깜깜한 진료실에 울려 퍼진다.

이제는 먹구름이 옮겨왔나 보다. 오전에 오던 여우비가 생각난다. 여우비 생각에 나는 기분이 설렌다. 나만 비를 맞는 것이 아니다. 내가 비를 맞을 때에 다른 사람은 햇빛을 받아도 언젠간 나에게도 햇빛이 비친다. 살아가는 동안에 시련이 비라면 항상 비가 오는 것이 아니라 햇빛이 쨍 하고 비치는 날이 있기 마련이다. 나의 인생도 모두의 인생도 여우비다. 행복한 일만 있는 것도 아니고, 힘든 일만 있는 것도 아니라 모든 일은 같이 오는 것이다. 힘들었을 때 내가 진영을 만나 힘이 되었지만 진영을 만났다고 힘든 현실이 물러난 것은 아닌 것처럼.

나는 조심스러운 발걸음으로 창 앞으로 가 섰다. 밖의 가로등 불빛이 새어 들어와 빗물을 물들이게 하고, 시선을 돌리면 멍하니 앉아 있는 미소의 얼굴에도 빗물이 타고 흐르는 것처럼 빛이 부스러진다. 손을 뻗어 창문을 조심스럽게 열자 투둑투둑 하고 빗소리가 더욱 크게 들려오고 물을 치고 지나가는 차 소리도 귓가에 더 가까이 들려왔다. 바람이 진료실 전체를 싸늘하게 훑고 지나간다. 나는 옷소매를 걷어 올리고 팔을 창문 밖으로 뻗었다. 손바닥과 팔에 부딪혀오는 빗물이 차갑기만 하다. 한참이나 팔을 내 놓고 있으니 얼어붙을 것 같은 빗물이 나의 팔을 타고 흘러간다. 뒤에서 미소가 다가오는 인기척도 나는 느끼지 못한 채.

“뭐하세요? 차가울 건데 창 밖으로 팔은 왜 뻗어요?”

나는 갑자기 느껴지는 체온에 놀랐다. 무엇보다 관심이 없을 것 같던 미소가 나에게 말을 걸다니.

“아…….”

“뭐하시는 거냐고요?”

“아니, 그냥 비오잖아.”

“그건 눈 있으면 다 아는 사실이에요.”

“또 삐뚤한 말투 나온다.”

“치······.”

“비 안 좋아해?”

“좋아할 게 없어서 비를 좋아해요?”

“네 나이 땐 떨어지는 낙엽에도 눈물이 흘렀는데······.”

“나는 선생님이랑 달라요.”

“그래. 다르지.”

미소가 아무 말도 하지 않고 가만히 옆에 서 있자 미소의 팔을 잡고서는 창문 밖으로 손을 같이 뻗는다. 나의 행동에 당황한 미소가 말을 하려고 하자 내가 먼저 선수친다.

“나 비 좋아해. 어렸을 때는 일부로 우산 안 쓰고 집까지 걸어가기도 했고.”

“비 좋아하는 거랑 비 맞는 거는 틀려요.”

“그럼 나는 다 좋아했나 봐. 비오면 세상이 다 흐려지는 것 같아서 좋았고···.”

“······.”

“항상 혼자였어. 학교 다닐 때 부모님께서 일을 하셔서 집에 와서 ‘다녀왔습니다’ 라고 인사를 해도 반겨오는 목소리 하나도 없었어. 내 목소리만 집안에 둥둥 울렸을 뿐이었지. 거기다가 집은 외진 곳이라 동네에 또래친구도 없었어. 그래도 밖에 놀 사람이 없다는 걸 알면서도 조용한 집안에 있으면 더 외로워서 집에 있기보다는 밖에 나가서 혼자서 그냥 놀았는데 그때 비가 왔었어.”

“······.”

“비를 피할 생각도 하지 못하고 한참 맞았는데 비가 토옥토옥 하고 몸에 닿으면 빗물이 나한테 그러는 것 같더라. 울지 마 하고 나를 감싸주는 것 같아서 좋았어.”

“······.”

“유독 힘들 때면 비가 오더라고. 그래서 내리는 그 비를 피할 우산조차 준비

할 생각 못하고 다 맞았어."

"……."

"근데 네 엄마가 비를 더는 맞지 않게 해줬어."

"… 어떻게요?"

"네 엄마는 우산을 씌워 주는 것이 아니라 같이 비를 맞아줬어. 지금도 사람들이 눈에 보이는 친절을 보이면, 괜한 친절이야 싶은데 이런 심술궂은 내 마음을 네 엄마가 먼저 알아챘던 거지."

가로등 불빛 때문에 나의 팔도 미소의 팔도 주황색으로 물들고 빗물도 물든다. 나는 뻗었던 팔을 안으로 들이고 팔을 올려 자신의 손등을 적신 빗물에 입술을 댄다.

"아무런 맛도 안 나는 물이야."

"……."

"빗물이라고 말하지 않는 이상은 아무도 빗물이라는 걸 알지 못할 만큼 그냥 물이야."

"무슨 말을 하고 싶은 거예요?"

"네 엄마도 그렇고 사람들도 다 그래. 아프면 울고 즐거우면 웃는 똑같은 사람이야. 그리고 누가 자기가 배 아파 낳은 자식인데 사랑하지 않겠어? 단지 방법을 모르고 사람마다 방식이 달라서 그렇지. 너한테는 같잖게 느껴지는 사람일지는 몰라도 나한테는 하나뿐인 소중한 사람이야. 너무 미워하지는 마라."

창문을 타고 흐르는 빗물이 미소의 얼굴이 비친다.

"우리 엄만데 내가 왜 미워해요."

미소가 그 이름만큼이나 밝은 미소로 답하며 나갔다. 미소의 여운을 느끼며 책상에 앉아 그간의 일들을 다시금 되돌아본다. 진영의 부탁이긴 했지만, 불쑥 내 영역 안으로 들어온 침입자와 같이 미소는 어색하고 불편한 존재였다. 그러나 미소를 마주하고 나니 오히려 진영이보다 더 편하게 느껴진다.

그친 비를 보며 미소의 어깨도 가벼워지지 않을까 생각해 본다.

　창문으로 들어오는 달빛을 친구 삼아 미소가 흩뿌리고 간 눅눅한 그림자를 쓸어 담는다. 미소에 대해 기록해 둔 상담일지를 보면서 내가 쓸어 담은 그림자가 다시는 미소의 뒤에 따라 붙지 않기를 바라본다.

상담 일지

내담자 이름	생년월일	성별	상담 일시	상담자
이미소	2020. 10. 11	여	2036. 7. 5	김미나

상담내용

▨ HTP(House-Tree-Person) 검사 결과

• 집 그림에서 문을 측면에 그렸다는 것에서 도피적 경향이 있음을 보여준다.

• 나무 그림에서 나무의 가지 구조는 성격이 얼마나 건강하게 형성되어 있는가를 반영하는데 가지가 없는 점에서 사람들과 교제하는 것에 많은 어려움이 있음을 보여준다.

• 뿌리는 자아 안정감을 반영하는데 뿌리가 없는 점에서 자아가 불안정하고 약화되어 있음을 보여준다.

• 사람을 작게 그린 그림에서 작은 자신감을 보인다. 사람의 얼굴 특징이 생략된 모습에서 사람을 피하는 경향이 보이고 대인관계가 약하다는 것과 정신병의 가능성이 보인다.

• 전체적으로 진한 명암을 사용함으로써 우울감과 갈등이 내재되어 있으리라 짐작할 수 있다.

▨ 성격장애의 원인

여러 가지 측면이 있지만, 가정적인 문제가 가장 큼. 부모의 이혼이 어린 시절 미소에게 충격적인 경험으로 다가왔을 것이다. 미소는 부모의 보호와 사랑을 받지 못한다고 느끼며 자라면서 버림받을지도 모른다는 소외감에 절망으로 빠져 무의식적으로 느끼는 불안에 친밀한 사람에게 매달리고 의존하면서 안정감을 되찾으려고 한다.

진영은 어렸을 때의 경험상으로 돈이 아니면 편하게 살 수 없다는 생각으로 끊임없이 성공하기를 원했고 목표를 이루었다. 그래서일까? 진영은 미소가 아기였을 때 낮에는 타인에게 맡기고 저녁에 늦게 집에 와서도 울 때 안아주기보다는 피로감에 시달려 쓰러져 잠드는 경우가 대반사였다. 조금 피곤하더라도 우는 아기를 따뜻하게 안아 주는 학습이 미소의 감정 형성에 도움이 될 텐데….

아기는 엄마가 혹여나 눈 밖에 나가면, 그것에 많이 놀라게 되고, 엄마가 어디 있는지를 걱정하며 심한 불안감 속에서 엄마를 찾는다. 즉, 엄마가 사라지고 자신이 버림받게 되는 것에 대한 두려운 경험을 반복적으로 경험하는 것이 원인이 되어, 미소는 혼자 있는 것을 참지 못하고 타인으로부터 버려질 것이라는 두려움을 갖게 된 것이다.

엄마로부터 적절한 정서적인 투자를 받은 아이들은 주요한 시기에 엄마가 없을 때에도 그 내면에 엄마에 대한 내적 이미지를 내재화하기 때문에 분리를 잘 견딜 수 있다. 하지만, 미소 같은 경우는 이러한 이겨내기 위한 내적 이미지가 없어 혼자 남겨짐과 버림받음을 참아내기가 어려운 것으로 보인다.

<table>
<tr><th>비고</th></tr>
<tr><td>미소에게 필요한 것은 지속적이고 일관성 있는 관계를 통해 안정성을 향상하는 친밀한 관계를 오랜 시간 동안 경험하도록 하는 것이다.</td></tr>
</table>

자신을 이해하고 이제는 엄마까지 이해할 녀석을 생각하니 기특하다. 이런저런 생각을 하다가 책꽂이에 꽂혀 있는 『사랑의 기교』라는 시집 하나에 눈길이 간다. 학창 시절 진영과 함께 읽으면서 뜻도 잘 모르면서 벚꽃 나무 아래 의자에 앉아 자주 낭송도 하고 마음에 드는 구절이 있으면 다이어리 뒤에 베껴 놓기도 했었다. 훗, 내게 그런 시절이 있었지. 옛 생각에 젖어 책장을 넘기다가 특히 우리가 좋아했던 시, '비가 와도 젖은 자는' 을 다시 만났다.

강물이 공허한 빈 들판을 혼자서 순례하는 것처럼 우리도 혼자서 세상살이의 많은 어려움을 헤쳐나가야 하는 삶의 본질을 드러낸 시다. 당시 이런 심오한 뜻이 있는 지도 모르고 비를 좋아했던 취향에 막연히 비가 들어가는 시 구절이 마음에 들었던 것 같다. 이제, '젖은 자'는 이제 비가 와도 비를 피해 멈추어 서는 사람들이 아니며 비가 오면 비를 맞으며, 저 유유히 흐르는 강물처럼 젖지 않고 살아가는 법을 터득한 사람들이라는 것을 안다. 그리고 그것이 나와 미소, 그리고 진영의 모습이 될 거라는 확신이 생긴다.

　이 시를 미소도, 미소 엄마 진영에게도 한 장씩 옮겨 적어 줘야겠다는 생각이 불현듯 들면서 자정 넘은 이 밤에 꼭 하지 않으면 안 될 중요한 일처럼 여겨졌다. '다다다' 다급하게 써 내려가다 틀리면 'back-space-key'로 가볍게 지워버릴 수 있는 컴퓨터 타이핑이 아니라 옮겨 적는데 실수할까 봐 긴장해서 한 글자 한 글자에 정성을 담아 손으로 옮겨 적어주고 싶다. 종이 위를 사각거리는 연필 소리를 들으며 시를 옮겨 적었다. 진영이는 이 시를 보면서 내 마음을 짐작할 것이다. 내일 아침 미소에게도 한 장 줘야겠다. 어떤 반응을 보일까 기대되는군. 하하.

비가 와도 젖은 자는

오 규 원

강가에서
그대와 나는 비를 멈출 수 없어
대신 추녀 밑에 멈추었었다
그 후 그 자리에 머물고 싶어
다시 한번 멈추었었다

비가 온다, 비가 와도
강은 젖지 않는다. 오늘도
나를 젖게 해놓고, 내 안에서
그대 안으로 젖지 않고 옮겨 가는
시간은 우리가 떠난 뒤에는
비 사이로 혼자 들판을 가리라.

혼자 가리라, 강물은 흘러가면서
이 여름을 언덕 위로 부채질해 보낸다.
날려가다가 언덕 나무에 걸린
여름의 옷 한자락도 잠시만 머문다.

고기들은 강을 거슬러올라
하늘이 닿는 지점에서 일단 멈춘다.
나무, 사랑, 짐승 이런 이름 속에
얼마 쉰 뒤
스스로 그 이름이 되어 강을 떠난다.

비가 온다, 비가 와도
젖은 자는 다시 젖지 않는다.

　　잠들지 못하고 지새운 밤의 연속과 거듭 마주치는 망설임
에 글을 완성하기까지 많은 시간이 걸렸습니다.

　　소설 속 미나, 제 이름을 쓴 만큼 진심을 담으려고 노력했습니다. 진영이라는 이
름을 빌려 실제 친구 두 녀석을 담아냈습니다. 가상 인물 미소의 모습에서는 저와
진영의 모습뿐만 아니라 여러분의 모습도 볼 수 있을 것입니다.

　　이 글을 쓰게 된 동기는 순전히 친구들과의 추억을 담아내기 위해서입니다. 잡을
수 없는 시간이 흐르는 중에 만난 친구는 제게 현실적인 자극을 주었고, 제가 원하
는 진정한 꿈을 찾아주었다는 그런 생각이 듭니다. 유난히도 살아오면서 제 머릿속
에는 친구와의 시간이 어제 일처럼 생생하게 기억이 납니다. 되돌아갈 수 없는 시간
이지만 되돌려 볼 수 있는 추억이 있습니다.

　　무턱대고 허락도 구하지 않고 글을 쓴 다음에 두 녀석에게 말했지만 쿨하게 허락
해 줘서 제게 용기와 희망을 안겨준 고마운 두 녀석, 멋진 시를 소개해 주신 김묘연
선생님, 함께 고뇌의 시간을 거쳐 드디어 우리의 책을 완성한 동아리 친구들, 이 글
을 읽어 주신 모든 분들께 감사합니다.

　　지금도 어딘가에서 누군가가 혼자서 괴로움에 잠 못 들고 빛이 스며들기를 기다
리는 한 사람이 있을 겁니다. 이러한 사람마저 한 조각의 꿈의 가능성을 위해 달려
갈 수 있는 세상이 되었으면 합니다.

　－속표지 사진 : 노창환 http://blog.naver.com/chalsn

거름더미에 핀
백합화
-김혜선-

'딩동댕동'

"벌써 집에 갈 시간이네⋯⋯. 오늘 날씨도 화창한데, 친구들이랑 놀러가야 겠다!"

"김하나!! 너, 엄마가 몇 시까지 들어오라고 했어? 일찍 일찍 다니라고 했지? 요즘 너같이 밤늦게 돌아다니는 여자애가 어디에 있니? 18살쯤 됐으면 정신 차리고 공부할 때도 됐잖아!"

이제는 이 소리도 지긋지긋하다. 사실 2명도 자기 힘든 지하 원룸에 엄마, 오빠, 나 이렇게 산 지도 벌써 5년이 다 되어간다. 아빠는 우리의 생활비를 버시느라 전국 곳곳을 다니셔서, 얼굴은 일 년에 겨우 5번 남짓 보는 것이 다다. 그렇게 아빠가 고생해서 번 돈도 썩 많지가 않아서 엄마도 사회에 뛰어든 지 이제 6년째. 내가 초등학교 5학년 때부터였다. 한창 부모님께 어리광 피우고 싶고 내적인 고민이 생길 무렵부터 오빠와 나는 혼자 있는 법을 배워야만 했다. 부모님은 학교의 행사에는 전혀 오시지 못하고 가족 간의 대화도 점점 줄었다. 그리고 어렸을 적 우리 집의 기쁨이었던 오빠가 엇나가기 시작했고, 나 역시 점점 어두워져 갔다. 엄마는 어찌할 바를 모르고 언젠가부터 가족에 대한 희망을 잃기 시작했다. 우리에게 혼을 내며 나무라는 일밖에 하지 못했다.

"야, 김하나! 거기 물이랑 과자 좀 가져와 봐."

"싫어! 내가 오빠 종이냐? 오빠는 하루 종일 텔레비전 앞에서 뒹굴뒹굴하면서… 잘~한다. 오빠가 뭐 그래?"

"너! 맞을래? 이게 오빠 말이면 '네' 하고 당연히 들어야 하는 거 아니야? 많이 컸다. 김하나!"

우리 가족에게 있어서 가족이란 의미 없이 유지시켜야 하는 것이 되어버렸고, 돈도 왜 벌어야 하는지 알지 못하고 그저 버니까 벌었다. 이 상황을 바꿔줄 사람은 아무도 없었다. 나는 왜 우리 부모님은 학교 행사에 못 오시는지, 오빠가 왜 저렇게 퉁명스러운지 그 이유를 초등학교 6학년 때 알게 되었다. 매일 학교를 마치고 집안으로 들어올 때 나를 반겨주는 사람은 아무도 없었고 조용한 적막과 어둠뿐이었다. 그런 집이 너무 싫어서 캄캄한 집을 매일 뛰쳐나가고 싶은 심정이었다.

나는 화장실에서 소리 없이 울었다. 내가 왜 이런 집에서 태어나야만 했는지……. 이 길을 내가 선택하지 않았는데, 이 세상 많은 사람들 중에서 왜 내가 이 집에 태어나야 했는지에 대해 항상 생각했다. 나도 모르는 사이에 내 마음의 한 구석에 미움, 상처, 공허함이 점점 크게 자리를 잡기 시작했다.

"하나! 우리 오늘 새로 나온 영화 보러 갈래? 완전 멋있는 영화배우도 오늘 시사회 온다고 하잖아. 같이 가자 하나야~"

'아, 가고 싶은데 어떡하지? 돈이 없는데, 이번 달은 엄마가 일 구하기도 힘들어서 겨우 먹고 사는데… 모르겠다. 그냥 놀고 보자!'

갑자기 내 안에 있던 모든 걱정이 사라졌다.

"애들 다 가지? 재밌겠다, 우리 빨리 가자. 늦겠어!"

화려한 빛과 북적거리는 사람들 사이에서 시간 가는 줄도 모르고 나와 친구들은 신나게 놀고 있었다. 마치 내 세상인 것처럼. 눈을 위로 돌려보니 시계 바늘이 12시를 향하고 있었다.

"아, 오늘 너무 많이 논 것 같아. 완전 피곤해."

"나도~"

친구들은 미술책에서 얼핏 봤던, 몸과 얼굴이 모두 흘러내릴 것 같은 그림의 주인공과 같은 표정이었다.

"시간이 너무 많이 됐어. 나 늦게 들어가면 엄마한테 혼나서 지금 빨리 들어가 봐야 될 것 같은데, 얘들아 빨리 가자!"

갑자기 주머니 안에 있던 핸드폰에서 진동이 느껴졌다. 엄마로부터 전화가 온 것을 확인하고 받을까 받지 말까 고민을 하던 중 통화 버튼을 실수로 눌러버렸다.

"김하나! 너 지금 어디 있는 거야, 시간이 몇 신데."

"지금 집에 가고 있어요."

여느 때처럼 엄마 말을 끝까지 듣지도 않고 전화를 끊어버렸다. 집에 들어가서 엄마에게 혼날 생각을 하니, 무조건 빨리 가야겠다는 생각이 들었다. 그래서 평소에 다니지 않았던 지름길인 골목길로 친구들과 함께 갔다. 벽과 벽이 마주 보고 있는 좁은 길을 따라 음침한 새벽의 바람이 우리를 스쳐지나가고 있었고, 빈 깡통이 덩그러니 바람을 따라 굴러가고 있었다. 굴러가는 깡통이 어둠속에 묻힐 때까지 멍하니 눈으로 따라가다가 갑자기 깡통이 찌그러지는 소리에 고개가 '휙' 들렸다. 고개를 드는 순간, 내 시야를 가득 채우는 것은 낯설은 얼굴들이었다. 그러나 키도 나랑 비슷하거나 작은, 체구가 그다지 커 보이지 않아서 그저 만만하게 보였다. 만만해 보이는 적군에다가 마침 내 뒤에는 든든한 친구들도 있겠다 싶어 내 앞을 막고 어슬렁거리는 녀석에게 툭하고 껌 뱉듯이 말을 던졌다.

"야 니들 뭐야? 빨리 비켜. 쳐다보기만 하고 있을 거야? 기분 나쁘게……."

"와~ 진짜 어이없다. 니들이 비켜야지! 우리가 먼저 걸어왔잖아!"

내 앞을 막아섰던 녀석은 이제 얼굴을 내 코 밑에서 올려다보며 말했다. 엄마 전화 때문에 괜스레 민감해져 있던 터에 알랑거리는 녀석의 그 밉살맞은 얼굴까지 뒤섞여 나는 그만 가슴 속에서 뜨거운 무엇이 욱하며 솟구치는 걸 느꼈다.

"하! 안 비키겠다 이거야? 그래, 그럼 한판 붙어보자. 지는 애들이 비켜주면 되겠네! 5:5, 딱 좋네!"

내가 한 발자국 나아갔다. 그런데 그 순간 내 친구들은 나를 제외하고 서로 신호를 보내면서 뒤로 발걸음을 빼고 있었다.

"하나야, 미안해!"

이럴 수가……. 가장 친했던 친구들이, 옆에서 같이 싸워줄 거라고 믿었던 친구들이 나만 빼고 다 도망가 버렸다. 녀석들은 먹잇감을 발견한 하이에나들처럼 나를 향해 달려들었다. 그들에게 맞는 것보다 사라진 친구들 생각으로 온몸이 찢기고 멍이 들었다.

"저기 하나 학생! 하나 학생! 정신이 드나요?"

"음……. 여기가 어디지?"

머리가 지끈 아파오고 한동안 멍한 뒤에 그제야 상황이 파악되었다. 길가에 기절해 있던 나를, 지나가던 행인이 신고해 병원에 실려 오게 되었고, 병원 측은 내 지갑에서 학생증을 보고 나의 신분을 알게 되었다. 엄마 목소리가 들리지 않는 걸 보니 아직 집에 연락이 간 것은 아닌 것 같았다. 엄마가 이 일을 알았다면 내가 정신이 들기 전부터 잔소리를 퍼붓고 있었을 게 틀림없었다. 이런 저런 생각들을 하니 내 머리만 아파지는 것 같아 모든 생각을 잊고 잠자려고 했을 때 갑자기 내가 누워 있던 침대 쪽의 커튼을 열더니 누군가 나에 대해서 구구절절 얘기하기 시작했다. 나를 보며 어떤 50대 중반쯤 되어 보이는 의사는 며칠 동안 잠을 못 잤는지 얼굴이 수척했으며 다크 서클이 얼굴의 반은 뒤덮은 듯 보였다. 그의 옆구리에는 수많은 환자들의 진료 차트들이 들려 있었다. 차트 속의 환자들은 목숨을 구해달라고, 병을 낫게 해 달라고 외치며 그의 가운을 붙들고 울부짖는 듯한 환각에 순간 정신이 번쩍 들었다.

"이런 학생은 병원에 두면 안 돼요. 괜히 다른 환자들에게 피해를 줄 수 있어요. 그동안에도 이런 비행 청소년들이 병원에 왔을 때 병원비를 내지 못한 건 물론이고, 뭐든 문제를 일으키고 갔잖아요. 그러니 보호자를 불러서 간단한 응급처치만 하고 집으로 가라고 해요."

"그래요. 요즘은 청소년들이 제일 무섭다는 말도 있잖아요. 그리고 이때까지도 그랬고요. 말도 잘 안 듣잖아요."

조금 까칠하게 보이는 색안경을 쓴 여자 의사는 차트 꾸러미와 한 꾸러미가 된 듯한 남자 의사의 말에 동의하며 말했다.

'치, 병원에서 정신이 들고 나서 처음 듣는 말이 고작 이런 말이라니. 니들이 뭐를 알아? 그래, 나는 가족한테 의미 없는 존재고, 그렇게 믿었던 친구들까지 나를 버렸어. 그래 나는 혼자다! 그런데 이런 나를 또 버리고 싶냐?

나는 마음속으로 내 자신을 강하게 하려고 다짐했으나 눈가에는 이미 촉촉한 눈물이 맺혔다. 눈을 뜨면 금방이라도 눈물이 뺨의 양 옆을 타고 내려갈 것 같아 눈을 감은 채 미동도 하지 않았다. 그런데 갑자기 귓속에서 내 쪽으로 다가오는 발자국소리가 크게 울리기 시작했다. 그리고 그 발자국소리가 누구인지 궁금해서 이제야 정신을 차린 듯 어렵게 눈을 뜨는 척했다.

"하나 학생, 안녕하세요? 저는 하나 학생이 이 병원에 있는 동안 하나 학생의 치료를 맡은 박민정이라고 합니다."

"아, 네."

박민정이라고 자기를 소개했던 의사선생님은 환하고 밝은 미소로 수줍게 내게 말했다. 좀 전에 나에 대해 수근거렸던 의사선생님들에 비하면 너무나 따뜻한 마음이 느껴졌다. 지금까지 내가 받아보지 못한 따스한 미소였다. 하지만 누군가의 순수한 호의를 받아들이기엔 내 마음은 너무 차갑게 얼어 있었다. 그래서 차갑게 대답하는 것이 내가 할 수 있는 전부였다.

눈을 비비고 일어났을 때 유리창으로 햇빛이 가득 비춰들고 있었다. 벌써 입원한 지 일주일 째였다. 내 몸은 생각보다 꽤 망가져 있었다. 뼈에 금도 가고 그동안 끼니를 제대로 챙기지 않아 몸도 쇠약해져 있었다. 일주일 동안 이런 저런 검사도 하고 색이 다른 링거를 주렁주렁 달아 놓고 주사도 맞았다. 그제서야 좀 가볍게 몸을 움직일 수 있었다. 엄마는 박민정 선생님이 인사를 하고 나간 뒤 얼마 안 되어 헐레벌떡 뛰어 들어왔다. 평소에는 내가 무얼 하든 상관도 없었으면서 땀에 젖어 머리도 헝클어진 상태로 나를 찾았다. 나는 엄마가 그렇게 흐트러진 모습으로 왔다는 사실에 내심 놀랐다. 엄마는 다음 날에 일이 끝나야 올 줄 알았다.

그렇게 하룻밤을 꼬박 내 옆에서 지새운 엄마는 내가 새벽에 간간히 깰 때마다 내 손을 꼭 잡고 계셨다. 그리고 내 머리를 넘겨주며 조용히 뭐라고 중얼거리셨는데 잘 들리지 않았다. 엄마의 그런 행동이 이해가 안 갔다. 어디가 아픈가 싶었다. 그 뒤로는 매일 밤 일이 끝나고 찾아오시고 있다. 하지만 오늘 밤은 입원한 뒤로 엄마가 처음으로 오시지 않는 날이다.

이른 새벽, 저 멀리 창 밖에서는 청소부아저씨, 신문배달부, 우유배달원이 내 눈에 보였다. 그들은 남들보다 먼저 하루를 준비하고 있었다. '저들 중 우리 엄마와 아빠도 계시겠지.' 라는 생각이 문득 들었다.

'헉, 내가 왜 이런 생각을 하고 있는 거야. 날 방치하는 부모님인데.'

이 새벽을 바라보는 평화로움도 잠시 갑자기 배가 아파서 화장실에 낑낑거리면서 갔다. 코너를 돌 때 화장실 앞에서 '쿵' 누군가와 부딪쳤다. 아픈 코를 비비며 고개를 들어보니 생글생글 웃고 있는 박민정 선생님이 보였다.

"어, 하나 양? 새벽에 안 자고 어디 가고 있어요?"

"화장실이요."

"아, 그렇군요. 난 또 무슨 큰 일이 생겼나 하고 놀랐잖아요. 같은 방에 있는 친구들은 많이 사귀었나요? 그 방의 친구들은 하나양보다 병원에 오래 있어야 할 친구들이에요. 모든 친구들이 매일 자기 자신과의 싸움을 하고 있죠. 하루 종일 병원에만 있는 그 친구들에게 매일 아침 어떤 말을 해줘야 할지 고민이에요. 하나 학생도 몸을 많이 다치기는 했지만, 그 친구들에 비해서는 건강하니까 늘 감사한 마음을 가져야 할 것 같아요. 그렇죠?"

박민정 선생님께서 나에게 싱긋 웃으시면서 말씀하신 그 순간에도 자기가 맡은 환자들 한 명 한 명을 떠올리면서 말하는 것 같았다. 그리고 '감사'라는 단어에 나는 어떻게 반응해야 할지 순간 고민했다.

'그게 무슨 말? 나는 이 세상이 너무 불만스럽고 내 생활들이 모두 불평스러울 뿐인데, 나에게 감사라니? 솔직히 나는 '감사'라는 말을 잊은 지도 오래다. 그런 나에게 감사라고?

"아, 그런가요?"

하지만 결국 나는 내 마음에도 없는 대답을 했다. 내게 처음으로 순수하고 따뜻한 마음을 보여주는 의사선생님을 실망시켜드리고 싶지는 않았기 때문이다. 의사선생님은 내 아픔과 외로움을 모르시지만 지금 선생님의 웃음마저 없다면 내가 너무 힘들 테니까……. 하지만 습관이 배어 퉁명스레 대답할 수밖에 없어서 아쉬웠다.

아침부터 내내 세상을 소독이라도 할 듯이 레이저 광선을 비추던 태양이 할 일을 마친 듯 산 뒤로 자신의 자취를 감추고 있을 때 갑자기 아빠가 내 앞에 나타났다. 아빠의 얼굴에는 웃음보다는 고생의 흔적이 고스란히 드러났고, 훨씬 홀쭉해지신 모습을 보니 마음이 아팠다.

"하나, 잘 있었냐? 아빠가 이제서야 딸을 보러 와서 미안하다. 네가 병원에 있다고 연락은 받았는데, 집에 들어올 여유가 전혀 없어서 미안하다. 엄마가 새 일을 시작했다는구나. 같이 못 왔어. 엄마도 니 걱정 많이 하고 있으니까, 이거 맛있는 것 먹고 빨리 나아서 열심히 공부도 하고 엄마 아빠 호강시켜줘야지. 지금 이런 짓하면서 일하는 것도 다 니들 잘 먹고 공부 열심히 하라고 하는 거니까. 오랜만에 집에 가보니까 아직도 네 오빠는 라면 먹으면서 집에서 뒹굴거리고 일 나갈 생각도 안하더구나. 언제 철들지……. 군대를 빨리 보내든가 해야지……."

"아빠, 미안해요. 엄마한테도 안부 전해 주세요. 저는 의사선생님이랑 약속이 있어서 나가봐야겠어요. 와주셔서 감사해요."

아빠를 마주 대하고 있기가 힘들었다. 아빠가 가고 나서 옥상에서 하염없이 울었다. 내가 병원에 입원한 이유는 하나도 묻지 않고 나무라지 않으시고 걱정만 하시는 부모님의 마음을 갑자기 깨달았던 것이다. 나의 그 철부지 같은 행동들을 볼 때 부모님의 마음은 얼마나 아프실지, 힘드시게 번 돈으로 내 병원비로 다 쓰시는 것은 아닐지……. 엄마가 새 일을 시작하셨다는 것은 내 병원비를 내기 위해서가 틀림없었다. 입원한 일주일 동안 찾아왔던 엄마 얼굴과 방금 전 다녀가셨던 아빠 얼굴을 하늘에 그렸다. 멍하니 눈물을 삼키며 하늘을 보다보니 구름이 뭉글뭉글 자꾸만 커져갔다.

"오늘 저녁의 시작도 세진이와 함께하겠습니다. 자자, 모두 저에게 주목해 주세요"

매일 빨간 사과 모자를 쓰고 있는 세진이가 오늘도 명랑한 목소리로 우리들의 잠잠하고 고요했던 병실 안을 뒤흔들어 놓았다.

"오늘의 저녁 메뉴는 두구두구두구두구~ 맛있는 자장밥입니다 그리고 우리 병원만의 맛있는 총각김치가 스페셜 메뉴입니다~!"

사실 세진이는 내 옆에 있어서 내가 병원에 입원하자마자 단짝 친구가 되었다. 우리는 가끔 매점에서 맛있는 것도 사 먹고, 병원 바로 앞에 있는 쇼핑몰에 가기도 했다. 여러모로 나랑 쿵짝이 잘 맞는 친구이다. 나를 처음 본 세진이는 퉁명스러웠던 내게 말을 친근하게 걸어왔다. 매일 밤 세진이는 자신이 병원에 오기 전까지 공부도 매우 잘하고 운동도 잘하고 미술도, 음악도 잘했다고 나에게 이야기하곤 했다. 사실 나는 늘 자신의 과거를 회상하면서 나에게 자랑만 하는 세진이한테 호감이 가지 않았다. 그래서 퉁명스레 대꾸하곤 했다. 하지만 세진이는 스펀지에 물이 스며들듯 멈추지 않는 친근함으로 나를 물들였다. 나는 그런 세진이의 모습에 점점 더 친근해졌고, 요즘엔 정말 친한 사이가 되었다.

아빠가 일터로 돌아가시고 점심 시간이 훨씬 지나 저녁 시간에 산책을 할 겸 병원 1층 로비에 갔는데 멀리서 세진이와 세진이 부모님께서 심각한 표정을 짓고 있는 걸 보았다. 매일 걱정 없이 지내던 세진이의 얼굴은 울상으로 찌그러져 있었다. 조심스레 가까이 가 보니 사실 지금까지 병원비도 못 내고 있어서 병원에 있는 동안 계속 가시방석에 눌러 앉아 있는 상태라는 것까지 알게 되었다. 나는 항상 나에게 스스럼없이 다가와준 세진이에게 위로를 해주고 싶어 말을 걸었지만 평소에 그런 말을 써 본 적이 없어선지 내 뜻대로 말이 나오지 않았다.

"야, 너는 나한테 힘든 내색도 안하고……. 우리 친구 사이 맞냐?"

갑자기 세진이가 나와 눈을 맞추지 않고 땅만 보고 있다가 눈물을 터뜨렸다.

"야, 왜 울어. 내가 무슨 말 했냐? 나는 별말도 안 했는데, 우니까 당황스럽잖아."

"그래, 나 못난 집에서 태어나서 한 번도 내가 원하는 거 해 본 적 없고 바란 적도 없어. 그런데 이 더러운 세상은 왜 나에게 이런 병을 준지 모르겠어! 나같이 가난하고 불쌍한 사람들이 매일 더 비참해지는 것 같아!"

순간 난 세진이의 말을 듣고 아무 말도 하지 못했다. 마치 내 생각을 세진이가 뱉은 것처럼……. 내가 늘 하던 생각이었으니까. 내가 태어나고 싶지도 않았는데, 가족은 운명적이고 불가항력적인 존재이니까. 낮에 하늘을 바라보며 잠시 녹았던 내 차가운 마음이, 나와 똑같은 생각을 하는 친구를 만나 다시 얼어버렸다. 그 뒤로 우리는 매일매일 앉아서 쓸데없는 세상 욕이나 했다. 내가 세상에서 누리지 못했던 것에 대한 원망들을 말하면서……. 그렇게 며칠이 지나자 얼굴에는 모든 원망과 불평들이 드러났다. 매일 불평불만을 하니 머릿속도 어지럽고, 밤에 잘 때도 자꾸 악몽을 꿨다.

'아악 너무 괴로워!!! 왜 꿈에서도 나를 괴롭히는 거냐. 휴.'

악몽에 잠을 설쳐서 새벽에 깨 버렸다. 병실은 애들이 색색 자고 있어서 너무 고요했다. 매일 같은 불평과 악몽에 더 이상 잠이 오지 않을 것 같아 휴게실로 나갔다. 오늘도 밤하늘에는 별이 많아 마치 아빠가 오셨던 날처럼 하늘을 멍하니 바라보고 있었다. 그렇게 바라보면 마음이 별빛으로 가득 찰 듯이 말이다. 그때였다. 뒤에서 익숙한 발소리가 들리더니 누가 내 어깨를 톡톡 두드렸다. 고개를 들어 뒤를 보니 박민정 선생님이 미소를 지으시며 날 바라보고 계셨다.

"하나 양, 우리 자꾸 밤에 보는 거 알아요? 나야 의사선생님이라서 그렇다 쳐도 하나양은 성장기라서 밤에 잘 자야 되는 걸요~"

갑자기 선생님의 미소가 별빛처럼 반짝거리며 나에게 다가왔다. 그래서 선생님을 멍하니 바라보았다. 내가 별말이 없자 선생님은 예쁜 별웃음을 지으시며 내게 말했다.

"하나 양, 내일 아침에 9시에 시간이 20분 정도 비었는데 같이 병원 공원에 산책하러 갈래요?"

"아, 그래요? 네, 그럼 갈게요."

겨우 잠에 들었는데 이른 아침, 시끄러운 TV소리가 내 잠을 깨웠다. 옆에 있던 세진이가 일찍 깨서 새벽 6시부터 TV를 봤다는 것이다. 일찍 깨워버린 것에 대해서 세진이에게 눈살을 찌푸렸지만 오늘은 의사선생님과 약속이 있기 때문에 늦게 안 일어나서 내심으로는 다행이라고 생각했다.

오랜만의 외출이라서 나는 단정해 보이고 싶었고 예쁘게 보이고 싶었다. 그래서 환자복은 잠시 벗어두고 앙증맞은 곰돌이 무늬가 그려진 노란색 티셔츠에 청바지를 입었다. 밥을 먹고 이를 닦고 여유롭게 공원에 나갔다.

'아, 왜 이렇게 안 오시지?

15분이 훨씬 지나고 이제 태양이 뜨거워질 무렵, 머리를 묶다 말은 건지 몇 가닥이 흘러나온 채 허겁지겁 달려오는 선생님의 모습이 보였다. 기다림에 지쳐 잠시 짜증이 났으나 나를 향해 달려오는 그 모습을 보자 선생님이 반갑기만 했다.

"하나 양, 너무 늦게 와서 미안해요. 중요한 회의가 있어서 그만 15분 넘게 늦어버렸네요. 대신 내가 맛있는 빵 사왔어요. 이걸로 용서해 줘요~"

"아, 감사합니다."

"하나 양, 올해 우리 병원에서 새로 공원을 조성했어요. 조금 있으면 환자들을 위해서 공연장도 만들고, 어린 친구들의 꿈에 조금이라도 희망을 주고, 힘든 병원 생활로부터 조금씩 돕기 위해서 우리 병원에서 오케스트라를 만들어 본다고 하네요, 하나 양도 관심 있으면 꼭 신청하기를 바래요. 개인적인 얘기도 하자면, 하나 양은 지금 다친 곳에 뼈가 잘 아물 때까지 조심해야 하구요. 또 완치되려면 조금 시간도 걸릴 것 같아요. 기본적으로 다친 상처들과 물리치료가 아프고 무섭다고 두려워하지 말고 씩씩하게 같이 힘내보자구요! 그리고 이제는 부모님한테 이렇게 아픈 모습 절대 보여 드리지 않기로 저랑 약속해요, 알겠죠?"

"네."

"하나 양 처음에 봤을 때는 심적으로 많이 힘들어 보였는데, 지금은 많이 좋아진 것 같아요."

"아, 그래요?"

"와 ~ 병원 앞 공원에 산책해 보는 것도 정말 좋네요, 계속 병원에서만 일을 하다가 또 짬을 내서 여유를 가지니까 너무 좋아요, 와 이것 봐요~ 거름더미에 핀 백합화가 있네요~"

거름더미에 핀 백합화를 보는 순간 나도 깜짝 놀랐다.

“와, 폰으로 사진을 한 장 찍어가야겠어요.”

매일 그저 앞만 보고 살아왔던 나에게 이런 멋있는 자연을 볼 여유가 없었다. 그저 살아도 미래와 관련도 없고, 희망도 없었고, 그리고 꿈도 없었던 내 인생에서 여유라고는 눈곱만큼도 볼 수 없었다. 옆으로 잠시만 보면 될 걸, 뒤로 한 걸음만 물러서도 보일 것들을, 나는 그 아름다움들을 모르고 살았던 것을 느꼈다. 갑자기 의사선생님께서 가방을 뒤적뒤적 거리시더니 예쁜 하늘색 공책과 나비 모형이 달린 펜을 꺼내셨다.

“아! 하나 학생, 이거 노트랑 펜 일부러 하나 학생 주려고 병원 앞에 있는 문구점에서 샀는 건데, 하나 학생이 좋아하는 스타일인지는 잘 모르겠네요.

여기에다가 하나 학생이 하고 싶은 것, 꿈 같은 것, 아니면 여행하고 싶은 곳, 모두 적어 봐요. 자기의 꿈을 그냥 생각하는 것과 직접 글로 적는 것은 하늘과 땅 차이거든요, 나도 어릴 때 이 ‘꿈 노트’에 내가 하고 싶은 것들을 거의 다 적었어요, 그런데 신기하죠? 이 꿈 노트에 150가지 정도를 적었는데 벌써 56개나 이루어졌어요. 나머지들은 차차 지워질 것 같아요. 흥미롭지 않나요?”

“아, 감사합니다.”

사실 나는 이때까지 살아오면서 노트를 끝까지 써본 적도 없고 그런 열정도 나에게는 전혀 없었다.

‘이게 뭐지? 꿈 노트? 아직 나는 하고 싶은 게 딱히 없는데, 음, 지금 가장 바라는 건 우리 가정이 행복해지는 것, 둘째로는 내 자신을 찾는 것. 좀 더 당당한 나로, 셋째로…….’

오늘은 정말 손끝만 스쳐도 불쾌지수가 100은 그냥 넘을 듯한 날이었다. 한낮 2, 3시쯤 태양은 자신의 빛을 마음껏 뽐내듯 뜨겁게 모든 것을 달구고 있었고, 유리창 밖을 보니 사람들이 아무도 지나가지 않고 있었다. 하지만 나는 이 시간에 옥상에 가서 내 꿈들을 적을 때면 평소에는 생각할 수 없었던 것들이 나에게 떠오르기 시작해서 하늘색 꿈 노트와 노란 펜을 들고 옥상 휴게실로 갔다. 하루 종일 병원에서는 느낄 수 없는 많은 것들을 볼 수 있었다. 옥상에 키우고 있는 여러 식물들, 꽃들은 아무 걱정 없이 그저 자라는 것 같아 부러워 보이기도 했고 휴게실 안쪽에서는 간호사 언니들이 시원한 커피를 한 개씩 마시면서 잠깐의 여유를 가지고 있었다. 내가 막 꿈 노트를 펴고 한 줄 써내려갔을 그때, 박민정 선생님께서 들어오셨다.

"하나 양 하나 양, 제가 준 노트에 한 줄이라도 적어 봤나요?"

"네. 적고는 있는데 아직 잘 모르겠어요. 그런데 이런 거를 쓰니까 재미있기도 하고 신기하기도 해요."

"아, 다행이네요. 처음에 노트 줬을 때 별로 좋아하지 않아 보여서 조금 걱정했었어요. 그때 잊어버리고 하나 학생에서 얘기를 마저 못해준 것도 있는데, 그건 차차 알려줄게요."

"네, 감사합니다."

그런데 나는 의문이 들었다. 내가 '꿈'이라는 자체를 생각하는 것만으로도 신기한데 과연 이것들이 내 삶에 이루어질까? 나는 너무 보잘 것 없고, 아무 것도 모르는데 말이다.

'어? 의사선생님이 말하신 오케스트라가 진짜 병원에 만들어지는구나~ 그동안에 텔레비전에서만 보던 악기들을 내가 배울 수도 있는 건가? 세진이한테도 물어봐야겠다.'

"세진아~ 너 그거 봤어?"

"뭔데?"

세진이는 자신의 특기인 그리기를 하고 있었다. 세진이는 병원에서 운영하는 미술 클래스에서 1등할 정도로 미술을 잘하는 친구이다. 그래서 세진이에게는 그 알림판이 눈에 안 들어 왔을지도 모른다.

공 지

안녕하십니까. 벌써 한 해가 시작된 지 2달이 지나고
따스한 봄을 맞이하고 있는 와중에 이번 저희 병원에서는
조금이나마 청소년들의 꿈과 희망을 키워주고자
'원네스 오케스트라'를 구성하여 연주회를 개최하고자 합니다.
아래 사항을 잘 읽어보시고 많은 관심과 참여 부탁드립니다.

(1) 대상 : 병원에 있는 만 13세부터 만 18세까지의 청소년
(2) 신청 기한 : 3월 15일~17일(선착순으로 마감함)
(3) 연주 파트 : 바이올린 15명, 비올라 8명, 첼로 4명, 클라리넷 4명, 트럼펫 3명, 플룻 6명
(4) 연주회 : 12월 24일(금요일 저녁 6시 렘넌트홀에서)
(5) 연락 및 문의 : 1층 병원 카운터 앞
담당자(010-4422-0000)

"있잖아, 이번에 우리 병원에서 오케스트라를 만드는데, 악기 배우는 거는 다 무료로 해준대. 악기는 기부 단체에서 무상으로 대여를 해주는 거라고 하고… 음… 또 뭐가 있었지? 여튼, 세진이 너도 할 생각이 있나 하고 말이지."

세진이에게 최대한 생생하게 전달하기 위해 방금 본 공지문의 내용과 선생님께 들은 내용을 잘 조합해야 했다. 머릿속은 회상 장면을 만들어내고 내 입은 그걸 놓칠 새라 재빠르게 말로 풀어갔다.

"아, 그래?"

갑자기 세진이의 눈이 동그래졌다.

"그런데, 나는 미술이 더 좋아. 왠지 오케스트라 하게 되면 내가 좋아하는 미술을 많이 못할 것 같아서, 이번에는 너 혼자 해야겠다. 미안해."

이럴 줄 알았지만, 나 혼자 하기로 결정했다. 내가 병원에서 마음을 함께 나누는 친구와 함께 못해서 아쉬웠다. 세상에 대한 원망을 함께 나눴던 친구였기

에 근래에 내가 가지게 된 꿈, 희망을 함께 나누고 싶었기 때문이다. 하지만 세진이도 천성적으로 쾌활하고 긍정적인 아이였기에 요즘에 미술을 계속 하면서 밝아지고 있었다. 그런 세진이를 굳이 오케스트라를 함께하자고 하지 않아도 세진이가 더욱 밝아질 것이라는 믿음이 있었다.

선착순이라서 빨리 달려갔다. 그런데 벌써 그 사이에 카운터에 오케스트라를 하기 위해서 모여든 병원에 있는 친구들이 엄마들과 손잡고 와 있었다. 긴 줄에 서 있는 사람 수를 헤아려 보면서 제발 내 차례까지 왔으면 좋겠다고 계속 마음속으로 기도했다.

사실 나는 바이올린을 배우고 싶었다. 가볍고, 작은 그 뭔가 신비하게 생긴 악기에서 어떻게 멋있는 음들이 나오는지 나도 한번 배워보고 싶었다. 드디어 오케스트라 신청이 시작되었다. 앞에서 자신이 하고 싶은 악기를 정한 친구들은 해맑게 웃으면서 돌아갔다. 반면 그렇게 못한 친구들은 투정부리기도 하고 속상한 마음에 울기도 했다. 드디어 나의 차례였다.

"이름이 뭔가요?"

"김하나입니다."

"보호자 분은 함께 안 왔나요? 보호자 서명이 필요한데, 안 계시면 신청하기가 곤란하답니다."

갑자기 머리가 새하얀 도화지가 되었다. 이런 일은 전혀 상상하지 못했다. 이대로 못하는 건가 싶어 당황스러웠지만 다시 침착하게 말을 이어갔다.

"아, 부모님께서는 일 때문에 병원에는 거의 1달에 한 번 정도 밖에 못 오세요, 하지만 저에게 있어서 진정한 보호자는 박민정 의사선생님이에요!"

나는 떳떳하게 말했다. 아니, 의사선생님의 반응이 조금 걱정되기도 했다. 왜냐면 허락 없이 그냥 의사선생님을 보호자로 했으니까. 갑작스럽게 나온 내말에 카운터 언니는 눈을 껌뻑거리며 몹시 놀란 눈치였다.

"아 그래요? 그럼, 박민정 의사선생님을 일단 보호자로 써 드릴게요. 지금 하나 학생이 마지막이라서 다른 악기 배우고 싶어도 바이올린 밖에 안 남았는데 괜찮나요?"

"네! 제가 바이올린을 선택하고 싶었어요!"

순간 내 얼굴은 너무 기뻐서 붉게 달아올랐다.

"그럼 정말 잘 됐네요~ 여기에 적혀 있는 것 보고 내일 2층 렘넌트홀로 모여야 할 것 같네요. 꼭 참석해야 해요. 잊지 말아요 ~."

"네, 감사합니다."

나는 완전 기쁜 마음으로 엘리베이터도 안 타고 계단으로 내 병실까지 올라갔다. 그리고 이 기쁜 소식을 민정 선생님께 말씀해 드리고 싶었다. 그리고 살짝은 걱정도 앞섰다. 평소에 무뚝뚝하게 굴었던 내가 민정 선생님을 나의 보호자로 그냥 써버리다니……. 나 같아도 조금 어이가 없을 것 같았지만, 그래도 오케스트라 단원으로 선발되어서 그저 기뻤다.

"하나 학생? 오늘 오케스트라 마감 끝났다던데, 신청 했어요?"

"네. 신청을 했는데, 제가 선생님 허락도 없이 선생님을 보호자로 서명을 했어요. 죄송해요. 어머니랑 아버지가 병원에 일 때문에 항상 제 곁에 계셔주시지 못해서 선생님을 저의 보호자로 해 달라고 했는데 괜찮나요? 죄송해요. 너무 하고 싶어서……."

"아, 뭐 그런 것 가지고 그래요? 당연히 해줘야죠. 그런데 하나 학생 요즘은 하고 싶은 것도 부쩍 많아진 것 같아요, 또 예전이랑은 너무도 다른 모습들인데요? 예전에는 너무 무뚝뚝해서 내가 사실 조금 힘들었어요. 이제는 그냥 편하게 하나라고 불러도 되겠지? 하나?"

조금 어색하기는 했지만, 뭔가 민정 선생님께서 나의 언니가 된 느낌이라서 또 색달랐다. 그리고 왠지 좋아서 계속 마음속으로 기뻤다.

"하나, 꿈 노트에는 좀 적어봤니?"

"네. 아직은 이런 거를 제가 쓴다는 것이 많이 생소하기도 하지만 정말 마음속에서 우러나오는 것들을 하루에 한 개씩 쓰고 있어요. 그리고 사실 저에게도 꿈이 생겼는데요……. 저도 선생님처럼 의사선생님이 되고 싶어요. 다른 환자들에게 희망과 기쁨을 주는 의사. 사실 병원 생활 하면서 선생님처럼 항상 밝은 얼굴 하면서 환자들을 도와주는 것을 보면 놀랍지만 그것보다 저 같은 아이들에게 꿈을 주는 것에 또 한 번 놀랐어요, 저는 사실 세상에 대한 불만과 원망들이 저를 짓누르고 있었거든요. 하지만 선생님을 만나면서부터 서서히 제 자신에게 묶여 있던 생각의 덫들이 없어지고, 저의 꿈에 대해서 생각해 보기도 하고, 드디어 '의사' 라는 꿈도 가지게 되었어요.

학교에서 보면 매일 전교 1, 2등 하는 친구들도 의대 가는 것은 정말 하늘의 별 따기라고 하는 것들을 들었어요. 사실 이 꿈을 생각하면서, 지금 공부도 하위권이고, 보잘 것 없고 배경도 없는 제가 뭐 하나 제대로 할 수 있을까, 걱정했지만 그 걱정들 다 뿌리치고, 저의 꿈을 향해서 이제 공부도 열심히 하기로 결심했어요. 저에게 소망과 희망을 주셔서 감사합니다."

"하나야…. 사실 병원에서 내가 힘이 없는 청소년들에게 이런 말을 해주고 위로를 해주고 노력해도, 내 뜻을 따라주는 친구가 있고, 나의 말조차 들을 여유가 없어서 어쩔 수 없이 관계가 멀어지는 친구들도 많거든. 하지만 너는 다른 친구들과는 다른 것 같애. 내가 이런 기회들을 많은 아이들에게 줘도, 이것을 자기의 기회로 만드는 사람이 있고, 그렇지 않은 사람도 많거든."

민정 선생님께서 이렇게 말씀하시는데 갑자기 눈물이 났다. 그리고 민정 선생님도 울었다. 그리고 선생님과 나는 그저 말없이 눈빛만으로 이제 어떻게 내가 살아가야 할지 느낄 수 있었다.

"자, 활 연습부터 합시다~! 하나 학생! 처음이라고 너무 긴장하지 말고 릴렉스하세요~ 내 몸을 어딘가에 놓은 것처럼 부드럽게~ 처음에는 힘들겠지만, 지속이 중요하니까 하루에 한 번씩은 연습하길 바랍니다."

'어휴, 악기 하나 배우는 것도 정말 힘드네. 그래도 한번 시작한 거니까 끝까

지 최선을 다하자. 김하나, 아자 아자!'

바이올린 연습이 끝나고 나는 병원에 있는 하나도서관을 갔다. 이곳은 우리 청소년들을 위한 도서관이라고도 할 수 있다. 많은 책들도 있고, 공부할 수 있는 책상들도 있었다. 내 이름과 도서관 이름이 같아서 조금 당황하기도 했지만 기분이 좋았다. 병원에 온 이래로 이곳을 처음 왔다. 이제 내가 꿈을 향해서 공부를 한다는 자체가 너무 설레었다. 이제는 뭔가 내가 공부해야 하고, 살아야 할 이유를 발견한 것 같기 때문이다. 사실 공부는 쉽지 않았다. 그 동안에 무너졌던 기초들을 다시 쌓아야 하는데 시간이 엄청 걸렸다. 하지만 힘들어도 나는 하루하루 꾸준히 공부했다.

가끔씩 세진이가 그린 그림들을 가져와서 보여 주면 그 그림들은 나에게 마음의 여유를 가지게 해주었다. 세진이는 그림 실력이 점점 늘고 있었고, 세진이도 점점 긍정적인 마음을 되찾아갔다.

그리고 나는 민정 선생님께서 주신 꿈 노트에 내가 적은 목록들을 볼 때마다 너무 기뻤다. 얼마 안 되지만 벌써 지워져 있는 목록들이 있었기 때문이다. 하루에 공부 4시간 하기, 바이올린 연습 1시간씩 하기 등등. 그때 반가운 얼굴이 보였다. 민정 선생님이다~

"하나, 뭐 어려운 거 없어? 내가 시간이 조금 부족해도 하나한테 뭔가 도움이 되고 싶다는 생각이 들어서, 너무 공부 무리하지 말고, 여유 가지면서 해, 건강도 중요하니까. 빨리 나아서 퇴원해서 학교 가서 더 많은 것들을 배워야지~"

병원을 나가고 싶은 생각이 없다. 어쩌면 수능 칠 때까지 병원에서 공부하고 싶지만 사실 독학은 조금 무리인 듯하다.

4개월 뒤

"하나, 하나랑 얘기를 좀 하고 싶은데, 지금 시간 괜찮니?"

선생님과 오랜만에 만나서 기쁘기도 했지만 선생님의 표정을 보니 뭔가 의미

심장한 말이 나에게 떨어질 것 같았다.

"네, 괜찮아요."

"이제 거의 물리치료도 끝나가고 퇴원 날짜가 다가와서 말인데, 이제는 혼자 공부하기보다는 학교에 가서 친구들과 함께 공부해 보는 거는 어떠니?"

옛날에 내가 가지고 있었던 상처와 두려움들이 갑자기 또 새록새록 생각이 나면서 내 머리를 또 복잡하게 흔들었다.

사실 지금이 아니면 세상에서 생활을 하지도 못하겠다는 끔찍한 생각들이 스쳤다. 두려운 것들이 많지만, 나에게는 도전이라는 것도 필요한 것 같았다. 잠시 멈칫멈칫 하다가 나는 말을 이었다.

"조금 고민은 되지만, 그렇게 하도록 생각해 볼게요."

"그래 하나야 ~ 이제 과거는 모두 잊어버리고 꿈을 향해서 뛰는 거야! 준비 됐지?"

"네."

벌써 하늘은 성탄절의 기쁨을 알리듯 하얀 눈이 내리고 있었다.

병원은 성탄절 분위기로 가득 차 있었고 로비마다 예쁜 트리들이 있었다. 몇몇 친구들은 눈사람을 만들러 새로 산 빨간 장갑과 목도리를 매고 나갈 준비를 하고 있었다. 그리고 더 중요한 일이 남아 있었다. 오늘은 내가 병원에 있는 마지막 날. 바로 12월 24일!! 오케스트라 공연 날이기도 하다.

그동안 병원에서 친해진 친구들이 직접 만든 케이크와 선물 꾸러미들을 주었다. 헤어지는 것이 서운했지만 세상에 나가서 새로운 나를 만날 것 같아 내심 설레기도 하였다.

내 옆에 있던 단짝 친구 세진이가 나에게 자신이 그린 그림을 보여 주었다. 그림을 보니까 내가 의사가 되어서 사람을 치료하고, 지금 내가 배우고 있는 바이올린으로 사람들을 기쁘게 해주는 그림이 그려져 있었다. 세진이에게 너무 고마웠고, 우리에게는 더 이상 미래에 대한 불만이 아닌, 행복한 얼굴을 가진 멋있는 친구가 되기로 엄지손가락을 맞대며 약속했다.

친구들과 작은 송별회를 끝내고 나는 분주히 바이올린 케이스를 열어서 내 바이올린을 꺼냈다. 내 인생에서 처음으로 남 앞에서 무언가를 해보는 것이 어색해서 그런지 기분이 묘하기도 하고 긴장되기도 했다. 그리고 이 연주회는 나의 새로운 시작을 알리는 연주이기도 했기에 나에게는 큰 의미를 가지고 있었다.

얼른 악기를 들고 2층 렘넌트홀로 들어갔다. 그냥 눈으로 봐도 500개가 넘는 의자들이 있었고, 많은 사람들이 예쁜 꽃과 선물을 들고 자리에 앉아 있었다. 홀의 양 옆에는 여러 가지 모양의 풍선들도 달려 있었다. 그리고 연주회에 참석한 사람들 중에는 언제 자신의 아이가 나올지 머리를 빼꼼히 내밀고 앉아 있었다. 다른 쪽으로 보니 자리가 부족해서 앉아 있지 못하고 뒤에 서 있는 사람들도 있었다. 이런 분주한 홀 안에 있으면서 나는 관심 없는 척하면서 혹시 아빠랑 엄마, 오빠가 오지 않았을까 하고 내심 기대를 하고 있었다. 하지만 실망할까 봐 그런 생각들을 내버려둔 채 오케스트라 대기실로 갔다. 친구들은 그동안 배운 솜씨들을 뽐낼 생각에 흥분되어 있었다. 나도 당연히 기뻤지만 병원에서 있었던 그 동안의 추억들을 생각해 보니 시원섭섭하기도 했다.

연주가 시작되었다. 지휘자선생님의 지휘봉을 보고 악기를 들었다. 그리고 연주 내내 그동안 내가 느낄 수 없었던 음악 속에 빠져드는 느낌이 들었다. 오직 바이올린과 나만이 존재하는 느낌이 들었다. 손 끝으로 하나하나 현을 누를 때마다 아름다운 악기소리를 느꼈다. 그렇게 40분이라는 시간이 지나갔고 연주가 끝나고 환호와 박수소리가 들렸다.

대기실에 내려가서 잠시 오케스트라 친구들, 그리고 세진이와 인사 나누고 있는 동안 갑자기 아빠, 엄마, 오빠가 꽃을 들고 나타났다. 이럴 수가!!!

"하나야, 연주 잘 봤다. 우리 딸이 제일 연주 잘하던데?"

생전 처음으로 하얀 와이셔츠와 까만 양복을 입은 아빠가 나에게 다가와 웃으며 말했다.

그리고 꽃을 들고 있던 오빠가 나에게 왔다.

"김하나, 너 완전 멋있어졌구나! 연주 보고 감동받았어. 그 동안에 오빠로서 모범을 보이지 못한 것 같아서 정말 미안했어."

옆에 있던 엄마는 아무런 말없이 내 손을 잡으셨다. 포개어진 두 손 위에 오빠의 손이, 그리고 마지막으로 아빠의 손이 올려져 있었다. 그리고 우리는 5분 동안 서로를 위해서 울었고, 기도했다. 그동안의 모든 상처들과 아픔들을 씻어내는 울음이었다. 슬픈 울음이 아닌, 기쁨의 울음… 이때까지 세상을 살아오면서 울었던 것과는 전혀 다른 기쁨의 울음. 이런 감정을 나도 느낄 수 있어서 행복했다.

"자, 여러분 우리 2학년 10반에 새로운 전학생이 왔습니다. 이름은 김하나이고요. 많이 챙겨주기를 바래요 ~"

"와 ~ 안녕."

선생님이 나를 소개한 후 갑자기 전교생들이 환호를 하며 내 주위를 둘러쌌다. 몹시 당황스러웠지만 그런 시선들이 나쁘지 않았다. 친구들은 내게 사소한 것까지 다 물어보았다. 특히 인문계 고등학교다 보니 공부를 잘하는지 아닌지 친구들이 계속 물어봤다.

"야, 너 공부는 잘하냐?"

"아니, 별로 못하는데."

친구들은 피식거리면서 가버렸다. 지금은 공부를 못하지만, 나는 이 학교에서 내 꿈의 깃발을 꽂고 학교를 졸업하리라고 굳게 마음을 결심했다. 혹 그렇게 되지 못하더라도 환경에 굴하지 않고 최선을 다하기로 했다. 처음에 적응을 못해서 많이 힘들었지만, 좋은 친구들도 많이 있고, 선생님들께도 많이 도움을 받아서 계속 지체되어 있던 내 성적이 오르기 시작했다. 이럴 때면 교만해지지 않으려고 노력했고, 다시 새로운 마음으로 공부를 시작했다.

아침에 일찍 일어나서 학교 갈 준비를 하고 저녁 12시 되어서야 집에 들어왔다. 정말 공부하는 기계 같다는 생각이 들었지만, 내 꿈이 있었기에 나는 참았고 또 참았다. 나는 소망이 있으니까……. 그리고 나는 마침내 내가 원하는 대학에 입학했다. 처음에는 정말 꿈 같았지만, 행복했다.

이렇게 나의 대학 생활도 꿈을 향해서 달려갔다.

오늘도 쪽잠을 자고 겨우 깨어났다. 벌써 내 나이 35세.

우리 병원에서 이번 의료캠프 동안 만들어놓은 베이스지로 걸음을 옮겼다. 벌써 많은 사람들이 꼬리에 꼬리를 물듯 길게 서 있었다. 오늘 첫 번째 손님은 초등학생 정도로 보이는 방글라데시 아이였는데 맨발로 터벅터벅 나에게 걸어왔다.

"앗살라옴 알라이꿈"

내가 입은 흰 가운이 신기한지 그 샘 같은 눈으로 나를 자꾸 쳐다보는데 한편으로는 너무 안쓰러웠다. 이곳의 환경이 너무 열악해서 마음이 너무 아프긴 했지만, 내가 도와주어야 할 아이들을 만나니 반가웠다.

"하나, 어때? 많이 힘들겠지만, 우리 힘내서 이번 마지막 의료캠프까지 잘 마무리하자고."

민정 선배가 웃으며 말했다.

"그럼요 팀장, 제가 어릴 적부터 꿈꿔왔던 날인데 선배가 누구보다도 잘 아시잖아요!"

　나는 웃으면서 잠시 내 가방에 두었던 하늘색 수첩을 다시 꺼냈다. 그리고 나의 97번째 꿈 목록을 지워나갔다. 그리고 수첩을 닫으려고 한 순간 내가 17년 전에 공원에서 찍은 **거름더미에 핀 꽃, 백합화**의 사진이 꽂혀 있었고 그 옆에 적힌 나머지 남은 꿈들이 나에게 보이기 시작했다.

　　나의 미래, 의료 봉사 활동을 하는 모습을 그리며…

3월 초에 김묘연 선생님께 달려가서, 거의 막판 스퍼트로 동아리에 가입했었습니다. 처음엔 생소기만 하던 '책쓰기'라는 단어가 이제는 평생 기억에 남을 '만남'이 되었고 저의 멋진 이야기를 만들어 주었습니다.

이 책은 저의 꿈을 그린 미래 일기를 쓴 것이라고 할 수 있습니다. 사실 지금 '하나'보다 더 힘들고, 환경에 이미 많은 상처들을 받은 사람들과 청소년들이 세상에 많다고 생각합니다. 저는 '하나'라는 아이가 작은 만남들을 통해서, 그리고 작은 것 같지만 미세하게 변화하는 환경들을 통해서 그 아이의 인생이 변해가는 것을 담아내고 싶었습니다. '하나'에게 있어서 '박민정 선생님'과의 만남은 인생을 바꾼 만남이었습니다. 저는 항상 어느 사람이든지 그 사람이 인생을 살면서 어떻게, 무엇을 하며 사는 것도 중요하지만 어떤 사람이든지 한 번의 만남이 그 사람의 인생을 바꿔 놓을 수도 있다는 점에서 만남이 가장 중요하다고 생각했습니다. 그래서 제 글을 쓸 때도 이런 부분들을 드러내고 싶었고, '거름더미에 핀 백합화'라는 제목을 통해서 희망이라곤 찾을 수 없는 척박한 환경과 어려움 속에서도 자신의 꿈의 꽃을 피워내는 하나의 모습을 그려내고 싶었습니다.

글을 쓰는 동안 제 자신을 되돌아보고, 제 미래의 삶, 우리가 함께할 모습에 대해서도 진지하게 생각해 볼 수 있는 시간이었습니다. 많이 부족하지만 제 글을 읽으시는 분들 또한 저와 같은 고민을 하며 시간을 보내시면 좋을 것 같습니다.

2010년 한 해 동안 동아리 활동을 함께한 동아리 친구들, 글 쓸 때마다 힘이 되어 준 우리 가족, 미완성되었던 글을 읽고 평가해 주신 이 책의 첫 독자로 만난 최정숙 선생님, 제 속표지를 예쁘게 제작해 주신 서수경 선생님, 그리고 1년 동안 부족한 저희들을 늘 챙겨주시고 이끌어주신 김묘연쌤, 마지막으로 글 쓰는 힘든 시간 동안 늘 뒤에서 응원해 주신 모든 분들께 감사드립니다.

한숨의
보랏빛 그림자
사진 : 코헬렛 C서명법
http://lov153.cafe24.com/

경애, 아픔이란 이름의 동굴 속으로

"여긴 어디지? 난 분명히 잠이 든 것 같았는데……."

꿈이라고는 믿기지 않을 만큼 뚜렷한 이미지가 나의 주변, 모든 공간에 가득 차 있다. 주위를 가득 메우고 있는 어둠과 고요함 속에 울려 퍼지는 물방울 소리. 이곳이 어딘지 모른다는 공포가 몸속을 흐르고, 숨조차 편히 쉬어지질 않는다. '무작정 끝을 향해 걸어 나가면 빛을 볼 수 있을까?' 하는 의문도 든다. 그리고 그 의문이 정답일 것이라고 생각을 하며, 보이지 않는 빛을 찾기 위해 조심스레 앞으로, 앞으로 발을 내디뎠다. 걸음마다 고인 물들이 발밑에서 찰랑거리고, 물소리는 발소리가 되어 점점 나에게 가까워진다. 그러길 여러 차례 끝에 다다랐을 때, 이곳이 빛과는 섞일 수 없는 동굴이라는 것을 알게 되었다. 체념과 함께 주위를 둘러보자 가장 구석지고 축축한 곳에는 무릎을 부여잡고 두려움과 혼란에 떨고 있는 누군가가 있었다.

사람을 경계하는 듯 흘겨보는 사나운 눈빛. 덜컥 겁이 나 한참을 시선을 회피하며 서 있었다. 얼마간의 시간이 흐르고, 계속해서 이대로 있을 수는 없어 주춤거리며 얼굴을 다시 보자 나와 너무나도 닮은 20대 중반 정도의 여성이 나를 향해 시선을 날리고 있었다. 낯익은 그 얼굴에 경직되었던 마음이 스르르 녹기 시작하고, 마침내 손을 뻗었다. 그녀도 자신과 내가 닮았음을 느꼈는지 경계심을 낮추고 나의 손을 맞잡았다. 내 손 위에 얹어진 하얀 손. 그 손은 얼마나 이 동굴 속에 있었는지 짐작조차 할 수 없을 정도로 파랗게 질리다 못해 하얗게 핏기를 잃어버린 상태였다. 안쓰러운 마음에 놓칠세라 두 손을 잔뜩 움켜쥔 채로 조심스레 말을 걸어보았다.

"있지. 너와 내가 조금 닮았다는 생각이 들지 않니? 난 너를 처음 보는데, 왠지 모를 익숙함이 느껴져. 혹시 너도 그러니?"

짧은 질문을 마치고 여자의 얼굴을 쳐다보자 그녀는 아무런 말없이 그저 고개를 위 아래로 움직였다.

"난 내가 여기 온 이유를 몰라. 그리고 너를 만나게 된 이유도…. 도대체 이게 무슨 일이니? 꿈인가? 너는 어떻게 여기에 오게 된 건지 물어봐도 되겠니?"

창백하게 보이는 얼굴 속 눈동자는 한 방울의 물이 떨어진 호수처럼 잔물결이 일고, 입에서는 겨우 알아들을 수 있을 만한 작은 소리의 대답이 새어나왔다.

"꿈을 이룬 뒤 혼란스럽고 두려워서 울기만 했는데, 눈물만 흘렸는데 이곳으로 와 버렸어. 예전엔 꿈을 굳게 믿고, 이루기 위해 수많은 노력을 했었는데 언젠가부터 나에게 고통만을 안겨주고 있어. 아무리 노력해도, 끼워 맞추려 해도 어긋나기만 해. 다시는 맞출 수 없는 어긋난 기차 선로와 같아져 버렸어."

그녀의 눈동자 한가득 고이고 고였던 두려움과 혼란은 차디차고 서글픈 슬픔으로 번졌다. 슬픔이 눈 안에 담을 수 없을 만큼 차올랐을 때, 눈을 가득 메운 슬픔은 가느다란 눈물이 되어 파리한 얼굴 위를 가로질러 흘러내리며 슬픔의 조각들로 얼룩졌다.

"항상 바라던 목표는 아직도 높은 곳에 있는데, 그 높은 곳은 올라가려고만 하면 모래로 된 탑처럼 쉼 없이 무너져 내려."

슬픔으로 가득한 음성, 그 안타까운 마지막 말에 그저 바라보는 것 외에는 아무 대답도 해줄 수가 없었다. 점점 강하게 떨리기 시작하는 여자의 손을 다시 잡아주려는 순간, 어디선가 나타난 거대한 소용돌이가 앞을 가득 채웠다. 들쥐가 보라매의 갈고리 발톱에 낚아 채여 공중으로 건져 올려지 듯, 나 또한 순식간에 감싸여 마구 소용돌이치기 시작했다.

　그녀와의 갑작스러운 이별에 혼잣말만 중얼거리며 잡아주지 못한 손을 뻗어 보았다. 그러나 바깥의 소리는 점차 희미해지고 나를 향해 서 있는 그녀의 모습도 점차 흐릿해졌다. 희·노·애·락의 감정조차 느껴지지 않는 소용돌이 안에 갇힌 내가 할 수 있는 유일한 일은 도착하는 곳이 위험한 곳이 아니기를 기도하는 일이었다.

　-쿵-

　커다랗고, 둔탁한 소리와 함께 엉덩방아를 찧으며 또 다시 모르는 장소로 떨어졌다. 비틀거리며 정신을 차렸을 때 눈앞에는 깔끔하게 정장을 차려입고 의자에 앉아 있는 40대로 보이는 중년의 부부가 있었다. 나는 이곳이 어디인지도, 내 앞의 사람들이 누구인지도 모르는 채로 조용한 분위기와 창문 밖의 모든 것을 태워버릴 듯 뜨겁게 타오르는 여름의 태양만을 느끼고 있었다. 내가 다른 곳으로 시선을 분산시킬수록 태양만큼이나 강한 어색한 분위기가 이 공간 안에 맴 돌았고, 적막을 깨뜨리기 위해 어떻게 해야 할까 고민하다가 짤막한 말을 내뱉고 뛰쳐나왔다.

　"저, 잠시만 기다려 주세요."

　긴 복도와 중간 중간에 있는 여러 개의 방. 소꿉놀이를 하는 곳마냥 아기자기하게 꾸며져 있는 그 많은 장소를 지나쳐가는데 어울리지 않는 전신 거울 하나가 앞을 가로막고 있었다. 지나가기 위해 몸을 비스듬히 틀었을 때 전신거울 속의 나는 거울을 벗어나서라도 따라오려는 듯했다. 풋풋하고 앳된 피부와 푸른 앞치마. 자세히 보니 푸른빛이 도는 앞치마 주머니 부분에 떨어질 듯 아슬아슬 하게 매달려 있는 명찰 하나. 명찰에는 '희망 반 교사'라고 적혀 있었다. '아.' 하는 외마디 말과 함께, 흐릿해져 가던 기억들이 마치 퍼즐을 끼워 맞추듯이 하나둘씩 선명해지기 시작했다. 그렇다. 아까 동굴에서 만난 그 여자도 과거의 내 모습이었고, 나는 과거로 다시 돌아오게 된 것이다.

장소가 어디인지 알게 된 기쁨도 잠시, '내가 겪었던 그 일을 다시 겪어야 할까? 잊고 싶고 기억하기 싫은 그 기억 속에 빠져 또다시 허우적거려야 할까? 여러 가지 생각들과 감정들이 나를 혼란스럽게 했다. 하지만 지금 난 '희망 반 교사' 시절로 돌아왔다. 빈 교실에서 목이 빠질 듯 기다리고 있을 학부모가 떠올라 녹차 두 잔과 중년 부부의 방문 목적인 상담을 하기 위해 일지를 찾아들고 희망 반을 향해 발걸음을 옮겼다.

"상처는 똑같은 아픔 대신에 용기를 줄 것 같았는데, 역시 깊은 아픔만을 남길 뿐 용기를 주진 않는 구나. 후~"

교실 앞에 도착해서 문손잡이를 잡았다 놓았다 반복하기를 여러 번, 심호흡을 한번 한 뒤에 -드르륵- 세상의 고달픔에 찌들어 약해질 대로 약해져 버린 오래된 나무문을 열고 들어갔다. 오랜 시간 기다려 지루하다는 느낌이 얼굴 가득 드러난 중년의 부부에게 녹차를 건넨 뒤 나는 떨리는 목소리로 상담의 시작을 알렸고, 그 말의 바로 뒤를 이어 중년 여성의 깊은 한숨과 말이 이어졌다.

"많이 기다리셨죠? 죄송합니다. 상담 일지를 찾느라 늦어버렸네요. 음… 하고 싶은 말씀이 있으시다고……."

"네. 선생님이 아이들을 위해서 많이 노력하신다는 이야기 많이 듣고 있습니다. 그렇지만 금지옥엽 애지중지 키워온 우리 현수는 정작 괴롭힘을 당해도 아무런 해결을 안 해주시니 이렇게 찾아왔습니다. 전에도 알림장에 몇 번 써서 보냈었는데, 아직도 나아지지 않았더군요."

잠깐의 정적이 흐른 후, 나의 입에서 나온 말은 수긍하는 대답뿐이었다.

"네… 아직 나아지지 않았다는 것은 저도 알고 있습니다."

모든 말이 사실이기에, 아니라고 반박할 수 없었다. 5개월이 다 되도록 적응하지 못하는 현수와 고집 세서 양보를 하지도, 친절하지도 않다며 괴롭히는 아이들. 나는 그 속에서 어떻게 해야 할지 해결책을 찾지 못한 채 하루하루를 보내왔고, 결국은 오늘 상담까지 이어지고 말았다.

"요즘 아이들, 장난이 아니라 정신적 · 신체적 폭력 수준이라는 거, 선생님도 아시죠? 이런 일 하나도 제대로 처리 못 하시면서 어떻게 아이들을 잘 가르칠 수 있겠습니까? 교사라고 할 수 있습니까? 도대체 우리 아이를 위해 무얼 하신 거죠"

가슴을 향하여 매섭게 날아오는 중년 남성의 날카로운 화살촉은 빗겨 가지도 않았고, 내가 피하지도 못했다. 화살은 가슴 깊숙이 파고들어 영원히 아물지 않는 고름덩이가 돼버렸다. 난 그 자리에서 흐느껴 울며 연거푸 죄송하다는 사과의 말만 했다.

"모두 제 잘못입니다. 하지만 앞으로는 더 노력하겠습니다. 한 번만 더 믿어 주세요."

울며 내뱉은 나의 짧은 사과와 다짐은 중년 남성의 차디찬 대답에 그만 묻히고 말았다.

"눈물을 보인다고 문제가 해결되진 않습니다. 아직 사회 경험이 부족한 선생님인 것 같네요. 저희가 이번 한 번만 더 믿어 보겠습니다. 빠른 시일 내에 현수의 문제가 해결되었으면 하고요. 바빠서 이만 가보겠습니다."

모든 것이 자신들의 말 한 마디에 정리된 것처럼 당당한 걸음걸이로 퇴장하는 중년 부부의 뒷모습을 바라보며 주체할 수 없이 흐르는 눈물을 닦았다.

-드르륵 쾅!-

처음보다 더욱 약해진 나무문은 페인트 가루와 부스럼을 토해내며 닫혔다. 문이 닫히는 소리와 동시에 지칠 대로 지쳐버린 다리와 눈꺼풀은 힘이 풀려 내려앉았다. 속으로 옛날에 실제로 겪었던 이 일의 뒷이야기를 떠올려보니, 중년 남성의 화살촉이 날아든 가슴이 다시 아려오기 시작한다.

몇 번을 연이어 나에게 전화로 항의를 하고 찾아왔던 현수의 부모님. 그때마다 항상 노력하고 있다며 기회를 더 달라고 빌었던 나. 시간이 한 달, 두 달이 지나도 왕따 문제는 해결되지 않은 채 현수가 어린이집을 옮기는 것으로 마무리되었던 일. 정말로 웃으며 끝나지 못하고 눈물로 끝난 던 슬픔 너머 아픔이 더 컸던 이야기.

이 일의 뒷이야기는 아직도 머릿속에서 지워지지 않고 이렇게 남아 있다. 해맑은 아이들의 얼굴을 보면서도, 나를 칭찬해 주는 부모님들을 수 없이 만나면서도, 마치 영원히 풀 수 없는 실타래처럼 엉킨 채 남아 있었다. 아픈 기억을 또다시 보게 되고, 생각한 것이 억울하고 싫어 머리를 잡아 흔들며 울부짖었다. 뒷머리를 벽에 부딪치며 교사가 된 것을 원망하고 있을 때, 이곳으로 나를 이끌었던 소용돌이는 이곳을 벗어나고 싶은 나의 마음을 알기라도 하는지 나를 잽싸게 휩쓸어 탈출을 도모했다. 이번에는 어디로 가게 될지에 대한 두려움보다는 벗어난다는 기쁨이 더 커 이 알 수 없는 현상에 처음으로 고맙기까지 했다.

　-쿵-

또 엉덩방아를 찧었다. 아직도 빛이 들어오지 않는 동굴. 어디인지 알기에 어둠이 싫게만 느껴지지는 않는다. 힘든 일을 겪고 난 뒤여서인지 천장에 고인 차갑고도 축축한 물이 나의 눈 밑으로 한줄기 눈물처럼 흘러내리자, 내 기분을 대변해 주는 듯하였다. 그러나 그런 위로감도 잠시뿐, 끝에 가까워질수록 나의 발걸음은 점점 느려졌다.

끝에서 조금 앞. 두려움과 혼란을 여전히 떨쳐버리지 못하고 있을 모습을 당당히 바라볼 자신이 없었다. 용기를 내어 시선을 천천히 올렸을 때, 나는 앞을 오랫동안 쳐다볼 수 없었다. 과거에 좌절한 나의 모습이 더욱더 처량해진 모습으로 나를 맞이하고 있었기에…….

"왜, 왜 내가 과거로 가게 된 거지? 이유를 말해 봐! 왜 그런 거냐고!!"

절대 지워지지 않는 고통을 두 번이나 느끼게 한 소용돌이와 과거 나의 형상에게 사납게 달려들었다. 방관하는 듯 쳐다보는 그녀 앞에서 땅에 주저앉아 외쳤다. 내가 지나간 일로 다시 고통을 받아야 하는 이유를……. 그냥 그 이유를 알고 싶었다. 그리고 과거의 모습이 대답해 주려 입을 움직이는 순간, 나의 몸이 두둥실 떠올라 흩어지기 시작하였다. 연기처럼 뿌옇게 변해 사방으로 흩어졌다. 주위를 두리번거리며 발버둥칠 때, 이미 나의 모습은 사라지고 없었다.

-아……악!-

표현하지 못할 신음소리와 함께 옆에서 몸을 벌떡 일으키는 것이 느껴졌다. 무슨 일인지 옆을 보았을 때 나와 같이 방을 쓰는 경애는 길거리 바닥에 누워서 급히 잔 듯 초췌한 모습을 하고 앉아 있었다. 걱정되어 일어나 불을 켜고 다가가 보니, 침대 시트는 경애와 한 몸이 된 듯 축축이 젖어 달라붙어 있었다.

"경애야, 김경애! 너 왜 그래? 꿈이라도 꾼 거야?"

"어… 꿈. 악몽을 꿨어. 몇 년째 나의 머릿속에서 지워지지 않는 악몽이 오늘 밤에 또 나를 찾아왔어."

"괜찮은 거야? 어디 아픈 건 아니지?"

"응… 몸은 괜찮아. 혜윤아, 남들은 몸이 피곤해지거나 기력이 허약해지면 귀신이 보인다던데, 왜 나는 몇 년 전부터 피곤하기만 하면 그때의 일이 꿈에 나타나는 걸까."

가만히 앉아서 경애의 등을 토닥거려 주었다. 비 맞은 듯 흘러내리던 땀방울이 하나둘 식어갈 때까지 옆에서 그냥 다독여 주었다.

경애. 34살의 동갑내기에 성격도 비슷하고, 직업도 똑같은 나의 소중한 친구. 스웨덴어도 같이 배우고 먼 나라까지 같이 와도 편안한 친구. 그 친구를 짓누르는 악몽은 야속하게도 타국에 와서까지 경애를 놔주지 않았나 보다. 어린이집 교사가 된 지 얼마 되지 않았을 때, 어린이집에 적응하지 못한 현수라는 아이와 잠시 담임으로 만났다 헤어지게 된 경애. 어린이집에서 무슨 일이 생길 때마다 자신의 잘못처럼 여기며 죄책감에 시달리고, 자신감도 많이 잃어가고 있다. 해가 지날수록 교사가 된 것이 지치고 후회된다고 말할 때마다 안타까움에 한숨만 절로 나온다.

한참을 그렇게 둘이서 앉아만 있다가 경애의 얼굴에서 두려움의 기운이 가라앉기 시작하자, 스웨덴에 오자마자 서둘러 했던 약속이 떠올랐다.

"경애야, 이제 좀 괜찮아졌지? 우리 kärlek 어린이집 방문하기로 한 게 10시였던가?"

"어, 이제 슬슬 준비하고 나가면 될 거야. 지금 몇 시야?"

몇 시인지 알기 위해 휴대전화 액정 속 시간을 쳐다보았을 때, 시간은 뒷자리 없이 정확히 오후 1시를 가리키고 있었다.

"음. 오후 한 시."

라고 외친 나는 두 눈을 느리게 끔뻑이며 머리를 굴리기 시작했다. 짧은 시간이 흐른 뒤에 경애와 나의 눈동자와 입은 커다랗게 외치고 말았다.

"악! 어떻게 이 시간에 일어날 수가 있지? 일찍 잔 것 같은데…."

"말도 안 돼. 어제 알람 맞춰 놓고 잠들었는데, 분명히 8시에 알람을 맞춰 놨는데… 혜윤아, 우리는 왜 늦은 저녁에 촌스럽게 호텔 구경한다고 돌아다녀서 늦잠을 잤을까? 지금이라도 달려간다면 기다리고 계실까?"

현재 우리가 근무하는 어린이집은 다른 어린이집과는 조금 다른 특별함이 있다. 간단히 말하자면, 아이들에게는 무엇보다도 환경과 체험·경험이 중요하다고 생각하는 어린이집이다. 그래서 주택가와 번화가의 시끄러운 소음과 요란한 간판들에서 많이 벗어난 산 밑자락에 있으며, 여러 체험 활동을 바탕으로 한 인성 교육을 추구하는 곳이다. 그런 교육 방침이 좋아서 경애와 나는 둘 다 그곳에 지원했고, 몇 년을 근무하다가 불현듯 교사로서 더 많은 경험을 쌓아보고 싶다는 생각이 들자, 여행도 할 겸 경험도 쌓을 겸 스웨덴으로 온 것이다.

우리는 어제 늦게 도착하자마자 수소문을 한 끝에, 호텔에서 버스로 20분가량 떨어져 있는 한 어린이집의 원장 선생님과 인터뷰 약속 시각을 잡아놓았다. 오전 10시로. 우리가 스웨덴에 머물 수 있는 기간은 단 3일. 그 기간에 인터뷰를 모두 마치고 판매 중인 유아 학습 교재 및 교구나 학습 환경까지 파악하려면 빠듯하기만 하다. 그런데 이런 크나큰 실수를 저지르고 말다니.

나는 급하게 헝클어진 머리를 한 손으로 움켜잡고 화장실로 뛰어 들어가 머리 상태를 확인해 보았다. 빗질로 엉킨 것만 정리하면 그래도 심각하진 않을 것 같아 감는 것을 포기하고 모자를 쓰고 나가기로 결정했다. 그리고 어떻게든 시간을 1초라도 단축해 보려, 다른 손에는 칫솔을 쥐고 사정없이 위아래로 흔들며 양치질을 하였다. 그 시각에 밖에서는 '옷은 뭘로 입지?' '신발은, 화장은 어떻게 하지?' 하며 우왕좌왕하는 경애의 목소리가 들렸다. 둘 다 최대한 속도를 내며 준비를 했고, 강풍이 지나간 것처럼 초췌했던 우리는 아주 빠른 속도로 준비를 마치고 나가기 위해 문고리를 잡았다.

"가만. 혜윤아, 너 아까 어느 걸로 시간을 본 거야? 설마 한국시간을 본 건 아니겠지?"

"응? 한국…?"

'아차!' 하는 생각과 함께, 급하게 가방 속에서 전화를 꺼내 세계시각을 살펴보았다. 현재 스웨덴의 시간은 오전 5시. 표현할 수 없는 허망함에 허탈한 웃음이 새어나왔다. 나의 실수를 경애에게 말하자 박장대소를 하며 침대 위로 다시 뛰어든다. 한참을 10대 소녀가 된 것처럼 깔깔대며 웃었다. 평소에 부르지도 못하는 노래를 흥얼거리며 머리를 감기도 했고, 따뜻한 물로 샤워도 했으며, 마무리로 얼굴에 팩을 붙였다. 하얀 팩으로 가려진 얼굴에는 영양분 대신에 자신감이 붙었는지 듣기에도 창피한 말들이 술술 나오기도 했다.

"시간도 많은데 여유롭게 해야지. 안 그래 혜윤아? 그래도 명색이 스웨덴에 방문한 대한민국 대표 어린이집 교사의 얼굴인데. 씻고 났더니 좀 뽀야네, 나이가 34살이어도 아직은 봐줄 만하다."

"맞아. 신경을 좀 쓰고 가야지."

나날이 늘어가는 뻔뻔함에 나이가 들어간다는 것을 새삼 느끼며 머리부터 발끝까지 찬찬히 다시 꾸미기 시작하였다. 구겨진 검은색의 스커트 주름을 다리미로 펴고, 챙 넓은 모자의 리본을 다시 묶고, 신발 위에 사뿐히 내려앉은 먼지를 털어냈다. 모든 것이 완벽하게 되었다고 생각하고 시계를 보았을 때, 시간은 아직도 두 시간이나 남아 있었다. 호텔이라고 불리기에 민망할 정도로 작고조용한 분위기이기에 남아 있어도 딱히 할 것이 없어 우리는 구경도 할 겸 일찍 출발하기로 했다.

호텔의 현관을 나서자 마음을 들뜨게 만드는 스웨덴의 봄날이 반긴다. 발걸음까지 가볍게 하는 따사로운 봄 햇살을 느끼며 거리를 걸어가다 보니 도로 건너에서 하나둘씩 문을 열기 시작한 가게들이 보였다. 크고 작은 가게들 사이에서 눈에 들어온 가게. 작고 은은한 분위기를 자아내는 고동빛 간판의 엽서 가게. 그곳을 가보기로 하고 도로를 건너갔다. 들어선 가게에는 군데군데 먼지가 눈처럼 가볍게 내려앉아 아침 햇살에 반짝이고 있었고 인자한 미소를 짓는 주인 할아버지가 우리를 맞이해 주셨다. 작은 가게는 가득 차 있는 엽서들로 인해 한쪽으로 기울어져 가고 있는 듯했다. 어릴 적 몇 번씩 꿈꿔 봤던 멋진 가게의 모습이다. 둘이서 끊임없이 감탄을 하며, 스웨덴이라는 나라의 상징인 은방울꽃이 그려져 있는 엽서와 도시에서는 찾아볼 수 없는 자연의 풍경들이 그려진 엽서들을 구경하다가, 이것도 추억이 되겠거니 생각하며 여러 장을 집어 들고 말았다. 계산하기 위해 걸어가다 경애는 한쪽 구석에 글을 쓸 수 있도록 마련된 작은 테이블과 의자를 발견했다. 계산을 마치고 걸어가서 의자와 테이블에 내려앉은 먼지를 가볍게 혹 불었다. 먼지들이 오랜 잠에서 깨어난 듯 기지개를 켜며 새로운 안식처를 찾아 가볍게 날아갔다. 오랜 주인이었던 먼지를 물려놓고 의자에 앉아 엽서를 받을 누군가를 떠올리기 시작하였다. 가르치고 있는 아이들, 부모님과 소중한 친구들. 손 바쁘게 써내려가기를 여러 번. 경애의 '다 썼다.' 한 마디에 고개를 들어 경애를 쳐다보았다.

"벌써 다 썼어? 나는 아직 한 장 남았는데."

"혜윤아, 넌 누구한테 썼어?"

"난, 부모님과 우리 반 아이들, 그리고 몇 명 없는 소중한 친구들에게 썼지. 넌?"

"나? 난 있지. 꿈속에서 듣지 못한 마지막 말을 듣고 싶어서 '꿈속의 나'에게 썼어. 웃길지도 모르겠지만, 왠지 이렇게 쓴다면 날 찾아와 줄 것 같아서… 그러면 다시는 그런 악몽은 꾸지 않을 것 같아서. 읽어줄게 괜찮은지 봐줘. 나, 이거 오늘 밤에 책상 위에 올려놓고 잘 거야. 그러면 좋은 일이 일어날 것 같아."

경애는 나에게 글을 모두 읽어준 후, 엽서를 끌어안고 미소지었다. 이른 아침
에 들이닥친 두 명의 동양인 손님이 중얼거리자, 적잖게 당황한 주인 할아버지
는 다가오기를 머뭇거리시다가 '엽서를 많이 좋아하시나 보군요.' 라는 짤막한
말과 '기념 선물이에요.' 하며 라일락이 그려진 엽서를 선물로 주고 제자리로
걸어가셨다.

"Tack. Ha en lycklig dag."

나와 경애는 합창을 하듯 '감사합니다. 행복한 하루 되세요.' 라는 인사를 전
했다. 그리고 나의 못다 쓴 엽서는 가방에 넣고 거리로 다시 나왔다. 시계는 약
속시각 1시간 전인 9시를 가리키고 있었다. 더 이상 구경을 하며 돌아다니기에
는 부족한 시간인 것 같아 어린이집에 일찍 도착하기로 하고 버스정류장을 향

해 걸어갔다. 멀리서 희미하게 솟아오른 버스 정류장의 표지판을 향해 가벼운 발걸음을 움직였다. 버스 정류장에 거의 다다랐을 무렵 옆에 있는 분홍색의 건물과 그 앞의 여러 가지 꽃들이 발길을 붙잡았다.

bloomy. '꽃이 만발한' 이라고 쓰여 있는 푯말 아래 화사한 꽃무리들은 '행복' 이란 단어 자체였다. 그 화려하면서도 수수한 아름다움에 정신을 빼앗겨 구경을 하다가, 방문을 허락해 주신 감사함을 표할 선물도 준비하지 않은 것이 생각이 났다. 꽃 선물이 좋겠다 싶어 조심스레 가게 안으로 발을 들여 놓았다. 정열의 붉은 장미와 순진한 미소를 머금은 데이지, 자신을 낮추고 다른 꽃을 빛내주는 안개꽃. 그 중 눈을 사로잡은 연보라색 라일락. 엽서 가게의 라일락 그림이 그려진 엽서를 선물로 주신 주인 할아버지를 생각하며 무턱대고 라일락을 한 움큼 쥐어 들었다. 그 향기에 매혹되어 '이걸로 주세요.' 하고 나머지 꽃들을 구경하였다. 나무의 한 층을 얇게 벗겨낸 듯한 연갈색의 종이에 감싸진 라일락을 받아들고서는 둘 다 기분이 좋아져서 버스정류장 앞에 섰다.

20분이란 시간이 기대와 설렘 때문인지 20초처럼 느껴졌다. 순식간에 근처에 도착한 버스에서 내리고 길을 살펴보았다. 어린이집을 향해 천천히 걷고 있을 때, 옆으로 부모의 손을 놓칠세라 꼭 잡고 등원하는 어린이들을 볼 수 있었다. 맛있는 음식과 즐거운 장난감으로도 살 수 없는 사랑이 가득 담긴 표정. 아마 따뜻한 부모의 체온이 손을 통해 전해져서 저 표정으로 표출된 것이 아닐까. 아이들을 쳐다보며 걷다 보니 어느새 어린이집에 도착했고, 30분이 남은 약속 시각까지 주변을 둘러보리라 생각하고 서성였다. 잠시 뒤, 모두 교실로 들어갔는지, 창문 밖으로는 수업의 시작을 알리는 피아노 선율이 흘러나왔다. 꾀꼬리 같은 목소리로 노랠 부르는 아이들. 보이지 않아도 상상이 되는 그 모습에 슬쩍 마음이 부풀어 올랐다. 처음 듣는 음색의 동요이지만, 순진하고 때 묻지 않은 노랫소리는 나라와 세대를 초월하고 같이 흥겹게 만드는 무언가가 있었다. 노

래에 빠져들고 있을 때, 한쪽에서는 앞치마와 토시를 낀 귀여운 꼬마들이 줄을
서서 도화지를 들고 나왔다. 매일 봐서 감흥이 별로 없을 것 같은 주변 풍경을
그리는 모습은 어느 화가 못지않게 사뭇 진지했다.

　그 순간에 나의 귓가에 작게 울려 퍼지는 종소리. 작지만 길게 울려 퍼지는
그 소리는 정확히 뭔지 모를 묘한 느낌이 들었다. 내 눈앞에 펼쳐진 모습이 원
하던 교육의 모습이었고 그것을 찾아서인지 심장은 조금씩 두근거리기 시작하
였다.

　"경애야, 우리 잠시 저기 언덕진 곳에 있는 나무에서 조금 쉬지 않을래?"

　"어? 그래. 아침부터 그런 소동이 있었으니 많이 피곤할 만도 해."

　나도 모르는 새에 볼이 붉게 물들었다. 잠시 쉬기로 생각하고 약간 언덕진 곳
위에 있는 나무를 향해 걸어갔다. 작지 않은 체구를 따뜻하게 감싸줄 만큼 커다
란 크기의 나무. 그곳에 잠시 등을 맡기기로 했다.

　구름 위에 앉아 있는 듯 가벼운 느낌의 몸과 평안함. 아직은 조금 남아 있는
촉감에 닿는, -뽀스락- 소리 나는 연갈색 종이포장. 손에 감싸 쥔 라일락의 향
기로운 꽃향기는 그렇게 서서히 나를 과거로 인도하고 있었다. 나의 이름을 부
르는 경애의 목소리가 점점 옅어질 때에도 라일락 향기는 더욱 짙어져만 갔다.
17살의 고등학교 시절까지 이어지는 향기.

혜윤, 잃어버렸던 것을 찾아서

　벤치가 놓여 있고 그 밑의 블록 사이를 비집고 자란 풀들이 있는 곳. 나의 푸
르렀던 학창시절이 담겨 있는 고등학교의 모습이 보였다. 어른이 되어서 바라
보니 한없이 작게 느껴지는 이 장소. 왜 학생 때는 갇혀 있는 것처럼 갑갑하게
만 느껴졌을까. 시설도 나름 괜찮은 학교를 쳐다보고 있다가 한 학생이 등교하
는 모습이 보였다. 오전 7시 30분. 머리를 하나로 묶고 가방에 무언가 한 가득

을 넣은 것으로도 부족해 손에도 교과서를 한가득 들고 걸어오는 학생. 가만히 바라보니 17살의 나다. 어른이 된 나의 모습이 보이지 않는 듯 무신경하게 스쳐 지나가는 17살의 나. 어떻게 고등학교 시절을 보냈는지도 가물가물해진 마당에 궁금해서 쫓아가기 시작했다.

1학년 10반 팻말이 보였다. 교실에 들어가 아이는 가방을 내려놓았다. 가방 안에서도 손에서도 쏟아지는 교과서. '내가 이렇게 열심히 공부했던가.' 차근차근 시간표를 보며 책 정리를 마친 아이는 할 일이 없는지 독서 삼매경에 빠져 있었다. 한창 좋아했던 일본 어느 작가의 소설. 그 소설을 한참을 읽고 있던 아이가 거칠게 열리는 뒷문의 소리에 고개를 들었다.

"어! 벌써 왔어? 오늘은 아주 일찍 왔네."

"응. 혜윤이 너는 오늘도 일찍 왔네. 피곤할 텐데……. 오늘은 왠지 일찍 잠에서 깨서, 그냥 빨리 준비하고 나와 봤어. 쉬는 날 동안 공부 많이 했어?"

"아니, 교과서는 팔 아프게 다 가져가 놓고 한 것은 아무것도 없어."

"다들 그렇잖아. 금요일에 한가득 가져가고 월요일에 다시 그대로 가져오고. 근데 너는 했을 것 같은데? 공부 욕심이 많은 너잖아."

사실 고등학생 때 나는 공부 욕심이 많았다. 어느 과목 하나 놓치고 싶지도 않고 특히 좋아하는 과목에서는 전교 1등도 해보고 싶다는 생각도 가졌었다. 그리고 커서 되고 싶은 장래의 목표도 뚜렷했다. 다만, 실천 의지가 조금 약했다고나 할까. 스트레스를 쉽게 받는 성격을 가져 공부의 양과 질이 쉽게 흔들렸던 터라 결과는 욕심에 비해 늘 미미했다.

"소라야, 지난번에 사회선생님이 하신 말 기억나? 우리 학교에서 원서를 내면 수시는 많이 합격하는데 수능으로는 거의 가망이 없다는 말. 특히 여학생은 유아교육과나 간호과에 많이 지원하는데 실제로 합격한 아이는 드물다고……. 나는 그 말이 아직도 머릿속에서 지워지지 않아."

"너야 어린이집 교사가 꿈이니까 잊혀지지 않는 거야. 난 그런 말을 언제 했는지도 가물가물한 걸?"

이 당시에 나의 머릿속에는 한동안 다른 말이 저장되지 않았다. 그토록 원하던 꿈인 유아교육과. 그곳에 우리 학교 학생은 몇 명밖에 합격하지 못했다는 말에 적잖이 충격을 받은 17살 때의 나는 마음속으로 새로운 다짐을 하기 시작했다. 몇 명밖에 되지 않는 그 합격자에 나의 이름이 들어가게 하겠다고, 나도 꼭 유아교육과에 가겠다고…….

"혜윤이 너는 그 꿈을 이룰 수 있다고 생각하니? 난 의사가 꿈인데, 내가 그 꿈을 말하면 다른 사람들이 못 이룬다고 말해서 왠지 이루어질 수 없는 이상같이 느껴져."

"응, 나는 꼭 어린이집 교사가 될 거야. 사람들이 무시해도 노력하면 할 수 있어. 난 나를 믿을 거야. 갈망하면, 이루기 위해 온 힘을 다해 노력하면 그건 반드시 이루어질 거야. 10년 뒤 나는 어린이집 교사가 되어 있을 거야."

"그래. 넌 꼭 꿈을 이룰 것 같아."

"어린이집 교사가 되면 종이접기도 같이하고, 쿠키도 같이 굽고, 여름이면 잠자리도 잡고, 또 물총 놀이도 하고. 매 순간 최선을 다하고, 발전하는 교사가 되도록 항상 노력할 거야."

아이들이 서서히 들어오기 시작하는 교실. 그 안에서 옛날의 나는 책을 읽고 있다. 그토록 원하는 꿈에 한발자국이라도 가까이 가기 위해서. 30살이 넘은 지금, 어린이집 교사가 되어 있다는 것을 알면 얼마나 기뻐할까. 과거의 한순간을 보고 나서 다시 밖으로 나와 텅 빈 벤치에 앉았다. 학생 때 내가 이렇게 꿈에 대한 열정이 많은 아이였는지 알게 되어 놀랐고, 이제는 그 열정이 많이 줄어든 것 같아 아쉬웠다. 여러 생각이 교차한다. 뜻 모를 한숨을 내쉰 채 점점 밝아지는 태양을 바라보고 있다가 이제는 과거와 이별해야 하는 순간임을 직감적으로 알아차렸다.

옅어졌던 라일락의 향기가 코끝 바로 아래 피어 있는 듯, 천천히 진해지기 시작하였다. 10년도 넘는 세월을 거슬러 올라가게 해준, '젊은 날의 추억이란' 꽃말을 가진 라일락. 그 놀라움에 미소지었다. 누군가가 어깨를 흔들자 잠에 빠진 것처럼 축 처져 있던 눈꺼풀이 살며시 올라갔다. 눈을 비비고 바라보자 예순에 가까운 여성과 경애가 나를 쳐다보고 있었다. 얼굴에 곳곳에 퍼진 주름. 그 세월의 흐름이 거부감 없이 편안한 여성과 무슨 일인지 모르겠다는 표정의 경애.

"늦지 않게 도착하셨네요. 많이 피곤하셨나 봐요. 안으로 들어가실까요?"

"이곳 원장님이셔. 창문으로 우리가 보여서 인사하러 나오셨는데. 그런데 첫 모습부터 자고 있는 모습이라니."

나의 귓가에만 들리게 속삭이는 경애의 핀잔을 듣고 있는데, 원장님이 따뜻한 손을 내밀었다. 마음까지 녹이는 친절함. 그 손을 맞잡고 시계를 바라보니 놀랍게도 시간은 5분밖에 흐르지 않았다. 과거의 많은 것을 보았는데, 5분밖에 지나지 않았다니 놀라울 따름이다. 민망함과 따뜻한 인사에 느낀 기쁨을 동시에 안고 원장실로 들어갔다. 처음 보는 이에게 차 한 잔을 건네는 모습은 참으로 인자하게 보였다.

"아, 이것은 감사의 선물이에요."

쭈뼛쭈뼛, 연보라 라일락은 나의 손에서 원장의 손으로 건네졌다.

"향긋한 라일락이네요. 정말 감사합니다. 그리고 저희 kärlek 어린이집에 오신 걸 환영합니다. 저는 이곳 원장 미지 에리카라고 합니다. 스웨덴의 교육 모습을 직접 보고 싶다고 말씀하셨지요? 어떻게, 기다리는 동안 다 구경하셨나요?"

경애와 나는 손을 살랑살랑 흔들며 말을 이었다.

"아니요. 그냥 밖에서 놀이하는 모습만 보고 수업 활동은 보질 못했어요. 어떤 방식으로 운영되는지 궁금해요."

"바깥 활동을 보셨나 보네요. 그것이 주된 수업 일부랍니다. 미술과 음악, 체육은 매일 한 시간씩 하는 편이에요. 정확히 알기 위해서는 저희 어린이집만의 내용이 아닌 스웨덴의 전체적인 교육방식에 대해 설명해 드리는 것이 좋겠네요."

"그러신다면, 저희는 감사하지만 시간이 괜찮으시겠어요?"

"네. 괜찮아요. 우선 스웨덴은 예체능 활동의 비중이 높다고 할 수 있습니다. 어린이집 주변의 환경도 그에 맞춰 해변이나 공원이고요. 또 뭇레 또는 트롤이라고 부르는 대자연을 배우는 유아 모임도 있답니다. 마지막으로 가장 중요한 건 바로 편안한 분위기 조성이랍니다."

"아……. 그렇군요. 아이들이 표정이 밝고 행복해 보였던 이유가 있군요. 실제 아이들과 부모님의 만족도는 어떤가요?"

"제가 설명하는 것을 듣기보다는 저와 함께 교실마다 돌아다니면서 보시는 것이 나을 것 같네요. 지금 한번 가보시겠습니까?"

원장선생님의 안내에 따라서 교실들을 둘러보며 걸어 다녔다. 한쪽 방에서는 선생님 한 명이 서류 정리를 하고 있었는데 무엇인지 물어보니, 상담 자료라고 한다. 아이의 어린이집 적응 실태를 알아보고 선생님의 부족한 점이 무엇인지 조사하는 기회가 많아야 더욱 발전할 수 있다고 말하는 선생님. 원장선생님은 그 모습을 빤히 쳐다보는 우리에게 어떤 교사가 부모님의 말에 상처를 받고 자책을 하다가 그만둔 이야기를 했다. 덧붙여서 아이의 문제점과 교사의 문제점을 정확히 나누어서 생각할 줄 알아야 한다며 부모의 말에 교사가 상처받고 마음이 약해져 주저앉으면 안 된다고 말했다. 나는 그 순간 옛날의 그 일을 모두 자신의 탓으로 생각하며 한 없이 작아지던 경애의 어깨가 움찔거리는 것을 보았다.

-푸.푸…욱-

침대가 피로에 눌려 가라앉았다. 어린이집 방문을 모두 끝내고 서점까지 들른 후 돌아온 호텔. 아직도 반밖에 이루지 못한 목표지만 무언가 마음에 가득 깨달음을 주는 하루였다고 우리 둘은 이야기했다. 그러나 그런 마음도 잠시였고 퉁퉁 부은 다리를 보고서 경애는 스웨덴에 온 것을 처음으로 후회하는 말을 하였다. '우리도 나름 경력 많은 교사인데, 왜 일을 사서 만들까?' 하는 한탄에 오늘 낮에 잠시 다녀온 17살 때의 이야기를 경애에게 들려주었다. 한 마디 한 마디에 공감하는 경애. '너도 이렇게 꿈을 간절히 원했었구나.' 하는 생각과 함께 이렇게 간절했던 경애가 꿈과 멀어지는 것은 있을 수 없는 일이라는 생각을 했다. 어떻게든 옛날의 그 일이 있기 전처럼 돌아와야 할 텐데. 이야기에 정신이 팔려 잘 생각도 하지 않다가 더는 못 버틸 것 같아 이불을 뒤집어쓰고 그대로 잠에 빠져들었다. 어차피 다음날은 관광만 하기 때문에 늦게 일어나도 된다는 생각을 하면서. 내가 서서히 눈이 풀릴 때 옆에서 침대 위로 쓰러지는 경애의 소리도 어렴풋이 들렸다.

🌸 경애, '또 다른 나'와의 만남, 그리고 성장

커다란 열기구 속. 나는 그 속에 타고 있었다. 방금 전에 이불 위에 누운 기억이 떠올라 이것이 꿈이라는 것만 안 채, 목적지는 어디인지 모르고 그냥 열기구를 타고 있었다. 열기구는 탄력 받은 듯 붉게 타오르는 불꽃의 안내로 스웨덴의 하늘을 넘어서고 그 옆의 다른 나라의 하늘도 넘어선 지 오래다. 점점 더 높아지는 고도에 호흡이 곤란해질 것 같았지만 꿈이라 그런지 상쾌한 공기를 들이마시는 것처럼 가볍고 상쾌했다.

–포…오…옥–

다 도착했는지, 짧은 소리와 함께 나는 부드러운 솜에 감싸졌다. 몸을 움직이기조차 어려울 정도로 폭신폭신한 솜은 시야가 닿는 곳마다 넓게 펼쳐져 있었다. 산타클로스의 수염과 같이 새하얀 솜들은 밟고 일어서면 밑으로 빠져 버릴 것 같아 발을 내딛는 것도 조심스러웠다. 솜뭉치에 무사히 안착하자 나를 이곳으로 데려온 열기구는 눈 깜짝할 사이에 더 높은 하늘로 올라가 버렸다. 아래를 내려다보았는데, 아무것도 보이지 않았다. 아래부터 내가 있는 곳까지 모두 다 하얀 솜, 구름으로 둘러싸여 있었고 나는 그 한가운데에 있었다. 그 순간 더 높은 하늘 위에서, 낮은 저음으로 울리는 목소리가 새어 나왔다.

"왔니? 언제 오나 하고 기다리고 있었어. 오늘 따라 밖에서는 유난히 표정이 밝아 보이던데, 호텔에 오고 나니 많이 피곤해 보이더라. 괜찮은 하루였지?"

나를 친숙하게 여기는 말투에 당황하여 주위를 둘러보았다. 하지만 보이는 것은 구름과 더 높은 곳에 있어 닿지 않는 하늘뿐이었다. 괜히 겁을 먹고 소리를 질러보았다.

"너는 누구야? 모습을 드러내. 공평하게 마주 보고 이야기를 해야지. 어디 있는 거야? 어?"

"나는 네가 그렇게 기다려 왔던 '꿈속의 나'야. 목소리로만 너를 만나야 할 것 같아서 미안해. 오늘 내가 너의 꿈속에 다른 모습으로 나타나서 많이 놀랐지? 항상 무언가 말하려고 하다가 끝이 나고 말았는데, 말하려 할 때마다 너는 아직 대답을 들을 만큼 성숙해 있지 않아서 말해 주지 못했던 거야. 그런데 오늘이 바로 그날이야. 나의 대답을 듣는 날."

"오늘, 마지막 말을 해준다고? 그럼 다시 그 악몽은 꾸지 않는 거지? 그렇지?"

"응……. 다시는 악몽을 꾸지 않아도 되니까 기쁘지? 나랑도 오늘이 마지막이야."

이 말을 들은 나의 두 눈은 동그랗게 확대되었다. 그렇게 간절히 바라던 것이 이루어졌다는 기쁨도 컸지만 나의 꿈에 나타났던 형체와 또 다른 꿈에서 만났다는 신비함이 더 컸다. 그리고 대답을 듣는다는 설렘도 셀 수 없이 컸지만 오늘부로 이 형체와 이별해야 한다는 아쉬움도 컸다. 그런 나의 마음이 전해졌는지. 이어서 말을 하는 목소리는 잠시 머뭇거리다가 튀어나왔다.

"……. 마지막 말을 해주기 전에, 너도 한 가지 말해 줄 수 있니? 오늘 하루가 너에게는 어땠니?"

"더 나은 교사가 되고 싶어서 스웨덴에 왔고, 그토록 원하던 스웨덴 교육을 보고 왔는데 숙소에 도착하고 나니까 갑자기 후회가 밀려왔어. 피곤하기도 했고 한국에서 내 경력으로는 나름 인정도 받는데 괜히 왔나 싶어서. 그런데 곰곰이 생각해 보면 깨달은 것도 많아서. 뭐라 단정 지어 말할 수 없는 하루였어."

"그랬구나. 나는 네가 오늘의 그 깨달음을 잊지 않았으면 좋겠어. 그게 내가 해주려던 마지막 말과 비슷하니까. 자, 내가 마지막에 하려고 했던 말은 노력과 열정이었어. 청소년기 때 당찬 꿈을 가지고 살던 너와는 다르게 성인이 되고 난 뒤 사회 생활을 하면서 너는 지친 날이 더 많았고 실수 하는 날에는 자신감이 점점 줄어들었지. 자신감이 줄어들수록 꿈에 대한 노력도, 열정도 줄어들었지. 그게 나는 불쌍하고 안타까워 보였어."

"그래서 맨날 꿈에 나타난 거야?"

"어. 넌 꿈을 이루기 위해 옛날부터 누구보다 노력을 했잖아. 근데 후회하는 횟수가 많아지니까……. 그러니까 자신감 있게 그 꿈을 더 펼쳐 봐. 옛날처럼 그 꿈을 위해 노력을 해봐. 일이 잘 안 풀리는 건, 네 탓이 아니야. 대학생이 되고 교사가 갓 되었을 때의 행복했던 너의 모습과 그 열정, 이제는 다시 찾았으면 좋겠어."

"그냥 말로 하면 됐잖아, 꼭 상처를 주면서 알려야 했던 거야?"

"다른 아이들을 수 없이 많이 가르치면서 그 상처에 대한 해답을 스스로 찾을 수 있을 거라고 생각했어. 그리고 네가 답을 찾았다고 생각했을 때, 그때가 우리의 마지막이 될 거라고 생각했지."

"그래도, 그래도……. 너무 심했잖아. 내가 얼마나 힘들어 했는데, 얼마나 아파했는데."

"너를 진심으로 걱정하는 나의 관심이 너무 힘들었나 보구나. 하지만 나는 네가 아직도 높이 솟아 있는 너의 목표를 향해 다시 뜨거운 열정을 보내고 노력 했으면 하는 마음에서 그랬어. 누구나 한 번 또는 그 이상의 힘든 시련이 오기 마련이야. 이제는 시련 앞에 무릎 꿇지 말고 힘을 내봐. 그 시련 뒤에 한층 성숙해져 있을 너의 모습을 떠올리며 말이야.”

“네가 정말 미웠는데, 야속했는데……. 나를 위한 일이었잖아. 다시는 나타나지 않았으면 했던 꿈이, 나를 위한 선물이었잖아.”

혼자서만 생각해 왔던 것들이 산산이 부서진다. 그 날에 관한 꿈은 악몽이라고, 꿈속에 나오는 ‘나’란 인물은 나를 작아지게 만드는 악마라고 생각했었던 나인데. 이 말을 들으니 지금껏 해왔던 생각들이 부서지고 가루가 되어 바람에 휘날려가는 듯했다.

“너한테 미안해. 난 너를 너무 나쁘게 생각했는데…….”

“지금이라도 나를 좋게 생각해 준다면 나는 괜찮아. 너랑 하고 싶은 이야기가 너무나 많은데, 시간이 거의 다 되어 아쉬워. 나의 마지막 인사가 너에게 들리면 너는 다시 꿈에서 깨어날 거야. 그 뒤로 나를 기억할 수 있을지 모르겠지만 가끔 나를 생각해 준다면 나는 기쁠 것 같아.”

‘꿈속의 나’의 말이 끝이 나고 이야기를 듣기 전까지 몰랐던 나의 변화에 대해 다시 생각을 해보았다. 미지 에리카 원장 선생님이 말한 것과 ‘꿈속의 나’가 해준 이야기가 비슷하다는 생각이 든다. ‘일이 안 풀리는 것은 내 잘못이 아니다.’ ‘아이의 문제와 선생의 문제를 정확히 나누어서 생각해야 한다.’ 이 말들을 몇 번씩 머릿속에서 웅얼거리고 있으니, 10년 가까이 나의 발목을 붙잡았던 고통이 조금씩 작아지는 듯했다.

❀ 보랏빛 향기 ③

−으…음…−

옆에서 경애의 소리가 들린다. 혹시나 또 다시 악몽을 꾸는 건가 싶어 흔들어 깨웠다. 악몽을 꾼 것도 아니고, 전화벨 소리가 울린 것도 아닌데 깨웠다고 경애는 불평을 한다.

"혜윤아, 나 악몽 말고, 꿈을 꿨어. 몇 년 동안 나를 쫓아다녔던 그 악몽이 이제 끝이 났어. 나에게 필요한 건 자신감과 열정이었는데. 나이가 들수록 시들어져 가는 나의 꿈을 다시 살렸으면 좋겠대. 그게 알 수 없었던 마지막 말이었어."

"그래? 그럼 이제 답을 찾은 거네. 앞으로 악몽도 안 꾸겠네?"

"응. 그리고 새로워진 것 같아. 다시 한 번 나의 꿈을 되돌아보게 됐어. 아직 학창시절의 목표까지 가지도 못했는데 무너지는 내가 어리석었던 것 같아. 시련이 다가와도 툭툭 털고 일어날 거야. 그 시련 때문에 나의 꿈을 포기하진 않을 거야."

경애의 말을 들으니, 피곤했던 몸을 일으켰는데 신기하게도 피곤은 싹 사라지고 기분 좋은 에너지가 몸 안 가득 담겨 있다. 그냥 잠자리에 들기에는 시간이 아깝게 느껴지는 밤이었다. 어떻게 할까 망설이다가 화장실에서 찬물로 세수하고 나왔는데, 그 사이에 경애는 웃음을 지으며 잠이 들어 있었다. 잠을 방해할까 봐 조심스레 책상으로 다가갔다. 그리고 책상 위에 놓인 경애의 엽서를 집어 들었다. 진짜 이 엽서가 해답을 찾아 준 걸까? 경애의 악몽과 나의 과거. 그리고 어렵게 찾은 해답을 알고 나니 어른이 되고 나서부터 뭔지 모르게 찌릿하게 아파오던 성장이 이제 멈추려 함을 느꼈다. 오늘 알게 된 보물 같은 답. 그것을 마음에 품고 나니, 끝없이 요동치던 마음이 이제 성장통에서 벗어남을 느꼈다. 젊은 날의 시련도 희망도 꿈도 세월이 흐른 오늘에서야 비로소 추억이 되었다. 그리고 그 추억은 앞으로의 꿈에 한 발자국 더 다가갈 수 있게 해주었다.

들뜬 가슴에 쉽사리 눈이 감기지 않을 것 같았지만 눕자마자 의외로 잠에 빨리 빠져들었다. 내가 꿈나라로 빠져들기 시작했을 때, 나와 경애 외엔 아무도 없는 방안의 작은 책상 위에 놓여 있는 엽서. 엽서 쪽에서 빛이 나는 것이 느껴지고 있었다.

경애의 엽서 옆에 놓인 모든 것을 알고 있는 듯 라일락 향기가 은은히 밴, 라일락이 한가득 그려진 엽서는 '안녕' 이란 짧은 말을 머금은 채 빛나고 있었다.

「안녕…」

8월의 끝자락. 조금은 시원해진 날씨를 온몸으로 느끼며 후기 작성을 위해 펜을 잡았습니다.

핑크빛 설렘과 다듬어지지 않은 꿈을 품에 안고 동아리에 들어온 것이 얼마 전의 일 같은데 나의 꿈이 명확해지고 그것을 바탕으로 쓴 소설이 마무리가 된 것을 보면서 그저 놀라울 따름입니다. 원래 글 쓰는 것을 좋아했지만, '초고를 써야 한다.'라는 말을 처음 들었을 땐 당황스러움도 가득했고, 연필을 잡고 써내려 갈 때는 많이도 막막했습니다. 또 '이것이 과연 글로 나올 수 있을까.' 하는 의문도 끊임없이 들었습니다. 그러나 이상하게도 막바지에 이르렀을 때는 거듭되는 수정에서 '어떻게 하면 더 좋게 변할까.' 하는 욕심이 생겨서 자꾸만 바꾸고 싶다는 생각이 들기도 하였습니다. 몇 개월이라는 짧은 시간이지만 밤잠을 줄여가며 애썼기에 정이 들어버린 것 같습니다.

저의 소설은 두 명의 주인공이 스웨덴에서 여러 가지 일을 겪는 것이 주된 스토리입니다. 꿈을 이룬 후에 점점 후회하고 무기력해진 삶의 모습을 보이다가 열정이 넘치던 과거와 상처로 남아 있는 과거를 회상하며 다시금 깊이 생각해 보는 계기를 마련하는 두 주인공. 그 둘이서 스웨덴의 어린이집을 다녀온 날의 저녁에 나누는 대화와 어린이집에서의 묘사를 통해 주제를 드러내 보았습니다. 스웨덴 어린이집의 학습 내용을 묘사함으로써 교육에만 치우쳐져 있는 우리나라의 교육을 비춰보고 싶었고, 저녁의 대화를 통해서 제가 항상 떠올리는 '노력', '열정'이란 단어도 담아보고 싶었습니다.

저는 '꿈이 있는 사람은 참 대단한 것 같아.'라는 생각을 할 때가 참 많습니다. 무언가를 원하고 꿈꾼다는 것 자체가 머릿속에 그것을 자주 떠올린다는 것이니까요. 그러나 진짜 제가 원하는 것에 대해 진지하게 생각하면서부터는 꿈에 대한 노력과 열정이 더 중요하다는 생각을 했습니다. 그래서 처음 다짐했던 것을 끝없이 생각하는 동시에 그걸 실천하기 위한 식지 않는 열정, 중간에 어떤 힘든 일이 생기더라도 그것을 이겨내려 노력하는 것이 저에게는 꿈과 분리시킬 수 없는 존재가 되어버렸습니다.

그렇게 거창하진 않지만 혼자만 생각해 오던 이 내용들을 소설이라는 곳을 통하여 독자분들과 진심으로 나누고 싶었습니다. 그리고 kärlek 라는 생소한 단어가 있어서 당황스러움을 느끼셨을지도 모르지만, 사랑이라는 뜻을 가진 스웨덴어입니다. 제가 나중에 어른이 되어서 아이들을 가르칠 수 있다면 '사랑'이라는 단어의 의미를 무한히 풀어가고 싶은 마음에 어린이집 이름으로도 정해봤습니다.

꾸준히 글을 써오던 사람이 아닌 학교에만 앉아 있던 학생이 쓴 글이라 많이 서툴고 부족하지만, 한 학생의 꿈에 대한 진지한 고민과 그것에 좀 더 가까이 다가가려는 노력이라 생각하시며 읽어주셨으면 합니다.

이 소설이 다른 사람들에게는 그냥 평범한 글로 느껴질 수도 있겠지만, 글을 쓰기 위해 지새웠던 밤과 많은 자료들이 저에게 이 책을 잊을 수 없는 추억으로 만들어주었습니다. 평생 가도 얻을 수 없을 것만 같은 아주 달콤한 추억으로 말입니다.

그리고 꿈을 다듬어 가는 방법을 알게 해준 동아리와 동아리에 가입하게 된 50%의 이유인 김묘연 선생님, 많이 부족한 글을 처음으로 평가해 주신 우수영 선생님, 이야기를 나누며 많은 정보를 주신 이정남 선생님께 감사한 마음이 가득합니다. 어른이 돼서도 잊지 못할 봄날의 보랏빛 그림자. 그 끝을 장식하며 아쉬움 또한 아련한 향기로 흐릅니다.

색의
마술사
장조은

반갑습니다. 우리 학교에 잘 오셨습니다. 저는 한빛자유학교의 대표 강열이라고 합니다. 우리 학교는 모든 수업이 자유롭게 진행되는 학교이며, '자신의 고유한 색 찾기'를 목표로 운영되고 있습니다. 학교 입학에 특별한 성별, 나이의 제한은 없으며 함께 수업하는 학생들의 협의에 따라 학생의 등하교 시간이나 수업 내용을 정할 수 있습니다. 수업은 주로 편하게 이야기를 하면서 스스로 알지 못했던 자신의 참모습을 찾아 재능과 적성을 최대한 살릴 수 있도록 설계되며 공동 프로젝트나 개인 프로젝트를 완성하도록 합니다. 학생들의 흥미를 이끌어 내어 '함께 만들어 가는' 수업을 지향하는 것이지요. 특히 우리 학교에서는 예체능을 기본적 소양 과목으로 채택하고 있어서 졸업하기 전까지 음악, 미술, 체육 등 각 해당 분야의 특기를 계발할 수 있도록 선후배가 함께 동아리를 구성하여 지속적인 활동을 하도록 합니다. 이러한 대략적인 특징들만 봐도 아시겠지만 우리 학교는 일반적인 학교 교육과정과는 상당한 차이가 있으니 이 점을 유념해 주시기 바랍니다.

한빛자유학교에서 중요한 것은 단 두 가지밖에 없습니다. 저와 우리 학교를 믿어줄 것과 자신의 마음속에 있는 가느다란 희망의 실을 놓지 않는 것입니다.

흰 색

평온함 혹은 무의 시작을 알리는 색. 아주 오랜 옛날부터 신성시 되었다고 하는 흰색은 모든 색과 혼합이 잘 된다는 점에서 조화의 상징이며, 시기, 악행, 질투, 증오, 폭력에 몰두해 있는 사람에게는 참을 수 없는 고통스러운 색이다. 궁극적으로 진실을 드러낸다.

"안녕…하세요."

따스한 봄바람과 함께 교실로 찾아온 학생은 통통한 볼에 새하얀 얼굴, 사슴처럼 커다랗고 맑은 눈이 인상적인 소년이었다.

"반가워. 귀여운 꼬마 학생이네. 꼬마의 이름은 뭐야?"

"7살 유하빈이에요."

이름을 물었는데, 자연스럽게 7살이라고 나이를 밝히는 걸 보니 웃음부터 나왔다. 유치원생은 이름을 말할 때 나이도 함께 말해야 하는 건가?

"잘 어울리는 이름이구나. 하빈이는 지금 어느 유치원에 다니고 있어?"

"네. 꿈나무 유치원에 다니고 있고요, '파릇파릇 새싹' 반이에요."

"파릇파릇 새싹반? 그 반은 일 년 내내 봄일 것 같구나. 하빈이 같은 씩씩한 친구들이 많이 있어?"

"미연이, 지민이, 혜은이도 있고요, 재민이, 민수, 음… 또 아무튼 진짜 많아요."

내게 자신이 알고 있는 모든 친구를 소개해 주려는 듯 손가락까지 꼽아가며 열심히 말한다.

"친구들 진짜 많구나. 그럼 유치원에서 하빈이는 친구들하고 뭘 배워?"

"선생님이랑 한글공부도 하고요 영어공부도 해요. 그리고 노래도 부르고 그림도 그리는 데요, …전 그림 그리기가 싫어요."

조금 전까지만 해도 눈을 반짝이며 친구를 꼽던 아이가 유치원 얘기를, 정확하게 말하자면 그림 얘기를 하자마자 시무룩하게 풀이 죽어버린다. 그림과 하빈이. 어떤 얘기가 담겨 있는 걸까.

"그림 그리기가 싫어? 왜 싫을까. 밑그림을 그려서 여러 가지 크레파스로 색칠 하면 예쁜 그림이 나올 텐데?"

"으. 하지만, 그릴 수가 없는 걸요."

"혹시 그림이 이상하게 그려질까 봐 걱정되는 거야?"

"(도리도리) 아니요."

"왜 그럴까. 그럼 하빈이는 단 한 번도 그림을 그려본 적이 없니?"

"음… 어릴 때 엄마랑 한 번 그린 적 있어요."

어릴 때라니! 이 꼬마가 어릴 때라면 언제 적 얘길까.

"그때는 그렸었는데 왜 지금은 안 그리는 거야?"

"그림 그렸는데요, 칠할수록 하얀 공간이 없어져서 이제 안 그려요."

"크레파스로 색칠하면 흰 공간이 없어지는 건 당연한 건데? 하빈이 잘못이 아니란다. 그리고 그렇게 색깔 옷을 입혀줘야 예쁜 그림이 완성되는 거야."

"그럼 하얀 종이는 어떻게 돼요? 그렇게 없어져도 돼요?"

"그렇구나. 하빈이는 흰색이 다른 색깔에 덧칠되어서 없어지는 게 싫은 거지?"

"…네. 왜 그렇게 하얀색만 없어져야 하는 거죠? 제가 좋아하는 하얀 색깔이 다른 색깔한테 잡아먹히지 않으면 좋겠어요."

"하빈이는 마음이 참 예쁘구나. 좋아하는 흰색을 걱정해 주기도 하고. 음… 하빈아, 혹시 왜 종이의 색깔이 흰색인지 아니?"

"아니요. 왜 하얀색일까요? 종이를 만든 사람이 하얀색을 좋아하는 게 아닐 까요?"

"하하하. 그럴 수도 있겠구나. 그런데 내가 생각하기에는 흰색이 제일 믿음 직해서가 아닐까?"

"믿음직해서요?"

"그래. 예를 들어서 노란색을 바탕색으로 썼다고 생각해 보자. 그 위에 흰색 을 칠하면 어떻게 될까?"

"노란색이 너무 진해서 하얀색이 안 보일 것 같아요."

"그래. 흰색뿐만 아니라 다른 색깔을 칠해도 온전한 제 색을 낼 순 없을 거

야. 비록 자신을 희생해야 하지만 그 덕분에 다른 색깔들은 온전한 제 색을 낼
수 있으니 이보다 고마운 색이 또 어디 있겠니.”

“하지만 하얀색은 슬프지 않을까요? 자신은 없어지게 되잖아요.”

“난 슬프지 않을 거라 생각해. 다른 색을 빛나게 해줄 수 있는 색은 오직 흰
색뿐이야. 그 사실에 자부심을 느끼고 있지 않을까? 다른 색들도 그걸 알고 믿
고 있기 때문에 마음 놓고 흰 종이 위에 칠해질 수 있는 거고.”

“와, 정말 그런 것 같아요. 당장 유치원에 가서 그림 그리고 싶어요. 예쁘게
그려서 갖다 드릴게요. 안녕히 계세요!”

“어? 하빈아 선생님이랑….”

행동 한 번 재빠르기도 하다. 소처럼 커다란 눈을 갖고 있어서 느긋한 녀석일
줄 알았는데, 커다란 눈을 가진 다람쥐였나 보다. 어쩐지 또 웃음이 나왔다. 처
음 이 학교에 오게 된 계기가 유치원 등교 거부였다. 어린 녀석이 등교 거부를
한다고 울음 섞인 목소리로 잘 타일러 달라고 부탁하던 어머님께 이젠 괜찮다
고, 녀석은 단지 너무 많은 것을 사랑해 버린 것뿐이라고 말씀드려야겠다. 그리
고 나도 저런 아들이 있었으면 좋겠다는 말도 함께. 녀석이 그려올 그림이 무척
이나 기대된다. 굉장히 따뜻한 그림일 것이다.

회 색

회색은 검은색과 흰색이 혼합된 타협의 색으로 보수적이고 조용한 성
질을 가지고 있다. 하지만, 검은색도 흰색도 아니라는 이유로 종종 기회
주의자에 대한 비유 혹은 찬성과 반대 중 하나를 택하지 않은 중립자를
나타내기도 하며, 존재감 없는 사람을 가리킬 때 사용되기도 한다. 피동
적인 단념과 겸손, 남의 간섭을 받고 싶지 않을 때 이 색이 연상된다.

‘홍 선생’이라고 불리던 여교사가 있었다. 교직 경력이 3년 정도 되는 새내
기 교사였는데, 신입이라 그런지 열정이 대단했다. 수업 진행도 그냥 강의식이

아니라 동영상을 만들어 오거나 프레젠테이션 파일을 만들어 오는 등의 성의를 보였고, 수업 분위기도 재미있게 만들려는 노력이 보였다. 또, 가끔 사탕 한 개라도 간식을 주곤 했는데 나름의 애정 표현이었겠지.

홍 선생은 수학을 가르쳤었고, 하루하루 변해갔다. 학생들은 처음에는 무슨 일이 일어난 건지 몰랐으나 시간이 지나자 얼핏 '어라? 이 선생이 요즘 왜 이러지?' 하는 생각이 들었다. 그도 그럴 것이 늘 만들어오던 동영상의 수가 줄어들고, 그룹 형이었던 수업이 강의식으로 변해가고 있었기 때문이다. 그리고 신경질을 내는 횟수도 늘어났다. 왜일까. 왜?

"그 소문 들었나?"

"뭐. 7반에 꼭지 돈 놈이 창문 깨부순 거?"

"야, 이 오지호야! 넌 머릿속에 그런 폭력적인 생각밖에 없지!"

"뜸들이지 말고 그냥 말해라. 네 장단 맞춰주기 귀찮다."

"쳇. 홍 선생 학교 그만뒀다는 소문."

"홍 선생? 홍 선생이면 수학 가르치는 우리 담임?"

"너희 반 담임이 홍 선생이었냐? 몰랐네. 암튼 그렇대. 들어온 지 얼마 안 되는 신입이고, 여선생이잖냐. 그래서 소문 엄청 빨리 돈다."

"아, 종 치네. 들어가 봐라. 정보 고맙다."

"에이 뭐야, 반응도 없고. 재미없네. 들어간다."

"그래."

… 그랬군. 그래서 그렇게 살가운 척 구는 사람이 갑자기 신경도 안 쓰고 우릴 무시한 거였나? 다 이해한다는 듯 굴더니 마지막에 내린 결정은 이거냐고. 결국엔 다 똑같아. 교사라는 게 그렇지. 처음엔 다른 교사와는 다르다며 다가왔다가 우리를 감당할 수 없으니까 포기하고 돌아서지. 뭔 노력을 했다고 포기를 해? 우리가 뭔 짓을 했다고 실망했다고 하냐고. 우린 그냥 그 자리에 가만히 있었고, 늘 하던 대로 했을 뿐인데. 우리를 이렇게 만든 게 당신네라고는 생각 안 해보나? 하아. 답답해.

[덜컹]

"어, 서환희. 여기서 뭐하냐?"

"그러는 너는 왜 여기 있어?"

"…답답해서."

"소문 들었나 보지?"

"예리하긴."

"마음 쓸 거 없다. 선생이라는 게 다 그런 거지. 처음에는 의욕적으로 덤벼들다가 학생들이 자기 마음대로 안 되니까 포기해 버리고 마는 거다. 홍 선생이야 그 포기가 극단적이었을 뿐이고."

"흥, 난 애초에 그 인간한테 아무것도 준 적 없다."

"그래. 뭐, 어차피 또 새로운 사람 들어올 테니까. 전혀 신경 쓸 필요도 없는 일이지."

어차피 새로운 사람 들어온다는 말이 아프게 들렸지만, 아니 그 말 때문만이 아니라 홍 선생 얘기를 꺼낸 시점에서 굉장히 가슴 한 언저리가 따끔거렸지만 내색하지 않았다. 왜냐면 나를 위해 차가운 말만 골라 하는 녀석이 있었기 때문에. 서환희라는 인간은 항상 그랬다. 무관심한 척, 관심 없는 척하다가 항상 내가 비틀거리면 다가와 바로 일으켜 세워 현실을 똑바로 보게 한다. 그가 '콕' 집어내는 현실은 진짜라서 아프지만, 객관적으로 볼 수 있게 해줘서 감정적인 상처는 나지 않는다.

"그래."

세상은 온통 잿빛. 굴러가는 자동차에서 내놓는 매연 탓인가? 아니면 공장의 굴뚝에서 나오는 매연 때문에? 둘 다 아니라면 담배연기 때문인가? 과정이야 어찌 됐든 중요한 건 나쁜 연기를 자꾸 만들어내니까 이렇게 세상이 어두워졌다는 사실이다. 그렇지 않고서야 이렇게 어떤 색깔도 통과되지 않는 어둠 속에 우리가 잠겨 있을 리 없다. 눈부신 빛의 세상을 볼 수 있을까? 아니, 애초에 형형색색의 색깔로 칠해진 세상이라는 게 있기나 한 걸까.

노란색

희망, 따뜻함, 봄을 상징하는 대표적인 색이다. 태양을 노란색으로 표현하듯이 뜨겁고 열정적임을 뜻한다. 금색에 가장 가까운 색으로 예로부터 부의 상징이었다. 내 인생의 가장 절정의 시기를 '황금기'라고 하듯 어디에서든 중앙을 의미한다.

"저… 계십니까?"

"네, 어서 오세요."

태양빛이 가장 강렬한 2시가 조금 넘은 시간에 아주 오랜만인 듯 새로운 학생이 찾아왔다. 나이는 50대 중 · 후반쯤 될까? 어쩐지 시골에 내려가 계시는 어머니를 만난 느낌이 들었다.

"여기가 한빛자유학교, 맞나요?"

"맞습니다. 이렇게 한빛자유학교를 방문해 주셔서 감사합니다. 차 한 잔 하시면서 잠깐 둘러보시겠어요?"

"아, 네. 그럼 커피로 부탁해도 될까요?"

뭘 드실 건지 물어봤는데, 아주 당연하다는 듯이 커피를 주문하시는 게 – 정말, 카페에서 커피를 주문하는 것 같은 어조였다. – 아무리 봐도 우리 어머니를 생각나게 한다.

"물론이지요. 잠시 앉아서 기다리세요."

"흠. 아담하고 예쁜 학교군요. 제 아들이 작년에 대학교에 들어갔는데요, 녀석이 부모를 닮았는지 아주 똑똑해요. 호호. 서울에 어디더라? 아무튼, 서울에 있는 대학교에 들어갔어요. 어머, 내 정신 좀 봐. 이게 아니고 아무튼 제 아들이 초등학교에 갓 입학했을 때 간 교실 분위기가 나는 것 같아요."

수다스럽게 얘기하시는 모습이나, 아들자랑 하시는 모습이나 아무리 봐도 우리 어머님의 모습이다.

"그렇게 예쁘게 봐 주시니 감사합니다. 자, 여기 커피 드세요. 사실 이 교실

꾸미기를 저 혼자 했거든요. 어울리게 꾸민다고 꾸몄는데 잘했는지는 모르겠어요. 디자인에는 영 소질이 없어서.”

“정말 예쁘게 잘하셨는데요? 음. 좀 복잡해 보이긴 하지만요.”

“안 그래도 전문 실내디자인 하는 사람을 부른 적 있는데요, 같은 말을 하더라고요. 우리 학교 취지와도 맞게 여러 가지 색을 섞긴 했는데 그래서 좀 복잡해 보인다고요. 어머님께서는 뛰어난 안목이 있으신 것 같은데요?”

“그런가요? 사실 저 학생 때 꿈이 실내디자인 쪽이었거든요.”

“어쩐지 보는 안목부터 다르시던데. 어울리세요. 혹시 지금 꿈을 이루셔서 그쪽에서 일하고 계세요?”

“아니요. 전업주부에요. 애들 뒷바라지하느라 제 꿈 꿀 새가 어디 있었겠어요. 이제야 뭐, 둘 다 대학 보냈으니까 좀 여유가 생기긴 했지만요.”

“그렇군요. 그럼 지금이라도 시작해 볼 마음은 없으세요? 이제 여유도 있으시고, 취미 삼아 부업으로 하시면 좋을 것 같은데요?”

“호호호. 선생님도 참. 이제 50이 훌쩍 넘은 나이인데 인제 와서 다시 꿈을 좇는답시고 설치면 주책없어 보여요. 그냥 살던 대로 살아야지요. 애들 대학 다 보내놨다고 해서 주부생활이 끝나나요. 아직도 갈 길이 한참 멀었는데.”

아, 아니었다. 우리 어머님이신 줄 알았는데 아니었다. 단지, 나이 50이 되어서도 남편과 자녀만 생각하는 전형적인 대한민국의 어머니일 뿐이었다. 그래서 이분에게서 우리 어머니를 보게 된 걸까?

“어머님께서는 왜 그렇게 자녀만 걱정하세요? 아이들도 다 컸는데, 어머님의 인생을 살고 싶다는 생각은 안 해보셨나요?”

“제 인생이요?”

“네. 어머님만의 인생! 이미 지나가 버린 세월을 어머님께서는 남편을 위해, 아이들을 위해 살아오셨어요. 이제는 좀 더 여유를 갖고 어머님의 인생을 사셔도 될 것 같아요. 가족들은 어머님을 이해할 거고, 여전히 어머님을 사랑할 겁니다.”

“…그럴까요? 이미 제 인생이 반 정도 지나갔는데, 인제 와서 이렇게 직업을 갖겠다고 설쳐도 되는 걸까요?"

이분에게 꼭 이 말을 전해야 한다. 자녀를 가진 후 한 번도 자신의 삶을 살아 보지 못한 그녀에게 꼭 전해야만 하는 말이 있다.

"물론이지요. 그리고 인생의 반이 지나가버렸다지만, 새로운 삶을 살날이 반 이상 더 남아 있잖아요. 결코, 짧은 시간은 아닐 겁니다."

"…감사합니다. 덕분에 용기가 생겼어요. 사실 처음에 이 학교에 대해 알게 됐을 때부터 여기에 발을 들이기까지 많은 고민을 했답니다. 여기에 온다고 해서 뭐가 달라질까 싶어서요. 하지만 이제 조금은 알 것 같아요."

"무엇을, 말입니까?"

"제 색깔이요."

내 마음이 전해졌을까? 알 순 없지만 이제 됐다는 느낌이 든다. 나는 이분에 게서 작은 태양을 보았다.

"호호. 얘기하면서도 느낀 건데요, 선생님은 꼭 마법사 같아요."

"네? 마법사요?"

"네. 사람들에게 숨겨져 있는 색을 밖으로 나올 수 있게 인도하는 마법사. 저 는 마법사의 마법에 걸린 거고요."

"아닙니다. 저는 그렇게 대단한 사람이 아니에요. 그렇게 치켜세우시면 부끄 럽습니다."

"너무 겸손하세요, 선생님. 저라도 괜찮다면 조수로 받아주시겠어요? 제가 다 배워서 직접 디자인을 할 만큼의 실력이 된다면 이곳을 아름답게 꾸미고 싶 어요. 선생님께서 내면에 색을 칠하시니, 조수인 저는 외면에 색을 입히는 사람 이 되고 싶어요."

어머님의 내면에서 태양이 하늘을 향해 솟구치고 있다.

"기쁘네요. 갑작스럽지만 조수까지 생기고. 물론이지요. 벌써 기대가 됩니 다. 어머님께서는 어떤 색을 눈에 담고 계셨을지."

상상이 된다. 복잡하게 그저 얽혀만 있던 색들이 노란색을 선두로 제자리를 찾아 들어가 서로 조화를 이루는 모습이 보여지는 듯했다.

"아, 선생님. 저한테 개나리 씨앗이 있거든요. 이걸 옆 화단에 심어도 될까요? 씨앗이 싹을 틔우고 꽃을 맺으면 아주 예쁠 거예요."

"그렇겠네요. 이렇게 해서 우리 학교의 교화 탄생이 되는 건가요?"

"호호. 나중에 문서에 적을 때 제 이름도 넣어주세요. 어머, 내 정신 좀 봐. 아직 제 이름도 안 가르쳐 드렸죠? 자꾸 깜빡깜빡하네요. 박나래입니다."

"안 여쭤본 제 잘못도 큽니다. 전혀 이상한 걸 못 느꼈어요. 아무튼, 개나리 같은 분위기의 이름이네요."

"정말요? 안 그래도 제 남편이 절 보고 개나리라고 불러요. 개나리처럼 사랑스럽다나요. 호호."

개나리꽃이 피는 봄이 오면 다시 만나러 오겠다는 약속을 한 채 떠들썩하게 떠나간 꽃의 여인. 들어올 때는 한 아이의 엄마, 남편의 아내였는데 돌아가는 그녀의 뒷모습은 개나리를 닮은 한 소녀, 박나래였다.

폭 풍 의 언 덕

"이야. 오늘 바람 부는 거 봐라. 아주 환상적이네."

"지호. 넌 진심으로 환상적인 기분을 느껴본 적 없지? 그렇지 않고서야 하는 말마다 비꼬는 말이냐."

"아아. 알아주니 감사."

"또 봐! 진심으로 감사해 본 적도 없지?"

"흥."

"계속 말싸움 하다가 싸우겠다. 그만들하고 밖이나 구경해."

"그래. 내가 저런 감정이 메마른 녀석하고 말해 봐야 뭘 얻겠냐. 암튼 바람 완전 많이 부네? 나무 흔들리는 것 봐."

"그러게. 저러다 나무 뽑히는 거 아니냐? 킥킥. 그거 우리 학교에 날아와서 떨어지면 한 며칠 안 나와도 될 것 같은데?”

“찬성! 무조건 찬성. 진짜 그러면 좋겠다.”

“그럴 일은 없다.”

“에엑. 환희 너도 지호랑 똑같아. 이런 돌덩어리!”

“킥. 너보고 돌덩어리란다. 어떻게 생각해?”

“너랑 똑같다니까 너도 돌덩어리라는 거 아닌가.”

“뭐야? 김민철. 진짜 그렇게 말했어?”

“음? 글쎄. 난 모르는 일인데. 아하하. 우와 바람 한번 무지 세게 부네. 이거 보니까 그거 생각난다. 폭풍의 언덕. 내용은 하나도 기억 안 나지만 바람이 폭풍처럼 몰아치는 배경 아니었던가?”

“전혀. 엇갈린 슬픈 사랑 얘긴데, 떠오르는 거라곤 그거밖에 없어? 어디 가서 그 책 제목 대며 아는 척 하지 마라.”

“어? 한유민. 오늘 집에 빨리 가봐야 한다면서?”

“그러려고 했는데 바람 부는 꼴 보니까 못 나가겠다.”

“뭐야, 그럼 중요한 일이 아니었다는 말이잖아. 혼자 바쁜 척하더니.”

“같이 안 놀아 줘서 삐치셨어요, 김민철군? 이제부터 형이 놀아줄게.”

“됐거든요?”

“폭풍의 언덕이라……”

“환희, 너 이 얘기에 관심 있어? 아까부터 계속 뭔가 생각하는 것처럼 보이더니.”

“글쎄. 폭풍의 언덕에서 태풍의 눈 역할을 한 집이 워더링 하이츠라는 집이었던가.”

“오! 너 이 얘기 알고 있었어? 난 몰랐는데.”

“그건 민철이 네가 멍청해서고. 우리 환희는 그렇지 않아.”

“언제부터 너의 환희가 됐냐?”

“꼭 그런 것만 잘 들리지? 암튼, 맞아. 워더링 하이츠가 태풍의 눈 역할을 했지. 거기서 모든 사건이 시작됐으니까.”

"흠. 꼭 우리 학교 같지 않냐? 뭔 일이 벌어질듯 아슬아슬한 게. 킥, 뭐 그게 사랑 얘기라는 말은 아니고."

"……."

바람이 휘몰아친다. 모든 것을 집어삼킬 듯 으르렁대는 게, 금방이라도 몸이 부서져서 서환희라는 인간의 존재마저 사라져 버리는 게 아닌지. 두려워하며 몸을 떨자 어둡게 웃으며 한 발짝 물러난다. 여기서 한 발자국도 움직여서는 안 된다. 그렇지 않으면 태풍의 눈에서 벗어나게 되니까. 그러면 난 사라지고 말 거다. 저 거대한 몸에 흡수돼, 온몸이 갈기갈기 찢어져 버리겠지.

파 랑

파란색은 영적인 성질, 지혜와 연결된 색으로 평온과 진실, 행복을 나타내는 색이다. 정신의 통제력과 명료성, 창조성을 고양해 주며 창의력과 풍부한 상상력을 만들어 준다. 또, 진취적이고 합리적인 생각을 연상게 하는 색이다. 서양에서는 파란색을 고귀한 신분을 나타낼 때 사용되기도 하며 절망의 의미로 슬픈 음악을 청색 음악(Blue Music)이라고도 한다.

"오랜만입니다. 선생님."

자그마한 우리 학교와는 어울리지 않는 기다란 몸을 가진 학생이 찾아왔다. 콧등에 놓여 있는 철 테 안경과 무표정한 얼굴. 그리고 새까만 밤을 닮은 머리카락을 가진 녀석. 전체적으로 차가워 보이는 인상이라 다가가기 어려울 것 같다는 느낌이 든다. 들고 있는 토끼 그림이 그려진 케이크 상자를 보니 그 느낌이 많이 누그러져 보이긴 하는데. 가만, 토끼 그림이 그려진 케이크?

"마린보이?"

"네. 기억하고 계시네요. 그런데 아직도 마린보이라고 부르십니까."

차마 올 때마다 항상 사오는 케이크 상자를 보고 알았다는 말은 절대 못한다.

"당연하지. 넌 평생 나의 마린보이야. 하하하 잘 지냈니?"

"네, 잘 지냈습니다. 선생님, 저 곧 있으면 교사 돼요."

"뭐? 네가, 교사가 된다고?"

"네."

"세상에 이런 일이! … 혹시 어디 암흑 조직에서의 학교 폭파 임무를 맡고 잠입 근무 하는 거 아냐?"

"과민 반응이십니다."

"어휴, 그렇지? 내가 생각하는 것들이 다 상상이기만을 바래. ─소름 끼치도록 잘 어울리잖아─"

마린보이 임성환, 그는 약 7년 전 한무고등학교를 암흑기로 몰아넣은 장본인이었다. 고등학생인 성환이는 사회에 엄청난 불만을 품은 녀석이었다. 고등학생이라는 불안정한 상황에다가 엎친 데 덮친 격으로 유일한 가족이었던 할머니마저 돌아가시자 현실을 받아들이지 못했던 녀석은 현실을 부정하기 시작했다. 처음 내가 그를 발견했을 때도 온통 피와 땀이 범벅이 돼서 바닥에 널브러져 있는 모습이었는데, 그때 학생들 간이지만 꽤 큰 싸움이었는지 경찰차며 구급차며 온갖 차란 차는 다 모인 듯 시끄럽게, '삐요, 삐요' 소리를 내며 시선을 집중시키는 통에 관심을 가지지 않을 수 없었다. 무심히 그 녀석을 보는데 그때 감고 있던 눈을 번쩍, 뜨고는 나와 눈이 마주쳤다. 그의 눈빛은 한여름 이글거리는 태양과 같이 강렬했다. 마치 덫에 걸린 맹수 같은 눈길로 날 올려다보는데, 그 눈빛이 살려달라고 기회를 달라고 소리치는 것 같아서 그 녀석을 가만히 그 자리에 내버려 둘 수 없었다.

"무슨 생각을 그렇게 넋 놓고 하십니까. 입으로 파리가 들어가겠습니다."

"그냥. 너랑 처음 만났을 때 생각나서. 우리 참 오랜 시간을 힘겹게 달려온 거 같은 데 그 후로 7년밖에 안 지났다. 그거 알아? 지금 나, 굉장히 기쁘다는 거. 이제는 너의 색이 보여. 아주 뚜렷하게. 지난번에 만났을 때는 어딘가 좀 불안정해 보여서 걱정했었는데 이제는 확실하게 네 색이 보이는구나. 지금 당장이라도 밖으로 나가고 싶다고 힘차게 꿈틀대는 네가. 분명히 넌 멋진 교사가 될 거다."

"…선생님께서 제가 교사가 되면 실망하실 줄 알았습니다."

"내가? 왜?"

"제가 수영선수가 되길 바라셨잖아요. 지금도 하고 있긴 하지만 그건 그저 생각날 때 한 번씩 와서 취미처럼 하는 거고요. 교사랑은 거리가 멀지 않습니까."

"무슨 소리 하는 거야. 실망이라니. 아냐, 그런 거 안 해. 물론, 난 네게 수영을 하라고 권유한 사람이기도 하고 절대로 수영하는 걸 멈추지 말라고 말하긴 했지만 네가 수영선수가 되라고 가르친 건 아냐."

"그럼, 왜 수영을 하라고 하셨습니까?"

"그야 너와 어울린다고 생각했으니까. 실제로도 너 수영하는 걸 좋아했잖아. 그 순간만큼은 자유로웠고."

"…역시 선생님께는 당할 수 없습니다."

교사를 직업으로 선택하고 결정하기까지는 많은 시간이 걸렸다. 처음 수영을 배울 때만 하더라도 이걸 평생 직업으로 하거나 체육 쪽으로 미래를 결정하자고 마음먹었었는데, 막상 더 공부하다 보니 교사가 되는 것으로 마음을 굳히게 되었다. 이 결정과 동시에 두려움이 생겨났다. 혹시나 선생님께서 내가 교사가 되는 것에 실망하실까 봐. 끝내 마지막 면접을 보는 순간까지도 그 두려움과 함께였다. 하지만, 마지막 면접을 통과했다는 통지서를 받자마자 생각할 겨를도 없이 바로 이곳으로 달려왔다. 정신을 차리고 보니 늘 올 때마다 가던 케이크가게에서 돈을 내고 있었다. 그 순간 '아무렴 어때' 하는 기분이 들었다. 내가 뭘 하든, 뭐가 되든 선생님은 내 편이라는 걸 깨달았기에. 하하. 당연한 일을 갖고 혼자 돌아가지도 않는 머리로 고민했다.

나의 유아·청소년기는 어두운 바다에 잠겨 있다. 너무 깊고, 깊어서 한 조각의 빛조차 용납되지 않는 곳에. 작은 물고기 한 마리, 수초 한 포기 자라지 않는 곳에. 어렸을 때부터 그다지 좋은 환경은 아니었다. 뭐, 어디서나 나오는 그런 얘기다. 다른 사람들처럼 '성격차이'로 이혼하신 부모님. 서로 아이가 자신의 새 삶에 장애가 되자 결국 아이를 외가의 할머니에게 버리다시피 맡겨버리고는 연락 한 번 하지 않았다. 나중에는 그 돌봐주시던 할머니도 돌아가셨다. 그리고 아이는 자신을 버리고 삐뚤어져 버렸다는 흔한 얘기.

"그런데 너 무슨 과목 교사가 된 거야?"

"수학이요."

"뭐?"

"귀청 떨어지겠어요."

"아, 내가 너무 당황했구나. 하하. 오래 살고 볼 일이지. 꽤 많이 공부해야 했을 텐데. 대단한데, 마린보이?"

"…마린보이는 졸업한 지 오래됐습니다. 이제는 바다 말고 학교에서 헤엄칠 겁니다."

"멋지구나."

"선생님. 수학 가르쳐 드릴까요? 제 첫 제자로 받아들여 주겠습니다."

"어? 으, 난 수학에는 젬병인데."

"그러니까 가르침을 받는 겁니다. 여기, 프린트 받으세요."

'으아악!'

깊고 어두운 바다에 갇혀 있던 마린보이. 너무 어두운 바다라 안에 사람이 있는 줄 몰랐지만, 손을 뻗으니 간절하게 매달리듯 잡아오는 또 다른 손이 있었기에 알 수 있었다. 그래서 건져냈는데, 건지고 보니 하염없이 바다만 바라보는 등대 같은 놈이라 그 길로 다시 바다에 넣어버렸다. 이번에는 제대로 구명조끼와 오리발, 수경까지 씌워서. 그랬더니, 녀석이 이제는 더 큰물에서 헤엄치길 바란단다. 이렇게 기쁠 수가 없다.

위험한 하늘

"어? 비 온다."

"야호! 그럼 오늘 체육은 강당에서 하겠지? 하하하. 비가 우리를 살렸구나."

"지호야, 왜 비가 우리를 살린 거야?"

"어이구, 김민철! 눈치 없고 맹한 건 한 해가 지나도 여전하구나. 안쓰러우니 이 형님이 설명해 주지. 비가 안 오면 어떻게 되느냐? 덥지. 무진장 덥지. 햇살도 살인적으로 쨍– 하니 내리쬐니까 우리 말라죽을 게 분명해. 거기다 올해 체육은 미친개가 가르치는 거 모르냐? 미친개로 말하자면 우리 학교 학생주임으로 토할 때까지 운동장 달리게 하는 걸로 유명하잖냐. 햇볕 내리쬐는데 달려봐. 두 번 죽는다, 두 번 죽어. 그런고로 비는 우리를 살게 하는 생명줄이라 이 말씀이지."

"헉. 그렇구나. 다행이야, 비 와서."

"야, 체육장소 강당이 아니라 그대로 운동장에서 한 대. 빨리 나와 시간 없다."

"뭐? 장난해? 지금 비 오잖아!"

"나한테 그러지 마. 뭣하면 미친개한테 가서 따지던가. 변경사항 없다는데 내가 그 앞에서 왜냐고 따질 수 있겠냐? 나도 짜증나."

"에라이, 그러면 네가 좀 더 빨리 알려줬어야지!"

"지호야, 참아라. 희상이도 비 오는데 운동장에서 체육 하고 싶겠냐."

"흥, 나한테 잘난 척하면서 말한 게 쪽팔리니까 괜히 희상이한테 화풀이하는 거지? 나쁜 놈."

"아, 시끄러. 김민철!"

"둘 다 시끄럽다."

"환희 형님 화나셨다. 빨리 나가자."

♪ ♪ ♩ ♩ ♫ ♪ ♪ ♩ ♫ ♪ ♫ ♪ ♩

"왜 이렇게 꾸물거리나? 체육수업이 장난 같나!"

"아, 아닙니다!"

"대답은 짧고 간결하게. 운동장 두 바퀴 추가다. 네 바퀴 뛰고 와!"

"넵!"

'아오, 완전 지 맘대로 아냐? 자기가 뭐 신인 줄 아나'

'헥, 헥. 입 닥치고 뛰기나 해. 미친개 귀에 들어가면 또 추가될 걸.'

'진짜 처량하다. 비도 오는데 하염없이 뛰는 꼴이라니.'

"으악! 더워. 몸에서 흐르는 게 땀인지 빗지 분간도 안가."

'야, 김민철. 진짜 제대로 미쳤냐? 입 다물고 조용히 뛰어.'

"으아악!"

"음? 저 자식이. 김민철. 당장 이쪽으로 뛰어온다, 실시."

"에? 네, 넵. 실시."

'아, 멍청이 김민철. 어째 매년 조용히 넘어가는 법이 없냐. 어휴. 미친개도 그래. 저놈 좀 모자란 거 뻔히 알면서 번번이 불러내서 팬다. 그냥 좀 넘어가지. 첫 시간부터.'

'쪼잔해!'

"왜 이까지 뛰어왔는지 아나?"

"뛰는 도중에 큰소리로 떠들어서 죄송합니다. 저 혼잣말 한 겁니다."

[퍽]

"윽."

"내가 그딴 일로 불렀을 거 같나. 너 귀에 달린 거 그거 뭐야?"

"네? 제 귀요?"

"아. 귀고리…. 죄송합니다! 빼겠습니다. 어제까지 방학이라서 하고 있었는데, 학교에까지 끼고 온 줄 미처 몰랐습니다. 당장 빼겠습니다."

"학교가 장난 같나. 학생한테 귀고리가 말이 된다고 생각하느냐고. 너 같은 썩은 생각을 하는 학생이 있으니까 우리 학교가 따라지 학교라고 불리는 거다. 엎드려뻗쳐. 네 잘못을 반성할 때까지 그 상태를 유지한다, 실시.”

“선생님. 제가 귀고리를 학교에 하고 온 건 잘못이지만 저는 분명히 잘못을 인정했고 사과드렸습니다. 방학 때야 방학이었으니까 학교에 나오지 않은 선생님과는 상관없는 일이지 않습니까. 저는 제가 왜 벌을 받아야 하는지 모르겠습니다.”

“이 자식이 건방지게 말대답이야!”

[퍽]

“학생이면 학생답게 선생 말만 따르면 되는 거야.”

“헥, 헥. 선생님. 운동장 네 바퀴 다 돌았습니다.”

“내가 그만 돌라고 할 때까지 계속 돈다, 실시.”

“네? 힘들어요.”

“반장, 불평은 김민철에게 하도록. 민철이가 학교에, 내 시간에 귀걸이를 하고 왔기 때문에 너희도 함께 벌을 받는다. 운동장을 돈다, 실시!”

“…실시!”

[퍽]

“일어나라, 김민철. 이거 못쓰겠네. 너 때문에 반 친구들이 운동장 도는 거 안 보이나?”

“으윽.”

[퍽]

“그러게 선생한테 덤벼봤자 얻는 건 하나도 없어. 알아서 기어야지.”

[퍽]

“안 그래? 김민철이.”

‘짜증 나. 뭐야, 김민철. 왜 멍청하게 맞고만 있어? 맞고만 있을 성격 아니잖아.’

‘젠장. 멍청이 상태는 내가 점검했어야 하는데.’

‘지호 네 탓 아니다.’

‘죽여버리겠어.’

‘환희야, 참아. 안 돼. 네가 가면 민철이 더 맞는다.’

‘맞아도 내가 맞아.’

‘안 된다니까.’

[퍽]

“일어나라니까, 왜 못 일어나나? 남자가 이 정도로 뺀나?”

‘이젠 못 참아.’

♪♪♪ ♩ ♫ ♪ ♪ ♩ ♫ ♪ ♫ ♪ ♩

“오늘은 이쯤에서 끝내주지. 다음에 또 교칙을 위반하거나 대들면 가만 안 놔둘 테니까. 각오해. 이상.”

“하아…”

“민철아, 괜찮아?”

“미친개. 역시 자기 시간 뺏는 건 싫은가 보지. 쳇.”

“어련하시겠어. 자기도 이젠 쉬어야 한다 이거야?”

“미친개가 그렇지 뭐. 네가 재수 없게 물렸다고 생각해 그냥.”

“흐윽. 미안, 미안해. 나 때문에 운동장 돌고.”

“됐어, 인마. 왜 네가 미안해 하냐. 넌 잘못한 거 없다는 거 다 아는데.”

“엎혀. 멍청하긴. 넌 귀에 뭐가 달렸는지도 모르지?”

“윽. 지호야.”

“그 꼴로 울지 마라. 보기 흉하다. 서환희 뭘 그렇게 멀찌감치 떨어져 있냐?”

“…괜찮아?”

“응. 흐엉, 저 자식 언젠간 꼭 죽여 버리겠어.”

“더러워 눈물 콧물 짜면서 울지 마.”

“야, 킥킥. 서환희가 말이다, 너 계속 맞고 있으니까 계속 가서 미친개한테 달려들려는 거 있지. 어우, 말리느라 고생 많았다.”

"괜한 말 지껄이지 마."

매일매일 생각한다. '우리가 왜 이렇게 살아야 하는가?' 에 대해서. 내가 여기서 이렇게 불공평하게, 불공정한 일을 겪으면서 끈질기게 학교에 나와야 할 필요성을 느끼지 못하겠다. 당장에라도 때려치우고 싶지만 그러지 못하는 이유는 옆에서 같이 개고생 하는 녀석들 때문이겠지.

이어지는 인연의 끈

현재시간 4시 10분. 약속시각까지 1시간 남짓 남았다. 역시 너무 빨리 나온 걸까. 하지만, 선생님이 '일찍 헤엄치는 물고기가 더 멀리까지 헤엄칠 수 있다'라며 뇌물이라고 준 캐모마일(Chamomile) 꽃 화분과 함께 쫓겨났기 때문에 올 수 밖에 없었다. 그나마 다행인 건 소나기가 지나가는 중인지 빗줄기가 가늘어졌다는 것 정도? 계속 비가 왔다면 난 아마 청학남자고등학교에 들어갈 수조차 없었을 거다. 학교 안으로 들어가려면 엄청난 크기의 운동장을 가로질러 가야 하는데 빗속을 뚫으며 그 엄청난 거리를 걷고 싶진 않았다. 그런데 그 큰 운동장 한중간에 누군가 있다?

"이 학교 학생들인가."

"그런데요. 누구십니까."

한 반이 다 모여 있는 것 같은데 체육복이 쫄딱 젖은 꼴이 비 오는 데 체육을 한 것 같았다. 비 오는 데 체육이라니 그것도 이상했지만, 맞았는지 비참한 몰골로 정신을 못 차리고 있는 학생이 보였다. 이 상황은 뭐라는 건지.

"방문객이다. 나한테 그렇게 경계하기 전에 그 친구부터 신경 쓰는 게 순서일 것 같은데."

"신경 끄십시오."

"하아. 녀석들 참. 신경 쓰이게 하는군.

“뭐, 뭐하십니까!”

“옮기려고. 멍청하게 앉아 있는 꼴이 영 미덥지 않다. 보건실은 어디지?”

'야, 오지호. 답지 않게 말싸움에서 밀렸나. 뭘 멍청하게 있어? 어쩔 거야 저 사람?

'저 사람 뭐야. 엄청난 오라를 풍기는데. 누구 학부몬가?

'학부모? 학부모치고는 너무 젊은데.'

“어딘지 모르나? 빨리 안내해라. 친구 숨넘어가겠다.”

“아, 이쪽이에요. 따라오세요.”

친구 숨넘어가겠다는 말 한마디에 우왕좌왕하며 보건실로 걸음을 빨리하는 모습이 어쩐지 귀여워 보여 '피식' 웃음이 나왔다. 남학교라 그런가? 서로 간의 우정이랄까. 뭔가 말로는 설명할 수 없는 끈 같은 것이 그들에게 묶여 있는 것만 같았다. 내가 고등학생일 때, 선생님이 계셨기에 나를 되찾을 수 있었던 것처럼 그들에게는 서로가 서로에게 버팀목이 되는 것 같았다.

“친구 보고 몸조리 잘 하라고 해라. 상처에 약도 매일 바르고. 자, 이건 선물. 교실에 놔둬라. 향이 좋다.”

원래는 이사장님께 뇌물로 바치라며 선생님께서 챙겨주신 화분이지만 녀석들에게 떠넘기다시피 해서 선물로 줘버렸다. 붉은 심장을 가진 녀석들에게 더 어울려서. 그 녀석들, 알고 있을까? 캐모마일의 꽃말이 '고난 속의 힘'이라는 걸.

[똑똑]

“이사장님.”

“아, 왔는가? 어서 들어오게. 이제 우리 학교 직원일 될 터이니 임 선생이라 불러도 되겠지?”

“빈손으로 와서 죄송합니다. 급하게 오느라 아무것도 준비하지 못했습니다.”

“허허. 죄송하긴. 내가 이후에 갑작스럽게 약속이 생겨서 그런데 바로 본론으로 들어가도 괜찮겠나?”

“네. 괜찮습니다.”

"일단, 자네는 주로 2학년 수학을 가르치게 될 걸세. 다른 학년은 봐가면서 보충수업을 하게 될 것 같고. 자세한 건 내일 교무실에 가면 정 부장이 친절하게 알려 줄 걸세. 그리고 중요한 건 2-6반의 담임을 맡게 될 거라는 걸세."

"담임이요?"

"그렇다네. 내 미처 면접할 때는 말하지 못했다만 전에 있던 수학선생이 2-6반의 담임이었는데 그만두는 바람에 그 반은 담임 없는 반이 돼 버렸다네. 학생들은 아무렇지도 않다는 듯 있는 것 같긴 하다만 아마 꽤 섭섭할 거라고 생각되네. 그 후로도 계속 임시담임도 없었고."

"학생들도 혼란스러웠겠군요. 개학한 지 얼마 안 돼 담임을 잃어서."

"그렇겠지. 아, 이렇게 된 거 지금 가보겠나?"

"네?"

"빨리 학생들 얼굴도 익히고 친해지면 좋지 않겠나. 가세."

"여기가 2-6반이네. 오늘은 학생들하고 간단하게 인사만 하고 내일 제대로 얘기하게나. 청소시간이라 잠깐밖에 얘기할 시간이 없을 거네."

"감사합니다. 이사장님."

[드르륵]

"어? 저 사람은"

"환희야, 저 사람 아까 민철이 보건실까지 데려다 준 사람 맞지?"

"그러네."

"여긴 무슨 일이지?"

커다란 키. 대충 봐도 180은 넘어 보인다. 철테 안경 때문에 더 차가워 보이는 인상인데, 내게는 어쩐지 친숙하고 익숙하다. 그러고 보니 저 사람, 우리와 비슷한 눈빛을 하고 있다. 현실에 반항적이고 무언가를 쫓는 듯한 눈.

"아아. 아까 봤던 학생들이군. 이렇게 제대로 인사하게 돼서 기쁘다. 내 이름은 임성환. 오늘부로 너희의 담임이 됐으니까 잘 지내면 좋겠다. 너희가 내 학생이 됐으니까 하는 말인데, 난 내 학생이 어디서 맞고 오는 걸 좋아하지 않는

다. 그러니 멍청하게 맞고 오진 말아라."

"쳇. 당신 뭐야. 뭔데 갑자기 와서 담임이라느니 맞고 오지 말라며 우리 일에 끼어드는데? 우리라고, 그 녀석이라고 맞고 싶어서 맞은 줄 알아? 다 그 망할 미친개가 말 같잖은 이유 대가며 그 자식 팬 거라고!"

"흠. 그랬나. 선생이 팬 거였군."

이어서 말한다.

"만일 맞고 오는 학생이 있다면 맞은 이유를 지금처럼 나에게 말한다. 학생인 너희보다 어른인 내가 더 다른 선생들에게 제대로 전달할 수 있으니까."

우리와 비슷한 눈빛을 하고 있어서 우리와 닮았다고, 그래서 친숙하다고 생각했었는데 아니었다. 우리와 비슷한 눈빛은 하고 있었지만, 우리처럼 나약하진 않았다. 저 사람에게는 '힘'이 있었다. 보이지 않는 힘이 그를 감싸고 있어 그를 강하게 만들었고 두려움을 없애는 듯 보였다. 다른 녀석들도 그걸 느꼈을까? 그래서 이렇게 아무도 말하지 않고 숙연하게 앉아만 있는 걸까.

"그, 그런다고 우리가 쪼르르 달려가서 계집애 고자질하듯이 학교생활을 보고할 줄 알아?"

"쪼르르 달려와서 고자질하라는 말은 안 했는데."

"킥, 킥킥. 오지호. 너 오늘 따라 되게 구차해 보이냐? 그냥 네 알았습니다, 해."

"히히. 잘생긴 담임 생겨서 좋네. 선생님, 잘 부탁합니다. 저는 선생님 다음으로 잘 생긴 반장, 이희상입니다."

"완전 치사하다 지 혼자 담임한테 잘 보이려고."

"훗. 재빠르게 행동하는 녀석이 좋은 걸 얻는 거야."

그 신비한 '힘'은 단시간에 우리를 매료시켜 버렸다. 이 사람을 닮고 싶다. 이 사람과 같은 힘을 갖고 싶다. 어떻게 하면 이 사람처럼 강해질 수 있지? 어떻게 하면 서환희라는 인간이, 이 사람처럼 뚜렷한 존재감을 가질 수 있을까.

뜨겁게 불태우며 새로운 시작

빨강은 다른 색에 비해 역사가 깊다. 처음부터 있었던 색이고, 사람들이 가장 먼저 접하는 색이기 때문이다. 빨강의 상징은 불과 피 두 가지의 근본적인 경험에 따라 결정된다. 그래서 불의 뜨거움과 피가 가지는 심리적 영향 때문에 빨강은 긍정적인 생명감을 나타내는 가장 중요한 색이다.

"하하. 그러니까, 내가 뇌물로 주라고 준 화분을 어쩐지 마음에 끌리는 녀석들이 있어서 줘버렸는데, 알고 보니 그게 네 반 학생들이었다?"

"뭐, 그렇죠."

"진짜 재밌네. 그걸 준 걸 보니 마음에 들었구나? 네 학생이 될 아이들이."

"어쩐지 다들 제가 고등학생일 때를 생각나게 해서 그냥 놔둘 수 없었습니다."

"내가 이런 말한 적 있지? 교사란 자신의 경험에 영향을 많이 받는다고. 넌 아마 훌륭한 교사가 될 거야."

"선생님."

"왜?"

"아무래도 저는 선생님의 영향을 많이 받은 것 같습니다."

"사람은 말이다, 어디에서든지 영향을 받아. 그게 사람이든 사물이든 상관없이. 그 어떤 것이든지 스승으로 받들 수도 있고 목표로 삼게 될 수 있어. 그리고는 그것과 질긴 끈으로 이어지게 된단다. 눈에는 보이지 않는 붉은 끈으로. 그렇게 서로 영향을 받으며 그 붉은 끈들이 계속해서 얽혀 나가는 거야. 어디서 끈이 하나 '뚝' 끊어진대도 괜찮아. 물론 이미 끊어져 버린 끈은 어떻게 할 수가 없겠지만, 대신 다른 끈들이 연결되어 있으니까 안심하고 다시 끊어진 끈을 이을 시간을 벌 수 있는 거야."

"큭. 그러다 온통 세상이 붉은색으로 도배되어 어쩌죠?"

"상관없어. 어차피 눈에는 안보이니 별일 없을 걸."

"정말, 선생님은 멋진 분입니다."

"그걸 이제 알았냐."

색이라는 건 변덕스러워서 언제나 최고의 빛깔을 내는 게 아니다. 어린아이를 키우듯 소중하고 조심스럽게 어루만져주고 품어줘야만 아름다운 빛깔을 낼 수 있다. 이런 변덕스러운 녀석과는 한시도 같이 있을 수 없을 것이라고 생각할지도 모르지만, 이 녀석이 없다면 세상은 참 재미없게 돌아갈 것이다.

학생들은 내게 묻는다.

"선생님은 왜 이런 이상한 학교를 만드셨어요?"

그 질문에 나는 너무 행복해져서 대답한다.

"너희들 가슴속에 잠들어 있는 색을 찾아주려고. 그게 내 꿈이자 행복이거든."

다시 만날 날을 기대하며

　마술사는 지친 몸을 대기실 가장 안쪽에 있는 낡은 소파에 뉘었다. '다 끝났다.' 라고 마술사는 자그맣게 소리 내어 말해 본다. 그동안 이 공연에 엄청난 시간과 노력과 열정을 쏟아부은 걸 생각하면 속이다 시원하다. 하지만, 어딘가 가슴 한쪽이 뻥 뚫린 듯한 기분이 드는 건 왜일까. 살짝 입가에 미소가 걸린다. 오늘의 공연을 마치기 위해 몇 날 며칠을 밤샘이 했는지는 기억나지 않지만 '언젠가 또….'라고 생각하며 늙은 고목처럼 눈을 감았다.

　시곗바늘이 11시를 가리키면 나는 알람이나 맞춰 둔 것처럼 하던 일을 멈추고 벌떡 일어나 컴퓨터 앞에 앉았다. 그리고는 혼자서 풀벌레 소리도 듣고 드문드문 지나가는 자동차 소리도 들으며 새벽이 다 가도록 밤새워 소설을 썼다. 그 약속된 시간에는 나와 내 소설 속 주인공들이 끝나지 않는 이야기들을 나누며 함께 꿈을 꿨었다. 처음 시작할 때만 하더라도 갈 길은 멀고, 글은 안 써지고 해서 많이 짜증도 내고 했는데, 이렇게 후기를 쓰며 마지막을 바라보는 처지가 되니, 다 추억이 되었고 벌써 그립다고 느끼고 있다.

　이 글에 등장하는 강열은 내가 바라는 교사상이다. 세상을 눈이 아니라 마음으로 보고 감싸 안으려는 그는, 각박하기만 한 현대를 살아가면서 꼭 필요한 사람이라 생각했고, 내가 그런 사람이 되기를 원한다는 뜻에서 이런 주인공을 만들어내게 되었다. 그리고 그런 이상적인 교사가 만들어 낸 한빛자유학교는 가슴속에 별을, 그러니까 희망을 안고 사는 사람들을 위해 만들어진 학교다. 사실 우리가 생각하는 학교처럼 지식을 가르치지도 않고, 그렇다고 해서 특별한 활동을 하는 학교가 아니라서 학교라 부를 수 없다고 말할지도 모르겠지만, 같은 생각을 하는 사람들이 찾는 곳이고 또, 나와 그들이(책 속에 등장하는 인물들이) 학교라고 부르고 믿으니까 한빛자유학교는 학교일 수 있다.

　글의 전체적 맥락은, 색깔을 하나씩 제시하고 그 색깔을 품은 사람들이 자신이 가진 색깔을 깨닫는다는 내용과 회색이라는 어두운 색깔을 학교에 대입시켜 학교의 현실을 고발하고 이런 학교도 변화될 가능성이 있음을 제시하며 결말을 맺게 된다. 단순하게 보자면 굉장히 불완전해 보이는 글이다. 색을 찾아가는 사람들이 자신의 색을 찾기까지의 과정이 자세히 나와 있지도 않으며, 현실사회의 문제점에 대한 해결방안도 없다. 그래서 내 글을 평가해 주신 선생님께 많은 지적을 받기도 했지만, 나는 이렇게 불완전한 책으로 그대로 밀고 나가기로 했다. 나만의 주관적인 생각일지도 모르겠지만, 이런 불완전함마저도 이 세계가 여러 색이 섞여 있다는 사실을 증명하는 것이며, 한마디 말로도 사람은 변할 수 있다는 것을 보여주고 싶었기 때문이다.

　나는 오늘을 기점으로 다시는 책을 쓸 생각조차 하지 않을지도 모르고, 어쩌면 내가 바라왔던 꿈과는 전혀 다른 삶을 살아가게 될지도 모른다. 그러나 약속하건대, 절대 내가 원했던 삶과 책을 쓰며 겪었던 일들을 잊지 않을 것이다. 언젠가 어른이 되어서 이 책을 내 아이에게 보여주며, "엄마는 네 나이 때 이런 꿈을 꾸었단다."라며 따뜻하게 웃으며 아이에게 내 책을 주고 싶다.

　내게 많은 가능성을 보게 해주신 김묘연 선생님, 내 글을 평가해 주신 정강욱 선생님, 이혜숙 선생님께 감사하고, 함께 글을 쓰며 동고동락한 친구들에게도 감사한다. 마지막으로 나의 마술사에게도 감사 인사를 전하며 글을 마친다.

방예림
한다면하는
사람들

남세라 이야기

"세라야, 도서관 가자~"

"응. 안 그래도 빌리고 싶은 책 있었는데, 빨리 가자!"

내 베스트프렌드 지예와 항상 이런 식으로 마음이 통할 때가 많다. 공부할 때도 놀 때도 늘 함께여서 심심했던 적이 없었던 것 같다. 어느 새 도서관에 온 우리는 문을 열고 들어갔다.

"안녕하세요!"

"안녕하세요, 선생님!"

"응, 어서 오렴~"

자랑하려는 건 아니지만 우린 인사성도 밝다.

"세라야, 뭐 빌릴 건데?"

"응, 〈여자라면 힐러리처럼〉이라는 책인데 도대체 힐러리가 어떤 사람이길래 여자라면 힐러리처럼 하라고 말하는 건지 알고 싶기도 하고, 또 내가 원래 이런 자기계발 관련 책 좋아하는 거 너도 알잖아~"

"그럼! 알고 말고. 우리가 몇 년 지기 친구냐? 너 읽고 내용 좋으면 나한테 추천해 줘. 그럼 난 어떤 책을 고를까나……."

〈여자라면 힐러리처럼〉이라……. 나는 책장에서 열심히 책을 찾고 있었다. 앗! 여기! 역시 있었다. 마침 지예도 책을 다 골라서 우리는 책을 대출한 후 교실로 올라갔다. 물론 가기 전에 선생님께 인사하는 것도 잊지 않았다. 나는 얼른 책을 읽고 싶어서 빨리 야자시간이 오기를 바랐다. 쉬는 시간에는 책을 읽을 수가 없었다. 그 짧은 시간에 조금씩 책을 읽는다면 맛있는 음식을 먹을 때 느낄 수 있는 감칠맛처럼 아쉬움이 생겨서 미쳐버릴 것만 같았다.

초시계가 뚜벅뚜벅 지친 걸음을 옮기며 어느덧 야자시간이 됐음을 알리고 있었다. 나는 서둘러 서랍에서 책을 꺼내 읽었다.

책을 읽는 내내 가슴이 쿵쾅쿵쾅하며 두근거렸고 가끔 온 몸에 소름이 돋곤 했다. 도대체 이 느낌은 뭘까? 무언가 해내고 싶은 이 마음은 뭐지? 나는 마음을 열고 모든 느낌과 감정들을 받아들이기 시작했다. 그러자 나에게 확신에 찬 결론이 내려졌다. 믿겨지지 않아 의심해 보고 또 여러 번 생각을 해봐도 나의 결론은 이것뿐이었다.

내가 기다려온 꿈 같은 꿈. 꿈에 미쳐서 뭐든지 열심히 할 그런 꿈. 그 꿈이 내게 온 것이라고!

여느 날과 다름없이, 나는 정필이형과 버스를 타고 환경피스 사무실로 가고 있었다. '환경피스'는 우리나라의 환경 뿐만 아니라 지구의 환경 문제까지 고민하고 보호 활동을 하는 시민단체다. 난 대학생 때 여기에 가입해서 지금까지 꾸준히 일하고 있다. 10년 동안 환경을 보호하는 일을 했으나 한 번도 힘든 적이 없었다. 그저 늘 기쁜 마음뿐이었다. 내가 흘린 땀으로 우리나라와 지구의 환경을 깨끗하게 만드는 건 보람찬 일이기 때문이다.

"성민아, 잠깐 화장실 가서 옷 정리 좀 하는 게 어때? 옷이 좀 비뚤어진 거 같아."

환경피스 사무실에 도착해서 정필이형이 말했다.

"그래, 알았어. 그럼 형 먼저 들어가."

나는 화장실 거울 앞에 서서 어색하게 옷을 들여다보았다. 넥타이가 좀 풀어져 있고 실밥 하나 붙어져 있을 뿐이었다. 굳이 화장실에서 하지 않아도 될 일이었다. 게다가 정필이형은 남의 외모를 지적하는 성격이 아닌데, 오버스럽게 화장실까지 가라고 하니 나름 재밌는 상황으로 느껴졌다. 다시 거울을 쳐다보며 머리 정리를 하고 옷맵시도 가다듬었다. 그러자 내가 마치 어떤 큰일을 앞두고 마음의 준비를 하는 사람처럼 느껴졌다.

화장실에서 나와 사람들이 모여 있을 강당으로 갔다. '내가 제일 늦었겠지?'라는 당연한 생각을 하면서 강당 문을 열었다.

"어?!"

모두 나를 쳐다보고 있었다.

내가 늦게 와서 쳐다보는 걸까 라고 생각한 순간, 모든 사람들이 박수를 치기 시작했다. 그리고 정필이형이 갑자기 튀어나오더니 나를 붙잡고 앞으로 걸어가기 시작했다. 나는 영문을 몰라 그저 같이 따라 걸어갈 수밖에 없었다.

"예성민, 축하한다! 네가 될 줄 알았어."

"뭐?"

"네가 운동본부장이 됐어. 바로 지금!"

"……."

나는 걸음을 멈췄다. 아니, 정필이형이 멈춰서 따라 멈췄다. 뒤를 돌아보자 사람들이 카메라 후레쉬처럼 빛나는 눈으로 날 쳐다보고 있었다.

"뭐해? 인사 말씀 안하냐?" 정필이형이 나를 툭툭 치며 말했다.

"흐흠……. 아. 아, 죄송합니다. 제가 이런 경험은 처음이라서요. 감사합니다. 저 같은 사람도 이런 자리에 앉혀 주시는군요. 모두 여러분 덕분입니다. 앞으로 전보다 더 열심히 일하겠습니다. 잘 부탁드립니다. 정말 감사합니다."

아까보다 더 큰 박수소리가 들렸다. 나는 정신이 있는지 없는지 알 수 없는 상황에서 사람들에게 감사 인사를 하며 걸어 나아갔다. 그리곤 문득 미안한 마음이 들었다. 분명히 남들과 똑같이 일하고는 나 혼자 이런 자리를 차지한 것 같아서였다. 특히 내 옆에서 박수를 치며 웃고 있는 정필이형에게는 더욱 그랬다.

분위기가 정리되고 환경피스의 계획이 발표되었다. 환경오염으로부터 피해를 받고 있는 사회 약자의 환경권 보호를 위한 직접적인 활동하기와 저소득층의 '주택 에너지 효율화' 지원을 위한 집수리를 하는 것이었다. 나는 어깨가 무거워진 걸 느끼며 더욱 적극적으로 활동할 것을 다짐했다.

"자, 오늘은 여기까지입니다. 다들 다음에 뵙고요. 내일 오시는 분들은 지각하지 마시고 일찍 와주세요. 그럼, 조심히 가십시오."

사람들이 서로서로 인사를 하고 나서 뿔뿔이 밖으로 나갔다.

"형, 이제 우리도 가자."

정필이형과 나도 발걸음을 뗐다.

그리고 몇 분 동안을 말없이 걸었을까. 마침내 정필이형이 정적을 깨고 말했다.

"예성민. 너 혹시 나한테 미안해 하고 있냐?"

내가 뜨끔해서 형을 쳐다보자 형은 그런 나를 한번 쳐다보더니 다시 말했다.

"나는 네가 나를 이곳, 그러니까 환경피스에 대한 이야기와 환경 오염의 심각성에 대해 말해 주지 않았다면 지금 이 순간에도 환경을 더럽히고 있었을 거야. 그리고 내가 여기서 너만큼 열심히 일했을지 몰라도 너처럼 환경 보호를 위해 적극적으로 일을 추진하거나 건의하는 열정에 있어서는 난 절대 아니야. 너처럼 리더십 있는 사람이 본부장이 되는 건 당연해. 난 네가 존경스럽기까지 하다니까. 그러니까 다른 사람도 아니고 나한테 미안한 마음 갖지 마."

형의 말을 듣자 마음 한쪽에 자리잡고 있던 무거운 돌덩이가 부서져 흙이 되어 바람을 타고 사라졌다.

"……. 형이 그렇게 말해 주니까, 미안하고 또 정말 고마워."

"흥, 사나이가 그렇게 마음이 약해서 어디에 써 먹냐?"

(벨렐레레 벨렐레…)

"너, 전화 왔어."

정필이형이 손으로 수화기 모양을 만들어 보이며 말했다.

나는 전화기를 꺼내 들었다.

"여보세요? 예성민입니다."

구방구 이야기

내 이름은 구방구다. 지금부터는 내 이야기를 늘어놓을 것이다. 그 전에 한 가지 해줘야 할 일이 있는데, 이 일을 해주겠다면 이야기를 시작하겠다. 자, 그 냥 오른손을 들고 맹세만 해주면 된다.

"나는 구방구의 이야기가 해피엔딩을 맞을 때까지 절대 책을 덮지 않겠습니다!"라고.

좋다. 그렇다면 나는 최선을 다해 내 이야기를 지루하지 않게 들려주겠다.

앞에서 말했듯이 내 이름은 구방구이고 나이는 46세다. 결혼해서 자식도 낳았고 할아버지가 되는 건 두말할 것 없이 시간 문제다. 하지만 두렵지 않다. 오히려 기대되고 설렌다. 나의 현재는 정말 만족스럽고 행복감이 최고조에 달해 있는 시점이다. 모든 일이 내가 원하는 대로 술술 풀리는 것도 그렇지만 무엇보다도 내 꿈을 향해 다가가는데 고작 몇 걸음밖에 남지 않았다는 것이 눈에 보이기 때문이다. 그동안 얼마나 열심히 일해 왔던가. 볼꼴 못 볼꼴 봐가며 꾹 참고 지내온 지난 세월을 생각하면 당장이라도 눈물이 떨어질 것만 같다. 아, 하지만 이곳은 내 인생에 대한 회포를 푸는 곳이 아니니까 이쯤 해둬야 할 것 같다. 그건 그렇고 나는 현재 국회의원으로서 일하고 있다. 고등학생 때 내가 그토록 원했던 국회의원. 나이 46에 드디어 어렸을 적의 꿈이 실현된 것이다. 내가 학생 때 결심한 것 그대로, 초심을 잃지 않고 자만하지 말고 국민들의 대표로서 국민들의 말에 따라 일하는 강직하고 믿음직스러운 국회의원이 될 것이다.

그리고 여기서 처음 밝히는 것인데, 나에게 또 꿈이 생겼다. 그것도 아주 뒤로 자빠질 만한 꿈. 너한테 가당키나 한 꿈이냐며 비난 받을 만한 꿈일 수도 있다. 하지만 어느 누가 뭐라 말하든 상관하지 않는다. 꿈은 꿈꾸지 않으면 절대 일어나지 않는 법이니까. 그리고 난 꽤 긍정적이고 낙천적인 사람이라 어떤 말을 들어도 기분 좋게 돌려서 해석하는 취미가 있기 때문에 부정적이고 절망적인 말은 내 귀에 들어오지 않는다. 그러니까 이제 내 꿈을 말해 주겠다. 일종의 선전포고다. 내가 이루나 못 이루나 한번 두고 보자! 내 인생에서 가장 블록버스터 꿈이라고 말하기 전혀 무색하지 않은 나의 꿈. 바로 대통령! 어쩌면 정말로 이뤄질지도 모른다. 밭에서 농사만 지으며 살 거라는 소리만 듣던 놈이 대학교 나와서 서울에서 국회의원이 된 걸 보면(물론 내 이야기다.) 대통령 되는 일, 어느 정도 가능하지 않은가.

야자시간의 끝을 알리는 종소리가 울리자, 내 마음에도 해방의 종소리가 울리는 듯했다. 그 동안의 나는 해보고 싶기만 했던 직업이 너무 많아서 제대로 된 꿈이라는 것이 없던 아이였다. 내가 속으로 얼마나 내 진로에 대해 불안해했는지 모른다. 나도 내 인생이 있는데 내가 원하는 일을 하면서 살아야지, 백수가 되면 어쩌나 하는 두려움도 있었다. 하지만 정말 고맙게도 이제 그 마음의 고통에서 해방된 기쁨으로 몸이 붕붕 뜨는 것 같다. 선생님들이 항상 '꿈을 가져라. 목표를 가지면 공부를 더 열심히 할 수 있다. 진로를 빨리 선택해라' 라고 말씀하셨는데, 정말 맞는 말 같다. 목표가 생기니 더 열심히 하고 싶어졌다.

"야, 남세라! 아직까지 책 펴놓고 뭐하니? 무슨 생각을 하길래 가방도 안 싸고 있어?"

"어? 아……. 내가 생각하는 것처럼 보여?"

"응. 그것도 아주 자신만만한 표정으로. 그 책이 그렇게 만만하냐?"

"아니. 오히려 그 반대거든? 이 책은 앞으로 내 인생의 지침서가 될 거야!"

"그게 무슨 소리야?"

"내가 이 책을 읽으면서 꿈이 생겼거든!"

"꿈? 어떤 꿈인데?"

"지예야, 내 꿈은 말이지. 빽 없고 가난해서 불평등한 대우를 받는 사람들을 돕는 거야. 그리고 그 사람들의 말에 귀 기울이고 문제를 해결해 주는 사람이 되고 싶어. 힐러리는 변호사로서 가난한 사람들을 위해 무료로 변호해 주는 일을 했지만, 나는 국회의원이 돼 국민의 대표자로서 그런 일을 하고 싶어. 여자로서 사회에서 큰 역할을 하고 있는 힐러리가 존경스럽고 그런 힐러리를 닮고 싶어."

"정말 멋진 꿈이네. 만약 그 꿈대로 이루어진다면 넌 대통령도 될 수 있을 것 같은데?"

"뭐? 하하하하……."

학교 앞 버스 정류장에는 우리 학교 학생들의 대부분이 버스를 기다리고 있었다. 그렇기 때문에 지예와 나는 고요하고 자리도 많은 지하철을 타고 가기로 했다. 지하철을 타고 가면서 꿈에 대한 얘기를 농담반 진담반 섞어가며 하다가 역에 다 도착해서 지예와 인사를 하고 헤어졌다. 그리고 5분도 안 되는 거리에 있는 집까지 가벼운 발걸음으로 걸어갔다. 나는 집에 도착해서 대문을 열고 들어가 현관문 앞에 섰다.

-쿵쿵쾅쾅쿵쿵-

"누구세요?"

"세라요, 세라!"

깜깜한 동굴 안으로 길게 뻗는 눈부신 햇살처럼 문틈 사이로 퍼져 나오던 불빛은 현관문이 열리자 나의 후광이 되어 내 주변의 어둠을 몰아내고 나를 더욱 빛나게 하는 것 같았다.

"학교 다녀왔습니다."

"어, 빨리 들어와. 모기 들어오겠다."

나는 후다닥 들어와서 바닥에 가방을 던져놓고 화장실로 가서 세수를 하고 나왔다.

"오늘은 학교에서 뭐했니? 공부 열심히 했니?"

어머니께서 말씀하셨다.

"공부요? 세라 언니는 공부하는 척했을 걸요."

내 사랑스런 막내 동생이 말했다.

"야, 다른 사람도 아니고 네가 그런 말 하니까 도저히 비웃음밖에 안 나온다."

내가 말했다.

"뭐라고? 어머니, 언니가 또 놀려요!"

"네가 먼저 시작했거든?"

고등학생인 나와 초등학생인 동생은 하루도 안 빠지고 이렇게 되도 않는 이유로 유치하게 싸운다. 아니, 싸우는 척한다. 아마도 이건 일종의 놀이 같은 것이다.

"어머니, 아버지는 오늘도 늦게까지 일이 안 끝나셨나 봐요."

"그런가 보다. 요새 너희 아버지 몸이 예전 같지 않으셔서 지금 하는 일이 많이 벅차 보이긴 하더라……."

나이가 나이인 만큼 힘도 드실 텐데, 가족을 위해 땀 흘리며 늦게까지 힘들게 일하고 계실 아버지를 생각하니 가슴이 먹먹하고 답답했다.

"마음 같아선 저도 아버지 따라 일해서……."

"세라야, 그런 말 말아라. 너희들은 너희가 해야 할 일이 있잖니. 너희 먹여 살리는 일은 아직 엄마 아빠가 해야 할 일이니까 신경 쓰지 마라. 너희는 학교 공부 열심히 하는 게 엄마 아빠 도와주는 거야."

"죄송해요. 저 정말 공부 열심히 할게요."

우리 가족은 아빠, 엄마, 큰오빠, 나, 여동생까지 5명이다. 다른 가정과 마찬가지로 시끌벅적하면서도 화목한 평범한 집이다. 한 가지 특별한 점은 우리 가족이 경제적으로 많이 힘들어서 국가로부터 지원을 받으며 살고 있다는 것이다. 하지만 나는 그 사실에 대해 부끄러워 한 적이 없다. 아니, 처음에 한 번 정도는 있었을 테지만 장담컨대 그 한 번 뿐이었을 것이다. 나는 가난이 부끄러운 것이 아니라 가난을 부끄러워하는 마음이 더 부끄러운 것이라는 걸 알고 있기 때문이다.

어머니 말씀대로 열심히 공부해서 우리 가족처럼 가난한 사람들을 도와주는 사람이 되고 싶다.

그날, 내게 전화를 건 사람은 다름 아닌 정당인이었다. 나는 그 한 통의 전화가 내 꿈으로 향하는 길이 될지도 모른다는 생각이 들었다. 그 정당인과 만나기로 약속한 날, 아침부터 너무 긴장을 해서 심장의 떨림을 참을 수 없었다. 레스토랑으로 가는 내내 나는 여러 가지를 생각했다. 도저히 이해가 되지 않아서였다. 나를 어떻게 알며, 전화로 만남을 약속하고서 무슨 얘기를 하려는지 통 감이 잡히지 않았다.

레스토랑 안으로 들어가면서 둘러보니, 몇 개의 테이블에 손님들이 앉아 있었다. 아직 그 사람이 온 것 같지 않아 나는 눈에 띄는 자리에 앉아서 기다렸다.

"실례합니다. 혹시 예성민 씨 되십니까?"

티끌 하나 없는 사람처럼 깔끔하고 반듯해 보이는 중년의 남성이 내게 말했다.

"네. 처음 뵙겠습니다. 예성민이라고 합니다. 혹시……."

"반갑습니다! 제가 바로 어제 전화 드렸던 신명호입니다. 오래 기다리셨나요?"

그가 내게 악수를 청하며 말했다.

"아닙니다. 저도 방금 온 걸요."

나는 얼른 그의 손을 잡았다.

"다행이네요."

신명호는 그의 까무잡잡한 피부색과 어울릴 듯한 밀크 커피를 시키고 나는 너무 목이 타서 아이스티를 주문했다. 종업원이 뒤돌아 가자마자, 그가 기다렸다는 듯 말했다.

"지금 이 자리가 불편하시죠?"

"불편하기보다 너무 긴장이 되네요. 근데 그보다 궁금한…….."

"예성민 씨께서는 국회의원이라는 꿈이 있으시죠?"

"예? 그걸 어떻게 아세요?"

"그래서 지금 그 꿈을 위해 하시는 일이 있으십니까?"

"저는 현재 환경피스라는 시민단체에 있습니다. 기회가 된다면 굿네이버스라는 곳에서 기아 어린이를 돕는 일도 하고 싶고요. 제 꿈과 연관이 있는 일들이거든요."

"정말 훌륭하십니다. 헌데 그런 일들을 하면서 언제 국회의원이 되실 것 같습니까?"

"때가 있다고 생각합니다. 제 나름대로 계획해 둔 것도 있고…….."

"그 계획에 제 제안을 추가해도 될까요? 예성민 씨의 꿈을 이루는데 굉장한 도움이 될 것 같은데요."

"제안이요? 제게 말입니까?"

신명호가 뜸을 들이고 나서 천천히 입을 떼고 있을 때, 종업원이 음료수를 나르기 시작했다. 신명호와 나는 약속이나 한 듯 동시에 음료수를 마시고 있었다.

"나만 목이 탄 게 아니었군요."

신명호가 재미있다는 듯 웃으며 말했다.

"이제 제가 하려던 말을 마저 하겠습니다. 먼저, 이번에 국회의원 선거 하는 거 아시죠? 별건 아니고요, 선거에서 예성민 씨가 힘 좀 써 주시면 되는 겁니다."

"선거운동을 같이 하자는 말씀이신가요? 저야 영광입니다."

"하하하. 그것도 도움이 안 되는 건 아니겠네요. 하지만 저는 투표에 대해 말하는 것입니다. 예성민 씨가 환경피스 시민단원들에게 우리 당에 대한 입김을 좀 불어주시면 저희에게 좋은 영향이 끼칠 것입니다. 그럼 저희도 예성민 씨가 국회의원이라는 꿈을 이룰 수 있도록 해주겠습니다."

누가 내 몸을 묶은 것도 아닌데 나는 그 자리에서 움직일 수가 없었다. 또한 아무 말도 할 수가 없었다. 차라리 만나지 않았던 것이 서로에게 더 좋았을 터였다.

"생각할 시간을 드리지요. 그럼 연락 기다리겠습니다."

나는 여전히 심장이 뛰고 있었는데 아침과는 달리 불안한 떨림이었다. 레스토랑을 빠져나와 걸어가면서 이 레스토랑의 이름이 *choice* 인 이유를 알 것 같았다.

"이봐, 구방구씨. 자네 이번에도 정치 뉴스 1면이야. 정말 운이 좋구먼. 어떻게 자네가 지나가는 길에만 그런 기회가 생기는 건지, 원. 질투나긴 하지만 우리 당 이미지를 올려놨으니 질투가 싹 가시네 그려. 하하하."라고 어떤 사람은 말한다. 처음에 그런 말을 들었을 때, 답답한 마음에 일일이 설명했지만, 도저히 말이 먹히질 않아서 지금은 그러려니 무시하고 넘어간다.

며칠 전, 밤 11시쯤. 차를 몰고 집으로 가던 길에 한 버스정류장에서 안절부절 못하며 버스가 오기만을 기다리는 할머니를 발견했다. 그 할머니를 보니 어렸을 적 나를 그렇게 예뻐하시던 친할머니가 생각나기도 했고 왠지 모르는 측은한 마음에 차를 세우고 창문을 열어 할머니께 여쭤봤다.

"할매, 여기서 뭐하십니까? 설마 버스 기다리십니까?"

"예. 오다 길을 잃고 겨우 여기까지 왔는데, 버스가 올 생각을 안하네예."

"그거야, 버스가 끊겼으니까 안 오는 게 당연하지요. 타소. 가시는 곳까지 태워다 드릴게요."

"예? 참말로 이걸 어쩐다……. 요즘 세상이 무서워가 아무나 믿는 거 아인데."

"맞습니다. 아무나 믿지 마십시오. 근데 저를 모르시겠습니까? 제가 바로 국민의 대표입니다. TV에도 나왔습니다. 제가 할머니를 속이겠습니까?"

"아… 어쩐지 낯이 익다 했더니 테레비에 나오는 사람이네. 개그맨인가? 일단 좀 탈게예."

그렇게 해서 며칠이 흘렀고 일이 터진 것이다. 내가 겪은 아주 사소한 일 하나 때문에 나는 정치 뉴스 1면에 나왔고 운이 좋다는 말까지 들은 것이다. 운이 좋다니! 나를 질투한다니! 나는 그냥 할머니를 발견했을 뿐이고 도와드렸을 뿐인데, 사람들은 내가 무슨 사람 목숨을 구한 듯이 찬양한다. 그건 아마 내가 유명인이라서 더 그러는 것 같다. 유명인이라면 작은 실수를 하더라도 온 세상 사람들의 뭇매를 맞고 매장 당하기까지 하니, 좋은 일이든 안 좋은 일이든 눈덩이처럼 부풀려져서 칭송되거나 욕먹는다.

무엇보다 이 이야기에서 내가 하고 싶은 말은 이거다.

"나를 부러워 하지 마세요. 내가 운이 좋다니요. 당신들도 할 수 있어요. 먼저, 주변을 둘러보세요. 당신의 도움을 필요로 하는 사람이 많죠? 도와주세요. 그럼 끝난 겁니다. 어때요? 이건 운과는 상관없다는 걸 아셨나요? 그래요. 이건 당신의 태도에 따른 일입니다."

오늘 따라 화창한 날씨에 나도 모르게 걸음을 멈추고 눈을 감았다. 따스함을 온 몸으로 느끼면서 오늘 왠지 좋은 일이 생길 것 같은 예감이 들었다. 천천히 눈을 떠서 하늘을 바라봤다. 눈부시도록 빛나는 태양과 언제나처럼 하늘을 돌며 순찰하는 듬직한 구름이 보였다.

"정말 좋아 보여."

한 동안 정신을 빼앗겼지만 이내 내가 학교 가는 중이었다는 것을 깨닫고 발걸음을 재촉했다.

'오늘부터 수업시간에 더 집중해서 듣고 공부도 많이 해야지. 내 꿈을 이루기 위해서! 남세라! 파이팅!'

위풍당당하게 교문을 통과해서 꿈의 학교에 도착했다. 의지를 다지며 교실로 들어가려는데 복도에서 쓰레기를 줍고 있는 남학생이 눈에 들어왔다. 다른 애들이라면 쓰레기를 보고 그냥 지나쳤을 테지만, 이 남학생은 달랐다. 어쩌면 별거 아닌 일일 수도 있지만 길에 있는 쓰레기를 버리는 사람은 쉽게 봐도 줍는 사람을 보기란 어려워서 나는 그 남학생이 특별해 보였다.

'저 아이는 꿈이 뭘까? 저런 아이라면 꿈을 위한 일뿐만 아니라 모든 일에 적극적일 거야. 나도 질 수 없지.'

"이봐, 남세라! 여기서 뭐해?"

친근한 목소리를 향해 고개를 돌렸더니, 지예가 알 것 같다는 표정으로 서 있었다.

"너 김수현 보고 있었지? 같은 초등학교였던 건 기억하냐?"

"뭐? 아까 걔가 그 김수현? 대통령된다고 까불던 애?"

"그래. 넌 여태 초등학교 동창도 못 알아보고 있었냐? 쟤는 여전히 올바른 생활의 아이인가 보네. 혹시 아직도 대통령이 되겠다는 꿈을 꾸고 있으려나.”

　담임선생님이 오셔서 우리는 교실로 들어갔다. 1교시 수업시간에 졸지 않고 열심히 들어서 만족스럽게 수업을 마치고 쉬는 시간에 책을 빌리러 도서관에 갔다. 나는 내가 가장 좋아하는 분야의 책들이 꽂혀 있는 곳에서 책을 고르기 시작했다. 그때 내 옆에서 김수현이 책을 고르고 있는 게 보였다. 평소 같으면 그냥 지나쳤을 텐데, 어떤 친근함에 이끌려서 김수현에게 다가가게 되었다. 그 아이와 꿈에 대해서 이야기하고 싶었던 것 같다. 특히 같은 분야에서의 꿈이라는 점이 그에게로 발걸음을 돌리게 했다.

　“안녕! 김수현……. ”

　나를 못 알아볼지도 모르는 초조함에 말끝이 흐려지고 말았다. 그러자 김수현은 자신의 귀를 의심하는 듯한 표정으로 나를 쳐다봤다. 나는 시간을 되돌리고 싶을 정도로 무안해졌다.

　다행히, 김수현은 웃으면서 대답했다.

　“안녕.”

　“어! 알아보네. 계속 쳐다보더니.”

　“아냐. 네가 먼저 인사 하길래 좀 놀라워서.”

　“무슨 책 빌리러 왔어?”

　“〈대통령의 일기〉”

　“와! 너 아직도 장래 희망이 대통령인가 보네?”

　“기억하는구나. 당연히 대통령이지.”

　“넌 처음부터 꿈이 확실했네. 나는 국회의원이 되는 게 꿈인데.”

　“진짜? 정치인 되고 싶다는 사람 흔치 않은데. 넌 왜 국회의원이 되고 싶어?”

　“간단하게 말하자면, 난 사람들이 좋아. TV 프로그램이나 신문 기사에서 강자들에 의해 항상 억울하게 사는 약자들에 대한 이야기를 볼 때마다 가슴이 먹먹한 게 내가 커서 꼭 그런 문제들을 해결해야지 하는 생각이 들었어. 그런 것들은 국회의원으로서 해결할 수 있는 문제들이니까. 넌 왜 대통령인데?”

　“와! 너 나랑 비슷해! 근데 나는 거기에 조금 덧붙이자면 세계평화도 이루고 싶어."

"정말? 우리 꼭 꿈 이루자! 공부 열심히 해서 좋은 대학도 가고 말이야. 넌 공부 잘하지?"

"아니, 못해. 하고 싶은 의지는 강한데 실천이 약해서 미치겠어. 성적 때문에 고민이야."

"어렸을 때부터 꿈이 확실한 네가? 설마! 너 못하는 척하는 거지?"

"솔직히 난 성적 때문에……. 종치겠다! 난 책 다 골랐어. 먼저 가볼게."

김수현은 서둘러 책을 빌리고는 나가버렸다.

'성적 때문에 뭐가 어쨌다는 거야? 대체 무슨 말을 하려고 했던 거지?'

나도 수업 종이 치기 전에 서둘러 책을 빌려서 도서관을 나왔다. 수업을 마치고 쉬는 시간에는 담임선생님의 호출 때문에 교무실로 갔다. 교무실에 들어서자, 담임선생님께서는 전화를 하고 계셨고 나에게 기다리라는 신호를 보내셨다.

기다리면서 주변을 둘러보는데 어떤 선생님께 혼나고 있는 학생이 눈에 들어왔다. 자세히 보니 다름 아닌 김수현이었다. 나는 쓸데없는 호기심이 발동해서 무슨 일 때문에 혼나는 건지 궁금해졌다. 몸을 옆으로 기울이고 귀를 키우면서까지 자세히 들어 보니, 김수현은 공부를 안 해서 혼난 것이었다. 선생님은 김수현에게 수업 시간에 열심히 듣는 건 잘하면서, 왜 야자시간에는 자냐며 공부 좀 하라면서 혼내셨다. 문득, 김수현과 도서관에서 공부에 대해 나눴던 얘기가 떠올랐다. 본의 아니게 내가 그 애에게 학업 스트레스를 준 것 같았다.

"미안, 세라야. 오래 기다렸지?"

담임선생님께서 내 어깨를 잡고 계셨다.

"아뇨, 괜찮아요."

"다름이 아니고 청소 구역에 대한 건데 말이야……."

김수현은 자신의 처진 어깨를 들어 올리려 애쓰면서 교무실을 빠져나가고 있었다.

'내가 미쳤나 보군. 악마의 유혹을 단번에 뿌리치지는 못할망정 그 유혹에 빠져 고민을 하고 있다니…….'

머리가 복잡해진 나는 어지러움을 참지 못하고 침대에 누워 천천히 눈을 감으면서 어떻게든 이 상황을 잊으려 애썼다. 그렇게 나는 시간이 어떻게 흘렀는지도 알 수 없을 정도로 빠르게 잠이 들었다.

깨어나 보니 기분이 상쾌한 게 꽤 오래 잔 것 같았다. 그런데 시계를 보니 고작 몇 분이 지나 있는 것이었다. 그렇다고 하루가 지난 것도 아니었다. 나는 이상하게 느끼면서도 크게 신경 쓰지는 않았다. 배가 너무 고파서 오직 밥 생각뿐이었기 때문이다. 나는 부엌으로 발걸음을 옮겼고 곧 놀라운 광경을 보게 되어 소리를 질러버렸다. 어렸을 때 돌아가신 아버지가 식탁에 앉아 밥을 드시고 계신 것이다.

"아……. 아버지?"

"벌써 일어났구나."

"어떻게 아버지께서 여기 계신 거예요? 이건 꿈인가요?"

"당연히 꿈이고 말고. 왜 내가 귀신일까 봐 무서우냐?"

나는 다리에 힘이 풀려 의자에 턱하고 앉아버렸다. 믿을 수 없는 아버지의 등장과 오후의 최악의 사건이 겹치면서 서 있기조차 힘들어 버린 것이다. 꿈이라고 하기엔 너무 생생했다.

"내가 생각해도 그건 정말 귀에 스치기도 싫은 제안이야."

아버지가 말했다.

"네? 제안이라면? 그걸 어떻게 아세요?"

"내가 하늘에서 사는데 땅에서의 일을 모를까 봐? 그것도 내 아들 일인데."

"부끄럽네요. 하늘에서는 제 행동들이 어때 보여요?"

"아버지로서 네가 매우 자랑스러워 보이지."

"근데 오늘 제 모습을 보시고 실망하셔서 오신 거죠? 당연해요. 저도 제게 실망했는데요, 뭘. 제가 바로 그 자리에서 제안에 대해 거절을 했어야 옳았어요. 하지만 저는 아무 말도 못했고 그 사람은 내가 시간이 흐르면 승낙하겠지 생각했을 거예요. 그리고 나는 아직까지 결정을 못해서 머뭇거리고 있고요. 정말 한심하죠? 전 국회의원이 될 자격이 없죠?"

"넌 마치 네가 그 제안을 받아들인 것처럼 말하는구나. 넌 아직까지 아무것도 선택하지 않았다는 걸 명심해야 한다. 넌 단지 조금 늦게 결정을 내리는 것뿐이야."

"중요한 건 제가 그 끔찍한 일에 마음이 끌렸다는 사실이에요. 이렇게 유혹에 약해서 어떻게 국민을 위한 대표가 될 수 있겠어요."

"허허허! 허허허허허! 나라도 뽑기 싫겠구나! 허허허."

"아버지이……."

"허허허. 미안하지만 진심인 걸. 내가 언제 아비라고 봐준 적 있더냐? 다만 네게 해주고 싶은 말은 네가 원하는 꿈을 이루는데 스스로 부끄러움이 없는 선택을 하라는 것이다. 그게 너와 모든 사람들이 행복해지는 길이라는 건 말할 것도 없고."

나에겐 더 이상 결정을 내리지 못할 이유가 없었다. 비록 꿈속이었지만 내 눈에서는 뜨거운 눈물이 흐르고 있었다. 나의 눈물에 아버지는 어린 시절의 나를 보시던 그 눈빛으로 내게 미소를 지으시면서 내 어깨를 잡고 편안하게 안아주셨다. 너무 행복해서 깨기 싫은 꿈이었지만 이내 내 몸은 허공에 떠 있듯이 가벼워졌다.

"하…."

예상대로 나는 꿈에서 깨어났다. 그리고는 곧바로 휴대폰을 꺼내 전화를 걸었다. 물론 신명호에게 건 전화였다. 신명호는 나의 거절에 유감을 표하면서 후회하지 않을 선택이었길 바란다며 전화를 끊었다. 그 말에 피식 웃음이 나왔다.

나는 다시 침대로 돌아가 누워 꿈에 대한 다짐을 확실히 하기로 했다.

'비온 뒤의 땅이 더 단단해지듯이 오늘의 고통을 이겨냄으로써 내 인생은 더 강해진 거야. 내 꿈도 마찬가지고. 앞으로 다시는 흔들리지 않고 훌륭한 국회의원이 될 거야. 지금은 꿈에 필요한 일을 성실히 최선을 다해 하자! 그럼 반드시 꿈은 이루어진다!'

내가 국회의원에 당선되었던 날. 나는 이런 말을 했었다.

"여러분들의 눈물과 고통을 보고도 모른 척하지 않을 것입니다! 저는 국민의 대표로서 한쪽으로 기울어진 판단을 하지 않고 국민 여러분의 편에 서서 바라볼 것입니다. 제가 여러분을 위해 할 수 있는 것은 첫째는 가진 자에게만 유리한 부당한 사회제도를 타파하는 것입니다. 둘째는, '나만 1등하면 된다' 라는 식의 개인주의적인 교육에서 벗어나서 우리의 이웃과 후손을 생각하는 교육 제도를 만들겠습니다. 그리고 덧붙여서, 옳고 그른 것이 공평하게 나타나는 교육이 되도록 할 것입니다."

놀랍게도 나의 공약들은 모두 이루어졌다. 억울하게 대우 받던 모든 사람들은 기쁜 마음을 금치 못했고 서러움이 묻어 흐르는 눈물을 숨기지 못했다.

"아버지! 또 감사 편지가 왔어요! 정말 인기가 좋으시네요~"

"남아일언중천금! 그게 내 인기의 비결이지."

내가 말했다.

"약속을 지킨다는 말은 쉽지만 실제로 행동하기란 쉽지 않잖아요. 아버지께서도 약속들을 지키시느라 여기저기 가보지 않은 곳이 없을 정도로 뛰어다니시면서 고생하셨고, 비록 몇몇 사람들이 부질없는 짓이라는 비난을 했지만 말이에요. 하지만 이젠 그 사람들도 동의를 하겠죠? 사람들이 행복해 하는 모습이

끊이질 않으니까요."

"주영아, 내가 국회의원으로 3년째 일하면서 이번에 처음으로 알게 된 사실이 뭔 줄 아니? 나 구방구가 국회의원이 맞구나 라는 사실이었단다. 이젠 나 자신도 내게 믿음이 생겨서 나를 한번 믿어보려고 해. 하지만 중요한 건 나 혼자의 믿음이 아닌 모든 사람들의 믿음이겠지? 그래야 모두가 안심하고 행복할 테니 말이야."

"이제 아버지의 거대한 꿈이 이루어질 날만 남았군요. 전 무조건 찬성! 저는 아버지를 믿는 많은 사람들 중의 한 사람이니까요."

"말만 들어도 벌써 꿈이 이루어 진 것 같구나? 크하하하!!"

그때 이후, 그러니까 김수현이 선생님께 혼나던 모습을 보고 나서부터 나는 예전보다 더 열심히 공부를 하게 되었다. 왠지 미래의 내 모습이 될 수도 있을 것 같아서 두려웠기 때문이었다. 김수현 덕분에 옆으로 샐 틈도 없이 똑바로 나아가게 된 것이다. 하지만 기분이 좋아진 동시에 친구를 버려두고 혼자 살아남은 것 같은 느낌도 없지 않았다. 그래서 난 나와 같은 꿈을 가진 친구를 모른 척할 수가 없어서 김수현이 꿈을 위해 적극적으로 노력하는 아이로 변화되도록 도움을 주고 싶었다.

결심을 굳힌 후, 김수현의 교실로 직행한 나는 그 애에게 한 마디를 하고 나왔다. 아니, 정확하게 두 마디인가?

"오늘 학교마치고 *choice*로 와. 중요한 일이야!"

산뜻하고 정겨운 햇살로 마음을 평온하게 해주는 토요일 오후. 나는 학교를 마치고 *choice* 카페로 향했다. 이번 일을 계기로 김수현이 꿈에 대한 의지를 다져서 나와 함께 꿈을 이루었으면 좋겠다는 생각을 하면서 말이다. 하지만 카페

에 도착해 보니 김수현은 없었다. 물론 예상 못했던 일은 아니었지만 나는 마음
이 무거워지고 있었다.

'함께 이야기 나누며 도움을 주고 싶었는데…….'

"남세라!"

반가운 목소리에 뒤를 돌아보니 김수현이 서 있었다. 김수현은 마음에 드는
의자를 찾더니 곧 일어날 사람처럼 엉거주춤하게 앉아 있었다.

"미안한데, 내가 오래 있을 시간이 없어서 말이야. 중요한 일이 뭐야?"

"꿈, 네 미래에 대한 얘기야."

"난 그런 거 없어. 이제 포기했거든."

"혹시 성적 때문에 10년 넘게 가꿔왔던 꿈을 포기한 거니?"

"너같이 공부 잘하는 애들은 이해 못해. 내가 나 자신에게 원망하고 실망하
는 기분이 얼마나 고통스러운지 넌 알지도 못하잖아. 내가 도서관에서 하려다
만 말이 뭔지 알아? 솔직히 성적 때문에 꿈을 포기하고 싶었다는 말이었어. 난
의지가 부족해서 공부를 시작하려 해도 쉽게 무너져 버려. 그리고 고작 2년밖
에 안 남았는데 뭐가 변하겠어? 헛고생만 하느니 일찌감치 꿈을 포기하고 다른
길을 찾는 게 나아."

"네가 생각 못한 부분이 있어. 공부 잘하는 사람들은 처음부터 그렇게 태어
난 줄 알아? 그 사람들은 너처럼 포기하고 싶은 마음이 없는 줄 알아? 내 생각
에 그 사람들이 공부를 잘하고 열심히 하는 건 간절히 바라는 이루고 싶은 무언
가 있기 때문이야. 나는 계속 네가 대통령이라는 꿈을 포기하지 않았다고 믿을
거야. 오랫동안 지켜온 꿈을 이대로 포기하면 그 동안 네가 쌓아온 것들이 새로
운 꿈에 적응하지 못할 거 같거든. 그리고 고작 2년 남은 게 아니라 고작 2년만
고생하면 네 꿈이 이루어지는 거야. 그러니까 포기하지 마!"

"……."

"너와 나에겐 어려운 사람을 돕고픈 꿈이 있잖아. 나 하나론 부족해. 꿈꾸는
사람이 많을수록 그 일이 실현될 가능성은 더 클 거야. 우리 꼭 꿈을 이뤄서 지
금 보다 더 행복한 세상이 되도록 만들어보자!"

"예전까지만 해도 나는 꿈만 가지고 있으면 저절로 꿈이 이루어질 거란 바보 같은 생각을 했었어. 그리고 꿈은 그렇게 쉽게 이루어지는 게 아니라는 걸 깨닫게 됐지. 나는 지레 겁부터 먹고는 초조해 하기 시작했어. 그런 마음으로 공부가 되지 않자 점점 꿈이 멀어지는 것 같았어. 근데 있지, 네 말을 듣고 보니 멀어진 건 꿈이 아니라 내 마음이었던 것 같아. 이젠 내 힘으로 최선을 다해 볼 거야. 정말 고맙다, 남세라!"

김수현은 승리를 위해 힘겨운 전장으로 싸우러 나가는 대장군의 눈빛을 하고선 말했다.

"네 덕분에 나도 배운 게 있는 걸. 꿈을 위협하는 시련이 와도 낙심하지 않고 강하게 딛고 일어서면 더 확고한 꿈을 가질 수 있다는 거!"

더 이상 우리에게는 아무런 말도 필요하지 않았다. 다만, 지금부터 무엇을 해야 할지에 대해서 생각할 뿐이었다. 그리고는 당장이라도 시작해야 하는 일이 떠올랐다.

"이러고 있을 때가 아냐!"

내가 말했다.

"나도 당장 해야 할 일을 하러 가야겠어!"

김수현이 기다렸다는 듯이 말했다.

"와~ 사람들 진짜 많다! 그치, 세라야?"

지예가 말했다.

"그러게 말이야. 사람 마음은 다 똑같나 봐."

세라는 친구들과 함께 야외에서 하는 대통령 취임식에 와서 엄청난 수의 사람들을 보고 감탄하고 있었다. 그들은 새 대통령에 대한 국민들의 기대가 크다는 걸 알고는 있었지만 눈앞에서 직접 그 현장을 보니 예상치 못한 놀라운 느낌을 받은 것이다.

"얘들아, 저쪽! 드디어 자리 찾았다!"

구원의 손길을 잡은 듯 기뻐하며 김수현이 말했다.

비록 많은 사람들의 다리를 스치고 지나가야 앉을 수 있는 자리였지만 그 복잡한 상황에선 문제될 게 없었다.

"휴, 드디어 다 앉았네."

세라가 의자에 엉덩이를 박으며 말했다.

"참 보기 힘든 학생 발견!"

정필이 세라와 지예, 수현을 보며 말했다.

"어? 정말? 드물긴 해도 이런 데 관심이 있는 애들이 있긴 있으니까 좀 다행이네. 물론 안 온다고해서 무조건 무관심한 건 아니지만 말이야. 정치가 재밌고 청렴하면 학생들도 관심을 갖게 되겠지. 앞으로 우리가 그 역할을 해야 돼."

예성민이 말했다.

치이익

"곧 취임식이 시작됩니다."

모든 사람들이 자세를 고쳐 앞을 바라보고 있었다. 하지만 워낙 많은 사람들이 있어서 그런지 소음은 멈추지 않았다. 한쪽이 조용해지려고 하면 저쪽에서 터지고 이쪽에서 왁자지껄하여 취임식을 시작하기 힘든 상황이었다. 점점 시간이 흐르자, 사람들은 더 시끄럽게 웅성대었다. 하지만 그 누구도 자신들의 입을 막을 생각은 하지 못한 듯싶었다. 인내심이 폭발할 지경에 이른 누군가가 마이크를 통해 소리를 질렀다.

"대체 누굴 보러 온 거야!"

여기저기 갖다놓은 스피커에서 합쳐져 들리는 엄청나게 큰 목소리에 사람들은 그제서 정신을 차리고 조용해지기 시작했다. 사람들은 목소리의 주인공을 찾고 싶어 두리번거렸다.

"나를 찾고 있는 걸 보니 역시 날 보러 온 게 맞았군. 좋습니다. 이제 곧 만날 수 있으니 대한민국 국민답게 교양 있는 모습 보여주고 계세요."

사람들은 갑자기 웃기 시작했다. 얼굴을 보지 않고도 목소리만으로 알 수 있는 그 사람. 그는 바로 새 대통령이었다. 새 대통령은 사람들이 조용해지길 기다리다가 참을 수 없어 마이크를 집어 들고 소리를 질러 상황을 정리시킨 것이다. 참 그 국민에 그 대통령인 상황이었다. 사람들은 한참을 웃더니 국민의 텔레파시를 보여주려는 듯 모두 한 목소리로 새 대통령의 이름을 외치기 시작했다.

"구! 방! 구!, 구! 방! 구!, 구! 방! 구!"

그 순간 구방구는 활짝 웃는 얼굴을 숨기지 못하면서 내 이름이 이토록 멋진 이름이었나 생각하고 있었을 것이다.

"당신은 교육도 제대로 못 받은 농촌 출신이면서 어떻게 미국 대통령까지 될 수 있었습니까?"
"내가 그렇게 되기로 마음먹은 날, 이미 절반은 이루어졌습니다."
–아브라함 링컨–

제가 이 책을 쓰는 과정을 한 마디로 표현하기는 힘들지만 그럼에도 불구하고 표현해 본다면 아마도 그 단어는 '귀차니즘'일 것입니다. 부끄러운 말이지만 솔직히 말해서 그렇습니다.

저는 이야기가 있는 책을 처음 써보는 것이고 그래서 더 잘 쓰고 싶은 마음이 들면서 제 스스로에게 준 부담이 점점 커지게 되자, 자신감이 떨어지면서 아무것도 하기 싫은 귀차니즘이 생기게 된 것입니다. 책을 쓰고 지우기를 반복하며 창작의 고통을 맛보는 것은 짜릿하면서도 괴로운 일이거든요. 더욱이 저 같은 초짜 작가는요.

하지만 저는 기분이 정말 좋습니다. 제가 만족하는 작품이 탄생했으니까요! 내 현재의 소망과 미래가 담긴 책이자 내 꿈이 있는 위대한 책. 남세라의 꺼지지 않는 꿈에 대한 열정과 예성민의 봉사정신, 유혹을 뿌리쳐 진정한 의미의 꿈을 이루는 자세. 그리고 구방구가 국회의원으로서 국민들과 약속을 지킨 것, 사소한 문제도 그냥 지나치지 않고 도와주는 마음. 이것들은 제 꿈인 동시에 지금 무언가를 꿈꾸고 있는 사람들이 지녀야 할 것들이라 생각합니다.

부족한 글을 끝까지 읽어주신 모든 분들 정말 감사드리고 책을 쓰는데 있어서 크고 작은 도움을 주신 정말 고마우신 분들께도 감사드립니다. 마지막으로, 저는 한다면 하는 사람들이 꿈에 확신이 서지 않아 갈등하거나 아직 꿈을 갖지 못한 사람들에게 빛을 비춰주는 책이 된다면 더 바랄 게 없겠습니다.

꿈을 향해 날다

당신은 누구십니까?
배현주

[RRRRR…]

"……."

[여보세요?]

"여보세요? 주연아, 나야."

[현주야, 무슨 일이야?]

"내가 꼭 무슨 일이 있어야지만 너한테 전화했니? 그냥 세미나에서 본 뒤로 연락도 못했고 겸사겸사 해서……."

[너 무슨 일 있구나?]

"휴~ 그게 아니라 우리 학교에서 역사학과가 또 미달됐다면서 이대로라면 학과 축소나 폐지도 고려해 봐야 할 것 같다고 하는데……."

[너희두? 우리도 사정은 마찬가지야.]

"그래? 하긴 요즘 그런 사정 안 가지고 있는 곳이 없지……."

나와 고등학교 때부터 역사학 교수를 꿈꿔왔던 주연이와의 좋지 못한 통화를 끝낸 채 의자에 멍하니 앉아 있었다.

"…수, 배교수."

내 옆자리에 있으신 과장 교수님께서 내 책상을 두드리시며 말했다.

"배교수, 신입생 명단 확인했어요?"

"네? 아, 아직요."

"합격자 발표 나자마자 그것부터 확인하던 사람이 웬일이야? 요즘 부쩍 피곤해 보이더니 무슨 일 있어요?"

"아니에요, 생각할 게 좀 있어서."

말을 마치자마자 신입생 명단이 들어 있는 파일을 찾기 시작했다.

'아, 여기 있네. 내가 요즘 왜 이러지.'

머리를 이리저리 흔들며 무거운 생각을 털어버리고 명단을 뒤적거리기 시작했다. 명단을 확인하던 중 익숙한 이름을 발견했다.

"배민규. 배민규?!"

나는 그 이름을 보자마자 지난 연말 가족모임에서 보았던 조카의 얼굴을 떠올렸다.

'설마, 아닐 거야. 민규는 역사를 꼭 알아야 한다고 생각하지도 않고 좋아하지 않는다고 입버릇처럼 말하고 다녔는 걸……'

마음속에서는 아닐 거라고 말했지만 한편으로는 내 조카가 맞을 거라는 왠지 모를 확신이 들었다.

드디어 신입생들을 만나는 첫날이었다. 항상 그랬듯이 신입생들과의 첫 강의는 나에게 첫사랑을 생각할 때처럼 가슴을 두근거리게 했다. 강의실 문을 열기 전 심호흡으로 마음을 가다듬었다.

문을 열고 들어가 보니 이제 막 대학생이 되어 아직은 고등학생 티가 나는 새내기들이 자리에 앉아 나를 멀뚱히 쳐다보고 있었다. 첫 강의라 기대도 많이 하고 긴장도 많이 했을 아이들에게 살며시 웃으며 인사를 했다.

"안녕하세요. 여러분들에게 역사학을 가르치게 될 배현주 교수라고 합니다. 만나서 반가워요, 친구들. 우선 출석을 부르도록 할게요. 김성민, 김재현……."

몇 일 전에 정신없이 확인했던 명단의 이름들을 차례대로 부르기 시작했다. 그러다 한 이름에 멈춰서 고개를 들고 얼굴을 확인해 보았다.

"배민규."

"네."

내가 배민규 라고 부르자 우렁차게 대답하던 그 학생은 설마 하고 생각했던 내 조카였다. 설마 했던 생각이 진짜가 되어버려 잠시 당황한 나를 아는지 모르는지 민규는 나를 쳐다보며 웃음만 짓고 있었다.

강의를 마친 후 민규가 나를 찾아왔다.

"배민규, 너 어떻게 고모한테 한 마디도 안 할 수가 있어?"

"미안해, 고모. 놀라게 해주려고 그랬지!"

헤헤거리며 자신이 아이라도 되는 듯 마냥 웃어대는 그 녀석의 코를 집어주며 말했다.

"아이구, 그랬어? 다음부터 그럼 국물도 없다! 그런데 민규 너, 역사학 공부는 별로 하고 싶지 않다고 입버릇처럼 말해놓고선 어떻게 우리 과에 들어온 거야?"

"음……. 뭐, 점수가 모자라서 일단 들어왔지. 나중에 복수전공도 가능하니까. 그리고 생각할 시간도 조금 필요한 거 같아서. 헤헤."

"아……. 그래?"

역시나 했던 대답이었지만 막상 들으니 돌 섞인 밥알을 씹듯 까끌했다. 하지만 남들이 보는 앞에서 뱉어 버릴 수도 없어 어물적어물적 돌려 씹고만 있는 심정이다.

"고모가 저녁 사줄게. 가자."

민규와의 저녁 식사를 마치고 집으로 돌아와 강의 준비를 하기위해 서재에 들어왔다. 서재는 언제 들어와도 나를 기분 좋게 만드는 곳이었다. 그건 아마도 내가 수집하고 연구했던 모든 자료들이 있기 때문일 것이다. 책상에 앉아 컴퓨터를 켜고 한글 파일을 클릭했다.

'음……. 뭐, 점수가 모자라서 일단 들어왔지. 나중에 복수전공도 가능하니까. 그리고 생각할 시간도 좀 필요한 거 같아서.'

아까 낮에 민규가 나에게 했던 말이 내 머릿속을 한 바퀴 맴돌아 나간다.

그렇게 몇 분이 지났을까. 오랜 적막을 깨며 전화 벨소리가 내 귀를 울렸다.

"응, 주연아."

[참 전화 빨리도 받는다.]

"미안해, 뭐 좀 생각하다 보니 벨소리 울리는 줄도 몰랐어."

[이럴 줄 알고 전화해 봤지. 오늘은 또 무슨 일이야?]

걱정스러운 목소리로 무슨 일이냐며 물어보는 주연이에게 오늘 있었던 일을 말해 주었다.

[그래, 현주야. 걱정 많겠지만 힘내!]

힘들어하는 나를 달래주는 주연이와의 통화로 걱정으로 가득 찬 마음을 달래면서 밤을 꼬박 새우고 아침이 될 무렵 잠이 들었다.

민규가 우리집으로 오기로 한 주말, 시간이 다 되어 창문을 열고 밖을 내다보았다. 저 멀리서 민규가 걸어오는 모습이 보였다.

"민규야, 어서 와."

어젯밤 제대로 못 자서 푸석한 얼굴이지만 최대한 상큼한 느낌으로 반갑게 인사를 했다.

"고모부는요?"

"동창회가 있어서 아침 일찍부터 나갔어."

"아~"

민규와 함께 서재로 들어와 대학생이 되니까 어떤지, 친구들은 많이 사귀었는지 등의 가벼운 이야기를 나누며 차를 마셨다.

"그런데 고모, 해줄 이야기가 있다면서요?"

"그래, 좀 긴 이야기가 될 텐데 의자에 앉아 편안하게 들으렴."

긴 이야기가 될 거라는 말에 민규가 편안하게 자세를 고쳐 앉았으나 표정은 편안해 보이지 않았다.

"하늘이 먹구름으로 가득 차고 비가 추적추적 내리는 어느날……."

"……."

＊＊＊

하늘이 먹구름으로 가득 차 있다. 다가올 운명을 예감이라도 하는 듯 비는 눈물처럼 계속해서 땅을 적셨다.

"이쓰코 상, 잘하고 계세요. 조금만 더 힘 주세요, 조금만 더!"

"으…. 으, 아."

"힘 빼시면 안 돼요. 한 번만 더."

"으, 악!"

"우왕! 우왕!"

"헉헉….'

"축하드려요. 이쓰코상, 어여쁜 따님이시군요!

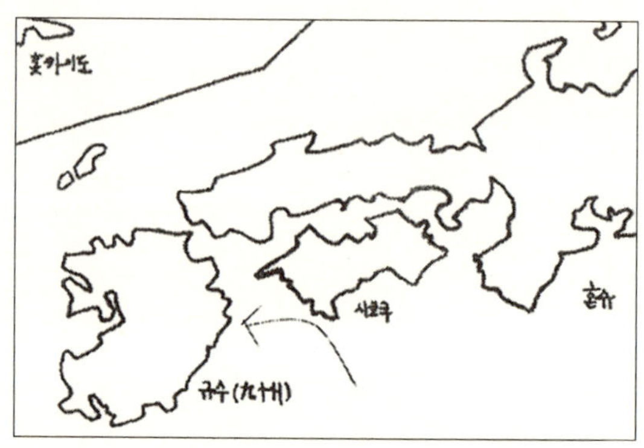

　1901년 11월 4일, 메이지 천황의 조카이자 황족인 나시모토노미야 모리마사와 규슈 지방의 유력한 번주(藩主, 제후. 봉건시대에 일정한 영토를 가지고 그 영내의 인민을 지배하는 권력을 가진 사람)의 딸이었던 이쓰코 사이에서 조선의 마지막 황태자비 나시모토 마사코가 태어난다. 일본 최고의 황족 가문에서 태어나 최고의 교육을 받으며 자란 그녀는 커가면서 미인인 어머니를 닮아 더욱 아름다워져 갔다.

　"학교 다녀왔습니다."

　"……."

　평소와 달리 자신의 귀가 인사에 대답이 없는 집을 이상하게 여기며 집안으로 들어섰다. 현관에 서 있던 집사가 그녀가 들어오는 것을 보며 말하였다.

　"마사코 아가씨, 오셨습니까?"

"네, 집사님. 못 보던 신발이 있는 걸 보니 손님이 오셨나요?"

"예, 아가씨. 황실에서 사람이 찾아왔습니다. 지금 주인님방에 계십니다."

"황실에서 왜……?"

"저도 자세한 건 잘 모릅니다만, 아, 주인님께서 아가씨가 오면 방으로 데리고 오라 하셨습니다."

"아버지께서요? 네, 알겠어요."

집사가 그녀를 데리고 방문 앞에서 노크를 했다.

"주인님, 아가씨께서 오셨습니다."

"들어오너라."

"예."

방 안에는 양복을 입은 사내 셋이 그녀의 아버지와 이야기를 나누고 있었다.

"인사 올리거라, 마사코. 황실에서 나오신 분들이다."

"안녕하셔요. 저는 나시모토 마사코라고 합니다."

"예, 아주 아름다운 따님이시군요. 허허허."

"극진하신 칭찬에 몸둘 바를 모르겠습니다."

"아닙니다. 그럼 그때 시간이 되시겠는지요?"

"예."

집에 들어올 때부터 그녀는 궁금한 것이 너무나도 많았지만 황실에서 나왔다는 분들이 돌아가실 때까지 그녀의 아버지 옆에 앉아 있었다.

"그럼 저희는 이만 돌아가겠습니다."

"예, 그럼 그때 뵙지요."

정원까지 정중히 배웅을 하고 돌아선 그녀의 아버지가 그녀를 향해 말했다.

"마사코, 내 사랑하는 딸아. 네가 어쩌면 히로히토 황태자의 아내가 될지도 모르겠구나."

"예? 아버지, 그게 무슨 말씀이셔요?"

"황태자가 황태자비가 될 처자를 찾는다 하는구나. 거기에 너와 사촌인 구니노미야 나가코(후에 고준 황후가 됨), 화족(華族, 메이지 유신 정부에게 서양식 귀족계급을 하사받은 사람들을 말한다. 당시 화족들은 일본 정부로부터 백작, 자작 등의 서양식 귀족 계급을 받았는데, 이들 중에는 일부 친일파들도 포함되어 있다.)인 이치조 도키코가 후보에 올랐다. 며칠 후에 있을 황태자비 시험에 참가해야 하니 잘 준비하도록 해라."

그녀는 좀 전에 다녀간 그 사람들을 떠올리며 말했다.

"하나 아버지 전 지금 겨우 15살 밖에 되지 않았는 걸요."

"바로 혼인을 하는 것이 아니다. 네가 황태자비 시험에 통과한다 하더라도 약혼식만 올리는 것뿐이니 이 애비의 말에 따르도록 해라."

"네……."

한 번도 보지 못했던 아버지의 강압적인 모습에 그녀는 말 한 번 제대로 하지 못하고 황태자비 선발 시험을 준비해야 했다.

"휴~"

"아가씨, 힘드시죠? 조금 쉬시겠어요?"

그녀를 어릴 적부터 모셔온 사카가 걱정스러운 목소리로 물었다.

"아니다. 나는 괜찮다."

"아니에요. 아가씨, 좀 쉬셔요. 이러다 우리 아가씨 앓아 누우시겠어요. 밖에 나가시는 거 좋아하시는 분이 그놈의 황태자비가 뭐라고 밖에도 안 나가시고 이렇게 계신데요."

"사카, 말조심 하거라. 아버지께서 들으시기라도 하면 어쩌려고."

"아가씨 그래도요, 아가씨가 좋아하지도 않으신데 이리 계시니 제 속이 타 죽을 지경입니다. 그럼 잠시라도 밖에 나가서 바람 좀 쐬시어요. 집사님껜 제가 잘 말씀드려 놓을게요."

"그럼 그래 주겠니? 잠시라도 바깥 공기를 마시고 싶구나."

"그럼 잠시만 계셔요, 말씀드리고 올 터이니."

햇살이 강하게 내리쬐는 오후였기에 그녀는 모자를 꾹 눌러 쓰고 밖을 나와 야만 했다.

"사카, 덥구나. 그래도 이리 밖에 나오니 가슴이 뻥 뚫리는 것 같구나."

"그렇지요? 거 보셔요."

그동안 답답했던 가슴을 다 풀려는 듯 그녀는 사카와 함께 한참을 돌아다녔다. 해가 점점 기울어질 때쯤에야 그녀는 집으로 돌아가야 한다는 사실을 깨달았다. 막 집으로 돌아갈 준비를 하고 있는데 갑자기 사람들이 몰려들기 시작했다.

"아가씨 웬 사람들이래요? 무슨 재미있는 구경거리라도 생겼나봅니다."

"됐다. 우리는 신경 쓰지 말고 집으로 가자꾸나."

"예."

그 순간이었다. 바람이 무슨 심보가 난 것인지 그녀를 세게 휘감고 가버리는 바람에 그녀의 모자가 사람들이 몰려든 쪽으로 날아가 버렸다.

"아! 내 모자."

날아가 버린 모자에 당황한 그녀는 사람들이 있는 쪽으로 빠르게 발걸음을 옮겼다. 그녀는 발걸음을 얼마 옮기지 않아 자신의 모자를 주워서 털고 있는 한 사내 덕분에 모자를 찾을 수 있었다.

"혹시 이 모자가 아가씨의 것입니까?"

"네? 네, 감사합니다."

그녀는 자신의 모자를 주워준 남자를 보며 인사를 했다.

"아닙니다. 모자가 날아가지 않게 조심 하십시오. 그럼."

"아가씨, 괜찮으셔요?"

사카가 달려와 숨을 내쉬면서 말했다.

"그래, 저분께서 내 모자를 주워 주셨어. 사카, 너 혹시 저분이 누군지 아느냐?"

"음……. 아! 그래서 사람들이 몰려들었군요. 아가씨 모르셨나요? 저분은 대한제국의 의민 황태자이신 이은이라는 분인데요."

"그래?"

그녀는 몰랐다. 이것이 그 둘의 인연의 시작이라는 것을……

그녀는 지난주에 있었던 황태자비 시험 때문에 몇 일간 계속 잠을 이루지 못했다. 오지 않는 잠을 청하는 것 대신에 책을 읽는 것이 낫다고 생각한 그녀는 이른 새벽부터 창가에 앉아 책장을 넘기며 새벽공기를 마시고 있었다. 계속 책을 읽던 그녀는 문득 그녀가 며칠 전 보았던 대한제국의 황태자라는 사람을 떠올렸다.

'비록 속국의 황태자이긴 하나, 밝고 좋은 사람 같아 보이던데……'

그녀는 왜 갑자기 그 생각이 난 거지? 하며 고개를 숙여 책을 읽기 시작했다. 그녀가 다시 고개를 든 것은 아침이 지나고 점심 때가 다 될 무렵이었다. 아버지와 함께 점심식사를 하기 위해 방문을 나설 때였다.

"아가씨, 아가씨!"

다급한 사카의 목소리가 그녀의 귀를 때렸다.

"왜 이리 소란인 게냐?"

"헉헉, 아가씨. 지금 황실에서 사람들이 왔습니다요."

숨도 고르게 내쉬지 못하는 사카를 보며 그녀가 말했다.

"난 또 무슨 큰일이라도 있는 줄 알았구나. 별것도 아닌 일로 경거망동 하지 말거라."

"아가씨도 참. 황태자비 시험을 치시고 계속 잠도 못 주무셨으면서… 이젠 걱정하지 마십시오. 황태자비 시험을 치르고 얼마 되지도 않아 사람이 오지 않았습니까? 아마도 아가씨가 황태자비로 확정되셨다는 말을 전하기 위해 온 사람들일 것입니다."

"사카, 괜히 마음 쓰지 말고 그냥 있거라."

"네, 아가씨……"

그녀는 제 귀로 들은 것도 아닌데 너무 앞서 나가는 사카를 진정시키고 1층으로 내려갔다.

"집사님, 아버지는 손님들과 함께 서재에 계시나요?"

"예? 예. 그렇습니다만, 무슨 일로 그러시는 것입니까?"

"아니요. 그런 게 아니라 황실에서 사람이 나오셨다길래……"

"아, 네. 그럼 조금 있다 서재로 가시는 것이 어떠신지요?"

자신이 서재에 가려는 것을 자꾸만 방해하며 나중에 가라고 하는 집사의 태도에 그녀는 뭔가 좋지 않다는 느낌에 사로잡혔다. 결국 집사의 말대로 아버지가 나오시기만을 기다리고 있던 중, 며칠 전에 왔었던 양복을 입은 남자 셋이 방에서 나오는 것을 보았다.

"안녕하셔요? 며칠 전에 뵈었던……."

"아, 예. 저희는 일이 많아서 그만……."

그녀를 약간 꺼리는 듯한 느낌을 받은 그녀는 그 사람들에게 인사를 하고 서재로 향했다.

"아버지 왜 그러세요? 무슨 일이신가요?"

얼굴을 구기고 앉아 계시던 자신의 아버지를 보면서 그녀가 조심스럽게 물었다.

"딸아, 내 딸아 이것을 어찌하면 좋단 말이냐? 이건 필시 구니노미야 나가코와 이치조 도키코 세력들의 계략일 것이야!"

"아버지 왜 이러세요? 진정하시고 제게 말씀을 해보세요."

"네가 관상으로 볼 때에 아이를 갖지 못하는 운명을 타고 났다며 너를 대한제국의 의민 황태자와 약혼시킨다고 하는구나."

"네? 누구요?"

"의민 황태자인 이은말이다. 우리의 속국인……. 어찌 이럴 수 있단 말이냐? 최고의 황족 가문의 딸인 너를 속국의 황태자와 혼인시키려 하시다니……."

"……."

이리하여 1916년 그녀는 유학을 이름 삼아 볼모로 일본에 와 있던 대한제국의 황태자 이은과 약혼을 맺게 된다. 그리고 1920년 4월 28일 도쿄 롯폰기의 이왕저에서 이은과의 정략 결혼식을 올리게 된다. 조선왕조의 대를 끊기 위한 일본의 의도로 이루어진 이 정략결혼으로 인하여 일본의 황족 나시모토 마사코는 조선의 마지막 황태자비 이방자로 제2의 삶을 살아가게 된다.

"부인, 괜찮은 것이요?"

"예, 괜찮습니다. 신경 쓰지 않으셔도 됩니다."

"아니, 괜찮다는 사람의 안색이 좋지 않으니 걱정이 되어 그러는 것입니다. 오후에 진찰을 받아 보는 것이 어떻겠소?"

"그리 걱정하시니 그럼 그리하겠습니다. 혹여 저 때문에 심기를 그르치실까 염려되옵니다. 그러니 너무 신경 쓰시지 마셔요."

"알겠소. 내 부인의 뜻은 알겠다만 내 걱정보다는 부인의 걱정도 좀 하는 것이 어떻겠소? 며칠 전부터 안색이 좋지 않은 것이 내심 마음에 걸리는구려."

"예, 어서 식사하셔야지요."

서로를 걱정해 주는 두 사람의 모습에 쉽게 말을 꺼내지 못하던 사카가 조심스럽게 말을 건넸다.

"마마, 아침식사를 올릴까요?"

"그래, 사카. 그래주렴."

"예."

두 사람의 분위기를 망치고 싶지 않았던 사카는 재빠르게 상을 차리고 방을 나섰다.

"그럼 소인은 이만 물러가겠나이다."

"그래, 사카. 고맙구나."

혼인을 올린 지 반 년 정도밖에 지나가지 않았지만 이젠 완전히 조선사람인 듯 행동하는 그녀의 모습을 보면서 영친왕(1926년 순종이 승하하자 형식적 왕위 계승자가 되어 이왕(李王)이라 불림. 여기서 의민 황태자를 말한다.)은 생각했다.

'부인 고맙소. 나와 모국 사이에서 많이 힘든 것 알고 있소. 그럼에도 나에게 힘든 내색 한 번 하지 않고 나를 보필해 줘서 정말 고맙소.'

영친왕이 이런저런 생각을 하며 그녀를 물끄러미 쳐다보고 있을 때였다.

"욱, 우욱⋯."

"부인, 괜찮은 것이요?"

황급히 다가와 그녀의 안색을 살피며 영친왕이 물었다.

"예. 우욱 욱….”

"이게 어찌된 일이요? 밖에 아무도 없느냐? 게 아무도 없냔 말이다.”

다급한 영친왕의 목소리를 들은 사카가 재빨리 문을 열며 들어왔다.

"무슨 일이십니까? 어머! 마마.”

"당장, 당장 의사를 부르거라. 어서!”

"괜찮. 욱. 우욱….”

그로부터 10달 뒤 1921년 8월 10일 황태자비 이방자는 일본과 조선 그 어디에서도 환영받지 못할 첫째 아들 이진(李晉)을 낳게 된다.

영친왕은 자고 있는 자신의 아들을 안으며 그녀에게 말했다.

"고맙소 부인.”

"아닙니다. 별말씀을요.”

"우리 잘 키웁시다.”

그러나 이들의 바람과는 달리 1922년 5월 11일 그들의 아들 이진은 죽음을 맞이하게 된다. 설상가상으로 1923년 9월 1일 관동대지진으로 인한 조선인 대학살이 일어나게 된다. 그녀는 수많은 조선인이 죽어 나가는 것을 조선의 황태자비로서 지켜보는 수밖에 없었다. 하지만 탄압당하며 살아야 했던 영친왕과 조선을 위해 후손을 낳아야겠다는 간절한 마음이 하늘에 닿은 것인지 1931년 12월 29일 그녀는 도쿄 치요다구(千代田區) 아카사카(赤坂)에 있던 영친왕 저택에서 둘째아들 이구(李玖)를 낳게 된다. 하지만 첫째 아들 이진과 마찬가지로 어디에서도 환영받지 못할 운명이었던 그는 미국에서 청소년기를 보내게 된다. 그후에도 그는 오랫동안 외국을 돌아다니며 방랑자의 삶을 살게 된다.

"저하, 저하! 오라버니!”

"넘어지겠구나. 조심해서 오렴.”

"오라버니, 신문을 보셨는지요?”

"그래, 보았다. 드디어…….”

"예, 드디어 그렇게도 바라던 광복을 이루었습니다. 저희가 이제 다시 돌아갈 수 있게 되었단 말입니다.”

신이 난 덕혜옹주(1912년 태어난 고종의 고명딸. 영친왕의 동생이다.)가 말했다.

“그래, 우리가 돌아갈 수 있게 되었어…….”

1945년 8월 15일 모든 조선인들이 그렇게 바라고 기다렸던 광복이 드디어 이루어지게 된다. 하지만 이것이 영친왕 부부에게 주어진 또 다른 불운의 시작이라는 것을 그들은 알지 못했다. 영친왕 부부가 다시 고국으로 돌아가려고 했을 때 그들은 이승만 정부로부터 청천병력 같은 소리를 듣게 된다.

“귀국을 허락할 수 없습니다.”

“귀국을 허락할 수 없다니……. 이게 무슨 말도 안 되는 소리란 말이요?”

“저희는 귀국을 허락할 수 없습니다.”

“이보시오. 우리는 조선황실의 피를 이어받은 조선황실의 사람이란 말이요!”

“어쨌든 귀국을 허락할 수 없습니다. 또한 우리 정부는 황실의 존재를 인정할 수 없습니다.”

“…….”

그들이 그토록 바라던 광복이 이루어졌음에도 정권 유지를 위한 이승만 정부의 욕심으로 인하여 그들은 고국으로 돌아오지 못하고 왕족으로 인정받지도 못한 채 재일 한국인으로 분류되어 국적도 없이 어려운 생활을 영위하게 된다. 박정희의 도움으로 마침내 1963년 잊혀져 있던 그들이 그토록 그리던 고국으로의 귀국을 허락받아 돌아오게 된다. 하지만 그때 이미 그녀의 남편 영친왕은 기억상실증과 실어증에 시달리고 있었고, 또 그녀의 시누이인 덕혜옹주는 정신질환에 시달리고 있었다. 그들은 그녀의 돌봄을 받으며 창덕궁 낙선재에서 기거하게 된다. 정신질환을 앓고 있는 남편과 시누이를 간호하며 살아가고 있다는 소식을 들은 일본 측은 그녀를 일본으로 다시 불러들이기 위해 그녀를 설득하기 시작한다.

“마사코상, 일본으로 돌아오심이 어떨런지요?”

"그럴 생각이 없으니 이만 물러가 주세요."

"하나 당신의 고국은 일본이지 않습니까?"

"나는 한국인이고 내가 묻힐 곳도 한국입니다. 그러니 돌아가주세요."

"……."

그녀는 한국 정부로부터 제대로 된 황실의 대접도 받지 못한 채 황태자비라는 이름만 지니고 살아가게 된다. 그러나 그녀는 일본으로 돌아가지 않고 낙선재에 남아 덕혜옹주를 돌보며 이방자로서의 삶을 살아간다. 그녀는 남편의 유업을 이어받아 여러 가지 사회복지 산업을 육성한다. 그리고 그녀가 이때 펼친 여러 가지 사업들은 사회의 어려운 사람들을 돕는 중요한 손길로 자리매김하게 된다. 그녀는 영왕기념사업회, 자혜학교, 명혜학교 등을 설립했으며, 그녀가 직접 칠보공예사업을 펼쳐 장애우들을 위한 많은 복지와 손길들을 뻗쳐나갔다. 그렇게 남편의 뒤를 따르던 조선의 마지막 황태자비 이방자는 한국에 돌아 온 지 15년 만인 1989년 마침내 창덕궁 낙선재에서 89세의 나이로 일본 황족 마사코가 아닌 이방자의 삶을 마감하게 된다.

＊＊＊

"그렇게 이방자의 삶을 마감하게 된단다."

"……."

민규는 내 이야기가 끝나자 깊이 생각이라도 하는 듯 자리에서 일어나지 않고 한참을 앉아 있었다. 비어 있는 찻잔에 뜨거운 차를 부어주기를 여러 번, 민규가 생각이 다 끝난 듯한 표정으로 일어나 인사를 하고 방을 나갔다. 그날 이후로 민규는 주말마다 나의 서재로 찾아와 내 이야기를 들었다. 그리고 나와 함께 역사 체험도 가기 시작했다. 그러기를 한 달, 두 달……. 시간이 흐를수록 민규의 모습은 변해 갔다.

"고모, 나 이제 여기 오지 않으려고."

지난주와 같이 밝은 모습으로 들어오던 민규가 나를 당황스럽게 만들었다.

"왜? 무슨 일 있니?"

"아니! 이젠 역사학을 배우러 오는 학생 배민규로서 오려고."

"……."

"그리고 고모 나 이제 이 학과에 왜 들어왔냐고 물으면 대답할 수 있는 이유가 생겼거든~"

"그래? 이거 반가운 소리인 걸?!"

"고모가 처음에 이야기해 주었던 이방자라는 분처럼 내가 한국인 이름에 걸맞는 사람이 되기 위해 열심히 노력하려고. 그리고 사람들이 잘 모르는 역사에 대해 알려주는 사람이 되려고. 고모 나 열심히 도와주고 응원해 줄 꺼지?"

"그럼, 누구 조카가 결심한 일인데!"

"그럼 고모, 학교에서 봐~"

즐거운 모습으로 나가는 민규의 뒷모습을 보면서 태양이 질투를 할 만큼 환하게 웃었다.

12년 후

"…수, 배 교수."

"아, 예. 교수님."

"배민규 교수, 강의 들어가야 할 시간 아니야? 시간 다 된 것 같은데."

"아, 예. 벌써 시간이 이렇게 됐군요."

"배 교수는 다른 교수들이랑 달리 첫 강의인데 떨지도 않네?"

"그렇게 보이나요? 아니에요. 첫 강의가 신입생들과 하는 거라 그런지 설레는 마음이 앞서서 그런가 봐요."

"그래 아무튼 잘하고 좀 있다 봄세."

"예."

몇 분이라도 빨리 신입생들을 봐야겠다는 마음에 강의실로 향하는 발걸음이 빨라졌다. 강의실 문 앞에 서서 호흡을 가다듬었다. 하지만 문을 여는 순간 마음이 편안해짐을 느꼈다. 자신의 대학생 시절 수업을 듣던 강의실이었기 때문이다.

"안녕하세요, 여러분."

문을 열고 들어가 앉아 있는 학생들에게 그 어느 때보다도 환하게 웃으며 인사를 했다. 그리고는 자신이 대학생 때 앉았던 자리를 쳐다봤다. 그런데 그 순간 그걸 본 것은 자신의 착각일까? 자신이 처음 고모의 수업을 받을 때와 똑같은 자세를 취하며 앉아 있는 한 학생이 보이기 시작한다.

"거기. 자네 이름이 뭔가?"

"교수님, 저 말씀이신가요?"

"그래, 자네 말일세."

"아, 네. 저는 한주영이라고 하는데요."

"한주영이라……."

"……."

그 학생의 이름을 들으며 민규는 지그시 눈을 감는다. 그리고선 저 자리에 앉아 있던 자신의 12년 전 모습을 떠올린다. 그날 따라 고모가 보고 싶은 민규였다.

'고모, 오늘은 12년 전 내 모습이 생각나는 날이야. 그리고 참 고모가 보고 싶은 날이야.'

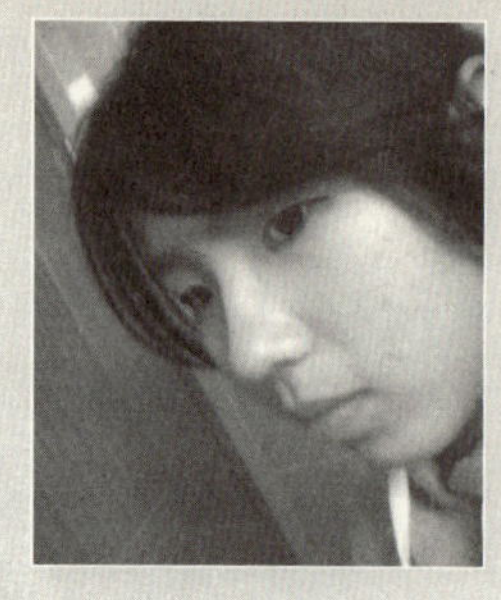

비가 내려 습기가 가득한 날 드디어 마감 원고를 내게 되었습니다. 이 글의 마침표를 찍고 이렇게 후기를 쓰게 될 때까지 참 많은 과정들과 저를 도와준 사람들이 있었습니다. 우선 이글을 완성하기 까지 많은 격려를 해주신 김묘연 선생님에게 감사를 표합니다. 그리고 다른 많은 도움을 주신 분들께도 감사를 드립니다.

처음에 이 글을 쓰기 위해 구성을 했을 때는 정말 막막했습니다. 그건 제가 역사 소설을 쓰려는 원대한 목표에 대한 부담감 때문일 것입니다. 제 꿈과 앞으로의 진로와 관련된 것을 적고 싶었고, 또 개인적으로 역사 소설에 흥미가 많아서 제 스스로 자료를 찾고 연구하면서 새로운 역사 소설을 한 편 만들어내고 싶었습니다. 하지만 혼자서 하는 역사 자료 연구는 한계가 많았습니다. 여름 방학 내내 여러 관련 자료를 찾고 읽으면서 이 글을 썼습니다. 기존의 역사 소설들에 비해 초라하기 짝이 없지만 제 글은 드디어 세상 밖으로 나오게 되었습니다.

글의 맨 처음에 나오는 배현주라는 인물은 미래의 제 모습입니다. 그리고 그녀의 조카로 나오는 배민규라는 인물을 통해 오늘날 우리 한국인의 모습을 말하고자 했습니다. 배민규라는 인물은 원래 자신의 나라와 역사를 그다지 중요하게 생각하지 않는 인물이었습니다. 그러나 고모가 교수로 있는 대학에 역사학과로 들어가게 된 후 이야기는 달라집니다. 고모를 통해 조선의 마지막 황태자비, 이방자라는 분의 이야기를 듣게 되죠. 일본이었지만 한국의 모든 것을 사랑한 그 여인의 이야기를 들으면서 정작 한국인인 자신은 지금 어떤 모습을 하고 있는가에 대한 질문을 던지게 됩니다. 그 후부터 배민규라는 인물은 조금씩 변화하기 시작합니다. 지금 어떤 모습을 하고 있는가에 대한 답을 찾아서 말입니다.

역사를 사랑하고 좋아하는 한 학생으로서, 요즘 우리 역사를 대하는 많은 한국 사람들의 태도와 모습을 보면서 또 역사 의식이 부재한 오늘날의 현실에 대해 많은 의문과 함께 통탄할 수밖에 없었습니다.

우리의 땅과 우리의 역사를 왜곡하는 일본과 중국에게 확실한 마침 도장 하나 찍지 못하고 논란으로 불거질 때만 화르륵 타다가 꺼져 버리는 불과 같은 우리의 모습을 들여다보면서 저는 사람들에게 역사적 인식을 바탕으로 우리의 모습을 되돌아보고 자아를 인식할 수 있어야 함을 제 글에 담고 싶었습니다. 제가 '당신은 누구십니까?' 라는 제목을 붙인 이유이기도 하죠.

우리들에게 역사란 그냥 단순한 과거 이야기에 불과한 것이 아니라 우리를 지금 이 시대까지 오게 만든 하나의 힘이라고 저는 생각합니다. 여러분들에게는 역사란 어떤 것인가요? 여러분들에게 스스로 답해 볼 수 있었으면 좋겠습니다. 우리들은 이 땅에 '누구'로 존재하며 '어떻게' 살아가야 하는지 다시금 고민하게 됩니다. 여러분들도 저와 함께 고민하고 이 문제를 풀어나갈 수 있을까요?

__ 역사 관련 자료 출처 : 네이버 백과사전, 네이버 지식인 검색 이용

이상한 나라의 한솔이
제9장

⊡

올해로 나는 무려 11번의 새 학기를 맞이했다. 나에게 새 학기는 마치 문구점에서 파는 100원짜리 폭죽 같다. 팡팡 화려하게 터질 것 같았던 폭죽이, 푸쉬식 금방 꺼져버린다. 조금의 두근거림과 함께 시작된 새 학기는, 얼마 못가 기억나지 않을 똑같은 일상이 되어버린다. 올해는 새 사람이 되어야지, 해보고 싶었던 것들을 해보아야지, 공부도 정말 미친 듯이 해보자. 그런 두근거림은 100원보다도 못한 나의 끈기와 부딪혀 사그라진다. 올해도 나란 인간은 변하지 못했고, 뚜렷한 무언가도 없이 그저 불안감으로 어느 정도의 것들만 버텨내가는 그런 인간인 채였다.

이런 나에게 느끼는 한심함은, 새 학기 자기 소개서와 맞닥뜨렸을 때 최고조가 된다. 정말로, 한심하게도, 나는 자기소개서의 네모난 칸을 두려워하는 것이다. 올해도 어김없이 나에게 주어진 자기소개서를 들여다본다. 이름을 써넣고 아직은 생소한 학년, 반과 번호를 써넣는다. 익숙한 주소를 적어놓고…….

펜이 잠시 멈춰 선다.

…….

만약 종이에도 눈이 달려 있다면 나는 그 빈칸을 똑바로 마주할 수 없을 것이다. 눈을 내리깔고 그 밑의 가족 소개란에 가족의 인적 사항을 썼다. 다시 눈을 조금 들어 올려 위를 보았다.

「장래희망」

장래의 희망이라니. 앞으로의 내 장래에 희망이라고 말할 수 있는 것이 어떠한 직업을 갖는 것뿐이라니. 그렇다면 내 장래는 희망도 없단 말인가.

꾸역꾸역 무언가를 써넣는다. 그 끝을 톡톡 건드려본다. 그것이 불완전하다는 것을 안다. 다만, 그저 빈칸으로 둔다는 것은 나는 앞으로 희망도 없는 녀석이 될 것입니다, 라고 이야기하는 것 같아서 나에게 거짓말을 하는 것뿐이다. 나는 거짓말이 쓰인 그 칸을 노려보았다. 그러나 곧 마주치는 것이 힘들어져 고개를 돌리고 만다. 결국 신경질적으로 치워버렸다.

♙ ♟ ♙ ♟

고등학생이 된 이후로 낮의 하얀 하늘을 볼 일이 별로 없어졌다. 대신 인공적인 빛이 침투되어, 더 이상 새까맣지 않고 푸르딩딩할 뿐인 밤의 하늘을 올려다보게 될 일이 늘었다. 한참을 올려다보아도 밤하늘에서 셀 수 있는 별은 손에 꼽을 정도였다.

요즘 세상엔 나 같은 사람이 많아졌구나. 별로 실어 보낼 꿈을 가지지 못한 사람들.

그러고 보니 아까 자기 소개서를 어디로 치워버렸더라? 가방을 아무리 뒤져보아도 자기 소개서가 보이지 않는다. 내일까지 제출해야 하는데…….

아까 읽던 책 사이에 끼워둔 것이 어렴풋하게 기억이 났다. 그렇지만 그 책은 이미 반납해버렸다. 끼워놓고 같이 반납해버린 것 같다. 지금쯤이면 이미 도서관은 문을 닫았을 것이다. 그래도 혹시나 하는 마음으로 발걸음을 돌렸다. 도서관은 3교시 이후에나 문을 열기 때문에 내일 되찾아오기에는 너무 늦는다. 게다가 누군가가 그 책을 빌려가기라도 하면 낭패다.

그런데 닫혀 있을 줄 알았던 도서관 쪽에서 불빛이 새어나오고 있었다. 어떻게 된 일이지?

"바쁘다. 바빠!"

뒤쪽에서 갑자기 말소리가 들려 돌아봤더니 웬 조그마한 물체가 이쪽으로 뛰어오고 있었다. 뭔가 싶어서 유심히 살펴보았더니 다름 아닌 토끼였다. 그런데 분명히 토끼는 토끼인데… 옷을 입고 있다? 넝마 같은 천 조각이 엉켜 붙은 게 아니라, 정말로 단정한 옷을 입고 있었다. 새하얀 털 위로 빨간 체크무늬 재킷을 입은 토끼는, 검은 모자와 금테 모노클까지 갖추고 있었다. 게다가 재킷 주머니에서 시계를 꺼내들고는 계속 흘끔거리며 정말로 바쁜 티를 내면서 뛰어오고 있었다. 어, 잠시만? 토끼가 말을… 한다고?

내가 이게 무슨 상황인지 받아들이지 못하고 우두커니 서 있는 동안, 토끼는 나를 신경도 쓰지 않고 앞질러 뛰어가기 시작했다. 그러더니 재빠르게 몸을 꺾어 도서관으로 들어갔다. 그제야 나도 정신을 차리고 뒤따라 도서관으로 들어 갔다. 토끼는 무언가를 찾는 듯 책장 사이를 빠르게 뛰어다니고 있었다. 그러면서도 계속, 아, 어디 있지? 왜 아까 나왔을 때랑 다른 곳에 있는 거야, 정말! 이라고 투덜거리고 있었다.

"찾았다!"

토끼는 환희에 찬 표정으로 책 한 권을 집어 들었다.

「이상한 나라의 앨리스」

이상한 나라의 앨리스? 도대체 저 책은 왜 찾았던 걸까? 토끼는 황급히 책을 펼치다 떨어진 종이를 주워들었다. 어, 저건? 내 자기 소개서다!

"저기!"

그러나 내가 말을 채 완성하기도 전에 토끼는 이런 것 따위 신경 쓸 여유도 없다는 듯, 자신의 재킷 주머니 속으로 내 자기 소개서를 쑤셔 넣었다. 그리고 는 책을 바닥에 놓고 자신의 몸을 구겨 넣기 시작했다. 아까부터 도대체 어떻게 된 상황이지? 토끼의 몸 반이 책 안으로 잠겨가고 있었다. 뭔가 잘 되지 않는 것인지 몸을 이리저리 뒤틀더니, 아오, 살쪘나 봐! 살 좀 빼야겠어! 라는 외침과 동시에 쑤욱 하고 책 속으로 들어가 버렸다.

토끼가 사라진 책에 다가가 들여다보았다. 책 속에는 어디론가 달려가는 토끼의 뒤꽁무니가 그려져 있었다. 이게 도대체 뭐야?

책의 표면을 만지자 작게 파동이 일었다. 혹시나 하는 마음에 팔을 집어넣었더니 쑤욱 하고 들어간다. 황급히 팔을 뒤로 빼어냈다. 내가 지금 꿈을 꾸고 있는 걸까? 다시 책을 들여다보자 아까보다 더 멀리 가버렸는지 토끼의 모습이 더욱 줄어들어 있었다. 더 멀리 가버리기 전에 빨리 쫓아 들어가야 하지 않을까?

다시 한 번 손을 넣어 책 안으로 손을 더듬어보자 허공만이 만져졌다. 안은 어디로 연결되어 있을까? 따라가는 게 맞는 걸까? 아, 어떻게 하지? 물론 포기하고 새 자기 소개서를 받아도 되지만, 아까 써 두었던 장래희망 칸이 마음에 걸렸다. 이대로 그 소개서를 찾지 못하면, 불확실함으로 쓰인 내 장래희망을 다시 고칠 수 없을 것만 같았다. 좀 더 책 안으로 손을 뻗었다. 여전히 책 속에서는 아무것도 잡히지 않았다. 아, 어쩔 수 없지. 그냥 뛰어내리는 수밖에. 토끼도 별다른 준비 없이 뛰어든 걸로 보아 그다지 위험하지 않을지도 모른다. 이렇게 된 거 조금이라도 빨리 토끼를 잡아서 자시 소개서를 되찾아와야겠다.

조금 더 팔을 밀어 넣자 순식간에 책 속으로 떨어졌다.

"악!"

떨어진 곳은 색색의 소파가 겹겹이 쌓여 있는 곳이었다. 나는 맨 꼭대기에 올려져 있는 소파에 떨어진 것 같다. 소파들은 계단처럼 쌓여 있었기 때문에 내려가는 것은 수월해 보였다. 아래를 내려 보자 이제 막 마지막에 깔린 소파를 내려오는 토끼가 보였다. 도대체 여기가 어디인지 고민하는 사이에, 토끼가 점점 사라지고 있었기 때문에 다급하게 뛰어내려왔다.

토끼는 여느 토끼와 달리 두발로만 달렸기 때문에 쉽게 따라잡을 수 있었으므로 토끼가 모퉁이를 돌면서, "아, 내 귀랑 눈아, 너무 늦겠어!"라고 외치는 소리를 들을 수 있었다. 그러나 모퉁이를 돌자 나타난 것은 이미 토끼가 사라져버리고 없는, 길고 낮은 방이었다. 방을 빙 둘러서 문이 늘어져 있었는데, 크기도 모양도 제각각이었지만 전부 닫혀 있어 토끼가 어느 문으로 들어갔는지 알 수 없었다. 방을 빙 돌면서 문을 모두 열어보았지만, 모두 잠겨 있었다. 도대체 토끼는 어디로 증발해버린 것일까?

또 다른 문이 있을까싶어 주위를 둘러보는데, 방의 중앙에 놓인 작은 탁자가 눈에 띄었다. 다가가자 그 위에는 열쇠 하나가 놓여 있었다. 토끼가 나간 문의 열쇠였으면 좋겠다. 다시 한 번 주위를 살펴보는데 아까는 보지 못했던 커튼이 있었다. 그 커튼을 걷자 딱 토끼가 들어갈 만큼의 문이 나 있었다. 제발⋯간절한 마음으로 열쇠를 꽂아 돌렸다. ⋯⋯ 철컥!

허리를 숙여 문 안을 들여다봤더니, 저어기 달려가고 있는 토끼가 보였다. 그러나 내가 지나가기에 이 문은 너무나도 작았다. 다른 문에도 열쇠를 끼워보았지만 열리는 문은 없었다. 혹시 다른 열쇠가 있을까 싶어 탁자로 돌아왔다. 서랍을 모두 뒤져보았지만 열쇠는 더 이상 없었고, '이것을 마셔요.' 라는 쪽지가 매여진 유리병 하나가 나왔다. 토끼를 쫓아 뛰어다닌 터라 마침 목이 말랐기 때문에 들이켰다. 그런데 뭔가 이상하다? 눈높이가 점점 낮아지는 것 같은 기분이 든다. 아니, 정말로 낮아지고 있는 것 같다. 내 허리까지 밖에 오지 않았던 탁자가 내 눈높이에 있었다. 유리병이 점점 더 무거워졌다. 거기에서 그치지 않고 줄어들고, 줄어들고, 또 줄어들었다. 유리병은 이제 나에 비해 너무 커져버렸고, 결국 놓쳐버리고 말았다. 아직 마시다 남은 내용물이 출렁이더니, 결국 쏟아지기 시작했다. 나는 그 와중에도 점점 더 줄어들었다. 저 병 안에 이렇게나 많은 물이 들어 있었다니! 나는 수영을 못 한단 말이야!

아, 어떻게 이럴 수가! 아까까지만 해도 들고 마셨던 물 때문에 죽게 생겼다. 아, 안 돼. 이대로 죽을 순 없다. 아직 못 해본 게 얼마나 많은데! 아⋯ 어릴 때 수영을 배워뒀어야 하는 건데. 살아 있을 때도 이리저리 휩쓸려 다녔는데, 죽을 때까지도 휩쓸려 다니다 죽는구나.

나는 그저 어디로 향하는 물길인지도 알지 못한 채, 물살을 따라가기에 급급했다. 등 뒤에서 나를 떠미는 물살에 항상 초조함을 느꼈다. 나도 어서 저 흐름에 합류해야 한다고 느꼈다. 모두들 그렇게 되기 위해 안간힘을 썼고, 나도 당연히 그렇게 해야 되는 것 같았다. 그렇게 하지 않으면 나만 도태되는 것 같은 느낌이 들었다. 그러나 아무리 안간힘을 써보아도 닥쳐오는 물살에 물 먹을 뿐 제대로 저 흐름에 합류할 수 없었다. 나름대로 휩쓸리는 저 물길에 적응했다고 생각했지만, 사실은 그게 아니었다. 나에게는 또 다른 물길이 필요하다는 걸 느꼈다. 하지만 나에게는 저 물살에 순응하고 나아가 멋지게 파도를 탈 능력도, 다른 이들과 달리 몸을 선회해 물살을 거슬러 올라갈 용기도 없었다.

점점 더 숨을 쉴 수가 없다. 정신이 아득해진다. 이대로 정말 죽는구나. 아무도 기억해 주지 못할 죽음이라니. 이럴 줄 알았으면 그 전에 좀 더 내가 하고자 했던 것들을 용기 있게 잡아 볼 것을.

"내 손을 잡아!"

점점 까무룩해지는 눈 앞 너머로 복슬복슬한 무언가가 손을 내밀었다. 아, 나 아직 죽지 않아도 되는 거야?

무언가가 내미는 손을 잡아 가까스로 강둑으로 올라올 수 있었다. 아까 열어두었던 문으로 떠밀려 들어온 것 같다. 쿨럭 쿨럭하는 기침소리가 들려 쳐다보았더니 생쥐를, 그야말로 물에 쫄딱 젖은 생쥐 꼴을 한 생쥐를 발견했다.

"네가 날 구해 주었니?"

생쥐는 헛기침을 하고 자랑스러운 듯 가슴을 내밀며 소리쳤다.

"그래! 내가 바로 너의 생명의 은인이지!"

"고마워!"

나는 생쥐라는 존재가 이렇게까지 고마운 존재가 될 수도 있다는 것을 상상도 하지 못했다. 마음 같아서는 꼭 안아주고 싶었지만, 생쥐는 사뭇 근엄한 표정을 짓고 있었기 때문에 차라리 그가 계속 자랑스러워하게 내버려두는 것이 좋을 것이라는 생각이 들었다. 그가 콧수염을 찡긋거리며 자랑스러워하고 있는 것을 내버려둔 채 주위를 둘러보았다. 나와 이 생쥐 말고도 그 물에 빠진 동물들이 여럿 보였다. 그 중 신경질적으로 보이는 도도새가 소리쳤다.

"추워! 도대체 이게 무슨 난리람!"

그 말에 다른 동물들 역시 동조하며 소리쳤다. 주위가 시끄러워지자 그때까지도 가슴을 내밀고 있던 생쥐가 소리쳤다.

"자자, 그만하고. 우리 모두 몸을 말릴 방법이나 생각해 보자고!"

"코커스 경주를 하는 게 어때?"

도도새의 제안에 생쥐는 아주 좋은 생각이라는 듯이 고개를 끄덕였다. 그리고는 주위에서 나뭇가지를 주워들어 우리들 주변에 커다랗게 네모를 그렸다. 그러자 동물들은 제각각 그 네모난 경주로를 따라 여기저기에 자리잡았다. 그나저나 코커스 경주라는 게 도대체 뭐기에 그걸로 몸을 말린다는 거지?

"저기, 코커스 경주가 뭐야?"

"코커스 경주를 몰라? 넌 정말 이상한 애구나."

도도새는 정말로 이상한 생물을 본다는 듯이 한쪽 눈썹을 치켜 올렸다.

"설명을 듣는 것보다 직접 해보는 게 좋을 거야."

그와 동시에 도도새는 조금 먼 곳까지 훌쩍 날아가더니 종종 걸음으로 몇 발자국 나아간 뒤 다시 훌쩍 날았다. 주위를 둘러보자 아까 그 생쥐는 부지런히 자신이 정한 위치에서 달려 나가고 있었고, 다른 동물들도 제각기 달리거나 멈추거나 걷거나 날았다. 그런데 정해진 방향이 없는지 다들 이리로 뛰고 저리로 뛰었고, 그 중에는 아예 네모난 트랙에서 벗어나 가로질러 뛰어가는 동물도 있었다. 나에게는 전혀 익숙하지 못한 경주였다.

내가 알고 있는 경주라 하면 모두 똑같이 정해진 출발선에 서서 '준비, 출발!' 이라는 말과 함께 동시에 뛰어야 했으며, 똑같은 방향을 따라야 했고, 순위가 매겨졌다. 그러나 코커스 경주인지 뭔지는 다들 중구난방으로 뛰어대는 바람에 누가 1등이고 누가 꼴찌인지 알 수가 없었다.

"이제 다 말랐겠지? 경주 끝!"

내가 생전 처음 겪는 희한한 경주에 얼이 빠져서 경기장 중앙에 서서 그들의 모습을 바라보고 있을 때였다. 생쥐는 느닷없이 경주를 중단시켰고, 이리저리 뛰어대던 동물들이 달리는 것을 멈추고 생쥐의 주위로 모여들었다.

"누가 이겼어? 누가 이긴 거야?"

동물들의 질문에 생쥐는 자신이 세상에서 가장 공평한 심판이라도 되는 양 선언했다.

"모두가 이겼고, 그러니까 모두가 상을 받아야 해."

"저기, 나는 납득할 수가 없는데!"

"어째서?"

"그야 당연하잖아. 경주에서 주는 상은 1등부터 3등까지만 받을 수 있는 거라고. 하지만 니들의 경주는 이상해! 도무지 1등과 꼴찌를 정할 수가 없잖아!"

"그런 걸 왜 정하지?

그들은 정말로 이해하지 못했다는 표정으로 쳐다보았기 때문에, 오히려 내가 당황하고 말았다.

"나는 날아야 하는 새라고. 그러니 뛰어다니는 쟤들과는 다를 수밖에 없는 걸."

"나는 생쥐야. 저 커다란 새들보다 훨씬 작다고. 그러니 보폭이 더 작을 수밖에 없잖아?"

"왜 정해진 선으로만 뛰어야 하지? 나에겐 저 길을 가로지르는 게 훨씬 더 흥미로워!"

"모두들 다 다른데 어떻게 처음과 끝을 정하지?"

나는 그들의 질문에 대답할 수 없었다. 모두들 다 다른데 어떻게 처음과 끝을 정하지? 우리는 모두 할 수 있는 것들이 다른데, 왜 똑같은 선에서 똑같은 방법으로 뛰는 일로만 순위를 정해야 하지? 왜 날개를 가진 새를 날지 못하게 하고 옆으로 걷는 게에게 앞으로 걸으라고 하는 거지?

내가 우물쭈물 아무 말도 하지 못하자 동물들은 흥이 깨졌다는 표정이 되어 내 주위를 떠났다.

"됐다, 됐어. 이제 그만 가자."

……내가 말도 안 된다고 생각했던 경주야말로, 정말로 제대로 된 경주가 아니었을까?

나는 터덜터덜 강둑을 떠나 근처의 숲으로 들어갔다. 혼란스러웠다. 그래서 피곤해져버렸고, 한시라도 빨리 토끼를 찾아내 자기 소개서를 돌려받고 얼른 내가 살던 세계로 돌려보내달라고 하고 싶었다. 어디로 가면 토끼를 찾을 수 있을까.

멀리서 연기가 피어오르는 것이 보였다. 혹시 저기에 인가가 있을까? 토끼가 있는 곳을 알고 있다면 좋을 텐데.

그러나 가까이 다가가자 그 연기의 정체는 애벌레가 피고 있는 담배의 연기였다. 애벌레는 내 키만 한 버섯 꼭대기에서 팔짱을 낀 채 다리를 꼬고 맨 위의 손으로 담배를 쥐고 있었다. 얼마나 피고 있었는지 매캐한 연기가 이곳을 덮고 있었다. 애벌레는 무심한 눈으로 나를 바라보았다. 아무래도 토끼가 어디로 가버렸는지 알 것 같아 보이지 않았다.

"너는 누구지?"

그냥 애벌레를 지나치려 할 때쯤 케케묵은 목소리가 들려왔다. 내가 지치고 혼란스럽다는 사실을 밀어두더라도 저 질문은 나에게 굉장히 어려운 질문이었다. 사실 그것은 꽤 오랫동안 나를 괴롭혀오던 주제였다. 나는 누구인가. 나는 누구이고, 어디로 가는 것이며, 무엇을 하고 싶은 것일까. 솔직히 아직까지 그 것에 대해서 잘 몰랐다. 어쩌면 내가 꿈을 찾지 못한 이유도 내가 누구인지 알지 못해서일지도 모른다고 생각했다.

"저… 잘 모르겠어요. 사실 어렸을 때는 알았던 것 같은데, 지금은 잘 모르겠어요."

애벌레의 목소리로 보아 꽤 늙은 것 같아 예의를 갖추어 말하려고 했다.

"그게 무슨 말이냐? 정확히 이야기해 봐."

"어렸을 때, 그러니까 자신 있게 무엇이든 말할 수 있었을 때에는 제가 누구인지 알고 있다고 생각했어요. 그리고 무엇이든 제가 원하는 것이라면 할 수 있다고 생각했어요. 하지만 이제는 아니에요. 무엇인가 하려고 할 때마다 큰 용기가 필요하고 조그만 실수에도 금방 의기소침해져버려요. 그러다보니 이제는 조금만 어긋나버려도 나는 안 돼, 라는 생각을 하게 돼요. 이제는 과연 저에게 옛날의 그런 모습이 존재했었던가 의심돼요. 마치 그때의 저를 땅 속 깊은 곳에 묻어버린 것만 같아요."

"무슨 말인지 못 알아듣겠군."

"더 분명하게 설명해 드릴 수 없어서 죄송해요. 사실 제 자신도 그걸 잘 모르겠어요."

"왜?"

"내가 누구인지, 내가 좋아하는 것과 싫어하는 것은 무엇인지, 무엇을 하고 싶은지, 그런 것들을 진지하게 생각해 보기에는 그보다 더 급했던 일들이 많았어요. 좋아하는 일을 알고 있어도 공부를 해야 했기 때문에 나중으로 미뤄버릴 수밖에 없었어요. 사람들은 대학생이 되면 못했던 것들을 다 할 수 있을 거야, 라고 말해요. 하지만 막상 대학생이 되면 또 취업 준비를 하느라 취업하고 해도 괜찮을 거야, 이렇게 미뤄버릴 것만 같아요. 그렇게 미루고 미루다가 결국 포기하고 말겠죠."

"변명이라고 생각하진 않아?"

"뭐라고요?"

"변명이라고 생각하진 않은지 물었어. 그건 누구나 겪는 상황이잖아. 그런데 그 중에서도 자신의 소신대로 길을 찾아가는 사람들이 있어. 그럼 그 사람들은 뭐지?"

"……특별한 사람들이겠죠."

"아니. 그 사람들이나 너나 다를 건 없어. 하지만 그 사람들이 너와 달라 보이는 가장 큰 이유가 있지."

"그게 뭐죠?"

"실천한 거지. 너 한 시간이고 두 시간이고 너 자신이 누구인지, 너의 꿈이 무언인지 진지하게 고민해 본 적 있어? 그저 여기저기에서 주워들은 작은 정보만 가지고 이러쿵저러쿵 하면서 포기한 꿈은 없어? 겪어보지도 않고 어떻게 알아?"

"나라고 생각 없이 산 건 아니에요! 하루에도 몇 번씩 내 꿈은 무엇인가 생각해 본 적도 있고, 꿈과 관련된 일은 직접 체험해 본 적도 있다고요. 하지만 그렇게 하는데도 모르겠는 걸요. 어느 걸 선택하는 것이 옳은 것인지. 추상적으로 둥둥 떠다니는 꿈은 있는데 어느 것을 잡아야 할지……."

"그래, 옳은 꿈이란 게 뭐지? 꿈을 꾸는데 거기에 옳고 그름이 있니? 왜 꿈을 구체화시키기도 전에 두려워하는 거지?"

"만약 제가 인간이 아니라 금붕어였다면 좋아하는 일만 했을 거예요. 금붕어는 미래를 걱정하지 않아도 되거든요. 3초마다 새로운 세상이 펼쳐지는데 미래에 대해 고민할 필요가 뭐가 있겠어요. 그 3초에 충실하게 살겠죠. 하지만 전 인간이잖아요. 인간들은 현재가 아니라 미래를 위해 사는 사람들 같아요. 지금 하는 일들은 미래를 위해 준비한 일들이잖아요. 그리고 그 준비했던 미래가 현재가 되었을 때도 사람들은 여전히 또 다른 미래를 준비하겠죠. 미래를 위해서 공부하고, 미래를 위해서 대학교를 가고, 미래를 위해서 돈을 벌고, 미래를 위해서 결혼하죠. 사람들은 현재를 즐겨라, 라고 말하지만 현재에 충실하게 살고 있다고 말하는 사람들 역시 그 충실한 현재의 삶이 미래에 도움이 되기 때문이 아닌가요?"

"그래서 그게 나쁘다는 얘기야?"

"아뇨. 그렇기 때문에 마냥 좋아하는 일만 할 수 없다는 얘기예요. 전 더 이상 어린 애가 아닌걸요. 어른들이 그러더라고요. 커가면서 조금씩 세상과 타협하는 법을 알아야 한다고요. 그런 게 어른이라면 어른이 되고 싶지 않을 때도 있지만, 이해는 해요. 저는 남들이 부러워할 만큼 으리으리하게 살고 싶은 생각은 없지만, 예쁜 집도 갖고 싶고, 고양이도 기르고 싶고, 하고 싶은 것도 마음껏 하고 살고 싶어요. 그러려면 어느 정도 타협하는 부분을 가져야 할지도 몰라요."

"너무 늦지 않을까? 다 미뤄두었다가 다시 되찾으려 했을 때, 너무 늦어버렸으면 어쩌지?"

"……모르겠어요. 종종 상상해 봐요. 미래의 내 모습이 어떨지. 하지만 진짜로 제 상상대로 될까요? 그리고 그 상상이 정말 그대로 상상일 뿐 저에게 맞지 않으면 어떻게 하죠? 저도 다른 무엇도 생각하지 않고 그저 순수하게 그 일이 좋다, 라고 말하고 싶고 몰두할 수 있는 일을 찾고 싶어요.”

“그럼 상상하는 너로 너를 바꿔 가면 되잖아.”

애벌레는 조금 심드렁하게, 그러나 친절하게 말했다.

“…말처럼 쉬운 일이 아니에요.”

“왜?”

“내가 바뀌려 해도 날 놓아주지 않는 문제들이 있잖아요.”

“그 꿈이 세상에서 인정해 주는 꿈인지?”

“……”

“해낼 거라고 오기를 부렸던 꿈을 이루지 못했을 때 사람들이 시선이 어떨지?”

“……”

“용기가 없군, 그래?”

아무래도 이 애벌레는 나의 문제를 너무 쉽게 까발려버리는 것 같아 마음이 불편해졌다.

“지금에 만족하니?”

애벌레는 여전히 타고 있던 담배를 물었다. 그리고는 지긋이 나를 쳐다보았다. 그 시선이 부담스러워 고개를 돌리고 말았다.

지금에 만족하냐고? 세상이 나에게 요구하는 조건에 맞춰 모범적으로 살아가는 지금의 모습에? 아니, 나는 오히려 그 틀 속에서 적응하고 있다는 사실이 무섭다. 이러다가 세상의 틀에 맞출 줄만 알 뿐 나에 대해서는 무감각한 채로 내가 나를 모른 채로 살아가게 될까 봐. 나는 세상을 돌리기 위한 아주 작은 부품에 불과할 뿐이고, 나 자신을 움직이게 하지는 못할까 봐 두렵다.

“저기 네가 찾는 게 있군.”

한참 후에야 애벌레는 나에게서 시선을 돌렸다. 그가 가리킨 곳에서 무언가 바스락바스락대며 달려가고 있었다. 조금 떨어진 곳이라 잘 보이지는 않았지만, 언뜻 솟아오른 두 귀가 보였다.

"…고맙습니다. 이만 가볼게요."

애벌레는 고개를 끄덕이더니 자신이 올라타고 있던 버섯을 조금 떼어내 나에게 건넸다. 애벌레는, "언젠가 쓸모가 있을 거야." 하고 말하며 버섯에서 내려왔다. 의아했지만 일단은 받아두기로 했다. 애벌레에게 살짝 고개를 숙이고 토끼가 지나쳐간 길로 뛰어갔다.

⁙

구불구불한 미로는 쉼 없이 이어질 것만 같다. 길을 잘못 든 건지 토끼가 나를 떼어놓으려 일부로 그런 건지 알 수 없지만, 토끼를 쫓아 정신없이 달려온 길은, 지금 내가 끝없이 헤매고 있는 이 미로와 연결되어 있었다. 그렇지 않아도 심각한 길치인 나는, 토끼를 놓쳐버린 것은 물론이고 꽤 오랜 시간 동안 미로를 헤매고, 헤매고 또 헤매는 중이다.

하지만 아무리 헤매어도 출구는커녕, 내가 지금 어디에 있는지조차 알 수 없다. 발바닥에서부터 난 지금 지쳤어요! 라고 항의라도 하는 듯 우리한 통증이 올라오고, 한 치도 걷기 싫다는 듯 다리가 바닥으로 푹푹 꺼지는 것 같다. 이 미로의 끝이라도 알 수 있으면 좋을 텐데. 그렇다면 힘을 내서 그곳을 향해 갈 수 있을 것 같은데. 그런데 도무지 끝을 알 수가 없다. 계속, 계속, 펼쳐지는 것은 내 키는 훌쩍 뛰어넘는 높다란 벽들뿐. 설상가상으로 내가 걸어가야 하는 길은 평탄한 길이 아니라 울퉁불퉁하기 그지없다. 그나마 다행인 것은 모퉁이를 돌 때마다 수시로 바뀌는 벽 처음에는 말랑말랑한 쿠션 같았다가 조금 더 들어가자 풀로 엮어 만든 벽으로 바뀌었고, 지금은 콘크리트로 만든 벽으로 바뀌었기 때문에 내가 같은 곳을 헤매고 있는 것이 아니라 어디론가 가고 있다는 것을 알 수 있다는 것이다. 조금만 더 가면 출구가 보이겠지. 아니면 아직 나처럼 이곳을 빠져나가지 못한 토끼를 만난다거나 내가 뛰어넘을 수 있는 높이의 낮은 벽이라도 나오겠지. 그것도 안 되면 길이라도 평탄해지면 좋겠는데. 시간이 흐를

수록 점점 소박해지는 소망에도, 여전히 벽은 높고 갈 길은 막막하다. 조금씩, 과연 내가 이곳에서 빠져나갈 수 있을까, 하는 의문이 들기 시작한다. 영원히 이곳을 빙빙 돌기만 하다가 끝나는 것은 아닐까. 그런 공포감이 든다. 그러자 주위의 벽이 바뀌는 것도 내가 그 장소를 벗어나서가 아니라 나는 똑같은 장소를 맴돌고 있는데 누군가가 장난으로 벽의 모습만 바꿔놓은 것이 아닐까 하는 생각이 든다. 눈물이 날 것만 같다. 목구멍에서 무언가 꽉 차올라 짓누른다. 도대체 어디로 가야 나갈 수 있는 걸까?

♟ ♟ ♟ ♟

  미로는 여러 언덕에 걸쳐서 이어져 있는 것 같다. 앞을 내다볼 수 없어 정확히 알 수는 없지만, 그동안 걸어왔던 길이 수시로 오르락내리락 해왔으니 짐작해볼 수 있는 일이다. 그 사이 미로에는 안개가 내려앉아 주변의 벽이 유령처럼 흐릿하게만 보인다. 겨우 벽을 짚으며 이젠 움직이려 하지 않는 몸을 질질 끌어 기나긴 오르막길을 올라 왔다. 벽의 모양이 바뀌었는지 어느새 손끝으로 느껴지는 것은 꺼끌꺼끌한 나무 표면이다. 나무들은 비집고 나갈 틈도 없이 빽빽이 들어차 있다. 조금의 틈도 없다. 나에게는 이 미로를 쉽게 헤쳐 나갈 방법이 정말 없는 것일까…….

  바닥에 주저앉았다. 이젠 꼼짝도 하기 싫었다. 그래, 조금만 쉬자. 일단은 안개가 걷힐 때까지만이라도 좀 쉬었다 가는 거야. 나무에 몸을 기대었다. ……어?

  보라와 분홍이 교차된 줄무늬 고양이가 몸을 나뭇가지에 늘어뜨린 채 나를 내려다보고 있었다. 쭉 째진 눈이 마치 웃고 있는 것만 같다. 고양이는 나른하게 꼬리를 흔들었다.

  "혹시 이 미로의 안내원이니?"

  "아니, 난 그냥 체셔 고양이야."

  "그럼 거기서 뭘 하는 건데?"

"그저 여기서 쉬고 있을 뿐이야."

"그래도…… 여기서 어떻게 빠져나가는지는 알고 있겠지?"

"네가 빠져나갈 방법은 나도 몰라."

이제야 이 미로를 빠져나갈 수 있겠다는 부푼 희망은 순식간에 픽 바람이 빠진 풍선처럼 날아 가버렸다. 이 엄청난 미로에 안내원 하나 없다니, 도무지 이해할 수 없는 곳이다. 무조건 들어오는 사람 혼자서 찾아나가라는 거야?

"그럼, 너도 여길 해매고 있다는 거야?"

"아니. 난 마음만 먹으면 빠져나갈 수 있어."

"어떻게?"

체셔는 빙글 웃는 표정으로 빙그르르 공중에서 한 바퀴 돌았다. 그러자 아직까지 낮게 내려앉아 있던 안개가 찬찬히 걷히기 시작했다. 서서히 눈앞의 것들이 모습을 드러내기 시작했다. 내 앞으로 펼쳐진 것은…….

수십 아니, 수백 갈래로 펼쳐진 길들이었다. 그 길들의 입구에는 푯말이 세워져 있었지만, 아무것도 적혀 있지 않거나 낡아서 글씨가 어렴풋하게만 남아 있는 것도 있었다. 혹은 썩어 문드러져 밑기둥만 남아 있는 푯말도 있었으며, 누군가가 부러뜨린 듯 부서져 바닥에 나뒹구는 푯말도 있었다.

"왜 푯말들이 하나같이 저 모양이야?"

"모르겠어? 저 푯말들은 다 네가 부러뜨린 거잖아. 아니면 잘 닦고 가꿔야 했는데 방치해서 썩어버렸거나, 가볼 생각도 않고 외면하거나. 뭐, 그런 것들이지. 네 스스로가 찾아갈 길을 먼저 막아버리는데 누가 길을 알겠어?"

"그럼 넌 어떻게 빠져나가지?"

"나야 너와 다르게 푯말들을 잘 가꿔왔으니까."

"…그럼 나는 어떻게 해야 하지?"

체셔는 낄낄거리며 나뭇가지에서 뛰어내려 바닥으로 착지했다. 나를 바라보는 체셔의 눈매가 가늘어졌다.

"뭐, 계속 걷다 보면 어딘가에 닿으리라는 건 확실해."

"그런 무책임한 말이 어디 있어!?"

"그게 왜 무책임한 말이지? 폿말을 저 지경으로 만든 건 내가 아니라 너인 걸?"

"……."

"뭘 그렇게 고민하는 거야? 중요한 건, 네가 어디로 가고 싶은가 하는 거야."

체셔는 앞발을 들어올렸다. 그러자 들어 올린 앞발이 사라지고, 몸을 거쳐 꼬리까지 사라졌다. 남은 것은 찢어진 눈과 한껏 끌어올린 입이었다. 선택은 네가 하는 거야. 둥둥 떠다니던 눈과 입마저도 사라졌다.

내가 어디로 가고 싶냐고?

당연히 토끼가 있는 곳으로 가고 싶다. 그렇지만 내가 쫓아가기에 토끼는 너무나 멀어 닿지 않는 곳에 있다. 그런데 내가 뭘 어떻게 할 수 있을까? 주위를 둘러보았다. 체셔 고양이가 내가 부러뜨리고 외면했다고 주장한 폿말이 눈에 밟혀 다가갔다.

널브러져 있던 폿말 하나를 집어 들었다. 그것에는 예전에는 무엇이라고 삐뚤빼뚤한 어린 글씨로 쓰여 있었던 것 같지만, 지금으로써는 글씨 부분이 다 닳아 뭐라고 쓰여 있었는지 알 수 없었다. 내가 이렇게 만들었다니….

"내가 널 이렇게 만들었니?"

"그래!"

당연히 대답이 없을 것이라 생각했던 물음에 대답이 들려와 깜짝 놀라 폿말을 쳐다봤다. 그러나 곧 대답이 들려온 것은 폿말이 아니라 조금 더 앞쪽이었다는 것을 깨달았다.

"그래! 이 길이었어! 이 길!"

대답의 주인공은 앞쪽에서 달려 나가고 있는 토끼였다.

토끼를 쫓아 다다른 곳에서 내 눈앞에 들이닥친 것은, 정말이지 눈이 아플 정도로 새빨간 성이 있었다. 정말 누구의 성인지 악취미가 아닐 수 없었다. 성의 지붕도 빨간색, 성의 벽도 붉은 빛을 띤 갈색이었고, 심지어 창문을 장식한 스테인드글라스 역시 붉음으로 도배되어 있었다. 그 엄청난 분위기에 압도당해 성을 보다가 그만 또 토끼를 놓쳐버렸다. 그래도 이 성 안으로 들어간 것은 맞는 것 같다. 입구가 어디에 있을까?

입구를 찾기 위해 성벽을 따라 걷던 중, 성벽을 둘러 싼 새빨간 장미들 사이로 유일하게 새하얀 부분이 눈에 띄었다. 혹시 그쪽이 입구인가해서 다가갔더니 웬 카드 병정 하나가 하얀 장미꽃에 빨간 페인트를 덕지덕지 칠하고 있었다. 남의 눈에 띌 새라 허겁지겁 페인트칠을 하고 있는 그는 매우 불안해 보였다. 아무래도 말을 걸지 않는 게 좋겠지만, 이 주변에서 그 말고는 입구가 어디에 있는지 물어볼 만한 상대가 없을 것 같아 결국 말을 걸고 말았다.

"저기요."

"아아악! 잘못했습니다, 여왕님! 한 번만 용서를!"

카드 병정은 넙죽 엎드리더니 싹싹 빌기 시작했다. 그는 진심으로 두려워하고 있는 것 같았다. 그 여왕이라는 사람이 이 성의 주인인 걸까?

"저기…, 전 여왕이라는 사람이 아닌데요."

"……누구세요?"

카드 병정은 납작 엎드렸던 몸을 일으켜 휘둥그레진 눈으로 나를 바라보았다. 그러나 곧 안색이 새파래지면서 애원하기 시작했다.

"당신이 누구든 상관없어요! 여기서 본 걸 아무에게도 말해선 안 돼요! 알았죠? 부탁이에요!"

"도대체 무엇 때문에 그러는 거죠?"

"씨앗을 착각해서 하얀 장미를 심어버렸어요…!"

"그게 뭐 어떻다는 거죠? 빨간 장미밖에 없는 것보단,"

"안 돼요! 여왕님께 걸리면 전 죽은 목숨이에요! 여왕님은 빨간색만 좋아하신단 말이에요!"

"그렇다고 해서 꼭 빨간색만 심으라는 법은 없잖아요."

"쉿! 그렇게 말하면 안 돼요! 붙잡혀 갈 거예요!"

카드 병정은 진심으로 두려운 듯 주변을 휘휘 둘러보더니 허리를 접어 자세를 낮추었다. 그러더니 이번에는 내 귀를 끌어당겨 소근거렸다.

"이곳에서 살아가려면 여왕님의 기준선에만 맞춰 살아야 해요."

"…왜요?"

"무섭잖아요!"

"여왕님이요?"

"아니요. 무서운 건 여왕님 자체가 아니라 여왕님의 눈 밖에 나는 거예요."

"이해 못 하겠는데요."

"…그렇다면 실제로 한번 보세요. 저쪽의 모퉁이를 돌면 성의 입구가 나온답니다. 거기로 들어가세요. 오늘은 재판과 사형의 날이에요. 그걸 보면 이해할 수 있을 거예요."

카드 병정은 말을 마치자마자 다시 황급하게 꽃에 페인트를 칠하기 시작했다. 장미꽃에서는 더 이상 특유의 향기로운 향이 나지 않았다. 대신에 페인트의 냄새가 지끈지끈 머리를 울려왔다. 빨리 이 자리를 뜨는 게 좋겠다. 그리고 그 여왕이란 사람이 도대체 어떤 작자인지 궁금하기도 했다. 재판과 사형의 날은 또 뭐지?

모퉁이를 돌자 저 멀리서부터 각종 동물들이 이 성을 향해 길게 줄을 서 있는 모습이 보였다. 그 줄의 앞에는 성으로 통하는 문이 – 역시나 새빨간 색이었다 – 있었고, 양 옆으로 카드 병정이 지키고 서 있었다. 성을 향해 들어오는 동물들은 모두 새하얗게 질려 어쩔 줄을 몰라 하고 있었다. 곧 울음을 터뜨릴 것 같아 보이는 동물도 있었고, 체념한 듯 고개를 푹 숙인 채 걸어가거나, 누군가에게 쉴 새 없이 빌고 있는 동물도 있었다. 잔뜩 겁에 질린 눈동자로 사방을 훑어보는 동물도 있었고, 들어가지 않겠다고 버티다가 카드 병정에게 끌려가는 동물도 있었다. 그런 상황 속에서 차마 여기서 무슨 일이 일어나고 있는 것인지 물어볼 수가 없어서, 그저 줄 끝에 서서 차례를 기다리는 수밖에 없었다.

"응? 너는 못 보던 앤데?"

드디어 내 차례가 오고, 들고 있던 책을 뒤적거리던 카드 병정이 날 이상하다는 듯이 쳐다보았다. 그는 책을 앞뒤로 팔랑거리며 거기에 그려져 있는 얼굴들을 하나하나 대조해 보았지만, 당연히 나의 얼굴은 나오지 않았다.

"넌 뭐야!? 어디서 온 거지!"

나의 얼굴을 확인하던 카드 병정이 날카롭게 소리지르자, 옆에서 대기하고 있던 카드 병정들이 순식간에 창을 겨누고 나를 둘러쌌다. 성에 들어가기 전에 검문한다고 말해 주지 않았잖아! 아, 이 일을 어떻게 하지?

"저기, 잠시! 왜 이래요!? 어디로 가는 건데요!"

"닥치고 따라와!"

반항할 기회도 없이 끌려간 곳은 재판장으로 보이는 곳이었다. 재판장의 중앙에는 이미 재판을 받고 있는 동물들이 서 있었고, 그 옆에는 기다란 판 같은 것이 눕혀져 있었는데 그 옆으로 아까 보았던 카드 병정의 두 배는 되어 보이는 카드 병정이 시퍼런 날이 선 도끼를 들고 있었다. 그리고 높은 곳에서 아래를 내려다보며 그들에게 판결을 하고 있는 사람이 아무래도 붉은 여왕인 것 같았다. 그녀는 역시 이 성처럼 온통 새빨간 머리를 틀어 올리고, 온통 새빨간 옷을 입고, 온통 새빨간 입술로 가차 없이 동물들에게 선고를 내렸다.

"다음!"

여왕의 말이 떨어지자 대기하고 있던 돼지가 나와 옆에 있던 판에 누웠다. 돼지의 몸은 부들부들 떨리고 있었고 끊임없이 땀이 쏟아지고 있었다.

"좀 늘려야겠는데?"

그 말에 돼지의 핑크빛 몸이 새하얗게 질린 것 같아 보였다. 돼지는 안간힘을 다해 다리를 뻗어 판의 길이와 맞추려 노력하고 있었다.

"음… 뭐, 좋아. 다음!"

여왕은 영 탐탁지 않아 하는 눈이었지만, 돼지를 통과시켜주었다. 그제야 돼지는 다리를 축 늘어뜨려 판에서 내려왔다. 긴장이 풀려서 그런 건지 비틀대면서도 한시도 이곳에 있기 싫다는 듯 자리를 빠져나갔다. 그 다음으로는,

성으로 사라졌던 토끼의 차례였다. 그는 한 눈에 봐도 그 판보다 길었다. 판에 누운 그가 슬쩍 다리를 구부리려 하자 옆에 있던 카드 병정이 당겨 내렸다. 판보다 훨씬 더 삐져 나간 그의 다리를 본 여왕은 망설임도 없이 선고했다.

"잘라."

뭐, 자른다고!? 도대체 이게 무슨 상황이야! 카드 병정은 조금의 망설임도 없이 당연한 일인 양 도끼를 힘껏 위로 치켜 들었다. 토끼는 자신에게 닥쳐올 상황을 차마 눈 뜨고 볼 수 없다는 듯 눈을 감았다.

"잠, 잠깐만요!"

일순간 재판장이 조용해졌다. 여왕은 눈을 사납게 치켜 뜨고 나를 노려보았다.

"저건 뭐야! 빨간색도 아닌 게 신경을 건드리네!"

"도대체… 도대체 토끼가 무슨 죄를 지었기에… 다리를 왜… 자르려고 하는 거죠?"

나도 모르게 소리를 질러놓고는 금세 기가 죽었다. 목소리가 기어 들어간다. 장내의 시선이 다 나에게로 쏠리는 것 같다. 아, 뭐라고 해야 하지. 눈앞이 빙글빙글 도는 것 같다. 긴장해서 손이 떨린다. 여왕이 기고만장한 얼굴로 소리쳤다.

"말할 용기도 없는 게 어디서 나서! 넌 당장 사형이야!"

아, 어떻게. 어떻게 해야 하지. 눈앞이 깜깜해진다. 뒷걸음질을 치다가 엉덩방아를 찍었다. 여왕이 키득대는 소리가 들려온다. 아, 어쩌지. 눈물이 날 것 같다. 그런데 주머니에서 무언가 툭 떨어졌다. 이건….

애벌레가 헤어지기 전에 주었던 버섯이었다. 버섯의 밑면에는 '나를 먹어요.'라는 말이 새겨져 있었다. 그것을 보자 내가 처음에 이곳에 떨어져서 마셨던 물병이 생각났다. 그 물병에는 '나를 마셔요.'라고 쓰여 있었고 그걸 마시자 몸이 엄청나게 줄어들었었다. 이걸 먹으면 어떻게 될까…. 지금보다 더 줄어들까. 정말 줄어들고, 줄어들고, 줄어들어서 아주 자그마해져서, 먼지보다도 더 작게 줄어들면 저들의 눈을 피해 도망갈 수 있을지도 모른다. 나는 이런 어딘지도 모르는 곳에서 죽고 싶지 않다. 버섯을 한 입 베어먹었다. 그러자 예상과는 다르게 점점 눈높이가 높아진다. 내 키는 점점 커지더니 이제 어깨가 천장에 닿을 정도로 자랐다. 나는 고개를 숙여 여왕을 내려다보았다. 여왕은 당황한 듯 나를 올려다보았다. 나도 당황스럽기는 마찬가지였으나, 그녀가 63빌딩에서 내려다본 것처럼 무척이나 작아보였기 때문에 왠지 모를 자신감이 생겼다.

"토끼의 죄가 뭐죠? 말해 주세요."

평소의 목소리대로 말했는데도 목소리가 쩌렁쩌렁 울리는 것 같았다. 그러나 여왕도 지지 않고 받아쳤다.

"눈이 있으면 보일 거 아니야! 저 판의 선을 넘었잖아!"

"그런 말도 안 되는 법이 어디 있어요! 판을 넘었다고 다리를 자르다니!"

그건 정말 말도 안 되는 일이었다. 도대체 저 판의 기준이 뭐길래 저 판을 넘었다고 다리를 자르네마네 한단 말인가?

"쟤가 지금 뭐라고 하는 거야! 저 판 끝은 이 나라의 기준이야! 저걸 어기고 더 길거나 짧은 녀석들은 이 나라에서 살아갈 수 없어!"

"그건 말도 안 돼요! 왜 이 동물들이 그런 말도 안 되는 법에 따라야 하는 거예요? 도대체 저 판의 기준이 뭐죠?"

"뭐? 넌 불안하지 않아? 넌 저 판을 넘는 순간, 다른 동물과 다른 동물이 되는 거야."

"……."

갑자기 몸이 다시 줄어드는 것만 같았다. 남들과는 다르다. 그건 내가 늘 원하던 것이면서도 늘 두려워하던 것이었다. 나는 남들과는 다른 독보적인 내 자신을 원했지만, 남들의 눈 밖에 나는 짓을 하고 싶지 않았다. 세상은 남들과 다른 사람을 가만히 두지 않았다. 다른 사람보다 조금 특출하다는 이유는 물론이고, 그저 남들보다 조금 다를 뿐인데도 그 사람들은 지탄의 대상이 되어야만 했다. 세상의 사람들과 함께 살 수 없고 동떨어져 살아야 하는 것. 언뜻 자유로울 것도 같지만, 실제로 겪어보면 절대로 자유롭지만은 않을 것이다.

점점 자신감을 잃어갔다. 그렇게 생각했더니 점점 내 몸이 줄어들고 있는 것 같았다. 실제로 아까까지만 해도 천장에 어깨가 닿았었는데 이제는 머리도 닿지 않았다.

"무섭지? 두렵지? 널 다르다고 이상하게 볼 시선들을 감당할 수 있을 것 같아?"

여왕은 이겼다는 눈으로 나를 바라본다.

그렇지만…,

"…다른 건 틀린 게 아니에요."

몸은 완전히 줄어들었다. 하지만 내 목소리는 줄어들지 않았다.

"내가 왜 다른 사람들의 눈치를 보며 살아야 하죠?"

누구도 그 누구와 똑같은 사람은 없다. 그러니 누군가를 다르다고 무시하는 것은 모순된 일이다. 그러니 나는 남들의 눈치를 볼 필요 없이 내가 스스로가 결정하고 살아가는 것이다.

토끼는 눈을 동그랗게 뜨고 나를 바라보았다. 그리고는 천천히 판에서 내려왔다. 그리고는 판과 자신의 다리를 번갈아 보았다. 그리고는 다시 나를 보았다. 무언가 말을 해달라는 듯.

"나는 나예요."

"……저거 당장 잡아들여!"

"나는 나라고요!"

카드 병사들이 나를 향해 달려왔다. 두렵다는 생각도 들었다. 그렇지만 무언가 해냈다는 생각이 더 크게 들었다.

심호흡을 한다. 그리고 토끼의 손을 잡고 뛴다.

⚅

"야, 소연아! 하소연!"

"으, 으응?"

"일어나! 일 교시 수업 종쳤어!"

"뭐라고?!"

주위를 둘러보자, 방금 전까지 나와 토끼를 뒤쫓던 카드 병사들은 온데간데 없고 웅성대는 아이들만이 보였다.

"학교…네?"

"야, 너 아직 잠 덜 깼냐?"

이 모든 게 꿈이었단 말이야? 무섭게 소리지르던 여왕과 나를 쫓던 카드 병사들도? 그 전에 만났던 애벌레와 체셔 고양이는? 아직도 아까 잡았던 토끼의 복슬거림이 생생한데……. 너무나도 생생한 느낌 때문에 오히려 지금 이 학교가 비현실적인 공간 같다. 여전히 정신을 차리지 못하고 멍하니 앉아만 있는데, 앞문이 열리며 선생님이 들어오신다. 아, 정말 학교구나….

그제야 정신을 차리고 책을 꺼내기 위해 책상으로 고개를 숙인 순간, 나의 자기 소개서가 눈에 들어왔다. 그런데 무엇가가 달라져 있었다. 몇 번이나 자기 소개서를 확인한 끝에 어쩌면 이상한 나라에 갔던 것이 꿈이 아니었을지도 모른다는 생각이 들었다.

잠들기 전까지는 채워져 있었던 장래희망 칸이

말끔하게 지워져 있었다.

내 이름을 건 책을 갖는 것이 소원이었던 저는 책을 내준다는 말에 솔깃하여 덜컥 동아리에 가입했습니다. 네, 저는 흥미가 돋으면 일단 생각 없이 저지르고, 뒷마무리는 못하는 성격입니다. 그런 제게 동아리 활동을 시작하면서 가장 높았던 장애물은 '어떤 글을 쓸 것인가?' 하는 것이었습니다. 저는 이 글의 소연이와 마찬가지로 꿈을 찾지 못했습니다. 그런데 제가 '자신의 꿈'에 대해서 무슨 말을 할 수 있을까요. 그래서 글을 쓰기 위해서 엉터리 꿈을 정하는 것보다는 차라리 '꿈을 갖지 못한 것에 대한 혼란스러움을 쓰자!'라고 생각했습니다.

평소 <이상한 나라의 앨리스>란 책을 좋아하기도 했고 이상한 나라의 앨리스라면 혼란스러움을 잘 표현해 줄 수 있을 것이라 생각했기 때문에, 이상한 나라의 앨리스를 모티브로 한 '이상한 나라의 하소연'이라는 글을 쓰기로 하였습니다. 그리고 그동안 제가 꿈에 관련해서 생각해 왔던 것들을 이상한 나라의 앨리스의 내용과 결합하여 쓰기 시작했습니다. 코커스 경주 이야기는 우리나라 교육에 대한 생각이었고, 애벌레와의 이야기는 내가 좋아하는 일을 해야 할지 현실적인 일을 해야 할지에 대한 생각이었습니다. 또, 체셔와의 이야기는 꿈을 갖지 못한 것에 대한 혼란스러움과 그렇다면 내가 어디로 가야 할지에 대한 생각이었으며, 붉은 여왕과의 이야기는 현실(세상)과 저의 대립과 제 나름대로 내린 꿈에 대한 결론에 대한 이야기였습니다. 그리고 소연이가 열심히 찾아다니던 토끼는 꿈이었습니다. (사실 이상한 나라의 앨리스에서 가장 좋아하는 캐릭터는 모자장수이지만, 내용을 맞추다보니 사라졌네요…)

다 쓰고 나니 한꺼번에 너무 많은 생각을 넣으려 해 소설이 혼란스러워진 것 같기도 하네요. 조금만 더 열심히 공들여서 쓸 걸 하는 아쉬움도 남습니다.

저는 이 글을 통해서 무언가 교훈을 주려는 생각은 하지 않았습니다. 저 역시 아직 결정내지 못하고 꺼내기 힘든 말인데 누구에게 교훈을 주겠습니까. 저는 단지 저와 같은 고민을 하고 있는 학생들이 꿈을 갖지 못해 고민하는 사람이 자신뿐만 아니라 여기 또 있구나, 라는 것을 알고 혼자 뒤처진 것은 아닌지 두려워하지 않았으면 했습니다. 그리고 그래, 맞아, 라고 저의 생각을 나누어가졌으면 좋겠다고 생각했습니다. 미흡한 이 글을 통해서 그것만이라도 전달할 수 있었으면 좋겠습니다.

아마도 십 년이나 이십 년 후의 제가 이 글을 본다면 자다가 하이킥을 하고 있지 않을까, 생각합니다. 아직 열여덟밖에 되지 않은 세상을 제대로 경험해 보지 못한 평범한 학생의 글이다 보니, 좀 더 컸을 때의 제가 본다면 유치하고 치기어린 생각일 수도 있을 거란 생각이 들었기 때문입니다. 마치 초등학교 때의 일기를 보면서 엄청나게 틀린 맞춤법이나 유치한 상상들, 어린애면서 어른인 척 쓴 이야기에 부끄러워하는 것처럼 말입니다.

하지만 일기장 속 그때의 제가 느꼈던 감정과 했던 생각들이 고스란히 남아 있는 것을 보면서 그때의 저를 생생히 느껴 보기도 하고 지금의 나는 어떤가 하고 반성하기도 하는 것처럼, 미래의 제가 이 글을 보면서 열여덟의 정나라는 어떤 사람이었는지 느끼고 방황하고 있다면 이 글을 읽고 반성해 볼 수 있다면, 유치하고 치기어린 생각이라도 이렇게 남겨보는 것도 좋은 경험이라고 생각합니다.

동아리 활동을 한 지 일 년이 다 되어갑니다. 그 사이 무척이나 많은 시간이 되었고 저는 이제 고 3을 눈앞에 두고 있습니다. 지금의 저는 아직 확신하지는 못하지만 어느 정도 꿈에 대한 윤곽을 그리려 애쓰고 있습니다. 그리고 그 꿈을 망설이지 않고 당당히 밝힐 수 있는 나의 모습을 찾고자 노력하고 있습니다.

마지막으로 뒷마무리를 하지 못하는 저의 원고 때문에 고생하셨을 김묘연 선생님께 죄송하고, 표지를 그려준 은진이와 표지를 꾸며준 미지야, 고마워! 그리고, 같이 꿈을 담은 글을 써내려간 책지게 2기 친구들아! 일 년 후에는 원하는 대학에, 그 후에는 또 다른 원하는 꿈을 이루어 만날 수 있으면 좋겠다.

그리고 나처럼 꿈 때문에 고민하고 있을 모든 아이들아, 아자!

이십년이 흐른 후, 당신은
해서 후회할 일보다
하지 않아 후회할 일이 더 많으리라.
그러니 밧줄을 던져라.
안전한 항구로부터 배를 출항시켜라.
무역풍을 타고 항해하라.
탐험하라.
꿈꾸라.
발견하라.

– 마크 트웨인

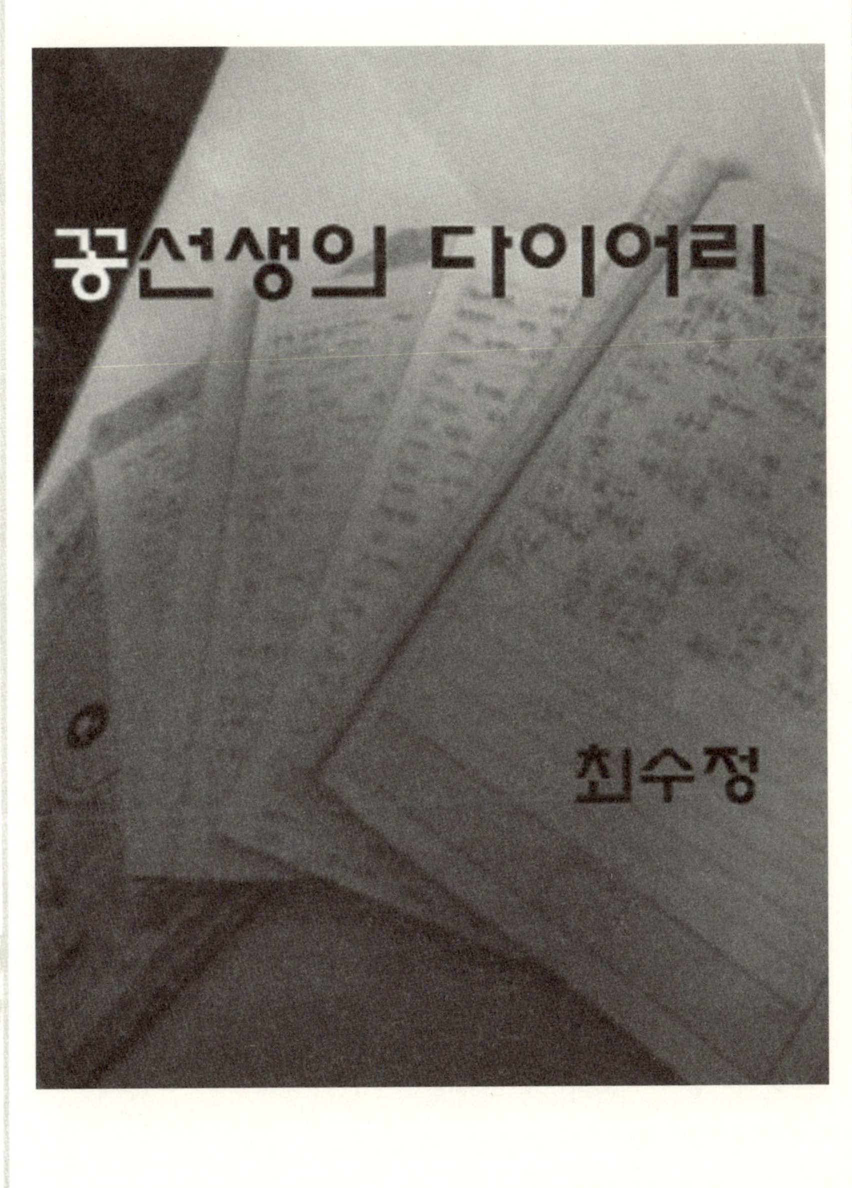
꿍선생의 다이어리
최수정

"하아~."

업무를 마치고 퇴근하는 길에 이런 생각이 들었다.

'6년 밖에 되지 않는 교직 생활이지만 너무 힘들다. 매일 같은 시간에, 똑같은 아이들과 함께 있으니 정말 질린다. 교장 선생님께 서류 검사 맡고, 아이들을 가르치고, 인성 교육을 하고……. 다음 날도 또 이 패턴이 쳇바퀴 돌듯 돌아가고……. 평생, 이 쳇바퀴 속을 돌아야 하나…….'

왠지 내 인생이 여기서 멈춰버린 것 같은, 진보하지 않는 그런 삶이 될 것 같은 불안감이 엄습해 왔다.

집에 도착해서 피곤하고 지친 나의 몸을 침대 위로 던져 버리고 천장을 바라보았는데 '이제 교직 생활은 무슨 재미로 하나?' 라는 등의 생각이 빙글빙글 회오리를 그렸다. 계속 이렇게 부정적인 생각을 하면 정말 교직 생활이 더 힘들어질 것 같아 나는 이런 생각을 하지 않으려고 최대한 머릿속을 비우려고 노력했다. 하얀 천장에 회오리치던 부정적인 생각들을 흩어버리고 난 뒤 심호흡을 한 후 멍하게 있었다. 짧고도 긴 시간이 지나고 정신을 차린 뒤 두 눈을 옆으로 돌리니 먼지로 뒤덮인 나의 책상이 보였다.

'딱히 할 일도 없고, 마음도 다스리고 복잡한 생각도 정리할 겸 책상이나 정리할까?'

나는 정리를 한번 시작하면 주위에 보이는 모든 것들도 함께 정리하는 좀 깔끔한, 어떻게 보면 결벽증처럼도 보일 수 있는 그런 성격이라 처음부터 일을 크게 벌이고 청소를 시작했다.

"어라, 이게 뭐지?"

청소를 막 끝마칠 때쯤에 옛날 공책처럼 보이는 것을 발견했다. 나는 호기심에 그 공책을 펼쳐서 하나하나 읽기 시작했다.

2010년 4월 9일

"드르륵"

시끌벅적한 아이들의 떠드는 소리를 침묵으로 만드는 소리가 들리고 담임선생님과 어떤 여자 분이 우리 반에 같이 들어오셨다. 담임선생님은 우리들에게 그 여자 분을 소개해 주셨다. 그 여자 분의 정체는 바로 바로…. 교생 선생님이라고 했다. 교생 선생님은 우리와 함께 생활하면서 수업실습을 하는 그런 선생님이라고 설명해 주셨다. 교생 선생님이 우리 반에 오셨다는 사실이 매우 좋았다. 그 선생님의 성함은 최정윤이었고, 긴 생머리와 작고 동그란 얼굴에, 핑크색 원피스가 잘 어울리는 선생님이었다. 반에 선생님이 2명이나 계신다고 생각하니 왠지 학교 가는 날이 정~말 기다려진다. 교생 선생님은 어떤 선생님일까?

1교시 수업이 시작되고 30분 후 누군가가 교실 문을 두드렸다. 우리들의 눈은 일제히 그쪽으로 향했고, 담임선생님이 나가셨다. 그리고 5분 뒤 선생님께서 나를 불렀다. 왠지 느낌이 안 좋았는데 결국은 또 부진반에 걸렸다. 하아~ 4학년 이후로 부진반에서 헤어나오질 못했는데, 역시나 이번에도 또 부진반 수업을 받아야 한다니……. 슬프기도 하고, 그냥 짜증이 났다.

결국, 수업을 마치고 부진반으로 갔다. 내가 제일 먼저 온 것 같았다. 교실로 들어가서 맨 뒷자리에 앉았다. 내가 부진반이라는 것이 부끄러워서 선생님들과 얼굴을 마주치고 싶지 않았기 때문이다. 이런 생각을 하던 순간 선생님이 들어오셨다. 그것도…. 그것도……. 최정윤 선생님이.

'헐…. 뭐야? 저 선생님……. 이번 부진반 담당 선생님은 최정윤 선생님이라고? 아~ 교생 선생님껜 정말 잘 보이려고 했는데……. 휴~'

교생 선생님과의 첫 수업은 수학이었다. 원래 수학이라는 말만 들어도 역겹고, 토할 것만 같지만 오늘은 아니었다. 최정윤 선생님과의 수학 수업은 정말 재미있었다. 우리들이 수학을 이해하기 쉽도록 자석과 도형 모형 등 우리들의 관심을 끌 수 있는 물건들을 가지고 오셔서 차근차근 재미있게 설명해 주셨다. 선생님과의 첫 수학 수업은 정말 재미있었고, 이제껏 없었던 수학에 대한 나의 관심이 아주 조금은 솟아나는 것 같기도 하다.

2010년 4월 11일

교생 선생님의 밝은 미소를 보는 것만 해도 즐거운 마음이 드는 수업을 받으면서 나는 작은 희망을 가졌고, 꿈을 가지게 되었다. 그 꿈은 바로 교사였다. 아직 어떤 과목 교사가 될지는 제대로 생각해 보지 않았지만, 이것만은 확실하다. 바로 최정윤 선생님과 같이 부족한 아이들에게 친절하게 설명해 주고, 아이들을 사랑하는 그런 선생이 되는 것이다. 공부 잘하는 아이들에게만 관심을 가지는 것이 아니라 모든 아이들의 말에 귀 기울여 주는 그런 선생이…….

'아…! 아이들의 말에 귀 기울여 주는 선생님이라……. 어떻게 해야 그런 교사가 될 수 있을까?' 차근차근 생각해 봐야겠다.

2010년 4월 15일

헐~ '이건 뭐야?'

며칠이 지나니 부진반 수업에서 최정윤 선생님의 태도가 변했다. 우리들에게 수학 프린트를 나눠주고서는 풀 시간을 몇 분 주고 출석부에 적혀진 순서대로 우리들의 이름을 한 명씩 불러서 칠판 앞으로 내보내서는 그 문제를 풀어 보라고 했다. 그런데 아이들이 잘 못 풀고 끄적끄적 대고 있으니 선생님께서 갑자기 성질을 내시며 우리들에게 이렇게 쉬운 것도 못하냐고 버럭 소리를 지르셨다. 한 순간에 변해버린 선생님의 태도에 정말 어이가 없었다. 게다가 그런 식으로 우리들을 비하하는 것 같아서 좀…. 아니, 아주 많이 화가 났다.

'그럼 그렇지…. 교생 선생님이라고 해서 다를 것 뭐 있나? 다 똑같지. 쳇!'

그래 맞다. 초반부터 최정윤 선생님과 같은 교사가 되겠다고 생각한 내가 잘못이다. 아이들의 말에 귀 기울이지 않고 무시하는 선생님은 별로다. 난 저런 선생님은 내가 원하는 이상적인 선생님이 아니라는 생각이 들었다. 단지 공부에서 조금 부족하다고 해서 아이들을 무시하고 성질을 버럭버럭 내시는 선생님보다는 차라리 수업을 잘 못하시긴 하지만 아이들의 말을 잘 들어주는 선생님이 나을 것 같다는 생각이 들었다.

'뭐, 수업이야 내가 아이들을 잘 가르치도록 노력하고 열심히 해서 개선을 하면 되는 것이지. 난 우리 담임선생님과 같이 아이들의 작은 한 마디에도 귀기울여 주는 그런 교사가 될 거야!'

2010년 4월 20일

날이 갈수록 최정윤 선생님의 성질은 계속 업그레이드되어 갔다. 무슨 몬스터처럼 진화를 하는 것도 아니고, 정말…….

그냥 평상시의 6교시 수업까지는 정말 자상하고 매일 웃으시는 그런 선생님인데 이상하게도 부진반 수업을 들어오시면 그 태도가 완전 180도로 바뀐다.

'그 이유는 무엇일까? 우리가 공부를 못해서? 뭐, 하긴 요즘 선생님들은 공부 잘 하는 아이들만 챙겨주고, 예뻐하고 걔들한테만 관심을 가져주니까…….평소엔 공부가 전부는 아니라고 말씀 하시면서 시시때때로 성적 우수자들만 유독 잘 챙기고 잘 대해 주는 건 무슨 말인가? 완전 어이없다!'

2010년 4월 23일

수업을 마치고 늙은 거북이처럼 느릿느릿… 일부러 천천히 부진반으로 갔다. 그런데 웬일인지 오늘은 아이들이 몇 명밖에 오지 않았다. 애들이 부진반 수업을 하기 싫어서 그런지, 부진반이라는 것이 부끄러워서 그런지는 잘 모르겠지만 아무튼 수업을 듣지 않고 집으로 갔나보다.

'아~ 나도 쨀 걸……. 나도 하기 싫은데…….'

한탄을 하며 도망간 아이들의 그 용기를 부러워하던 중에 선생님이 들어오셨다. 얼핏 눈으로만 보아도 아이들의 출석이 확연히 보였다. 애들이 많이 빠져서 화가 나셨는지 오늘 수업을 들으려고 집으로 가지 않고 남아 있던 모범생(?) 같은 우리들에게 뭐, 이거 안 들으면 한 학급 진급을 못한다래나 뭐래나~ 하시면서 겁을 주며 초반 수업 분위기를 삭막하게 만드셨다. 하지만 그 말이 다 아이들을 붙잡아 두기 위한 속임수 같은 말이라는 것은 부진반을 하는 우리들 모두가 다 알고 있는 사실이다. 그래도 그 말이 왠지 은근 내 신경을 거슬리게 했다.

2010년 4월 27일

여느 때와 다름없이 나는 나의 평소 습관인 손톱을 물어뜯으며 부진반 수업을 듣는 둥 마는 둥 대충 한 귀로 듣고 한 귀로 흘려보내고 있는데 갑자기 어떤 아줌마가 문 앞에서 서성거리길래 '누구지?' 하는 궁금증에 앞문을 쳐다보았다. 그런데 그분은 바로 우리 엄마였다. 엄마가 문 앞에 서서 방긋 미소를 지으시면서 나를 보며 손톱을 물어뜯지 마라는 시늉을 했다. 그 순간 멍해지면서 손을 입에서 뗏다. '엄마가 왜 학교에 오셨지? 아~ 내가 부진반 하고 있다는 사실을 아셨으니, 얼마나 속상하실까?'

정말 미안하고 죄송스러운 마음이 들었다. 사실 5일 동안 엄마가 개인적인 일로 서울에 가 있어서 집에 안 계셨다. 그래서 내가 부진반 수업 때문에 늦게 온다는 사실을 몰랐던 엄마는 나를 찾으려고 동네를 구석구석, 샅샅이 다 둘러보고 마지막으로 학교로 찾아오신 것이다. 그 순간 엄마를 보고 서글픈 마음과 여러 감정들이 뒤섞여서 그냥 그 자리에서 울음을 참지 못하고 터뜨려 버렸다. 내가 수업 중에 갑자기 우니 최정윤 선생님이 그 상황을 빨리 파악하고 앞문을 쳐다보시고는 거기에 서 있던 아줌마가 우리 엄마임을 확인하고는 그쪽으로 발걸음을 돌리셨다. 그리곤 내가 성적이 낮게 나와서 부진반 수업을 하고 있었다고, 내가 지금 이 시간에 학교에서 수업을 듣고 있는 상황을 설명했고, 엄마는 하교 시간이 훨씬 넘었는데 애가 오지 않아서 찾으러 왔다면서 엄마의 입장을 설명했다. 내가 울어서 그런지 선생님께서는 오늘은 그냥 집에 가라고 하셨다. 그래서 나는 엄마의 통통하고 거칠지만 내겐 세상에서 가장 부드러운 그 손을 잡고 기쁜(?) 마음으로 학교를 나섰다. 그렇게 엄마의 손을 잡고 가는 중에 나와 엄마의 앞에 듬직하고 넓은, 왠지 익숙한 등이 우리의 걸음을 멈추게 했다.

그 듬직한 등의 주인은 바로 아빠였다.

"아빠~"

그 순간 나는 또 펑펑 울음을 터뜨렸다. 공부를 못해서 부진반이라는 사실이 아빠, 엄마의 마음을 아프게 한 것 같아 미안한 마음이 내 가슴을 쾅쾅 쳤기 때문이다.

2010년 4월 28일

어제 내가 울어서 오늘은 부진반에 가는 게 더욱 부끄럽게 느껴졌다.

'아~ 내가 왜 울었지? 애들이 뭐라고 생각할까? 휴우~'

긴 한숨을 내뱉고는 부진반 교실에 가서 의자에 털썩 앉아 최대한 몸을 낮추고 있었다. 잠시 후 최정윤 선생님이 들어오셔서 오늘 수업을 진행 하셨다.

아, 이때까지 느끼고 있던 것이지만 최정윤 선생님은 우리들을 뭐랄까……. 작고 쓸모없는 벌레같이 하찮은 존재로 생각하시는 것 같다. 나는 우리들을 그렇게 사람 취급을 하지 않는 선생님에 대한 불만이 쌓여가고 있었고, 그 선생님에 대한 '정'이라는 것도 점점 사라지고 있는 것 같다. 그래서 더 이상 그 선생님을 나의 이상적인 선생님이라고 생각할 수 없다. 그 선생님은 진정한 선생님이 아닌 것 같다. 나는 그런 선생님 100명보다는 아이들에게 친절하고 상냥하고 차별하지 않고, 아이들에게 수업을 차근차근 이해하기 쉽게 설명해 주고, 관심을 가져주는 선생님 한 분이 더 나은 것 같다는 생각이 들었다. 그런 최정윤 선생님의 태도 때문에 오늘 기분은 좀 불쾌하다.

2010년 6월 19일

그동안 일기를 안 써서 그런지 벌써 6월 달이다. 거의 한 달 동안 나에게 많은 일이 있었던 것 같다. 그 중 한 가지 일은 최정윤 선생님과 관련된 일이다. 나에게 조금씩 조금씩 쌓여 있던 선생님에 대한 불만이 어느 날 폭탄처럼 '빵!' 하고 터져 버려서 선생님과의 약간의 다툼이 있었기 때문이다.

여느 날과 다르지 않은 하루였다. 맑은 하늘에는 양떼 구름도 나비 구름들도 제각기 하늘을 날아다니고 있고, 등굣길의 나무들은 서로 자기를 쳐다봐 달라는 모습으로 살랑살랑 가지들을 흔들고, 우리 학교는 어제와 다름없이 마냥 평화롭고 조용하기만 했다. 하지만 나는 달랐다. 어제와는 다르게 그냥, 아무 이유 없이 하루 종일 불만이라는 것이 이름처럼 나의 뒤를 졸졸 따라다녔고, 그 기분이 지속되어 결국 일이 터지게 된 것이다. 그것은 바로 나의 청소 구역인 과학실 때문이다. 하필이면 내가 별로 좋아하지도, 싫어하지도…. 아니다. 싫어하는 쪽에 좀 더 가까운 것 같다. 아무튼 최정윤 선생님이 과학실 청소 검사를 맡게 되었다. 내 친구가 퍽퍽하고 거칠거칠한 빗자루로 과학실 사이사이를 뛰어다니며 쓰레기들을 다 쓴 다음 내가 화장실에서 가서 내 키보다도 더 큰 밀대에 물을 흠뻑 적셔 과학실 바닥을 물로 칠했다.

"선생니임~ 쌤. 저희 과학실 청소 다 했어요."

"그래, 한 번 보자."

선생님은 과학실을 한 번 쓰윽 둘러보시더니 과학실을 쓸었던 내 친구한테는 잘 했다며 집으로 가라고 하고 나한테는 '구석구석 더 닦아' 라고 하시며 성질을 내셨다. 한껏 성이 난 나는 청소를 대충하긴 했지만 다시 검사 맡으러 오라는 선생님의 말씀을 거역하고 집으로 갔다.

다음날 선생님께서 나를 불러 왜 청소 검사를 안 맡고 집으로 갔냐고 화를 내셨다. 그리고는 그렇게 할 거면 과학실 청소를 그만 두라고 하셨다. 그 말에 이유 없이 화가 나서 반으로 가는 도중에 울분이 터져서 눈물밖에 나지 않았다. 선생님의 그 말에 과학실 청소 같은 거 다 때려치우려고 마음먹었지만, 왠지 그러면 나에게 맡겨진 임무나 책임감을 포기하는 것 같아서 다시 선생님께 가서 죄송하다는 사과를 하고 다시 과학실 청소를 하겠다고 했다. 그러니 선생님께서 나의 축 처진 두 어깨에 손을 얹으시면서 말씀하셨다.

"그래, 선생님이 너한테 힘든 거 시킨 것도 아니잖아. 맞지? 그래도 되도록 힘든 것은 안 시키도록 할게. 알았지?"

오히려 선생님은 나를 다독여 주셨고, 그 한 마디가 어제의 나를 반성하게 만들었다.

'휴우~ 내가 그때 화를 조금만 참았더라면 이런 일은 없었을 텐데…. 그래도 다음에는 내 마음을 절제하면 되지. 잘했어.'

2010년 6월 23일

오늘은 기분이 좋다. 부진반 수업을 많이 빠지지 않고 계속 듣기를 잘 했다는 생각이 들었기 때문이다. 1교시 때 담임선생님께서 A4 용지보다 큰 종이를 들고 오셔서 저번에 수업했던 것을 시험 칠 거라고 하셨다. 수업 시작종이 울리고, 큰 종이가 내 책상에 누운 동시에 내 두 눈은 빛을 내며 그 숫자들을 읽어 나갔고, 그 즉시 내 손에 쥐어진 연필은 '쓱쓱' 소리를 내며 신중히 답을 적어 나갔다.

시험을 친 뒤에 선생님이 바로 결과를 불러 주셨는데, 내 점수가 90점이라니……. 선생님께서는 내 머리를 쓰다듬으시면서 잘했다며 칭찬을 해주셨다. 이 기쁜 소식을 온 세상에 알리고 싶은 마음에 쉬는 시간에 최정윤 선생님께 가서 90점을 맞았다고 자랑을 하니 선생님께서는 활짝 웃으시면서 내가 우리 반에서 점수가 가장 높았던 것 같다고 말씀해 주셨다. 그 말을 들은 순간 '어라? 진짜? 내가?' 라는 생각이 들었고, 너무 기분이 좋았다.

계속 이런 식으로 한다면……. 아니, 이것보다 조금만 더 열심히 하면 나의 꿈에 도달할 수 있을 것 같다는 생각에 마음이 붕붕 하늘을 난다.

어릴 때 삐뚤빼뚤한 글씨로 한 장 한 장에 나의 꿈을 담은 일기장을 마지막 장까지 읽었다. 내가 교사가 되기로 결심하게 된 그 과정들을 읽다 보니 참 웃기기도 하고 옛날 일이 새록새록 되살아났다. 6월 23일. 일기의 마지막 구절에 눈을 떼지 못한 채 그 여운이 한참을 나의 주위를 감돌고 있었다. 그렇게 또 몇 분이 흘렀을까? 난 순간 내 주변에 정리할 것이 산더미 같음에 정신이 번쩍 들었다.

"아~ 괜히 일을 크게 벌렸나……."

짧은 한탄을 한 후에 마음을 다시 잡고 하나하나 정리를 시작했다. 땀방울이

한 방울씩 떨어질 때마다 주위는 깨끗해져 갔고, 어느새 창 밖에는 붉은 노을이 지고 있었다. 정리를 마치려고 하던 찰나에 두꺼운 공책 하나를 발견했다.

"어라? 이건 또 뭐지? 다 쓴 공책인가?"

내가 좋아하는 빨간색으로 덮여져 있는 공책은 나의 손을 자기 쪽으로 끌어당겼다. 나는 그 빨간 공책의 신비한 힘에 붙들려 첫 장을 넘겼다. 공책의 맨 앞장에는 다음과 같은 글이 한 획 한 획 공들여 쓴 흔적과 함께 남아 있었다.

나는 아이들을 무시하고 매정하게 대하는 선생님과 아이들의 말을 잘 들어주시는 몇몇 선생님들을 보고 나의 꿈을 가지게 되는 좋은 계기가 되어 마음속에 꿈나무를 심었다. 폭풍 같은 파도에 바위가 부딪혀 깎이고, 깎여서 매끈한 바위가 되듯이 나도 나의 꿈을 이루기 위해 한 가지, 한 가지씩 준비를 해 나갔다.

그리고 이제 그 준비들이 차곡차곡 쌓여서 드디어 이뤄내고야 말았다. 나의 꿈을……. 그렇게 바라왔던 아이들 앞에 교사가 되어 설 수 있게 되었다. 그리고, 이제 이곳에 내 꿈의 나날들을 기록하고자 한다.

아, 기억이 난다. 교사 임용 시험에 합격을 하고 발령 통지서를 받고 그 감격과 설렘으로 심장이 터져 나갈 듯이 뛰는 순간 마음을 진정시키고, 조용히 펜을 들어 이 공책에 이 글을 적었던 것이다. 교사가 된 후 나의 일상을 기대하면서……. 그때를 회상하면서 잠시 감회에 빠져 다음 일기장을 넘겼다.

2024년 5월 3일

아이들을 데리고 수목원으로 현장체험 학습을 갔다. 노란 병아리처럼 차려입은 아이들을 두 줄로 세우고 즐거운 마음으로 수목원에 들어갔다. 들어가자마자 아이들에게 둘러싸여 집집마다 특색을 달리한 도시락을 함께 펼쳐놓고 밥을 나눠 먹었다. 그리고 난 뒤에 식물들을 관찰하러 발걸음을 뗐다. 한 걸음씩 걸을 때마다 아이들은 자신들이 알지 못했던 나무와 꽃들을 보며 신기한 표정으로 환호성을 질렀다. 그 모습을 보는 나도 왠지 뿌듯한 마음에 미소를 지었다. 그렇게 수목원 한 바퀴를 다 돌고 난 뒤에 아이들과 나는 붉은 장미 넝쿨 사이에서 앙증맞은 사진 한 장을 담아 왔다. 그 사진을 보니 아이들이 내 가슴 속에 붉은 장미가 되어 피어오르는 것 같다.

2024년 5월 9일

오늘은 아이들과 좀 더 친숙해지고 아이들끼리도 단합을 하도록 하기 위해서 별난 이벤트를 하나 했다. 커다란 흰 종이를 바닥에 깔고 그 위에 우리들의 손과 발을 찍었다. 아이들의 발에 붓으로 물감을 묻혀주니 아이들은 꺄르르 웃으며 간지럽다고 했다. 그런 작은 미소들이 오히려 나를 선하게 만드는 것 같다는 생각이 들었다. 아이들은 철퍽철퍽 거리며 하얀 종이를 색색 도화지로 만들어 나갔다. 그렇게 즐거운 시간이 지나고 우리들이 함께 만든 작품을 보는 아이들의 눈에는 뿌듯함이 담겨 있는 것 같았다. 물론 나도 정말 흐뭇했다. 계속 이렇게 좋은 추억들만 내 기억 속에 남았으면 좋겠다. 다음에는 아이들과 또 어떤 추억을 만들지 생각만 해도 신이 난다.

그렇게 2024년 일기에는 아이들의 웃음소리와 나의 미소가 섞여 시끌시끌 요란한 모습으로 나에게 그 모습을 드러내며 함께 웃자고 소리치고 있는 듯했다. 연도별로 표시된 일기장은 2027년도가 마지막이었다. 2027년도에 무슨 일이 있었는지 회상하며 다시 일기를 읽기 시작했다.

2027년 10월 12일

교사라는 직업을 가진 후 나는 내가 원하는 나만의 이상적인 교사가 되기 위해 끊임없이 노력해 왔고, 열정을 가지며 살아왔다. 하지만 실 풀리듯 술술 잘 풀리던 학급 생활에 금이 가기 시작하면서 식지 않을 것만 같았던 불똥 같은 나의 열정들이 떨어져 나가고 있었다.

우리 반에 나의 교탁 위에는 내가 가장 아끼고 소중하게 여기는 허브가 놓여 있는데 아침 조회를 하려고 반에 들어가니 이게 무슨 일인가? 내 화분이 산산조각이 나 있었다. 나는 순간 화가 치밀어올랐다. 내가 그냥 좋아하는 것도 아니고 거의 보물처럼 아끼는 건데……. '범인이 누군지 잡히기만 해봐라!' 라는 생각으로 얌전히 앉아 있는 아이들에게 성질을 냈다.

"얘들아, 선생님 교탁에 뭔가 좀 허전하지 않니? 사실, 선생님이 가장 아끼는 식물이 담긴 화분이 깨졌단다. 그런데 그걸 누가 그렇게 만들어 놓았는지 모르겠구나. 혹시나 해서 그런데 이 화분을 깬 범인은 나중에 교무실로 찾아오길 바란다. 분명히 경고했다!"

그렇게 가시 위의 방석처럼 따끔따끔한 아침 조회를 마치고 그 기분을 이어불 같은 1교시 수업을 마쳤다. 수업 중에 계속 그 사건이 생각나 수업을 제대로 마쳤는지조차 기억이 안 난다. 도저히 참을 수가 없어서 평소 반에서 장난이 심하기도 하고, 개구쟁이인 광진이가 왠지 범인일 것 같은 생각이 들어서 그 아이를 불러, "광진아, 네가 선생님 화분을 깼니? 어? 왜 그랬어!"라고 소리를 질렀다. 아이의 입장은 생각도 해 보지 않은 채……. 아이에게 화를 내니 더 화가 치밀어오르는 것 같았다.

최대한 마음을 가라앉히고 3교시 수업에 들어가서는 아이들에게 하얀 종이를 내어 주며, '화분을 깨뜨린 사람이나 그것을 본 사람은 여기에 적어.', '혼내지 않을 테니 숨기지는 말아라.', '그 일에 대해 모르면 그냥 모른다고 적어라.'고 하면서 아이들에게 종이에 무엇을 적어야 하는지를 설명해 주었다. 나의 설명이 끝난 뒤 아이들은 싸늘한 분위기를 파악했는지 일제히 고개를 숙여 한 손으로 종이를 가리고 종이에 뭔가를 적기 시작했다. 쉬는 시간에 교무실로 가서 아이들이 쓴 종이를 하나하나 읽어 보았다.

'선생님 죄송해요. 전 그 일에 대해 잘 몰라요.', '모르겠습니다.' 모르겠다는 글이 계속 나오니 이제 다음 장을 넘길 때 나는 '이것도 모르겠다는 글이 담겨 있겠구나.' 하는 허무한 생각이 들었고 범인을 찾지 못하겠다는 생각이 들어 포기를 한 상태에서 다음 종이를 넘겼다. 하지만 예상을 뒤엎고 무언가가 많이 적혀진 종이였다.

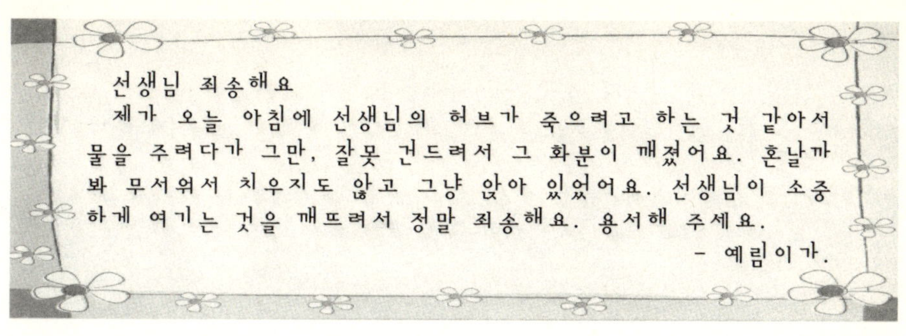

아이는 당당하게 자신의 이름을 밝히고 용서를 구했다. 그 순간 나는 '아, 이 아이는 정말 정직하구나!' 하는 생각이 들었고, 내 화분이 깨졌다는 이유로 다른 아이들에게 너무 성질을 내고 화를 내서 미안하다는 생각이 들었다. 내가 화를 낸다고 해서 깨진 화분과 뿌리가 다 뽑힌 허브가 다시 돌아오는 것도 아닌데……. 괜히 화를 참지 못해서 아이들의 마음에 상처를 준 게 미안했다.

그래서 다음 시간에 단지 내 기분 때문에 아이들의 마음을 불편하게 했던 것을 사과하기로 마음먹었다.

"얘들아……. 화분이 깨졌다고 마구 화를 내서 너희들의 마음에 상처를 줬구나. 너무 미안하게 생각한단다. 정말 미안하다. 선생님이 너무 어리석었던 것 같아. 얘들아 정말 미안해."

그리고 쉬는 시간에 화분을 깨뜨린 범인에게 웃음을 지으면서 괜찮다는 뜻을 텔레파시로 전했다. 그러니 그 아이도 나에게 살며시 눈웃음을 보내 주었다. 그렇게 길고도 짧은 화분 사건은 지나간 것 같다. 휴~ 그래도 오늘 그 사건 때문에 그냥 평소 외양이나 태도를 보고 아이들을 판단해서 오해를 하면 안 된다는 큰 깨달음을 얻었다.

2027년 10월 13일

"여러분, 일기장은 선생님 교탁 위에 올려놓으세요. 숙제 안 한 사람은 없겠지요?"

여느 때와 다름없이 아이들의 일기장을 거둬서 정규 수업이 끝난 평화로운 오후에 교탁에 앉아서 아이들의 일기를 하나하나 읽어나가기 시작했다.

아이들의 일기를 읽다가 다시 화분 사건을 생각나게 하는 글이 있었다. 그 글의 내용은 내가 화분이 깨졌을 때 자신을 오해하고는 자신에게 사과를 안 해서 속상했다는 내용이었다. 그제야 나는 광진이가 생각이 났다. 너무 정신이 없던 상황이라 광진이에게 오해를 했던 것도 까먹고 있었다.

'아, 어떡해~ 애가 상처를 많이 받았구나.'

너무 미안했다. 그래서 내가 오해를 했던 광진이의 일기장에,

'네가 한 일도 아닌데 선생님 마음대로 생각하고 오해해서 너를 혼낸 거 정말 미안해. 선생님의 사과를 받아 주겠니?' 라는 짧은 글과 옆에 귀여운 사과 그림을 남기고 제발 내 진실한 감정이 그 아이에게 전달되기를 간절히 바랐다.

2027년 10월 19일

화분 사건으로 오해를 받았던 광진이에게 미안하다는 사과의 뜻을 전했는데 아이의 마음이 많이 다치지 않았을까? 하는 생각이 들어서 '교사라는 직업이 그냥 아이들을 가르치는 것만은 아니구나.' 라는 것을 느꼈다.

등교 시간이 제법 지나서야 그 아이가 들어왔다. 미안한 마음에 광진이에게 방긋 미소를 지어 보냈다. 그런데 그 아이는 그냥 내 인사를 무시해 버렸다. 처참하게…….

아직 화가 다 안 풀렸나? 하는 걱정이 들었다. 그래서 아침 조회 후 교무실의 내 책상에 가서 인터넷에 접속해 '아이들의 마음을 풀게 하는 방법' 을 찾아보았다.

검색 창에는 내가 원하는 답이 거의 없었다. 키 크게 하는 방법이라니, 부모님의 화를 풀어드리는 방법이라는 둥. 비슷한 단어가 들어간 질문들만 수두룩했다. 그렇게 계속 화면을 뚫어지게 쳐다보다가 드디어 내가 원하는 질문을 찾았다.

'아이들과 싸웠는데, 아이의 마음을 다시 되돌리는 방법이 있을까요?'

그 질문을 클릭하고 답글을 읽어보니 '그 사람(피해자)에게 친절해져라.' 는 글

이 있었다. 해결책은 단순했다. '친절? 친절이라……. 과연 그 아이가 내 진심을 받아줄까? 아니야, 진심으로 대하면 그 아이도 이해할 거야.' 나는 그냥 내 방식대로 마음 가는 대로 가기로 했다.

아이들과 함께하는 점심시간은 너무나 행복했다. 왜냐하면 아이들이 나에게 궁금한 것들을 질문 하기도 하고 수업 시간과는 달리 평소 자신들의 생각이나 기분을 자유롭게 털어놓을 수 있기 때문이다. 아이들과 함께 있으면 정말 시간이 빨리 감기 버튼이라도 누른 듯이 지나간다. 점심을 다 먹고 교탁에 앉아 멍하니 아이들의 모습을 보고 있는 나에게 누군가 다가왔다. 그 아이는 바로 어제 내가 미안하다고 사과한 광진이었다. 광진이는 나에게 작은 편지를 주고 다시 아이들과 놀기 시작했다. 나는 그 편지를 열어 보았다.

> 선생님 안녕하세요. 저는 광진이에요.
> 선생님이 저를 오해해서 너무 화가 나고 슬펐지만 선생님의 간절한 마음이 느껴져서 용서하기로 했어요. 그러니까 이제 저 뿐만 아니라 다른 아이들에게도 오해를 하지 않고 현명하게 일을 처리하시는 좋은 선생님이 되길 바랄게요.
>
> 그럼, 안녕히 계세요. ☺

정말 의외였다. 그 아이가 그런 속 깊은 말을 하다니……. 나는 정말 조그마한 아이가 그런 생각을 한다는 것에 정말 놀랐다. 그리고 내 사과도 받아 주어서 너무 기뻤다. 아~ 정말, 간절히 원하면 이뤄지긴 이뤄지는 거구나…….

2027년 10월 24일

오늘은 내가 담임선생님이 되어서 하는 첫 공개 수업일이다. 공개 수업을 꼭 잘해야 되는 것은 아니지만 그래도 교사 초짜라서 그런지, 뭐든지 다 최선을 다해 보고 싶고, 열심히 열정을 가지고 해 보고 싶었기 때문이다.

공개 수업을 하면서 아이들과 함께 답을 찾아가기도 하고, 모둠별 활동도 하고 활발한 분위기에서 수업을 잘 마쳤다. 이것보다 더 잘하고 싶었지만, 인간의 욕심은 무한대라는 말이 떠올라서 욕심은 날려버리기로 했다. 그리고 현재에 만족하고 항상 감사하자는 마음이 들었다.

2027년 10월 27일

정상 수업을 마치고 아이들의 일기 검사를 시작했다. 반듯반듯 예쁘게 쓴 글씨, 어제 있었던 일을 솔직담백하게 담아낸 이야기들이 너무 재미있었고 내 얼굴에 미소를 짓게 만들었다. 그렇게 아이들의 생활을 간접적으로 읽어나가고 아이들의 감정을 같이 느끼고 일기 밑에 댓글을 달아주며 재미를 느끼는데 30분이 훌쩍 흘러가 버렸고, 다음 아이의 일기장을 폈다. '이번에는 어떤 재미있는 이야기가 담겨 있을까나?' 내심 작은 기대를 가지고 일기를 보았는데 제목이……. 어라? '선생님은 미워?' 라니……. 순간 마음이 쿵덕쿵덕 방아를 찧었다. 내가 무슨 잘못을 했기에 이런 제목을 적었나 싶어서 살짝 긴장을 했다. 일기의 내용은 다름이 아니라 첫 공개수업 때 내가 아이들에게 질문을 하고 발표자를 고르는데 자신에게 발표를 시키지 않고 계속 공부를 잘하는 아이들에게 기회를 주었다는 것이다. 지금 생각해 보니 이 아이가 발표를 하려고 계속 손을 드는 것 같았던 것 같기도 하다. 나는 첫 공개 수업이라 교장, 교감 선생님과 다른 선생님들께 우리 반이 잘 한다는 것을 보여 주고 싶고 잘해 보고 싶다는 과도한 욕심이 나서 조금이나마 많이 알고 있는 아이들에게 계속 발표를 시켰다.

'그래, 세상은 성적 하나로 사람을 차별하면 안 되는 거야. 그래서 그런 이유 때문에 내가 교사가 되기로 한 거잖아? 아이들에게 희망을 놓치지 않게, 동등한 대우를 해 주려고…….' 이때까지 내가 교사가 된 이유와 그 목적을 까맣게 잊어버리고 있었던 것 같다. '그래! 나는 모든 아이들에게 동등한 기회를 줄 거고, 각자의 취미와 재능을 발견해서 아이들에게 작은 희망을 주고 싶어. 내가 교사가 된 이유를 망각하지 말고 또 다시 꿈을 향해 도전하자! 정신 바짝 차리고 다시 새 출발하자!'

2027년 10월 28일

　다시 나의 목표를 설정한 오늘 아침은 여느 때보다 더욱 맑고 상쾌했다. 신선한 아침 공기를 쐬면서 나무들 사이를 걸으니 나무들은 싱그러운 향으로 먼저 다가와 살랑살랑 이파리를 흔들었고 나무와 함께 있던 초록 바람도 내 얼굴과 머릿결을 따라 만졌다. 마치 나무와 내가 하나가 된 듯 몸과 마음이 온통 초록빛으로 물들 것만 같았다. 이런 기분을 아이들과 함께 느끼고 싶다는 생각이 저절로 들었다.

　아침 조회 시간부터 정규 수업이 마치는 시간까지 오늘 하루는 과거로 돌아가 다시 아이가 된 기분이었다. 아이들과 함께 장난도 치고, 아이들의 입장에서 이해도 해주고, 아이들이 모른다고 하는 부족한 부분을 다시 처음부터 연필과 지우개 같은 주위의 도구들을 사용해서 상세하게 설명해 주고……. 그래서 그런가? 오늘 아이들도 기분이 상당히 좋아 보였다. 어떤 아이는 나에게 자신이 아낀다는 딸기 맛 사탕을 주면서 오늘이 선생님이 가장 예뻐 보이고, 자기 마음에 든다고 했다. 아마 교사는 이런 맛으로 아이들과 함께 지내고 아이들을 가르치는 것이 아닐까? 새 출발을 한 오늘은 처음에 교사가 된 그 기분, 초심으로 돌아간 것 같아서 마음이 한결 평화를 찾은 것 같고 기분이 좋았다.

　그 기분을 그대로 안고 부진반 교실로 향했다. 여름 방학이 되기 전에 짧은 기간 동안이나마 잠시 아이들의 부진반 수업을 맡게 되었기 때문이다. 오늘이 그 첫 수업이 있는 날이라 더욱 설렌다. 그곳에서 나는 공부에 흥미가 없거나 또는 하고는 싶은데 공부 방법을 모르는 아이들에게 꿈이라는 작은 단어를 아이들 한 명 한 명에게 주기로 마음먹었다. 내가 어릴 적에 꿈을 가지게 된 계기를, 나같이 공부에 흥미도 없었고, 하고 싶지도 않았고, 그냥 부모님이 학교에 가라 하니까 마지못해 학교를 다니던 그런 아이가 교사라는 거창한 꿈을 가지게 된 것처럼 너희들도 꿈이라는 것을 가질 수 있고 뭐든지 할 수 있다는 것을 인식시켜 주고, 아이들에게 희망과 용기를 주고 싶었기 때문이다.

2027년 11월 1일

요즘 나는 아이들과 상담을 하고 있다. 어제는 활발하고 장난기가 많은 녀석과 상담을 했다. 그 아이는 생각 외로 깊은 생각을 하는 아이인 것 같아서 놀랐다.

"다른 사람들은 공부를 열심히 해서 자신이 원하는 것을 이루려고 하는데 저는 제가 원하는 것이 뭔지를 모르겠어요."라는 고민을 했고, 다른 아이들에게도 "너는 가장 하고 싶은 게 뭐니? 나중에 커서 뭐가 되고 싶어?"라는 질문을 했을 때 10명 중에 8명은 "없어요." 또는 "모르겠어요."라는 대답을 했다. 그래서 나는 아이들에게 자신이 좋아하는 것 또는 나중에 커서 하고 싶은 직업을 찾아 적어오라는 숙제를 냈다.

2027년 11월 2일

오늘 4교시 미술 시간에는 자신이 잘하는 것과 또는 좋아하는 것을 그려보라는 주제로 아이들에게 도화지를 내어 주었다. 아이들은 한참을 고민하더니 크레파스와 사인펜, 파스텔 등 준비해 온 여러 가지 물건들로 자기 자신에 대한 꿈을 그려 나갔다. 그림을 다 그린 후에 아이들과 자신들이 그린 그림을 설명하는 시간을 가졌다.

"저는 나중에 커서 변호사가 되고 싶습니다. 나쁜 일을 한 사람들을 혼내 주고 벌을 주면서 다른 착한 사람들을 보호해 주고 싶기 때문입니다."

"저는 의사가 되고 싶어요. 왜냐하면 저번에 제가 가장 좋아하는 분이 아파서 돌아가셔서 아프고 병든 사람들을 고쳐주고 치료해 주고 싶기 때문입니다. 저는 정말 좋은 의사가 되고 싶습니다!"

"어······. 저는 우리 담임선생님 같은 선생님이 되고 싶습니다. 저는 사실 공부를 그렇게 잘한 편은 아니었습니다. 하지만 선생님께서는 그런 저에게 격려의 말과 조언을 해주셨고, 희망과 용기를 북돋아 주셨습니다. 거기에 힘입어 저는 선생님의 말씀을 새기며 열심히 노력했습니다. 그래서 노력한 만큼 좋은 결과도 있었습니다. 저 또한 아이들에게 용기를 주고 희망을 주는 저희 담임선생님과 같은 선생님이 되고 싶습니다."

아이들이 하나하나 자신들이 생각했던 작은 꿈들을 발표한 후에 나는 아이들에게 말했다.

"모두 자기 자신에 대해 열심히 고민한 흔적이 보이는구나. 정말 잘했어! 그런데 거기서 그냥 꿈을 정했다고 해서 끝이 아니라 좋은 의사나 선생님, 자신의 꿈을 이루기 위해서는 어떻게 해야 좋은 의사이고 좋은 교사가 되는지, 어떻게 해야 그 꿈을 이룰 수 있을지를 구체적으로 생각하고 고민해야 된단다. 자신이 생각하는 좋은 것이란 어떤 것인지에 대해서 잘 생각해 보길 바란다."

아이들에게 '꿈을 가지라는 메시지'를 전하는 순간, 온 몸에 소름이 돋았다. 어릴 적 내가 꿈을 가지게 되고, 그것을 이루기 위해 노력했던 모습들이 머릿속을 지나가면서 이제는 내가 아이들에게 그들의 꿈을 이루어 가는데 도움을 줄 수도 있다는 생각에 몹시 흥분되고 뿌듯했다.

아이들은 변호사, 경찰, 의사, 선생님, 국어 100점 맞기, 공부 열심히 하기, 엄마 말 잘 듣기 등등을 그림으로 표현했다. 꿈은 개인마다 생각하는 것이 다르고 원하는 것도 다를 것이다. 하지만 아이들이 자신의 특성과 개성, 자신만의 능력으로 자신이 정한 그 꿈을 위해 열심히 노력해서 꼭 그것들을 이루었으면 좋겠다는 생각이 들었다.

'얘들아 우리 모두 각자 꿈을 향해 힘차게 날아올라 보자구나!'

한 권의 굵은 공책에는 내가 교사가 되고 난 3년 전의 일기도 고스란히 담겨 있었다. 여기에 쓰인 글들을 읽으면서 내가 왜 교사가 되고 싶어 했는지, 교사가 된 이유가 무엇인지, 이제부터 내가 나아가야 할 방향이 무엇인지를 깨닫게 되었고 다시 초심으로 돌아갈 수 있는 작은 한 줄기의 희망이 보였다.

아무리 출산율이 낮아져서 내가 가르칠 아이들이 줄어들고 있다고 해도 그 아이들만이라도 정말 최선을 다해서 가르치고, 일기에 쓰인 나의 이상적인 교사상을 이룰 수 있도록, 내 꿈을 향해 다시 끊임없이 달려가야겠다는 생각이 들었다.

이젠 내 목표를 잊지 않고 작은 꿈들을 향해 나아가야겠다.

파이팅!

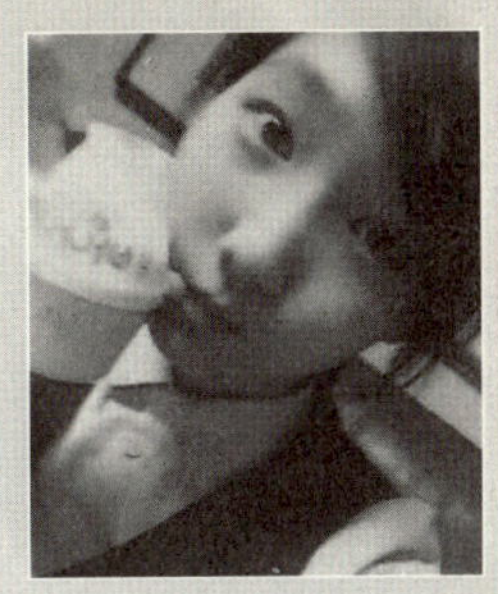

이 글을 쓰면서 제 꿈인 교사에 대해 더 진지하고 깊게 생각하게 되는 계기가 되었습니다. 또한 글을 완성하기까지 저에게는 많은 일들이 있었습니다. 다른 친구들이 너 나 할 것 없이 초고를 써서 자신만의 글을 자랑스럽게 게시판에 올릴 때 저는 초고쓰기조차 몇 번이나 거듭되는 실패를 겪었고, 계속 되는 실패에 저는 저만의 글을 쓴다는 것에 대해 이미 희망을 잃어가는 중이었습니다. 그래서 저는 마지막 초고를 올릴 때 '이번에 또 내 글이 킬 된다면 이제 글 쓰는 거 하지 말자'라는 생각이 들었습니다. 하지만 글쓰기 동아리에 발을 들이기 전에 저는 나만의 책을 꼭 쓰겠다는 목표가 있었기 때문에 마지막 초고를 올리기 전에 마지막까지 그 글을 몇 번씩이나 또 수정하고 수정했습니다. 이런 저의 노력이 있었기 때문에 지금 여기에 제 글이 쓰인 책이 탄생한 거겠죠?

고1 때 친구들이 꽁치처럼 빼빼 말랐다고 해서 꽁치라는 별명을 얻게 됐는데, 훗날 제 꿈을 이룬 그때 아이들에게 불리고 싶은 별명이기도 해서 '꽁선생의 다이어리'라는 제목이 만들어졌습니다. 그리고 이 글의 과거 주인공인 아이의 이야기는 저의 이야기와 조금 비슷합니다. 여기에는 실제로 저의 옛 추억이 담긴 부분도 있기 때문입니다. 평소에 저는 선생님들이 아이들에게 대하는 태도를 보며, '내가 선생님이 된다면 저 선생님의 저런 점을 고쳐서 이런 선생님이 될 거야.'라는 생각을 많이 가졌었습니다. 그래서 그런 저의 생각들이 이 글에 고스란히 다 녹아 있습니다. 예전부터 제 꿈은 초등교사가 되고자 하는 것인데, 성적을 비롯해 여러면으로 좀 부족해서 저는 몇 년 동안 간직했던 꿈을 포기하려고 했습니다.

하지만 '꿈을 실어나르는 책지게' 동아리 활동을 하면서 꿈에 대해 발표하고 인터뷰한 것을 바탕으로 글을 쓰면서 다시금 동기 부여가 되었고, 저의 꿈에 대해 더 확실하고 굳은 마음가짐을 가질 수 있게 되었습니다.

제 글이 많이 부족하지만 끝까지 저의 글을 읽어 주신 분들께 감사의 뜻을 전하고, 이 글을 읽고 독자 여러분들 또한 자신의 꿈을 위해 용기를 냈으면 하는 작은 바람이 있습니다.

마지막으로 제가 이 글을 쓸 수 있도록 많은 도움을 주신 김묘연 선생님과 글 쓰는 것을 포기하지 않게 옆에서 힘이 되어준 우리 동아리 친구들, 좋은 멘토를 추천해 주신 이정남 선생님, 제 꿈을 향해 한발 더 나아갈 수 있도록 좋은 정보를 알려주신 매호초등학교 전미영 선생님, 그리고 마지막으로 저를 항상 지지해 주고, 용기와 희망을 주는 가족들에게 감사와 고마움의 뜻을 전하고 싶습니다. 감사합니다.

박민경
OVERCOME

1. 상 처

드디어 지겹던 장마가 끝났다. 하늘은 더욱 푸르렀고, 햇살은 그간 가려져 있던 시간이 억울한 듯 더욱 강렬하게 이글거린다. 학교에서 오전 상담이 끝나고 김 선생님과의 점심 약속으로 나가기 전에 에어컨 바람으로 가득 찬 상담실을 환기시켜 놓을까 하고 창문을 열었다. 끈적끈적해서 기분이 나쁠 만도 한데 오랜만에 찾아온 더위라서 그런지 오히려 기분이 좋은 것 같았다. 나는 상쾌한 기분으로 지갑을 챙기고 긴 머리를 단정히 묶으며 나설 준비를 했다. 그러던 중 '끼익' 하는 소리와 함께 상담실 문이 열렸다. 나는 처음부터 나갈 생각은 없었다는 듯 자리에 앉으며 미소를 지었다.

"무슨 일이니?"

"선생님, 저 상담 좀 하려고 하는데요……. 혹시, 바쁘세요?"

"아니야, 들어오렴."

상담실 주변을 서성거리던 아이였다. 그리고 늘 고민에 가득 찬 얼굴로 상담실을 힐끔힐끔 들여다보던 학생이기에 과감히 약속을 취소하기로 마음을 먹었다.

"음, 이름이 '이준성'이구나. 그래, 준성인 무슨 일로 선생님을 찾았니?"

"저……, 사실은…… 친구들과 잘 어울리질 못하겠어요."

준성이의 말을 들으며 가만히 그 모습을 관찰한다. 겉모습으로 쉽게 판단하긴 어렵지만 아이를 보는 순간 이 아이를 제대로 보살펴 주는 사람이 없겠구나 하는 생각이 들었다. 아이의 옷은 유달리 낡아 있었고 껑충하니 올라붙은 소매

나 복사뼈를 덮지 못한 바지는 지금 준성이의 마음처럼 편해 보이지 않았다. 나는 그런 준성이의 마음이나마 편안할 수 있도록 도와주고 싶었다. 부드러운 미소를 지으며 상담지에 이름을 적고 이야기를 천천히 더 들어보기로 했다.

"어쩌다가 우리 준성이가 그렇게 생각하게 됐니?"

"음……. 잘 모르겠어요."

준성이는 그렇게 말하며 불안한 듯 시선을 가만히 두질 못했다. 이유를 진짜 몰라서라기보다는 나에 대한 경계심이 더 강한 것이라 여겨진다. 준성이가 나를 편안하게 여기고 속내를 털어 놓도록 할 수는 없을까 하는 고민을 하며 교실에선 어떻게 지내느냐고 다음 질문을 던졌다.

"교실에선 그냥……. 조용히 있어요."

"음, 조용히 있으면 아이들과 이야기를 잘 하지 않겠구나."

"……. 얘기하기가 사실……. 어려워요."

"음."

준성이는 더듬거리면서 자신의 상황이 어려움을 간신히 전달했다. 좀 더 내게 깊은 얘기를 해주면 좋을 텐데……. 하지만 내 경험에 의하면 이런 아이들은 깊게 파고들면 들수록 오히려 자신을 방어하는 경향이 있어서, 내가 말하고 싶은 이야기들을 섣불리 늘어놓기 어려웠다. 이런 내 마음이라도 전해지길 바라는 마음으로 여전히 불안해 하는 준성이의 손을 꼭 잡았다.

"준성아, 요 며칠간 네가 상담실 앞에서 어두운 표정으로 서성이는 걸 봤어. 선생님한테 네게 있었던 일을 조금이라도 말해 줄 수 없을까?"

"……."

준성이는 조금 망설이는 듯싶더니 갑자기 내 손을 뿌리치고는 상담실을 달려 나가 버렸다. 내가 할 수 있는 거라곤 한숨과 함께 준성이의 뒷모습을 바라보는 것뿐이었다. 오늘 전교생을 대상으로 할 설문지를 작성해야 하기에 몇 줄 적지 못한 상담지를 챙겨 넣은 뒤 모카향이 은은한 커피를 마시며 설문 자료를 만들기 시작했다.

준성이와의 짧은 만남이 있고나서 약 2주쯤 지났을까. 준성이가 엉망이 된 얼굴로 상담실을 다시 찾았다. 나는 놀라서 수건을 물에 적셔서 앉아 있는 준성이의 얼굴을 닦아 주었다. 눈물을 뚝뚝 흘리고 있는 준성이의 모습에선 그 아이의 모든 것이 그 눈물을 따라 함께 떨어져 나가는 것 같았다. 양 무릎 사이에 고개를 푹 묻고 있는 이 아이의 속에는 이제 무엇이 남았을까? 나는 조심스럽게 준성이에게 말을 건넸다.

"준성아, 선생님이 네게 무슨 일이 있었는지 물어봐도 되겠니? 네게 도움이 되고 싶구나."

"……. 선생님, 저… 너무 힘들어요. 흑…흑….."

간신히 말을 이어 가던 준성이는 눈물과 함께 또 다시 무너져 내렸다. 나는 준성이가 진정할 수 있게 등을 토닥이며 아이를 달래기 위해 애썼다. 얼마 전 준성이 담임인 김 선생님과 같이 식사를 하다가 준성이의 어려움이 무엇인지 듣게 되어 이 녀석이 지금 어떤 상황을 겪고 있는지 얼추 알고 있었다.

"준성아, 이제 진정이 좀 되니?"

"흑…흑….네, 감사합니다. 부끄럽지만……. 올 곳이 이곳 밖에 없었어요."

"괜찮아, 힘들면 언제든 찾아오렴."

내 미소에 준성이도 눈물로 얼룩진 얼굴에 옅은 미소를 띠었다. 그런 미소로 슬픈 얼룩을 지워갈 수 있진 않을까? 그렇게 해야지. 암……. 마음속으로 결연한 의지의 불꽃을 키우며 준성이를 바라봤다. 준성이는 짧게 보이던 미소의 흔적을 지워버리고 다시 고개를 떨어뜨리며 무언가 말하려는 듯 입술을 우물거렸지만 역시 쉽게 입을 열진 못한다. 아무 말 없이 준성이의 손을 꼭 잡아 주자 그제야 고개를 들고는 내게 천천히 이야기를 시작했다. 그리고 수업을 마치는 종소리와 함께 준성이의 이야기도 끝이 났다. 준성이의 이야기의 내용은 이러했다. 준성이가 초등학교 4학년 때 동생이 큰 사고를 당했다고 한다. 무슨 사고였냐고 물어 보고 싶었지만 이야기를 끊을 수 없어 그냥 참았다. 그 치료비가 만만치 않아 넉넉지 않았던 살림은 점점 더 기울어 지금은 끼니 한 끼도 해결하기 어려울 정도로 집안이 어려워졌다고 했다. 그리고 그때부터 준성이는 바쁜 부모님을 대신하여 혼자서 모든 걸 해결할 수밖에 없었다고 한다. 어린나이에 모든 걸 혼자 하기엔 너무나 벅찼고, 집안 또한 넉넉지 않아서 다른 아이들이 누리는 것을 누리지 못했던 준성이는 제 또래로부터 점점 소외되어 갔다. 그리고 준성이가 중학교 1학년 때, 자신을 너무나 심하게 괴롭혔던 여자 아이를 화가 나서 주먹으로 때렸는데 그때부터 아이들은 떼를 지어 자신에게 욕을 하며 폭력을 휘두르기 시작했다는 것이다. 그 괴롭힘은 준성이가 고등학교에 진학하면서 그림자처럼 자연스레 따라왔다. 막 고등학교에 입학을 해 적응하기도 전에 다시 아이들로부터 따돌림이 시작되자, 용기를 내 상담을 하러 온 것이라고 했다. 준성이는 내게 얘기를 하며 눈물을 꾹 참기도 하고, 참기 힘들 때는 조금씩 흐느끼기도 했다. 그 긴 시간 동안 의지할 곳도 없이 홀로 또래 아이들에게 괴롭힘을 당하면서 이 아인 무슨 생각을 했을까? 준성이를 꼭 껴안아 주자 아이는 다시 큰 울음을 터뜨리며 내 품 안에서 엉엉 울었다. 힘겹게 사는 부모님을 보며 그 앞에선 이런 내색조차 하지 못하고 힘겨운 고통을 홀로 짊어지고 왔을 조그마한 등을 내려다보니 나 또한 눈물이 고였다. 울음을 참느라 목소리가 조금 잠겼지만 가볍게 미소를 지으며 준성이를 일으켜 세워 아이의 절망에 가득 찬 눈을 쳐다보며 말했다.

"준성아, 일단은 오늘은 네가 너무 지쳤으니 이만 가서 쉬고 내일 다시 찾아줄 수 있겠니? 너랑 꼭 하고 싶은 이야기가 있어."

준성이는 고개를 끄덕이는 것으로 대답을 대신했다. 상담실 문을 열고나서는 준성이의 얼굴은 쏟아낸 눈물로 씻겨 조금은 밝아진 듯도 하고 시원해 보였다.

2. 흉 터

"박 선생님! 큰일 났어요!"

"네? 무슨 일이세요?"

느닷없이 상담실 문을 열어 재치는 김 선생님의 모습에 의문을 표하자, 김 선생님은, "일단은 가면서 설명해 줄게요." 하고 대답하며 앉아 있던 나를 잡아

일으켰다. 그리고 상담실을 나와 복도를 달리면서도 김 선생님은 "정말 큰일이 터졌어요."를 연신 중얼거렸다. 앞 뒤 설명도 없이 그저 큰일 났다고만 하는 김 선생님을 어리둥절 바라보다가 도착한 곳에는 많은 학생들이 모여 울고 있거나 인상을 찌푸리며 수군거리고 있었다. 그 광경을 보는 순간 뭔가 머릿속을 날카 롭게 스쳐지나갔다. 놀란 눈으로 김 선생님을 바라보니 김 선생님은 "내가 얘 기해 줬던 그 학생 있죠? 저희 반이라고 했던, 그 학생이 자살을 했어요." 한다. 김 선생님이 얘기해 줬던 학생……. 그 학생이라면! 나는 떨리는 손으로 원을 그리듯 몰려 있는 아이들 사이를 밀치고 그 안으로 들어섰다. 아이들이 만든 원 안에는 어제 다시 만나기를 약속하고 상담실을 나갔던 준성이가 누워 있었다. 피로 덮여 끔찍한 모습을 하고 있는 그 모습은 준성이가 아닌 듯했다. '아니 야…, 아냐…준성이가…아닐 거야. 준성인…….'

"벌써 교장 선생님은 난리나셨어요. 사태가 이렇게 될 때까지 뭐했냐고요. 제가 좀 더 준성이에게 신경을 써줬었어야 했는데, 어휴, 제 교사 생활 10년 만 에 이런 일은 처음이라니깐요."

"……."

담임인 김 선생님의 무책임한 말에 조금 인상이 찌푸려졌다. 김 선생님은 연 신 내 옆에서 "어휴, 끔찍해라. 어째, 애가 이런 생각을……." 하고 얘기했지만 내 머릿속은 복잡하기만 했다. 준성이의 마지막 모습은 이야기한 후의 시원함 의 얼굴이 아니라, 그저 '포기' 라는 이름의 얼굴이었다. 모든 걸 포기한 후에 지을 수 있는 여유로운 얼굴……. 나도 모르게 눈물을 흘리고 있었던 모양인지 김 선생님은 "어머, 박 선생님 많이 놀라셨어요?!" 하고 호들갑을 떨고 있었다. 하지만 김 선생님의 말도 그저 귓가에서 윙윙거릴 뿐 잘 들어오지 않았다. 내게 마지막 도움을 요청했던 것이다. 내가 그날 자신을 붙들고 살아 갈 희망을 주길 바랐던 것이다. 그 어린 아이가……. 그런 그 아이를 그냥 돌려보내다니…….

"안녕하세요. 선생님."
"안녕하세요. 준성이 어머님."

　준성이의 장례식이 끝나고 일주일 후, 준성이의 어머니는 준성이의 담임선생님을 통해 나를 보기를 요청하셨고, 나는 당연히 그 요청을 수락했다. 준성이의 어머니는 세월의 흔적이 깊게 패인 얼굴로 나를 가만히 바라보더니 조용히 내게 말을 꺼냈다.

　"준성이를 마지막으로 본 것이 준성이가 죽기 2주일 전이었습니다. 제가 너무 정신없이 일을 하다 보니… 새벽에 나가 밤늦게야 들어오니 아들 얼굴 하나 볼 시간이 없었습니다. 그래도 이것도 어미라고 가끔 마주치면 재잘재잘 학교 얘기를 해줬는데……. 너무 밝게 얘기를 해서 학교에서 그런 일을 당하고 있을 거라고는 꿈에도 생각하지 못 했지요. 그저 그 아이에게 미안함 밖에 없었습니다. 그런데 그 날은 유난히 준성이가 어두운 얼굴로 얘기하더군요. 너무 힘들다고요. 저는 이상하다고는 생각했지만 이 못난 어미는 아무것도 모르고 네 나이 때가 제일 행복할 때라고 오히려 아이를 나무랐습니다. 그런데……."

　준성이의 어머니는 채 말을 잇지 못하고는 울음을 터뜨리셨다. 티슈를 뽑아 준성이의 어머니의 손에 쥐어드리며 가만히 진정이 되기를 기다리고 있으니, 여전히 눈물 섞인 목소리로 채 마치지 못한 이야기를 어렵게 이어갔다.

　"아이가 '마지막으로 나를 도와주려고 했던 사람은 상담실 선생님 밖에 없었다.' 라고 그렇게 제게 남기는 편지에 썼더군요. 어미씩이나 돼서 아들 얘기 하나 들어주지 못한 제가 원망스러울 따름입니다."

　나는 울음을 참는 듯, 얼굴이 붉게 상기된 준성이 어머니를 바라보며 조심스럽게 물었다.

　"동생이 많이 아프다고 준성이에게 들었는데……. 준성이에게 신경 쓰실 시간이 없으실 정도로 동생이 많이 아픈가요? 아, 실례되는 질문이라면 대답하지 않으셔도 괜찮습니다."

　"……민영인 성폭행을 당했어요. 당시 7살 밖에 되질 않았는데 어른에게 당했으니 그 작은 몸이 어디 하나 성한 곳이 없었죠. 이곳저곳을 치료를 해야 했고 돈도 많이 들었습니다. 그렇다고 딸 아이를 그렇게 죽게 내버려 둘 수도 없는 노릇이니 맞벌이를 시작해서 열심히 돈 모으는 데만 신경을 썼어요. 그런데……. 그것이 아들을 죽이는 꼴이 됐으니……."

준성이의 어머니는 그렇게 한참을 얘기를 하시더니, "이만 가보겠습니다. 저는 다만 준성이를 도와주셨다는 분을 꼭 만나보고 싶었습니다."라며 절뚝거리는 걸음으로 상담실을 나갔다. 닫히는 문을 바라보다가 그 자리에서 고개를 파묻고 눈물을 흘렸다. 내 무력함에 치를 떨며…….

3. 만 남

준성이가 죽고 한 달여쯤 지났을까? 난 심각한 우울 증세에 시달리고 있었다. 불면증은 물론이거니와 내 무력함을 질타하며 스스로를 내려깎고 심지어는 '눈 감은 채 그냥 그대로 이 세상에서 나의 삶을 접고 싶다.' 라는 생각까지 가지게 되었다. 우울증의 심각함을 느낀 나는 병원을 찾기로 결심하고 학교 측에 조퇴 신청을 한 뒤 정신 병원을 찾았다.

"음, 우울증이시네요. 심리 상담 치료사분들이 우울증에 걸리기 쉽죠. 워낙 어두운 이야기를 접하다 보니 오히려……. 일단 약을 처방해 드릴 테니 복용해 보시구요. 차도가 없으면 상담 한 번 받아보도록 할게요."

'우울증' 진단을 받고 처방전을 갖고 병원 아래에 마련된 약국을 찾았다. 심리 상담사에게 우울증이라니, 이런 아이러니가 있을까. 약사에게 처방전을 내밀고 한편에 마련된 자리에 멍하니 앉았다. "박세연님." 하고 부르는 목소리에 벌떡 자리에서 일어나 이러저러한 설명과 함께 내게 내미는 약봉지를 손에 쥐고 '8400원' 이라는 값을 지불했다. 8400원이라는 값이 과연 나를 구제해 줄 수 있을까? 회의적인 생각을 하며 약국을 빠져나가려는 찰나에 바로 앞에서 약을 받아 쥐고 있던 남자와 몸이 부딪쳤다. 남자는 죄송하다는 말을 단정하게 하고는 서둘러 약봉지를 챙겨들고 약국을 뛰쳐나갔다. 준성이 사건 이후로 뛰쳐나가는 사람의 뒷모습을 보면 왠지 가슴이 덜컥 내려앉는다. 황급히 뒷모습을 향하던 시선을 돌려 바닥에 떨어진 약봉지를 챙겨드는데 '박세연' 이 있어야 할 자리에 '유현욱'이라 적힌 낯선 이름이 나를 바라본다. 머릿속은 조금 전의 상황을 빠르게 되돌려 상황 판단을 한 뒤, 빨리 약국 밖으로 뛰어나갈 것을 명령했다. 멀찌감치 걸어가고 있는 남자가 보인다. 또 뒷모습을 보고 말았다. 그를 놓칠 새라 내가 낼 수 있는 최대 속도로 달렸다. 단거리 마라톤을 한 것처럼 지쳐 쓰러지듯 그의 팔을 잡았다.

"저… 헉헉, 약 봉지가 바뀌었어요!"

"예?, 아, 이런… 죄송합니다."

"후~, 괜찮아요."

"감사합니다. 그럼."

나는 약봉지를 바꿔들고 서둘러 가던 길을 나서려는 남자를 다급하게 붙잡았다. 지갑을 꺼내 서둘러 연락처가 적힌 명함을 그 남자의 손에 쥐어 주었다. 여기까진 뇌의 명령 체계 없이 거의 본능적인 행동으로 나도 왜 그렇게 했는지 알 수가 없다.

"혹시 상담이 필요하시면 연락해 주세요. 저는 심리 치료사예요."

"예? 이거 뭐죠? 왜 이러십니까?"

몹시 당황해 하던 남자는 잠시 나를 물끄러미 바라보더니 차분한 얼굴빛으로 변한다. 남자는 한참을 고민하는 듯하더니 생각해 보겠다는 짧은 답을 남기고 빠른 걸음으로 시야에서 사라졌다. 왠지 못마땅한 표정으로 사라진 남자에게 연락이 오지 않을 것 같았지만 나는 그 남자가 내게 연락을 하길 간절히 바란다. 그 남자를 본 순간 준성이 모습이 머릿속을 스쳐지나갔다. 그래서인지 몰라도 준성이에게 못다 해준 것들을 꼭 그 남자에게라도 해야 할 것만 같았다. 이건 지난날 어리석은 행동을 한 나에게 주어진 잘못을 만회할 기회라는 생각이 들었다.

하지만 비교적 길지 않은 기간 내에 잘못을 만회할 기회를 얻을 수 있었다. 그 남자가 내게 만남을 요청해 왔기 때문이었다. 나는 단정한 모습으로 옷매무새를 정돈하곤 약속 장소로 나갔다. 이미 남자는 창가쪽 자리에 앉아 커피 한잔을 시키고 책을 읽고 있었다. 나는 조심스러운 발걸음으로 책에 빠져 있는 남자의 앞에 앉았다. 그렇게 몇 분간 말없이 있다가 나를 발견한 그 남자가 놀라면서 책을 덮음으로써 우리의 두 번째 만남은 시작되었다.

"생각보다 약물치료라는 것이 효과가 없어서 혹시나 하고 연락을 드렸습니다."

"아, 감사하게 생각하고 있어요. 사실 그 상황에서 막무가내로 연락을 해달라고 했으니 놀라셨을 거라 생각해요. 연락 주셔서 정말 감사합니다."

정말이지 남자의 연락은 보이지 않는 동아줄이 되어 나를 건져 올리고 있었다. 진심을 담아 감사함을 전했다.

"아닙니다. 조금 이른 감이 있긴 하지만 제 얘기를 해드려도 되겠습니까?"

"예."

현욱이라는 남자의 이야기는 쉼 없이 이어졌다. 차분히 이야기를 늘어놓는 그를 바라보다가 부드러운 미소를 지으며 조심스럽게 얘기했다.

"현욱 씨라고 불러도 되겠죠? 잘 알고 계시겠지만 현욱 씨는 우울증을 앓고 있어요."

"예, 의사들도 그렇게 말하더군요."

"네, 그렇죠. 아마 현욱 씨는 자신의 일에 대한 열정을 부정당했다는 사실 때문에 충격을 받아 그게 우울증으로 발전된 것 같아요. 그것도 믿었던 사람이 부정했기 때문에 더 심하게 작용한 걸 수도 있구요. 그렇게 생긴 우울증 때문에 의욕도 잃으셔서 일이 안 되면서도 자신의 꿈이기 때문에 이뤄내야 한다는 강박증에 부딪혀 더 힘드신 것 같네요. 이럴 땐, 마음을 편안히 먹고 자신이 원하는 일을 하시는 게 제일 좋아요."

"……."

내가 말을 마치자, 그는 잠시 생각에 빠진 듯 아무 말도 없다가 갑자기 화를 내며 음성 높여 말했다.

"그것이 마냥 편하게 생각할 수 있는 일이 아니라면 어떻게 됩니까? 당신이 말하는 것처럼 이 일은 편하게 생각할 수 있는 일이 아닙니다. 그렇게 남의 일이라고 쉽게 말하지 않으셨으면 좋겠습니다. 그런 말은 누구나 할 수 있는 거 아닌가요? 이 상담, 부질없는 짓이었던 것 같군요."

"그런 뜻이 아니에요. 그저……."

"이런 게 상담인가요? 좀 더 상담사로서의 면모를 보여주시지요. 제가 기대했던 것과는 정말……. 상담사로서 자격이 의심스럽군요."

그는 그렇게 얘기하고는 자리를 박차고 일어나 카페를 나갔다. 못 다한 말들을 입안으로 삼켰다. 머리를 누군가 헤집어 놓은 듯 멍해졌다. 또 섣불리 다가선 것인가? 내가 무슨 짓을 한 거지……. 좀 더 고민해 보지 않고 말을 내뱉은 내 잘못이 크다. 왜 항상 하나를 보고 둘은 생각하지 못하는 걸까? 이대로 있어도 괜찮은 걸까……. 남자의 뒷모습은 준성이의 뒷모습과 겹쳐 나를 또 다른 공포에 휩싸이게 했다. 현욱 씨와 연락이 되고 그와의 상담을 기대하는 동안 잠시 걷혔던 먹구름이 다시 내 머리맡에 올라앉았다. 그에게는 이런 말 한 마디로 해결될 수 없는 문제일 텐데, 그런데 난 바보같이 편하게 마음먹으라는 말이나 정말 편하게 하고 말았으니……. 그 예전처럼…….

4. 기 회

현욱 씨와의 만남 이후 3주라는 시간이 흘렀다. 여전히 연락 없는 그를 생각하며 한숨을 내쉬었다. 먼저 연락을 해보기로 마음을 먹고 아직 통화 목록에 남아 있는 전화번호를 눌렀다. 이내 짧은 통화 대기음 소리가 들려오고 수화기 너머로 그의 사무적인 목소리가 들렸다.

[여보세요. 유현욱입니다.]

"현욱 씨, 저 박세연입니다. 기억하세요?"

[아, 박세연 씨. 무슨 일로 전화 주셨습니까? 상담은 그때 끝난 걸로 기억합니다만.]

"다름이 아니라 한 번 더 만나주셨으면 합니다. 그땐 제가 큰 결례를 범했어요."

　[그 일이라면 다시 뵙고 싶지 않습니다. 더 이상 드릴 말씀도 없고요. 죄송하지만 이만 끊겠습니다.]

　"전에 뵀던 카페에서 저녁 7시에 기다리고 있겠습니다!"

　전화가 그냥 끊어질까 봐 일방적으로 약속 시간과 장소를 말했다. 그리고 내 말이 끝남과 동시에 통화도 종료되었다. 과연 그가 약속 장소에 나와 줄까? 씁쓸한 마음이라도 붙들 듯 핸드폰을 힘주어 잡다가 문자 알림음에 놀라 휴대폰을 열었다.

　[저번에 부탁하신 미술 놀이 준비해 놨어요. 박 선배.]

　후배로부터 날아온 짧은 문자 내용이 준성이를 생각나게 한다. 준성이가 죽기 전 날 준성이의 치료를 위해 준비해 달라 부탁해 두었던 미술 놀이……. 난 준성이가 이 놀이를 통해 자신의 스트레스를 해소하고 좀 더 밝게 웃을 수 있게 되었으면 했다. 그렇게 기도하며 잠들었었는데……. 내 머리맡에 떠다니던 먹구름은 비가 되어 흘러내린다. 난, 치료사로서 자격이 없어…….

　벽시계가 정확하게 절반으로 나뉜 시각. 저녁 6시다. 긴장한 탓에 한 시간이나 일찍 약속 장소로 와버렸다. 초조한 마음을 달래기 위해 평소에는 즐기지 않는 쓰디쓴 에스프레소를 주문하고 창 밖을 쳐다보았다. 바쁘게 걸어가는 사람들을 보며 한숨을 내쉬었다. 피곤한 두 눈을 손으로 힘주어 누르며 휴대폰을 꺼내 시간을 확인했다. 어느새 7시 16분. 점점 줄어드는 커피를 담은 머그잔을 탁자 위에 두고 카페를 둘러보았지만 여전히 그의 모습은 보이지 않았다. 창 밖으로 고개를 돌리려 했을 때 '딸랑' 하는 작은 종소리가 울리며 그가 카페 안으로 들어서고 있었다. 웃으며 살짝 손을 들어 흔들자 나를 발견한 건지 이쪽으로 성큼성큼 다가온다.

　"안녕하세요?"

　나의 말에 살짝 고개를 숙이며 인사를 한 그가 맞은편 소파에 앉는다.

"와주셔서 고마워요."

싱긋 웃으며 손을 내밀었다. 불쑥 내밀며 악수를 청하는 손에 잠시 주춤하던 그는 내가 손을 마주 잡자 살짝 손을 흔들었다. 불편한 듯 약간 굳은 그의 인상에 미안한 마음이 들었다.

"무슨 일로 부르신 겁니까?"

"한 번만 더 기회를 주세요."

"네?"

"제 실수를 만회할 기회를 달라는 겁니다. 유현욱 씨."

"하-"

그는 막무가내식의 내 부탁에 작게 한숨을 내쉬며 관자놀이를 꾹꾹 누르다 앞에 놓인 차가운 물을 마셨다.

"기분 나쁘셨다면 죄송하지만, 다시 한 번 기회를 주시면 안 되겠습니까? 부탁드립니다."

그와 눈을 마주칠 자신이 없어 살짝 시선을 내렸다. 여전히 물을 들이키던 그가 물을 내려놓고 나를 쳐다보는 시선이 느껴졌다. 조심스레 고개를 들어 그 시선을 마주하자 그는 미소를 지으며 말했다.

"좋습니다."

그의 수락이 떨어지자 나는 활짝 미소를 지어보이며 그에게 고개를 숙였다.

"감사합니다! 그럼 자리를 옮겨도 될까요? 다른 곳에 제가 준비해 놓은 것이 있어요."

"아, 그러도록 하죠."

현욱 씨는 대답과 함께 테이블에 놓인 핸드폰을 집어 들고 일어났다. 나 또한 활짝 떠올랐던 미소를 지은 채 생각했다. '내 스스로의 잘못을 꼭 되짚겠다.' 하고…… 목적지에 가까워 올수록 발걸음은 점점 더 무거워져오기 시작했다.

'준성아…… 선생님이 힘낼 수 있도록 도와줄 수 있겠니?

비교적 가까운 곳에 위치한 장소에 도달했다. 문을 열고 들어서자 시원한 느낌의 파란색 배경으로 둘러싸여진 깨끗한 복도가 눈앞에 보인다. 신발장에서

익숙하게 실내화 두 켤레를 꺼내 두고 신발을 정리한 뒤 가만히 서서 긴 복도를
바라보고 있는 그에게 말을 건넸다.

"실내화 신고 윗옷은 걸어두시고 이 옷을 걸쳐주세요."

"예, 그러도록 하죠."

그는 내가 건네준 비닐 옷을 보고 의문이 섞인 표정을 지었지만 나는 그저 미
소를 지을 뿐이었다.

"얼른 입으세요. 아니면 옷 다 버려요."

"저 죄송하지만 여기는 무엇을 하는 곳 입니까?"

"저를 따라 오시면 자연스럽게 알게 되실 겁니다."

알록달록한 칠이 된 복도를 걸어 나와 화사한 오렌지빛 미닫이문을 열었다.
익숙한 물감 냄새가 먼저 코에 먼저 와 닿았고 다음엔 하얀색 전지가 가득 붙여
진 한쪽 벽면이 눈에 들어왔다. 한쪽 구석에 놓여 있는 커다란 박스를 들고 그
의 바로 앞에 내려두었다. 비닐 옷을 입고 이리저리 둘러보고 있던 그는 여러
가지 색깔의 풍선으로 가득 채워진 박스를 가만히 바라보았다. 그는 그중에서
가장 튀었던 노란색 풍선을 손에 들었다.

"이게 뭡니까?"

"미술 치료 중에 하나라고 해두죠!"

"미술 치료요?"

나는 상자 안에 들어 있는 물감 풍선을 하나 집어 들었다. 그리고 전지를 향
해 힘껏 던지자 시원하게 풍선이 터지며 전지에 초록색 물감에 흘러내린다. 내
가 또 다른 물감 풍선을 이어 던지자 이번에는 하얀색 전지에 검은색의 물감이
물을 들인다. 내가 하는 행동을 그저 바라보기만 하고 있던 그에게 미소를 지으
며 말했다.

"손에 든 풍선은 폼이 아니에요. 보기만 하시지 말고 저를 따라 던져보세요.
유치해 보일지도 모르겠지만 아주 재밌어요."

"이게 미술 치료라는 겁니까?"

영 석연치 않다는 표정으로 말하는 그를 무시하고 전지에 풍선을 하나 더 던

지며 말했다.

"어허, 해보시라니까 그러네. 스트레스 해소에 이것만한 게 없어요."

나의 말에 그는 들고 있던 노란색 풍선을 힘차게 전지에 던졌다. 얼마나 세게 던졌는지 안에 들어 있던 빨간 물감이 온 몸에 튀었다. 얼굴이며 비닐 옷이며 여기저기 물감을 묻힌 그를 보며 크게 웃었다. 그는 내 웃음에 멋쩍은 듯 바라보다가 상자에서 풍선을 꺼내 벽에 다시 한 번 더 던졌다.

"재밌죠? 속 안에 있던 답답한 것이 팍! 하고 터지는 것 같은 느낌이 들지 않아요?"

"……그렇군요."

다행히 그는 중간 중간 슬쩍 웃음을 보였다. 즐거워 보이는 모습에 안심이 돼 같이 옆에서 풍선을 던지고 있으려니 갑자기 옆에서 날아오던 풍선이 멈췄다. 그걸 뒤늦게 느끼고 잠시 고개를 들어 그를 바라보니 그는 전지를 바라보며 쓸쓸한 눈을 하곤 고개를 돌려 나를 쳐다봤다.

"세연 씨."

"네?"

"사실 전 제 목표를 향해 달려간 탓에 공부밖에 몰랐습니다. 제대로 놀아 본 기억도 없습니다. 그래서 그런지 사람의 마음을 헤아린다는 것, 그것 참 어렵더군요. 아마 그래서 지금 연구소에서 사람들이 어떻게 생각하는지 미처 헤아리지 못했나봅니다."

마치 고해성사를 하듯 말하는 그 말이 안타까워 위로하듯 말을 꺼냈다.

"현욱 씨는 자신의 열정을 알아주지 않는 사람들 사이에서 자신의 일을 할 자신감을 잃어서 그런 것뿐이에요."

내 말에 그는 말없이 고개를 떨어뜨린다. 그리고 조용히 미소를 지었다.

"그게 아닙니다. 제가 생각했던 그 열정이 고작 다른 사람이 어떻게 생각할까 하는 하찮은 두려움 때문에 꺼진다는 게 무서운 겁니다. 그러다보니 자연스레 제가 하고 있는 일이 잘 되지 않자 모두 그 사람 탓으로 몰아가던 제 자신을 깨닫게 되더군요. 하, 정말로 한심합니다. 그걸 극복해내지 못한 건 바로 난

데……."

"……."

그는 그렇게 가만히 얘기를 하더니 눈물을 뚝뚝 흘렸다. 어떤 흐느낌도 인상 찌푸림도 없이 가만히 눈물만을 흘릴 뿐 그는 닦으려는 생각조차도 하지 않았다. 그저 무너질 듯, 무너지지 않을 듯 그렇게 가만히 물감이 뿌려진 전지를 바라보며 눈물을 흘릴 뿐이었다. 그런 그를 조용히 끌어안아 다독여 주었다. 그러고 있으니 그가 자그맣게 낮게 가라앉은 목소리로, 눈물로 얼룩져 내려앉은 목소리로 말한다.

"그걸 당신을 보면서 알게 되었습니다. 제가 차갑게 말하든 뭐라고 말하든 자신의 일을 하겠다는 그 단호한 눈에서, 자신의 일에 대한 강한 믿음을 봤습니다. 맞아요. 나도 그래야 되는데……. 이제야 왜 세연 씨가 그렇게 울 것 같은 눈을 하면서도 울지 않았는지 알게 되었습니다. 자신의 꿈을 위한 열정을 지키는 '방법'을 오늘 세연 씨로 인해 배우게 됐습니다."

흐느끼는 듯한 목소리로 그렇게 이야기하는 말을 가만히 들으며 울음을 그칠 때까지 계속해서 다독였다. 옛적, 내가 준성이에게 했어야 할 일을 대신하듯. 그렇게…….

5. 새로운 시작

따가운 가을 햇살이 비추는 상담실 안을 가만히 들여다봤다. 모든 것이 이 상담실 안을 가득 메우는 봄 햇살처럼 기분 좋게 매듭이 지어졌다. 현욱 씨는 상담 이후 조금씩 기운을 찾아갔고 그 이후에도 몇 번이고 힘든 일이 있으면 내게 상담을 해왔다. 그리고 어제는 드디어 프로젝트를 성공리에 마무리할 수 있게 되었다며 연락이 왔다. 상담자로서 내담자가 그러한 극적인 변화를 가졌다는 것은 마냥 기쁘기만 한 일이었다. 그리고 나는 내가 저질렀던 일에 대한 죄책감을 덜기 위해, 또 한편으로는 하늘에 간 그 아이가 행복하기를 바라며 새로운 결심을 했다. 바로 준성이 동생의 상담을 내가 맡는 것. 핸드폰을 가만히 들여다보다 잠금을 풀고 번호를 누르고 통화키를 눌렀다. 그리고 몇 초간의 수화음 뒤에 목소리가 들려왔다.

[여보세요?]

"저, 준성이 어머님. 저 준성이 상담 선생님입니다."

[아… 무슨 일로 연락을……?]

"민영이의 상담을 제게 맡겨주셨으면 합니다."

[네?…]

"부탁드리겠습니다. 이게 준성이의 마지막 희망을 붙들어 주지 못했던 저의 최소한의 속죄인 것 같아요. 정말 부탁드릴게요. 준성이 어머님! 면목 없다는 것 잘 압니다. 하지만…… 꼭 부탁드려요."

[……일단은 딸아이의 의견이 중요한 거니 얘기 해본 뒤 다시 연락드리겠습니다.]

"네, 꼭 부탁드릴게요."

그 후, 준성이 어머니는 그러고서 한 시간 가량 연락이 없으시더니 한 시간 후 다시 연락이 와서 잘 부탁드린다고 말씀하시며 내게 '민영'이의 상담을 맡겨주셨다. 나는 준성이 어머님께 몇 번이고 고맙다고 인사하며 정말 잘해보이겠노라 다짐했다.

내가 준성이 어머님과 얘기를 나누는 중에 밖은 어느새 저물고 있었다. 열어 둔 창문 사이로 높은 하늘이 붉게 빛나고 있었고 선선한 가을바람이 불어오고 있었다. 문득 창 밖으로 지저귀며 날아가는 새를 보며 1년 전쯤 읽었던 '삶'에 관해서 서술하고 있던 책이 떠올랐다. 그 책 내용에서 유난히 기억에 남는 부분……

"Overcome & Return……이었던가?"

원고 최종 마감일에 아슬아슬하게 겨우 완성한 글입니다. 힘들고 어려웠던 글쓰기가 막상 끝나자 조금은 섭섭한 마음이 드네요. 처음에 우연찮게 동아리에 들어 글을 쓴다는 것을 그저 가볍게 생각했었던 것 같아요. 하면 할수록 점점 어렵기만 해지는 글쓰기에 별로 흥미를 느끼지 못하고 게으름을 피웠던 날들이 지금에서야 후회가 됩니다. 이렇게 보람 있는 일을……

저의 권유 아닌 권유로 이 동아리에 들게 된 제 친구 혜정이와 함께 시작한 'Overcome & Return'이라는 글은 저와 혜정이의 꿈을 담은 글이라고도 할 수 있습니다. 미술치료사가 꿈인 저와 항공설계사가 꿈인 혜정이의 이야기를 글로 적어보았는데요. 학교에서 상담사로 일하고 있던 세연은 상담을 하던 아이의 자살로 인해 자신이 아이를 돕지 못했다는 죄책감으로 우울증에 걸려 병원에서 진단을 받고 약국에서 우연히 중요한 프로젝트를 맡아 심적 부담감과 함께 사람들과 약간의 갈등으로 인해 우울증과 강박증으로 고통을 받고 있던 항공설계사로 일하는 현욱을 만나게 됩니다. 그와 이야기하며 상담을 해주면서 자연스레 자신도 우울증을 극복하게 되고 다시 새로운 시작을 하게 되는 내용입니다.

'Overcome & Return'에서는 항상 꿈꿔왔던 직업을 갖게 된 두 사람이 꿈꾸어왔던 것과는 다른 현실에 상처를 받아 아파하고 갈등하지만 자신이 열정을 가지고 아직도 그 꿈을 가지고 있다면 다시 일어서고 또 비상할 수 있다는 의미를 담고자 했습니다.

마지막으로, 이 글을 함께 기획하고 쓰느라 힘들었는데 저의 짜증까지 받아주며 열심히 글을 써준 나의 비즈니스 파트너이자 소중한 친구인 혜정이와 시험기간인데도 불구하고 이 글의 편집과 수정, 표지를 만들어주는 등 많은 도움을 준 나의 정신적 지주이자 소중한 친구인 수향이, 당근과 채찍질로 잘 조율하며 우리 동아리를 환상적이게 이끌어 와주신 김묘연 선생님과 함께 글을 쓰며 소중한 추억을 만들게 해준 동아리 친구들에게 정말 고맙다는 말을 전해 주고 싶네요.

환상적이게 이끌어 와주신 김묘연 선생님과 함께 글을 쓰며 소중한 추억을 만들게 해준 동아리 친구들에게 정말 고맙다는 말을 전해 주고 싶네요.

Pizza
1,000원
할인쿠폰
Pizza
콜라 大
무료쿠폰
Cola
Pizza
콘샐러드
무료쿠폰
BONUS +
쿠폰 5장이상
오븐 치즈 스파게티

류혜정
RETURN

-1-

"이렇게 같이 일하게 돼서 반갑습니다. 전 이번 'eco-friendly airplane'의 설계를 맡은 유현욱이라고 합니다."

창문을 비집고 들어온 나른한 햇살이 연구실의 하얀 벽과 바닥에 흩어져 내려온다. 하지만 늦은 봄의 따스한 햇살을 느낄 여유도 없이 날 지켜보는 수많은 시선을 향해 인사를 건넨다. 긴장한 탓에 꽤 큰 소리였음에도 불구하고, 새하얀 가운을 걸치고 있는 사람들로 가득 메우고 있는 연구실 안에서 내가 건넨 인사는 그들의 멀뚱멀뚱한 표정에 젖어들지 못했다. 그렇게 내 인사말이 공중으로 희미하게 사라질 즈음, 몇 명의 사람들이 머뭇머뭇 인사를 건넨다.

"아, 저도 반가워요. 생각보다 너무 젊으시네요."

"하하. 그러게 말입니다. 원체 젊으셔서 이번에 오시게 된 설계사라고는 예상도 못했어요."

몇몇이 인사를 건네자 그제야 연구실 안에 떠돌던 어색한 공기가 누그러진다.

"같이 프로젝트에 일하게 돼서 반갑네."

확실히 정부에서 밀고 있는 프로젝트답게 항공 분야 곳곳에서 저명한 분들이 하나둘 얼굴을 보인다. 언젠가 TV프로그램에서 본 적이 있는 듯한 중년의 남자가 인자한 미소를 지으며 악수를 청해 오자, 허둥지둥 그 손을 맞잡았다. 맞잡은 손에서 느껴지는 따스함이 이런 유명 인사들과 함께 프로젝트를 한다는 현실감을 줘 가슴이 두근거린다. 어릴 적부터 바랐던 꿈이었는데도 막상 현실로 다가오니 안 맞는 옷처럼 어색하던 느낌이 이제야 피부에 감기며 실감이 난다.

"잘, 부탁합니다!"

기합이 잔뜩 든 그 인사에 연구실 곳곳에서 흘러나오는 작은 웃음소리와 함께 분위기가 가벼워진다. 그리고 그 가벼워진 분위기를 틈타 주변에 서성거리고 있던 다른 사람들까지 합세해 인사를 건네자 허둥지둥 그 인사를 받아낸다. 그런 사이에 한쪽에서 내 어깨쯤 오는 작달막한 키와 미간 위로 잔뜩 주름진 남자가 괜스레 큰 헛기침 소리를 내며 다가온다. 그 기침소리에 고개를 돌리니 어쩐 일인지 무리지어 있던 사람들이 슬금슬금 눈치를 보며 뒤로 빠진다. 덕분에 사람들 사이에 가려 보이지 않던 남자의 얼굴이 한눈에 들어온다. 희끗희끗 보이는 흰머리까지 깔끔하게 뒤로 넘긴 머리 밑으로 불만으로 가득한 위협적인 눈빛에 일 자를 그리는 고집스런 입술은 외형만으로도 사람을 긴장시킨다. 그가 나타나자 갑자기 조용하고 무거워진 분위기에 눌려 경직된 표정으로 그를 향해 꾸벅 숙이자 그는 짧게 헛기침을 내뱉으며 턱을 치켜 올렸다.

"내가 이번 'eco-friendly plane'의 책임자이자 실장인 전광혁이라고 하네."

거만함이 느껴지는 어조의 인사와 함께 탐색하는 듯 내 몸을 이리저리 훑는 시선에 마치 품질 검사라도 받는 것 같아 기분이 언짢아진다.

"네. 전 설계를 맡은 유현욱이라고 합니다. 잘 부탁드리겠습니다."

괜히 도전하듯 큰 소리로 인사를 하곤 넙죽 몸을 숙이는 나의 태도에 그는 약간 당황한 듯 움찔 몸을 움츠렸다. 하지만 자신을 주시하는 사람들의 시선을 의식한 건지 이내 다시 목을 빳빳하게 세우곤 돌아선다. 잠시 그 돌아선 뒷모습을 바라보다 만만치 않은 상관을 만나 연구실 생활이 평탄치 않을 것을 직감해 길게 한숨을 내쉰다. 하지만 그와 동시에 이곳에서 내가 그토록 목표해 왔던 꿈을 펼쳐낼 것을 생각하니 가슴이 두근거린다. 그래, 이곳은 내가 꿈을 펼쳐나갈 출발점이다. 그 사실 하나에 방금까지 까다로운 상관 때문에 염려하던 마음은 까맣게 사라져버리고 그저 두근거리는 가슴만을 부여잡은 채 아무도 모르게 속으로 가만히 나에게 말을 건넨다.

'잘 부탁해.'

“또 야근이야?”

한참 동안이나 모니터를 바라보며 설계도와 씨름하고 있을 즈음에 눈앞에 갑자기 하얀 종이컵이 들어오더니 향긋한 커피향이 코끝을 맴돈다. 반사적으로 내밀어진 종이컵을 잡곤 고개를 들자, 이번 프로젝트에 참가한 이래로 가장 친하게 지내게 된 주연 씨가 앞에 있다.

“아, 감사합니다.”

“별 말씀을. 야근 수당도 안 주는데……. 적당히 하고 가.”

주연 씨에게 감사의 인사를 건네자 장난스럽게 눈을 찡긋 거리며 대답하던 그녀가 손을 흔들곤 연구실을 나가자, 그제야 휑해진 연구실 안을 둘러보며 혼자만 남았다는 걸 깨닫는다. 낮엔 사람들의 체온과 각종 기기의 전자 열로 후끈 달아올랐던 연구실에 혼자 남아 있으니 썰렁하면서도 한편 정신없이 일만 하던 나에게 여유를 느끼게 한다. 간만에 느끼는 그 여유를 좀 더 즐기고 싶어 오랫동안 앉아 있어 달아올랐던 의자에서 일어나 창문을 열었다. 서늘한 바람이 얼굴을 때림에 잠시 멍하니 창 밖의 멋없이 똑같이 생긴 건물들로 이어진 연구소를 바라보다 처음 발을 들였을 때 낯설던 연구소가 어느새 마치 집처럼 눈에 익고 편하다는 느낌에 히죽 한번 웃는다. 이렇게 정신없이 하나에 몰두해 본 적이 언제였을까. 좋아하는 일을 하고 좋아하는 일에 시간과 노력을 쓰는 일이니 다른 연구원들은 이해하지 못할 정도로 밤늦게까지 일을 하는 것마저도 나에겐 기분 좋은 일이다. 그 생각에 혼자서 히죽거리며 웃고 있으려니 찬 공기 때문인지 벌써 커피가 차갑게 식어버렸다. 식은 커피는 좋아하지 않지만 아까운 마음에 단숨에 들이키고 다시 자리로 돌아가려는데 연구실 한쪽의 실장실에서 ‘우당탕탕’ 하며 무언가가 바닥에 부딪히는 둔탁한 소리가 들린다.

‘뭐… 뭐지? 도둑인가?

분명 아무도 없을 실장실인데 들려오는 그 소리에 좀 전의 혼자만의 낭만은 순식간에 날아가고, 가슴이 두근거리며 머릿속으론 수많은 의혹과 공포가 들어찬다. 하필 연구실에 나 밖에 없을 때……. 침을 꿀꺽 삼키며 망설이다가 이내 실장실에 내일 있을 회의에 쓰일 중요 서류가 있다는 것을 떠올리곤 주변의 막대 하나를 들고 마음을 단단히 먹는다.

"이럴 줄 알았으면 호신술 하나 배워둘 걸……."

학창 시절 공부한다고 흔한 호신술 하나 제대로 배워두지 않은 걸 뼈저리게 후회하며 눈을 질끈 감고 실장실의 문을 벌컥 열곤 소리친다.

"누구야!"

예상했던 검은 복면을 쓰고 한 손에 서류를 쥐고 있을 도둑 대신 언제나 깐깐한 표정으로 칼같이 다린 정장을 입던 실장님이 잔뜩 흐트러진 차림으로 의자에서 넘어져서는 얼빠진 표정으로 나를 바라보고 있다. 그 모습에 잠시, 예상했던 도둑이 아닌 실장님이란 사실의 어이없음도 잊고 풋 하고 웃음이 새어나왔다. 실장님은 내가 웃는 걸 그 좁은 미간을 찌푸리며 쳐다보다 버럭 소리친다.

"웃지만 말고 나 좀 도와주게!"

"아, 알겠습니다. 죄송합니다."

채 웃음기가 가시지 않은 얼굴로 실장님을 일으켜 의자에 앉히자 실장님은 아직도 웃고 있는 나를 그 무시무시한 눈으로 노려본다. 그 시선에 웃음을 슬그머니 안으로 넣고는 조심히 묻는다.

"저, 실장님. 퇴근하신다고 안 하셨어요?"

분명 기억 속에 집에 간다며 서둘러 자리를 떴던 실장님을 떠올리며 던진 질문에 잠시 한동안 정적이 흐른다. 실장님은 황망히 이리저리 시선을 옮기다 헛기침을 여러 번 내뱉으며 뜬금없는 질문을 던진다.

"흠흠, 야… 야근 하고 있었나?"

어색하게 화제를 돌리는 모습에서 곤란함이 잔뜩 느껴져 여기서 무엇 하냐고 묻고 싶은 생각이 목 끝까지 차오른 것을 애써 누르며 화제를 돌린다.

"예, 뭐……. 커피, 드릴까요?"

내 말에 실장님은 나는 쳐다보지도 않은 채 고개를 끄덕인다. 하지만 보이지 않아도 느껴지는 실장님의 난처해 하는 기색에 자리를 피해드려야 할 것 같아 잠시 그곳을 나와 자판기에서 커피 두 잔을 빼서 다시 실장실로 들어간다. 실장님은 그 짧은 시간 안에 벌써 정리를 다 끝낸 건지 다시 깔끔한 모습으로 돌아와 서류를 읽고 있었다. 순식간에 원래의 실장실 모습으로 돌아왔다는 것에 감탄하며 서류를 읽고 있는 실장님의 앞에 커피를 내려놓자 그는 이번에도 얼굴 한 번 쳐다보지 않은 채 대답한다.

"고맙네."

"아뇨. 별 말씀을요."

어색하게 건넨 내 답변을 끝으로 실장실 안은 침묵만이 감돈 채, 나와 실장님의 커피 마시는 소리만이 들려온다. 커피도 다 마셔가 슬슬 어째서 이 늦은 밤 몰래 실장실에 있었던 지에 대해 물어보려던 찰나에 실장님이 선수쳐 먼저 말을 꺼낸다.

"내가 자네와 비슷한 나이였을 땐, 우리나라에서 항공 분야는 미개척지였지. 기술도 지식도 없던 그때에 무식하고 용감하기만 했던 젊은 날의 내가 어떤 항공 프로젝트에 참여하게 되었었네."

자신의 이야기를 술술 꺼내는 실장님의 모습에 약간 놀라 눈을 휘둥그레 뜨고 가만히 실장님을 바라보았다. 사적인 이야기는커녕 연구실에 있을 때에도 강압적인 어투로 호통만 치던 분이라 먼저 자신의 이야기를 꺼내는 모습에 조금 놀랐다. 잠시 놀란 눈으로 실장님을 바라보다 분명 어렵게 꺼낸 이야기일 테니, 그에 걸맞게 들어야 한다고 생각해 부드러운 표정을 짓곤 실장님을 바라본다.

"그 프로젝트를 하는 내내 난 실수도 많았고, 어설프기 그지없었지. 그때 항공 분야의 지식이 많지 않아서일까, 난 결국 내가 맡은 프로젝트를 실패하고 말았네. 그때의 실패가 얼마나 나에게 큰 충격이었는지……. 그 후의 다른 프로젝트를 성공했을 때에도 그 실패가 떠오르곤 하네."

실장님은 하얀 서류에 깨알같이 적혀 있는 글자들을 보며 씁쓸하게 한번 웃어 보인다.

"하지만 언제까지고 그 실패를 이고 살수는 없는 거 아닌가. 이번 프로젝트는 그때의 첫 프로젝트처럼 나에게 새로운 도전이네. 난 이걸 성공으로 이끌어 그때의 상처를 치유하고 싶네. 그러다보니 사소한 것 하나조차도 어찌 그리 신경 쓰이던지……. 집에 가려던 내내 이 서류가 걸려서 도무지 갈 수가 없더군.
다시 한 번만 확인했으면 하는 바람에 결국 다시 연구실로 돌아왔네. 허허, 참.
이 전광혁이 고작 첫 회의에 쓸 서류 하나 때문에 안절부절못해 하는 꼴이라
니.”

　본인 스스로도 어이가 없는 건지 헛웃음을 들이키는 실장님의 모습을 가만히
바라본다. 자신이 사랑하는 꿈에 조금 더 가까이 다가가기를, 그 꿈이 조금 더
완벽해지길 바라는 욕심을 나도 잘 알고 있기 때문에 아무 말 없이 그저 조용히
웃는다. 그런 내 모습을 잠시 바라보던 실장님은 망설이는 듯하더니 슬그머니
말을 건넨다.

　“이 일은 우리 둘만의 비밀로 해주었으면 하네.”

　“…예? 어째서……?”

　영문을 모르겠다는 내 말투에 실장님은 갑자기 역정을 낸다.

　“그럼, 내가 남들 몰래 혼자서 작업하는 걸 알려서 비웃음이라도 받길 원하
는 겐가!”

　그게 그렇게 비웃음 받을 만한 일인가 싶다가도 부리부리한 눈으로 노려보는
실장님의 시선에 결국 말을 안으로 삼킨다. 아무래도 자존심이 강하신 분이니
들키시는 게 부끄러운 거겠지. 그렇게 생각하며 자리에서 일어서려는데 갑자
기 실장님이 번뜩 내 팔을 잡는다.

　“그래, 현욱 군이 나와 같이 야근을 하면 되겠군! 만약에라도 연구원들이 찾
아오면 알려줄 수도 있으니, 나쁘지 않아.”

　잠시 그 말을 이해하지 못해 난 멍청한 얼굴을 한 채 손가락으로 나를 가리킨
다.

　“… 예? 저요?”

　“그래. 여기에 자네 말고 누가 또 있는가. 그럼 하는 줄로 알 테니 어서 나가
게.”

　더 이상의 질문은 받지 않겠다는 듯 강제로 밖으로 떠다미는 실장님의 손에
엉거주춤한 자세로 실장실에서 쫓겨난다. 나의 의견은 한 조각도 들어 있지 않

은 그 일방적인 명령에 어안이 벙벙해 한동안 멍하니 실장실 문만 바라본다. 그렇게 남들이 아는 것이 싫다면 이렇게 밤새도록 일에 매이지 않으면 될 텐데……. 황당함도 잠시, 실장님의 일을 포기하지 않는 그 고집스런 태도에 입가에 잔잔한 미소가 걸쳐진다.

"그럼, 퇴근할 때 말해 주세요. 같이 퇴근해요."

잠시간의 침묵 사이로 문 너머에 실장님의 약간 느릿하고 어색한 어투가 흘러나온다.

"그래. 그러지."

이게 몇 번째 밤일까? 자정을 한참 넘은 시각. 실장님과의 그 말도 안 되는 약속에 며칠을 자는 둥 마는 둥 했더니 눈 밑에 잔뜩 그늘이 졌다. 피부도 윤기를 잃고 거칠어져 있어, 얼굴 가득 피곤한 기색이 묻어 있다. 괜히 얼굴을 만져 보며 이 문제가 실장님 때문이라는 듯이 원망스러운 표정으로 불이 켜져 있는 실장실을 노려본다. 그러다 갑자기 실장실의 문이 벌컥 열리더니 실장님이 손짓으로 나를 부른다.

"잠시 이리와 보게."

도둑이 제 발 저리는 것처럼 실장님의 부름에 화들짝 놀라 눈을 크게 뜨고 가만히 보고만 있으니, 실장님은 눈을 치켜뜨며 다시 말한다.

"물어볼 게 있으니, 일단 들어오게!"

강압적인 어조에 슬금슬금 실장실로 들어가니 실장님이 방금 그리고 있었던 새하얀 설계도를 보여주며 물어온다.

"좀 어떤가?"

마치 숙제 검사를 받는 아이 마냥 기대 반, 걱정 반 섞인 눈빛에 그만 실소가 머금어진다. 방금 전까지 피곤한 나를 늦게까지 붙잡고 놓아주지 않던 실장님을 야속해 하며 원망하던 마음이 괜히 부끄러워진다. 자신의 꿈을 위해 노력하는 모습이나 그 분야의 권위자라는 자존심까지 한 수 접고, 새파랗기 그지없는 나에게 망설이지 않고 물어오는 모습이 이 일을 얼마나 사랑하고 있는지 느끼게 해준다. 그 모습에 아까 전 원망스러워 했던 마음을 반성하며 조바심을 내는 실장님의 말에 답변한다.

"나쁘지 않은데… 너무 무겁지 않을까요?"

"흠. 확실히 그렇군."

"아예 동체 재료를 다른 걸로 바꾸는 게 어떨까요?"

아까 전 몸을 나른하게 누르던 피곤함은 온데간데없이 사라지고, 마음 한구석을 간질이던 열정으로 꽤 긴 시간 동안 토론을 했다. 온 몸이 녹초가 된 토론 끝에야 실장님은 만족한 결과를 얻었는지 평소엔 잘 볼 수 없는 희미한 미소를 머금는 모습에 나까지 뿌듯해진다. 녹초가 된 몸을 의자에 기대자 실장님이 커피 한 잔을 건네준다.

"아, 감사합니다."

따뜻한 커피 한 모금에 몰려오던 잠기운이 조금씩 옅어진다. 실장님도 꽤나 피곤했었는지 옆자리에 늘어져 앉아 커피를 마신다. 커피 마시는 소리만 들려오는 방안에 침묵이 돌았다. 그 분위기가 어색했던 건지 실장님이 작은 헛기침과 함께 넌지시 말을 건넨다.

"피곤할 텐데 도와줘서 고맙네."

"아뇨. 저도 하고 싶어 하는 건데요."

내 말에 실장님은 가만히 내 얼굴을 보더니 물어온다.

"자네 이력서를 보니, 학생시절 때부터 이 일을 하려고 상을 모으던 것 같던데, 이 일이 그렇게 하고 싶었나?"

실장님의 갑작스런 질문에 잠시 생각에 빠진다. 그러고 보니 언제부터 설계사를 하려고 그렇게 노력했었던 걸까? 기억을 차근차근 더듬어가며, 꿈을 향해 열정을 품에 안고 달려가던 치기어렸던 어릴 적이 떠오른다.

"옛날에 비행기 모형을 조립한 적이 있었어요. 어린애가 하기엔 크기도 크고 섬세한 손길이 필요한 모형이어서 그걸 완성하는데 만 몇 달이 걸렸어요. 그리고 그걸 다 만들었을 때, 얼마나 기뻤는지……. 그때부터였던 것 같아요. 내 손으로 만든 비행기가 하늘을 나는 걸 보고 싶다는 꿈을 가지게 된 건."

옛 기억을 꺼내 이야기하며 그때의 감정들이 떠오른다. 조립하는 내내 느꼈던 즐거움. 완성했을 때의 기쁨. 잊고 있던 소중한 기억에 빠져 있을 때 실장님의 부드러운 목소리가 들린다.

"정말 이 일을 좋아하나 보군."

그 말이 의아해 고개를 들어보니 실장님의 부드러운 표정이 눈에 들어온다. 어쩐지 얼굴이 화끈거리는 느낌에 고개를 푹 숙이고 있으니, 실장님의 손이 어깨를 가볍게 두드린다.

"내가 본 표정 중에 가장 좋은 표정이었네. 그 감정을 잊지 말게. 자네 인생에서 가장 큰 도움이 될 테니."

그 따스한 말에 마음 한구석이 따뜻해진다. 자신이 말해놓고 부끄러웠던 건지 서둘러 자신의 자리로 돌아가 앉은 실장님은 고개를 돌려 딴 곳을 보는 척하며 큰 소리 친다.

"다 마셨으면 나가! 정신 사나워 일을 할 수가 없구만."

이리저리 갈라지는 걸걸한 저음의 호통이 이제 더 이상 무섭지 않은 이유는 고개를 돌린 실장님의 귓가가 빨개서나, 그간 지내면서 익숙해져서가 아니다. 거칠고 어느 때는 날카롭게 가슴을 후벼 파지만, 그 속에서 상대를 위하는 마음을 느꼈기 때문이다. 다정한 위로보다는 쓴 소리를 뱉어 다시 일으키게 하는 사람. 뒤돌아 앉아 있는 그를 향해 고개를 꾸벅 숙이고 실장실을 나온다. 실장님 덕분에 잃고 있던 열정이 되살아나며, 이제 나도 작업을 해야지 라는 굳은 결심과 함께 자리로 돌아가는데 '탁' 하는 문이 닫히는 짧은 소리에 고개를 들어 연구실 문을 바라본다. 하지만 사람은커녕 바람 한 점 불지 않아 잘못 들었나 싶어 연구실을 둘러보는데 문득 책상에 가지런히 놓여 있던 서류들이 바닥에 흩어져 있는 것을 발견한다.

"이게, 원래 이렇게 되어 있었나?"

주섬주섬 바닥에 떨어져 있던 서류를 줍는데 '설마, 귀신?' 이라는 데까지 생각이 뻗치자 팔뚝에 소름이 돋는다. 어쩐지 연구실 안이 서늘한 것 같기도 하고… 이마 위로 식은땀이 흐르는 것 같아 이마를 닦으며 속으로 중얼거린다. 오늘은 실장님께 그만 돌아가자고 이야기해야지.

　어제 한참을 실장님을 조른 덕분에 일찍 집에 들어가서인지, 오늘 아침 기분이 상쾌하다. 그래, 어제 들었던 문 닫는 소리는 잘못 들은 소리일 거다. 하긴, 요즘 들어 잠도 잘 못 잤으니 그럴지도 모르지. 그렇게 혼자만의 해석에 만족해 고개를 끄덕이며 경쾌하게 문을 열곤 인사를 건넨다.
　"안녕하세요."
　밝게 인사를 건넸는데도 어쩐지 돌아오는 반응이 시원찮다. 연구실 안을 가득 채우는 사람들의 표정들이 어쩐지 껄끄러움으로 가득 차 있다. 뭔가 좋지 않은 일이라도 있는 건가? 슬금슬금 내 눈을 피하며 자리를 비키는 사람들의 모습이 의아하다. 어쩐지 날이 선 듯한 분위기에 나도 조심히 자리에 돌아가 앉으니 연구실 내에서 가장 나이가 많은 분이 얼굴 가득 불쾌한 빛을 가득 띄우며 다가오더니 한 마디 툭 던진다.
　"현욱 군, 좀 실망이군."
　뜬금없는 그 말에 이해하지 못하고 멍하니 보고 있자, 그는 획 하니 돌아서서는 자기 자리로 돌아가 버린다. 그러자 주변의 날 선 분위기가 점점 차게 식는 게 피부로도 느껴질 지경이다. 도대체 무슨 일인 거지? 영문을 몰라 조심히 주변을 둘러보다 왜 이런 분위기인지 물어보기 위해 살짝 옆자리를 본다. 옆자리의 주인인 연구실에서 가장 친한 사이인 주연 씨는 꽤나 이런 일에 밝아 분명 이유를 알 것이라 생각해 고개를 들어 자리를 보니 비어 있다. 아직 안 왔나? 하지만 아기자기하게 꾸며져 있는 책상에 고이 놓여 있는 가방을 봐서는 분명 왔을 텐데……. 커피라도 주며 물어봐야겠다는 생각에 자리에서 일어나 자판기를 향하는데 사람들의 속닥거리는 소리가 들린다.
　"그게 정말이야?"
　"그럼요, 제 귀로 똑똑히 들었다니까요?"
　수군거리는 그 소리에 별 관심 없이 자판기의 커피 버튼을 누르는 데 내 이름이 귓가에 들려온다.

"밤에 실장님과 현욱 씨와 둘이서 회의를 하고 있더라니까요. 저희도 기분 나쁜데, 우리 프로젝트에 경력 많으신 분들 기분이 오죽하겠어요? 실장님 무서워서 면전에 대고 말 못해서 그렇지, 지금 자기들을 무시했다느니, 자기들보다 그 새파란 신입의 실력이 그렇게 좋냐느니 말들이 많죠."

자판기의 '삐' 소리와 함께 자판기 안에 커피가 뽑혀지는 걸 확인하며 숨죽여 한숨을 내쉰다. 실장님과 나 사이의 비밀이 돌고 있는 걸 보니 역시 어제 들었던 소리는 환청이 아니었다. 이걸 다행이라고 기뻐해야 할지 슬퍼해야 할지 알지 못한 채 자판기 속 커피를 꺼내려 손을 넣는다. 실장님과 나의 밤은 다른 사람들에겐 그렇게 느껴졌다니⋯⋯. 입 안이 쓰고 가슴이 무겁다. 그때 갑자기 익숙한 목소리가 들려온다.

"안 봐도 뻔하지. 그 실장 눈에 우리가 보이겠어? 어린 나이에 설계사를 맡은 똑똑한 유현욱이 있는데. 밤에 몰래 나와 둘이서 작당하고 회의하는 걸 보면, 우린 그냥 들러리라고 무시하는 거겠지. 하, 아예 둘이서 만들라고 하지 그래?"

시니컬하게 들려오는 그 목소리에 그만 몸이 굳는다. 날카롭게 올라간 하이톤의 목소리엔 깊은 불쾌감이 서려 있다. 조심히 고개를 빼 그들을 보니 언제나 가벼운 미소를 걸치곤 반갑게 인사를 건네주던 주연 씨가 잔뜩 인상을 찌푸린 채 주변의 말에 동조하고 있다. 그래도 설마 했던 내 작은 믿음조차 깨버린 그 모습에 눈앞이 깜깜해진다. 그들이 움직이는 모습에 자판기 옆으로 몸을 숙이며 내 마음만큼이나 차게 식은 커피를 물끄러미 내려다보다 쓰레기통에 던져넣었다. 비척거리는 걸음으로 자리에 돌아가니 어느새 돌아온 주연 씨가 특유의 여유로운 미소를 달곤 말을 건넨다.

"뭐하다 와? 늦었네."

일상적으로 건네는 인사조차 날 내리 깎는 험담으로 들려와 표정 관리를 못하고 이리저리 시선을 옮긴다. 주연 씨는 아까 전 내 험담을 늘어놓던 사람이 맞을까 싶을 정도로 다정하게 말을 건넨다.

"안색이 별로 안 좋네. 너무 무리해서 일 하는 거 아니야?"

그 말에 아무런 대답도 하지 못하고 애써 웃어보려 노력하지만 걱정하듯 말

을 건네는 주연 씨의 말과 행동이 사실 거짓에 불과했다는 생각에 울컥 부글부
글 무언가가 끓어오르더니 이내 다시 가라앉는다.

"아뇨, 괜찮아요."

애써 괜찮다는 말을 꺼내보지만 고개를 들어 시선을 돌리는 곳마다 사람들의
차가운 표정이 눈에 들어와 가슴이 먹먹해진다. 결국 버틸 자신이 없어 의자에
걸려 있는 재킷을 들고 일어선다.

"저, 아무래도 안 되겠어요. 퇴근 좀……."

한동안 시키지도 않은 야근을 자진해서 하더니 오늘은 갑자기 퇴근하겠다며
일어서는 내 모습이 꽤나 얼떨떨했는지 주연 씨는 멍한 표정으로 나를 바라본
다. 그 모습을 애써 무시하고 연구실을 나서는데 막 실장실에서 나오던 실장님
과 눈이 마주친다.

"음? 현욱 군, 벌써 퇴근하나? 잠시 나 좀 보게."

실장님의 말에 연구실의 몇몇 사람들의 시선이 몰려온다. 평소에는 느끼지
못했던 그 시선들이 어쩐지 차갑게 느껴져 팔을 쓰다듬으며 실장님에게 다가가
조용히 말을 건넨다.

"저… 따로 저를 부르지 말아주셨으면…합니다."

내 말에 실장님의 그 의문 섞인 눈빛과 마주하지 못하고 시선을 아래로 내린
다.

"죄송합니다. 몸이, 별로 좋지 않아서 그만 퇴근하겠습니다."

그 말과 함께 다른 말을 듣지 않겠다는 듯 홱 몸을 돌려 연구실을 나가는 내
뒷모습으로 사람들의 시선이 끈질기게 달라붙는다. 저들은 또 무슨 생각을 하
고 있을까. 그 동안 깨닫지 못했던 내 행동에서 저들은 무엇을 느끼고 있었을
까. 갑자기 발이 너무 무거워 고개를 든다. 형광등이 다 된 건지 깜빡거리는 빛
을 바라보며 체한 것처럼 먹먹한 가슴을 만진다.

"여기 처방전입니다. 안색이 많이 어두워요. 우울증은 마음 편히 쉬는 것도 치료 방법 중에 하나이니, 약 드셔 가시면서 더 심해지면 다시 찾아오세요."

한동안 잠도 자지 못하고 음식도 입에 들어가지 않는데다 점점 날카로워져가는 나 자신을 깨닫고 스스로 심각성을 느껴 찾아온 병원에서 우울증 판정을 받았다. 처방전을 들고 병원 밑의 약국으로 내려가면서 고작 우울증 하나 때문에 설계도 작업마저도 진전이 없는 내 모습이 너무 한심해 허탈하게 웃어 본다. 워낙 건강한 체질이라 약국 안에 서 있는 내 모습이 낯설다. 그 어색함에 이리저리 서성거리다 자리에서 일어나던 여성을 보지 못하고 부딪혀 약을 떨어트리고 만다.

"아, 죄송합니다."

"아뇨, 괜찮습니다."

조근하게 흘러나오는 여자의 목소리에 힐끗 그녀를 보다 시선이 마주친다. 훔쳐보던 시선이 들킨 무안함에 서둘러 떨어트린 약을 쥐고 약국을 나오는데 갑자기 뒤에서 들려오는 목소리에 움찔 놀라며 몸을 돌리자 아까 마주친 그녀가 달려오는 모습이 보인다.

"저기요. 약 봉지, 바뀌었어요!"

숨소리에 뒤섞여 알아들을 수 없는 말 사이에 용케 그 말을 알아들은 나는 손에 들고 있던 약봉지를 확인한다. 내 이름 대신 '박세연'이라는 이름이 적힌 약봉지를 확인하니 발 끝에서 목 끝까지 붉어져 곧 얼굴로 타고 올라올 듯하다. 평소에는 잘 하지 않는 실수를 같은 사람에게 연이어 한다는 그 무안함과 부끄러움에 고개를 푹 숙이곤 빼앗듯 약봉지를 바꿔준다. 이 자리를 벗어나고 싶다는 생각에 허둥지둥 죄송하다는 말과 감사하다는 말을 꺼내곤 다시 뒤돌아서려는데 그녀가 다시 나를 붙잡는다. 이젠 슬쩍 그녀가 날 의도적으로 무안 주는 게 아닌 가 싶어 의심도 들려는데 눈앞에 하얀 종이가 불쑥 내밀어진다.

"상담이 필요하시면 연락 주세요."

"네? 제가 왜…….”

갑작스런 그 말에 당혹스러워 꺼낸 내 말에 그녀는 달려와 약간 상기되어 있는 얼굴을 한 채 물끄러미 나를 올려다본다. 마치 곧 울 사람처럼 촉촉하게 젖어든 그녀의 눈에 또 내가 무슨 실수라도 저질렀나 싶어 가슴이 철렁한다. 어떤 실수를 한 건가 싶어 방금 했던 말을 되짚어 보던 사이 그녀가 조용히 말을 꺼낸다.

"저 심리치료사예요. 우울증, 앓고 계신 것 같던데……. 혼자 속으로 앓는 것보단 훨씬 효과가 있을 거예요. 생각해 보고 나중에 연락 주세요.”

문득 심리치료사라기엔 그쪽이 더 우울해 보이는데, 라는 말이 차올랐지만 속으로 내리 누른다. 우울증 판정이라는 확실한 병명을 받은 내가 무슨 소리를……. 울 것 같은 눈을 한 그녀를 물끄러미 바라보다 고개를 끄덕인다. 내가 말을 잘못 꺼내 정말 울어 버리면 어쩌나 하는 마음에 생각해 보겠다는 말을 건넨다. 그 말에 그녀는 조용히 웃어 보인다. 그 모습에 약간 안도의 한숨을 쉬며 다시 손에 쥔 명함을 바라본다. 심리치료사라니, 이런 걸로……. 의사라는 이름보다 믿음이 가지 않는 그 이름을 물끄러미 바라보다 그녀가 아직 바라보고 있다는 걸 깨닫곤 얼른 등을 돌려 먼저 앞서 걸어간다.

방 안에 놓여 있는 컴퓨터의 환한 화면을 보며 귀를 막고 눈을 감는다. 하지만 자꾸만 눈앞에서 아른거리는 싸늘한 표정을 짓고 있는 주연 씨의 말 한 마디 한 마디가 고막 안으로 파고들어와 괴롭힌다.

'우리를 무시하는 거야.’

밤마다 겪는 환청에 자꾸만 힘들다. 생각하지 않으려 하면 할수록 선명하게 떠오르는 기억이 잠을 못 이루게 하고 자꾸만 가슴 한복판에 파고 들어와 심장을 긁어댄다. 책상 위에 놓여 있는 하얀 약봉지가 눈에 들어와 서둘러 약을 삼킨다. 조금 진정이 돼 느릿한 한숨을 흘리며 멍하니 새벽 동이 터오는 창문을 보며 울컥 가슴이 울렁인다. 나 자신이 너무 한심해 견딜 수가 없다. 누가, 누군가가, 날 좀……. 무겁게 짓눌러오는 가슴이 답답해 가슴을 치던 손이 실수로 옆에 있던 옷을 친다. 옷에서 떨어져 내려오는 하얀 종이를, 손바닥만한 그 종이를 무심코 들어올린다.

"심리치료사, 박세연……."

의미 없이 그 이름을 읽다 문득 약으로도 해소가 안 되는 이 답답함을 해결해주지 않을까 하는 희망에 사로잡힌다. 사실 누구라도 좋았다. 나의 손을 잡아줄 사람이라면… 더듬더듬 어딘가에 떨어져 있을 핸드폰을 찾으며 심리치료사라는 이름을 자꾸만 되뇐다.

"여보세요."

수화기 너머로 들려오는 그녀의 목소리에 문득 지금 시간이 전화하기엔 너무 이르다는 걸 뒤늦게야 확인한다. 정말 매번 그녀한텐 실수만 하는 것 같은 미안한 마음에 조심스럽게 말을 꺼낸다.

"저… 상담, 필요한 것 같습니다."

어떻게 말을 꺼내야 할까 망설이다 던진 말이 내가 생각해도 너무 어색해 머리를 긁적인다. 실례가 된 게 아닐까 조마조마한 심정에 다음 말을 기다리니 아직 잠의 무게에 눌린 듯한 그녀의 목소리가 들려온다.

"아… 그럼… 저번에 뵀던 약국 옆의 카페에서 만나도록 해요."

다행히 불쾌하다던가. 귀찮은 듯한 기색이 없어 마음이 놓였다.

"네, 그럼 거기서 뵙죠."

전화를 끊고 씻기 위해 화장실에 들어가니 핼쑥한 얼굴이 눈에 들어온다. 파리해 보이고 어쩐지 날카로워진 인상 때문에 괜히 나쁜 인상이 심어지진 않을까 걱정이 된다. 주연 씨와의 그 사건 전에는 이런 생각 한 번도 한 적이 없었는데… 씁쓸하게 웃으며 힘없이 샤워기의 물을 튼다. 자꾸만 남들의 시선이 신경쓰이고 그 시선들이 날 옥죄어온다. 그간 꿈을 위해서 행했던 일들이 다른 사람들 눈엔 어떻게 보였을까. 친하다고 믿었던 주연 씨의 입에서 흘러나온 그 말들이 자꾸만 머릿속에 맴돌아 사라지지 않는다. 신경질적으로 그 말들을 씻어내리기 위해 더욱 물을 세차게 튼다.

3

"오셨으면 말씀을 하시지……."

"책에 너무 열중하신 것 같아서요."

일찍 일어난 덕택에 약속 장소에 좀 이르게 도착해 책에 빠져 있느라 오는 줄도 몰랐던 그녀가 단정한 모습으로 맞은편에 앉아 있는 걸 뒤늦게 확인한다. 괜히 무안해져 헛기침을 몇 번 하자 그녀가 슬쩍 미소짓는다. 꽤나 사람을 편안하게 해주는 미소라 전화했던 게 다행이라고 생각하며 천천히 말을 꺼낸다.

"제 이야기를 좀 들어주시겠습니까? 전 어릴 때부터 제 꿈을 위해 달려왔습니다. 매 순간 순간을 후회하지 않으려고, 그 꿈을 위해 달려온 시간들이 후회되게 만들지 않으려고 노력했습니다. 그리고 그 꿈의 목전에 다다랐을 때, 뒤늦게야 알았습니다. 제 꿈을 위해 달려왔던 일들이 다른 사람에겐, 저처럼 귀중하지 않다는 사실을요."

어떻게 시작해야 할까, 말하기 전까지 수도 없이 고민했던 생각들이 한 번 이야기를 시작하니 물꼬가 트이고 하염없이 터져 나온다. 이야기는 점점 더 큰 물길을 만들며 목이 따가울 때까지 이야기를 흘려보냈다. 이야기가 서서히 막바지로 치닫자 조용히 이야기를 듣던 그녀의 얼굴에 부드러운 미소가 걸쳐진다. 그 미소에 위안 받은 기분을 느끼며 차게 식은 커피를 한 잔 들이킬 때 그녀에게서 이런저런 조언의 말들이 흘러나온다. 그녀의 입가에 걸친 부드러운 미소와는 달리 사무적이고 날 생각해 주지 않는 상처를 후비는 그 말에 주연 씨의 말이 다시금 환청으로 들리면서 손에 들고 있던 커피 잔이 잘게 흔들린다.

"어떻게 하면 그렇게 됩니까?"

"네?"

"어떻게 하면 편히 마음을 먹고, 제가 원하는 일을 원 없이 할 수 있습니까? 다른 사람의 시선은 신경 쓰지 않을 수 있습니까? 눈 감고 귀를 막아도 끊임없이 들리는데!!"

충동적으로 시작한 말은 결국 분노로 바뀌어 언성이 짐점 높아진다. 결국 분을 참지 못하고 벌떡 자리에서 일어서서는 크게 소리치고 만다.

"그런 제 상처도 이해해 주지 못하는 당신이 하는 게 상담입니까? 좀 더 상담사로서의 면모를 보여주시죠."

"그런 제 말은 그런 뜻이 아니라… 앉아서 이야기를 조금만 더….'

당황한 듯 눈을 동그랗게 뜨고는 이리저리 흔들리는 그녀의 눈을 보면서도 결국 분에 이기지 못해 못된 소리를 내뱉고 만다.

"상담사로서 자격이 없군요. 다시는… 이런 일로 보지 않았으면 좋겠습니다."

상처가 될 말이라는 걸 뻔히 알면서도 내 상처 때문에 다른 사람에게 상처를 줬다. 카페에서 나오니 싸늘한 바람이 한 차례 얼굴을 쓴다. 멍하니 올려다 본 하늘에 머무른 먹구름에 먹먹하니 가슴이 아프다. 나도 알고 있다. 다른 사람의 시선 따위 신경 쓰지 않고 하고 싶은 일 하면 된다는 것 정도는. 그렇게 할 수 있을 정도로 날 강인하게 만들어줄 방법을 알려줄까 싶어 전화를 걸어 그녀를 찾았는데… 카페로 왔을 때 보다 무거워진 발걸음으로 돌아가는 길이 어쩐지 더 길게 느껴진다.

"회의, 안 들어가?"

조심스레 물어오는 주연 씨의 물음에 멍하니 컴퓨터 화면을 바라보다 화들짝 놀라 정신을 차려 물끄러미 자신을 바라보는 주연 씨의 시선을 회피한다.

"아, 네. 제 설계도 작업이 너무 느려서….'

내 말에 주연 씨는 자꾸만 시선을 피하는 내 어깨를 잡아 자신에게로 시선을 돌리게 하고선 눈살을 찌푸린다.

"정말, 안색이 너무 안 좋네. 너무 일에만 열중해서 그런 거 아냐? 좀 쉬엄쉬엄 해."

정말 걱정하는 듯한 주연 씨의 모습에 고개를 절레 저으며 어깨에 얹어져 있던 그녀의 손을 내려놓는다.

"괜찮습니다. 그러니 회의 하러….'

말이 채 끝나기도 전에 벨소리와 함께 잠잠하던 폰에서 환한 불빛이 터져 나온다. 저장되어 있지 않은 번호라 누구지, 하는 의문과 함께 전화를 받으니 익숙한 목소리다.

"저 박세연이에요. 기억하세요?"

잊을 리가 있나. 상처를 치유해 줄 거라 생각했던 믿음의 배신과도 같은 그때의 기억을.

"기억하다마다요. 분명 상담은 그때 끝난 걸로 기억합니다만?"

자꾸만 비틀린 마음에 차갑게 말을 꺼냄에도 불구하고 그녀는 더 이상의 거절을 듣지 않겠다는 듯 다급하게 이야기만 꺼내고 전화를 끊는다. 끊어진 수화기 너머로 뚜, 뚜 거리는 음만 들리는 것에 할 말을 잃어 물끄러미 휴대폰을 바라본다. 뭔가 잘못 되어 가고 있다.

"여자 목소리던데… 약속 있어?"

주연 씨의 물음을 들으며 물끄러미 연구실 한쪽에 놓여 있는 시계를 바라본다. 머릿속에 맴도는 저녁 7시를 떠올리며 아직 시간이 있음을 깨닫고는 대충 고개를 끄덕인다.

"아, 네. 방금 생겼네요."

내 말에 주연 씨는 별 다른 말없이 눈을 가늘게 뜨고 날 보더니 횡하니 회의실 안으로 들어가 버린다. 분명 여자가 생겼냐며 놀릴 줄 알았는데, 아무 말 없이 들어가 버린 주연 씨가 의아하면서도 이 심리치료사라는 박세연이라는 여자가 날 부르는 이유에 대한 궁금증에 자꾸만 시계를 들여다보게 된다. 시간이 흘러 약속 시간이 다가와 주섬주섬 자리를 정돈하고 있을 즈음에 마치 그때를 기다렸다는 듯 실장님이 불쑥 다가와서는 도전적으로 묻는다.

"현욱 군. 내가 뭐 잘못한 거 있나?"

"네?"

"요새 들어 날 자꾸 피하는 것 같이 느껴지네만."

과연 직설적인 성격답게 직구로 던지는 그 말에 할 말을 잃고 이리저리 시선을 돌린다. 하지만 실장님의 그 사나운 시선은 흔들림 없이 나에게 꽂혀 식은땀이 흐른다.

"실장님께서 뭔가를 잘못하신 게 아닙니다."

"그럼 뭔가? 문제가 있다면 말을 해!"

버럭 화를 내듯 지르는 고함에 움찔 몸을 떨며 조용히 고개를 숙여 발끝만을 바라본다. 그 철저한 성격답게 반질 윤이 나는 신발을 보며 중얼이듯 말한다.

"실장님께서도 그런 적 있습니까?"

"응? 무슨…"

"내가 하고 있는 일이 다른 이들에겐 잘못된 일처럼……."

점점 말끝이 작아들어져 가는 내 말에 실장님은 잘 들리지 않는 듯 안 그래도 주름진 미간을 깊게 패이고는 내 쪽으로 몸을 기울인다. 그 모습에 살짝 몸을 뒤로 주춤 물리니 문득 시계가 눈에 들어온다. 그제야 그 치료사와의 약속이 있음이 번뜩 기억나고는 휙 뒤로 돌아선다.

"죄송합니다! 약속에 늦어서……."

그리고는 나를 부르는 실장님의 소리를 못 들은 척 연구소를 박차고 달려간다. 정말 늦은 것도 사실이지만 사실 실장님이 한심한 놈이라고 호통을 칠까 두려워 도망친 것이기도 하다. 그렇게 도망쳤다는 사실이 씁쓸해 무심코 올려다본 하늘은 여전히 먹구름이 낀 채이다.

-4-

약속 장소에 도착했을 때 그녀는 그녀와 처음 만났을 때 보았던 울기 전의 눈을 한 채 말했다.

"다시 한 번만 더 기회를 주세요. 도움을 드리고 싶어요."

한껏 이리저리 비틀려 있던 마음이 그 눈에 흔들린다. 울 것처럼 눈물을 머금고 있으면서도 흔들리지 않고 단호한 빛을 담은 그 눈에 내 마음이 흔들린다. 단단한 결심을 한 듯한 그 눈에 내가 무슨 말을 해야 하나 생각하며 앞에 놓여 있는 찬물을 들이킬 때 그녀는 눈을 내리깔고 작은 목소리로 부탁한다. 왠지 그 눈물을 머금은 눈동자가 애처롭다. 이럴 때 내가 그냥 무시하고 일어선다면……. 그만 길게 한숨 쉬듯 웃어버리고 만다. 아무리 배신감을 느껴도 여자를 울리는 남자는 될 수야 있겠나. 게다가 그 단호한 눈빛을 저버리는 건, 내가 그녀를 배신하는 것일지도 모르니까.

"좋습니다. 그럼 다시 한 번 상담을 부탁드리겠습니다."

"아… 감사합니다. 정말, 감사해요."

내 말에 그녀는 활짝 미소를 머금는다. 그 미소에 스스로 그녀를 배신하지 않았다는 사실을 장하게 여기고 있을 때 그녀는 또 다시 나를 어딘가로 이끈다. 그녀가 이끄는 곳으로 걸음을 옮기며 문득 그녀의 작은 등을 바라본다. 이렇게 작은 사람이, 그렇게 울 것 같은 눈을 하면서도 어째서 그렇게 단단한 마음을 먹을 수 있었을까. 물끄러미 그녀의 등을 바라보고 있을 때 한 건물 안으로 들어간다. 순간 새파란 색깔의 복도가 나를 덮친다. 하늘을 닮아 좋아했던 파란색을 보니 어릴 때 순수하게 항공설계사라는 꿈을 꿔왔던 때가 떠올라 멍하니 주변을 살펴본다. 구경하기에 바쁜 나에게 그녀는 투명하게 안이 비치는 비닐 옷을 건네준다.

"이 옷을 위에 걸쳐 입어주세요."

우비와도 같은 그 옷이 의문스러워 물끄러미 바라보자 그녀는 장난스런 미소만을 지은 채 입을 것을 강요한다. 정말 처음 만났을 때부터 사람을 궁금증으로 몰아넣어 가는 사람이다. 갑자기 뜬금없이 명함을 건네던 때가 떠올랐다. 또 다시 나를 이끌어가는 그녀, 나는 뒷모습을 놓치지 않으려 애쓰며 어린 아이처럼 졸졸졸 따라간다. 주황색의 미닫이문을 건너 들어간 방 안은 한쪽 벽면 가득 하얀 전지가 붙여져 있었고 창문 너머로 흘러들어오는 저녁 노을 빛이 벽 한쪽에 일렬로 나란히 놓여 있는 상자 안의 색색의 풍선들을 비춘다. 그녀는 방의 신비스런 분위기에 정신 팔린 나를 문 앞에 덩그러니 내버려 두고는 상자 하나를 힘겹게 들고 와서는 내 앞에 털썩 내려놓는다. 그리곤 꽤나 힘들었다는 듯 이마를 쓸어 넘기며 나를 보며 화사하게 웃는다. 어쩐지 즐거워 보이는 그 모습에 그 상자 안에서 가장 크고 화려한 노란색의 풍선을 들어 보이자 그녀는 해사하게 웃는 얼굴로 이것이 뭐냐는 듯 묻는 나의 눈빛에 답변을 던진다.

"미술 치료 중에 하나라고 해두죠!"

"…이게요?"

"어린애들 놀이 같다고 무시하지 말아요. 이게 얼마나 스트레스 해소에 좋은데요."

하지만 그 알쏭달쏭한 그 답변에 고개를 갸웃거릴 때, 그녀는 마치 시범을 보여주듯 풍선을 하얀 전지 위로 던진다. 그러자 풍선이 터지면서 사방으로 터져나가는 물감이 전지를 채운다. '팍' 하는 소리와 함께 흩뿌려지는 색색의 색깔에 멍하니 바라보자 그녀는 미소 띤 얼굴로 나를 보챈다.

"어서 해봐요. 얼마나 재밌는데요. 설마 풍선 하나 못 던지는 건 아니겠죠?"

"설마, 제가 이걸 못 던진다고 생각합니까?"

"그럼 아니에요? 구경만 하는 건 못 던지는 것 말곤 이유가 안 되죠."

처음에 보았던 그 차분한 얼굴은 어디가고 개구쟁이처럼 웃는 그 미소에 그만 헛웃음을 들이키며 던질 수 있다는 걸 알려주듯 풍선을 힘차게 전지 위로 던진다. 아, 생각보다 힘이 너무 과했던 탓일까 풍선에서 터진 새빨간 물감이 얼굴에까지 튀어 깜짝 놀라 허둥대자 그녀가 자지러지며 웃음을 터트린다.

"하하하. 그게 뭐예요!"

그 웃음에 무안해져 힐긋 그녀를 보지만 어쩐지 기분이 나쁘지 않아 어이없다는 듯 슬쩍 그녀를 보다 이내 다시 풍선 하나를 들어 전지 위로 던진다. '팍' 하는 소리와 함께 흘러내리는 물감이 하얀 전지를 가득 메운다. 하얀 전지 대신 알록달록 물감으로 물드는 종이에 어쩐지 마음 한구석을 누르고 있던 짐이 덜어지는 기분이 들어 살짝 미소를 지으며 옆에서 같이 풍선을 던지는 그녀를 내려다본다. 문득 지금까지 그녀에게 해왔던 것들이 미안해진다. 그렇게 상담사로서의 자격이 없다고 화내고 차갑게 말하고 무시했는데……, 문득 그랬던 내 모습이 화에 겨워 욕을 하던 주연 씨의 모습이 비춰진다. 그래. 내가 그녀에게 했던 일이 주연 씨와 다른 게 무엇이 있을까. 그 사람의 열정을 무시하고 함부로 평가하고…… 그런 죄책감과 함께 의문이 든다. 그렇다면 어째서 그녀는……. 옆에서 환하게 웃으며 풍선을 던지는 그녀의 모습에 마음속으로 그녀에게 질문한다.

'왜, 그렇다면 당신은 그렇게 못되게 굴었던 저를 끝까지 붙잡고 계셔주시는 건가요?'

그녀의 손에서 던져진 풍선이 전지에 닿자 붉은 물감이 한 가득 퍼진다.

'왜, 당신은 저처럼 도망치지 않고 그렇게 단호하게 마주하시는 건가요?'

또 다른 그녀의 손을 벗어난 풍선이 전지에 닿는다. 이번엔 노란 물감이 한가득 뿌려진다.

'왜, 흔들리지 않고 그렇게…….'

그녀의 손에서 던져진 풍선이 이번엔 전지를 푸른색으로 물들인다. 문득 그 푸른색에 어릴 적의 기억이 떠오른다. 내가 하고 싶던 꿈에 대해 반대하던 부모님께 내가 뭐라고 했더라. 그래. 분명…….

'제가 하고 싶은 일이에요! 남들이 뭐라던, 제가 이루고 싶은 꿈이니까!'

그 치기어렸던 어릴 적을 떠올리니 아스라이 가슴을 막던 무언가를 빼낸 것 같다. 갑자기 막혀 있던 무언가를 빼낸 것처럼 울컥 눈물이 목 끝까지 치솟아 올라온다.

"현욱 씨?"

내 모습이 이상했던 건지 조심스레 말을 건네는 그녀의 모습에 그만 왈칵 눈물이 쏟아지고 만다. 그래. 그랬다. 그녀도 그렇고, 어릴 적의 나도 그렇고, 다른 사람이 뭐라고 하든 자신의 일에 대한 사랑이 있으니까, 무시할 수 있었던 거다. 남들이 뭐라고 하던 그게 무슨 상관인가!

"죄송합니다. 이제야, 이제야 알았어요. 세연 씨가 눈으로 해주던 그 상담을 이제야 들었습니다. 아무리 힘들어도, 누가 뭐라고 해도 자신의 일을 해내는 그 자신의 일에 대한 믿음을 전 잊어버렸나 봅니다. 미안합니다. 그동안 그렇게 심한 말을 해서… 사실 세연 씨는 정말 좋은 치료사입니다."

정말 어린애가 된 것처럼 조용히 안아 토닥여주는 그녀 품에서 하염없이 눈물만을 뚝뚝 흘렸다. 그렇게 자책하는 그 말에도, 사죄하는 그 말에도 어떤 답변도 없이 그녀는 가만히 토닥여준다.

"아, 추한 꼴을 보여드려서… 그만 들어가세요."

"추하다뇨, 아니에요. 오히려 멋졌어요. 그렇게 감정에 솔직하다는 거."

울어 퉁퉁 부운 눈을 하고 건네는 내 인사에 그녀는 처음 보았던 그 편안한 미소를 지어 보인다. 어릴 적 이후론 처음 우는 거라 부끄러우면서도 마음 한 편이 후련해 집으로 향하면서 실실 흘러나오는 웃음을 주체하지 못한다. 그렇게 막 집 앞 골목을 돌아설 때.

"현욱 군. 몸이 안 좋아 조퇴를 한다고 하더니, 어디서 여자라도 만나고 온 얼굴이구만."

뒤에서 서늘하게 들려오는 목소리에 화들짝 놀라 몸을 돌리니 언제부터 서 있던 건지 평소의 그 깔끔하게 정장 위에 하얀 연구원 가운을 걸치던 모습은 어디가고 잠바 하나 걸친 편안한 차림의 실장님이 불만 서린 눈으로 물끄러미 나를 노려본다.

"실… 실장님?"

당황해 더듬거리는 내 모습을 보곤 실장님은 그 사나운 눈초리로 한번 날 째려보더니 품 속에 있던 책 한 권을 꺼내 획 하니 던져준다. 얼떨결에 책을 받아 힐긋 표지를 보니 알록달록한 피자 모양의 꽤나 밝은 분위기의 책에 호기심이 일 때 실장님의 호통이 이어진다.

"못난 놈! 말은 다 하고 가야 될 거 아니냐! 내가 여기까지 찾아오게 하다니……."

괘씸하다는 듯 이어지는 실장님의 말에 땀이 삐질 흘러 고개를 숙여 죄송하다고 말하려는 즈음에 실장님의 말이 이어진다.

"큼, 자네에게 도움이 될 것 같아 가져왔네. 그런 고민을 할 때면 그 책을 읽어보게. 자신감을 잃거나 힘들 때, 다시 그 열정을 가졌을 때를 떠올리게. 그래, 그 중에서도… 제목이 뭐랬더라? 'Return' 이랬던가. 그 부분이 자네에게 도움이 될 걸세."

가물가물한 기억을 꺼내는 듯 눈을 가늘게 뜨며 생각에 잠겨 있던 실장님은 이내 성큼 내게 다가와 힘차게 등을 두드린다.

"자넨 게다가 내가 있잖은가! 하하!"

"그건 좀 별로 위로가 안 되네요……."

"호, 지금 사석이라고 함부로 말하는 겐가? 나 뒤끝 있는 사람이라는 걸 자네가 미처 몰랐나 보군."

씰룩 입가를 움직여 웃어보이던 실장님의 위협에 그만 웃음을 터트린다. 그동안 고민했던 게 어쩐지 우스워진다. 그래, 이렇게 날 생각해 주는 사람도 있는데…… 그동안 나 혼자 고민을 끙끙 거리며 앓아 온 게 아닌가. 가슴 한 편이 따뜻해지면서 손에 들고 있는 책을 살피며 혼잣말로 중얼거린다.

"Return…….이라, 좋은 이름이네."

-5-

'국내 최초로 만들어진 친환경 항공기 'eco-friendly airplane' 이 오늘 첫 선을 보였습니다. 항공유로 운항하는 다른 항공기와는 달리 전기로 움직이는 이 항공기는 소음이 전혀 없는 것은 물론 환경오염을 줄일 수 있어 국내외적으로도 많은 관심을 받고 있습니다. 시범운행이 성공적으로 끝난 이 'eco-friendly airplane' 는 정부의 지원을 받아 유통될 것으로 전망됩니다.'

TV에서 유창하게 흘러나오는 앵커의 말과 함께 레스토랑에 모여 있던 사람들 중 그 누구 하나 환한 미소를 걸치고 있지 않은 사람이 없다. 그리고 그 중에 속한 나도 환한 미소를 머금고 옆 사람과 같이 축하의 인사를 나눈다.

"자, 건배합시다! 'eco-friendly airplane' 성공을 축하하기 위해!"

누군가 소리친 그 한 마디에 모여 있던 연구소 직원들은 하나 같이 손에 들고 있던 잔을 높이 쳐든다. 나 또한 그 잔을 같이 들고서는 '건배'를 하고선 도수가 낮은 칵테일을 한입에 들이키고 나니 입 안 가득 화한 기운이 감돈다. 술기운에서가 아니라 정말 기분이 좋다. 물론 실패하지 않고 성공했다는 것도 좋지만, 그것보단 내가 원하던 '꿈'을 이뤘다는 사실이 날아갈 듯이 기분 좋다. 그 사실에 혼자 나사 빠진 사람처럼 헤실거리며 웃고 있자 연구소 직원들이 몇몇 다가와 축하의 인사를 건넨다.

"수고하셨어요. 솔직히 현욱 씨 공적이 컸어요."

"하하. 맞아요. 그래서 질투라고 해야 하나……. 그런 것도 없잖아 있었지만, 사실 현욱 씨 없었으면 이번 프로젝트 이렇게 성공적으로 끝나진 않았을 거예요."

몇몇 연구원들의 진심어린 말에 괜히 쑥스러워져 머리를 벅벅 긁으며 부드럽게 웃는다.

"감사합니다. 그렇게 말씀해 주셔서……."

"어머, 겸손 떠시는 거예요? 정말 이런 면 때문에 영 미워할 수는 없다니까."

한 연구원의 말에 주변이 웃음바다가 된다. 그 사이에 끼어 같이 웃고 있을 즈음에 몇몇 사람들이 뒤로 물러선다 싶더니 이번에도 정장을 칼같이 다려 입은 실장님이 다가와서는 씩 웃어 보인다. 저 사나운 인상에 환한 웃음이라니. 어쩐지 우스워 나 또한 얼굴 가득 웃음을 머금곤 인사를 건넨다.

"수고하셨습니다, 실장님."

"자네도 수고 했어. 생각보다 잘 하던데."

그렇게 마주보고 웃다, 실장님은 턱, 한쪽 손을 내민다. 마치 영광으로 알라는 듯한 그 몸짓에 주변에서 작은 웃음소리가 들린다.

"이번 일 끝나면, 나랑 새 프로젝트할 생각 없나?"

실장님의 그 말에 나는 밝게 웃으며 그 손을 마주 잡는다.

"물론이죠."

마주 잡은 두 손에 주변의 사람들이 흐뭇한 시선을 보낸다. 그렇게 웃음소리가 조용히 주변을 감돌 때 화려한 옷차림의 주연 씨가 뒤에서 얼쩡거리며 할 말이 있는 듯 자기 쪽으로 오라며 손을 까닥이는 손짓을 한다. 그녀가 서 있는 발코니 쪽으로 다가가자 그녀가 슬쩍 주변을 살피더니 얼굴을 숙이며 나직하게 말한다.

"고백할 게 있어. 사실 그동안 현욱 씨 질투했었어."

“예? 저, 저요?”

전혀 생각하지 못했던 의외의 발언에 때문에 말까지 더듬으며 당황스러워하자 주연 씨는 고개를 끄덕이며 부끄럽다는 듯이 시선을 돌린다.

“난 이 나이 되도록 그 자리에 머물며 발전도 진전도 없었거든. 그래서 현욱 씨를 질투했었어. 너무 당연하다는 듯이 앞서 나가니까… 그래서 시기하고, 미워하기도 했었어.”

그 조용한 자기 고백에 난 얼굴 가득 부드러운 표정을 짓는다.

“전 괜찮아요.”

내 말에 주연 씨는 먼 곳을 응시하던 시선을 나에게로 돌리더니 한숨을 푹 내쉰다.

“그렇게 말해버리면 어떻게 해. 난 아직 사과조차 못했는데.”

흘겨보는 주연 씨의 시선에 어찌해야 할지 당황해 머리를 긁적이자 주연 씨는 풋 하고 웃음을 터트리더니, 후련한 표정을 짓는다.

“그래도 그렇게 말해 주니 좋네. 그러니 좀 편하게 말할게. 그동안 네 뒤에서 욕도 많이 했었거든. 미안해. 사실 네가 앞서 나갈 수 있었던 건 네 꿈에 대한 열정 때문이었는데 말이야. 나도 깨달은 게 많아.”

그 솔직하고 당당한 말이 과연 언제나 밝고 활기찬 주연 씨답다.

“미안해 하지 말아요. 사실 저도 주연 씨 미워한 적 있으니까요.”

“뭐? 정말?”

눈을 크게 뜨곤 전혀 몰랐다는 듯 묻는 그 표정에 씩 미소를 지어준다.

“그러니 서로 피장파장이에요.”

“너도 참……..”

주연 씨와 함께 웃음을 터트리며 환한 웃음을 흘린다. 그래, 자신감을 잃을 즈음엔 이때를 떠올리고, 내가 그 일을 사랑하고 있다는 사실을 잊지 말자. 문득 올려다본 하늘이 내가 좋아하는 푸른색으로 맑게 개여 있었다.

날 도와주었던 세연 씨의 눈빛이 떠오른다. 언젠가 실장님이 말해 주셨던 어릴 적의 그 일에 대한 열정도 떠오른다. 그래, 힘든 일이 생긴다면 날 도와주었던 때의 세연 씨의 눈물을 머금은 단호한 빛을, 어릴 때의 그 치기어렸지만 아름다웠던 열정을 되돌아 떠올리자. 다시, 다시 또 한 번······.

　이 글은 저와 '민경'이라는 친구의 미래를 담은 소설입니다. 저희들의 꿈, 저는 항공설계사, 제 친구는 미술심리치료사라는 꿈을 꾸는 과정에서 겪는 시련과 좌절, 그리고 그걸 극복해 나가는 과정에서 얻는 꿈에 대한 소중한 열정을 담은 글입니다.

　전 이 글을 쓰면서 글의 주인공인 '현욱'을 보며 나도 다른 사람들의 시선을 의식해 정작 하고 싶던 일들을 외면하고 있었던 게 아닐까, 생각해 보는 계기가 되었습니다. 내가 하고 싶은 일, 내가 하려는 일보다는 남들의 의견을 더 중요시했던 제 자신을 반성하게 되고, 현욱이 결국 자신의 시련을 극복해 내고 자신의 일에 대한 열정을 깨달았던 것처럼 저나, 이 글을 읽는 모두가 자신의 열정을 깨달았으면 하는 바람입니다.

　또한, 이 글 속에서 현욱은 극 속의 자신을 도와주는 사람들 덕분에 상처를 치유하게 됩니다. 혼자선 견디기 힘든 마음의 상처를 홀로 안고 견디기보단 주변 사람들과 함께 이겨나가는 것이 더 상처를 빨리 치유할 수 있는 방법이라고 생각합니다. 그 뿐만 아니라 마음속의 상처를 지니고 있던 세연과 실장님의 도움처럼 마음의 상처를 갖고 있는 사람이라면 누구든지 주변 이웃의 상처에 함께 아파하고 치유해 나갈 수 있다고 생각합니다.

　이 글 속에 깃든 제 숨은 뜻을 제 부족한 글을 읽고 있는 많은 사람들에게 전달되어 글 속의 현욱처럼 주변의 도움으로 자신의 상처를 보다 쉽게 아물어 간 사람이 많아졌으면 하고 바랍니다.

　끝으로, 이 글을 함께 쓰면서 여러 번 겪은 시행착오와 그로 인한 고통을 함께 겪으며 남-여 이야기라는 구성으로 서로 짝이 되어 글을 써준 민경이에게 고맙고, 정말 예쁜 표지를 만들어 준 친구 수향에게도 고맙다는 말을 남깁니다. 그리고 가끔은 질타어린 시선으로, 애정어린 시선으로 제 글을 검토해 주신 김묘연 선생님과 함께

머리를 싸매고 글을 쓴 책지게 동아리 친구들에게 감사하고, 함께해서 기뻤다는 말
을 남기고 싶습니다.

2010. 10. 17. 화

머리를 싸매고 글을 쓴 책지게 동아리 친구들에게 감사하고, 함께해서 기뻤다는 말
을 남기고 싶습니다.

책을 닮고 꿈을 담다

오미연

'기적의 빛을 찾아서'

햇빛 쨍쨍! 어제까진 비가 많이 왔었는데 다행이다. 오늘은 왠지 좋은 일들만 가득 할 것 같다. 6시 30분쯤 일찍 집을 나오니 먼지가 다 씻겨 내려간 깨끗한 거리가 날 반겨주고 있다. 오늘은 진해 기적의 도서관에 가는 날이다. 이곳은 몇 년 전 국민의 기금을 바탕으로 'MBC 문화방송 느낌표' 프로그램

2010년 7월 18일 맑음

과 재단법인 책 읽는 사회 문화재단 및 진해시가 힘을 모아 함께 건립한 어린이 전용 도서관이다. 기억하는가? 이 프로젝트는 당시 전 국민을 감동의 도가니로 몰아넣었다. '도서관 문화' 라는 단어가 낯설고 남의 나라의 이야기로만 생각되던 시골도시에 정말로 기적을 불어 넣은 거니까.

당신에게 도서관은 어떤 존재인가? 어떤 이에게 도서관은 그저 책을 빌릴 수 있는 곳 혹은 우중충한 건물 안에 퀴퀴한 옛날 책이 들어 있는 따분한 곳이라 정의될 수 있을 것이다. 하지만 나에겐 영원한 꿈이고 어둠 속에 있는 유일한 빛과 같은 존재다. 도서관은 나에게 그 어떤 곳에서도 느끼지 못한 편안함과 평화로움을 안겨주었다. 또 책을 통해 사람과 사람이 소통할 수 있다는 것, 내가

알고 있는 책들을 사람들에게 알려주는 것이 정말 좋았다. 난 이런 도서관에 매력을 느껴 '사서'라는 꿈을 가지게 되었다. 사실 우리나라는 선진국과 비교했을 때 도서관 활성화가 아주 미미한 편이다. '사서'가 어떤 직업인지 모르는 사람들도 많아 충격을 받았던 적도 있었다. 이런 우리나라의 실태를 보고 난 '사서'가 되어서 우리나라 도서관 발전에 한 획을 긋고 싶다는 큰 꿈을 갖게 되었다. 그 다음의 꿈은 나와 뜻이 같은 사람들을 모아 도서관을 설립하는 것이다.

진해로 가는 기차를 기다리며…

웅장한 산과 잔잔한 하늘 풍경을 바라보며…

이런저런 생각들을 하며 기대에 찬 마음으로 동대구역을 향했다. 진해로 가는 7시 20분 첫 기차. 기차표를 손에 받아들자 마음이 종이 무게만큼이나 가벼워졌다. 기차에 몸을 실고 창문 밖으로 펼쳐지는 풍경에 눈을 떼지 못했다. 대구를 거쳐 청도, 밀양, 진영, 창원을 지나 진해까지 도착할 동안 기차가 나를 새로운 세상으로 데려다 줄 것 같은 기분에 역을 통과할 때마다 난 더욱 설레었다. 차창에 그려진 웅장한 산과 잔잔한 하늘은 나를 평온하게 하는 그림이 되었다. 혼자만의 기차여행, 그것도 내 꿈을 찾아 떠나는 여행이라……. 보물 지도를 들고 보물을 찾아 가는 행로 같다는 생각을 하던 중 나의 보물 지도의 목표 지점인 '진해'에 도착했음을 알리는 안내 방송이 나왔다.

진해역은 간이역이어서 그런지 아담하고 소소해서 마음에 쏙 들었다. 역을 빠져 나와 앞의 건널목을 건넜다. 그리고 버스 정류장을 찾아 107번 버스를 탔다. 시골 풍경과 잘 어우러지는 사람들의 모습은 이곳을 더욱 정겹게 보이두록

소소하고 아담한 진해역

했다.

　정류장 앞에 내려 건널목을 건너 오르막길을 5분 정도 걸으니 작은 아파트들 사이에 위풍당당, 우뚝하게 서 있는 갈색 건물이 눈에 들어왔다. 단번에 저기가 '진해 기적의 도서관' 임을 알아볼 수 있었다. 벌써 나에게 어떤 기적이라도 일어난 듯 난 입을 쩌억 벌리고 한참을 바라봤다. 보통 도서관들과는 다른 특별한 아우라가 느껴졌기 때문이다. 실제 도서관에 도착해서 세세하게 살펴보니 두 손에 살포시 접어 주머니에 넣어 가져오고 싶을 정도로 정말 예쁜 모습을 갖추고 있었다. 작은 연못 앞에는 큰 나무들이 편안한 그늘막을 치고 있었고 그 아래에는 벤치도 있었는데 보기만 해도 마음이 편안해졌다. '자연-인간-책' 이 함께 어우러진 공간. 진정 이곳이 나에겐 무릉도원으로 여겨졌다.

　도서관의 바깥 풍경을 찬찬히 본 후 건물 안으로 들어섰다. 들어가자마자

진해 기적의 도서관

"우와!"라는 감탄사가 절로 나왔다. 아기자기한 실내 풍경은 온 몸을 던져 달려 들어가게 했다. 일요일 아침인데도 많은 아이들이 있는 것을 보고 또 한 번 놀 랐다. 도서관에 들어가기 위해서는 신발을 신발장 안에 넣고 가방을 보관해야 한다. 여기서는 이곳을 '괴나리 봇짐' 이라 부른다고 한다. 우리말을 순수하고 정감 있게 잘 표현한 것 같다. 사소한 것에도 이름을 붙여 작은 것 하나도 소중 하게 여기는 마음을 느낄 수 있었다. 잠시 주변을 돌아보고 있으니 방문 전에 미리 연락했던 이진희 선생님께서 나를 반겨 주셨다. 선생님과 함께 간단한 인 사를 마친 후 도서관을 함께 둘러보며 상세한 설명을 들을 수 있었다.

'괴나리봇짐' 을 지나면 '얼라들' 이란 방이 나온다. 이 방은 한 살까지의 아기들 이 엄마와 함께 책을 볼 수 있는 곳이다. 역시 어린이 도서관답게 특색 있다는 생 각이 들었다. 이 방에는 아이들이 친숙하 고 편안하게 지낼 수 있도록 모빌, 아기 침대, 장난감도 있었으며, 수유실도 마련 되어 있었다. 도서관이 아이들을 위해 이

얼라들 방이에요~!

런 공간을 마련하고 있다는 사실에 적지 않게 놀랐다. 작고 아담한 서가를 찬찬 히 둘러 봤는데, 헝겊책이란 게 있어서 신기하게 바라보니 선생님께서 아기들 에겐 헝겊책이 가장 인기가 많은 책이라 말씀하셨다. 헝겊책은 글을 모르는 아 기들에게 촉각과 시각으로 책을 느끼게 해줘 자연스럽게 책이랑 가까워질 수 있도록 하는 것 같다. 벽면에는 이 방을 이용한 해맑은 표정을 짓고 있는 아기 들의 사진이 붙여져 있었다. 어릴 때부터 이 도서관에서 책을 읽은 사진 속의 얼라들은 도서관에 대한 유쾌한 경험을 간직하며 지금 크고 있겠지? 라는 생각 에 흐뭇한 미소가 절로 나왔다. 다른 도서관에도 이런 시설과 이들을 대상으로 한 프로그램이 마련되길 간절히 바라본다.

또 한쪽 벽면에는 권영숙 여사님(전 노무현대통령님의 영부인)이 기증하신 책이

전시된 '권영숙 여사 문고'도 있었다. 기증 도서가 많을수록 그 나라의 도서 문화는 성숙되었다 할 수 있을 것이다. 자신을 일궈낸 평생의 동반자인 책을 기증하는 것은 참으로 가치 있는 일이라 생각한다. 적은 양이라도 도서를 기증하는 문화가 정착되었음 좋겠다. 나부터 이걸 목표로 삼아야겠다는 생각을 하며 내 꿈에 한 줄을 더 추가했다.

책나라 등대

건물을 들어섰을 때 지붕 위에 투명한 원뿔 모양으로 솟아 있던 것이 뭘까 하고 의문을 가졌었는데, 얼라들 방을 나와서 쭉 걸어가니 그 정체가 드러났다. 이 원뿔 모양의 공간은 '책나라 등대'라 불리는데, 도서관 소식, 다(多)대출 어린이들의 사진, 도서관 전체 형태를 축소해 놓은 모형도가 전시되어 있다. 이 모형을 보면서 도서관 모양이 정말 특이하다는 것을 깨달았다. 다른 한쪽에서는 북스타트 운동에 대해 소개해 놓은 부분도 있었다. 이 운동은 "책과 함께 인생을 시작하자!"라는 취지로, 생후 한 살 미만의 아기들에게 한 달에 한 번 그림책 2권이 든 가방을 선물하는 사회적, 지역적 공동 육아 운동을 말한다. 난 이 운동이 굉장히 멋지고 대단하다고 생각한다. 이 운동은 모든 아기들과 가정에 평등한 문화적, 교육적 기회를 제공하는 것이고, 이것이 사회 통합에도 이바지할 것이다.

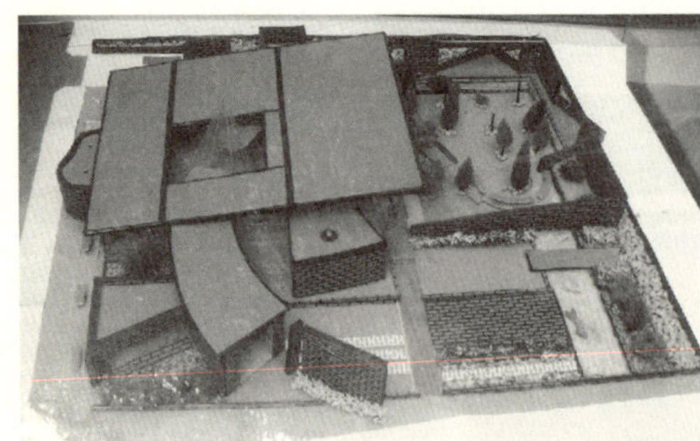
아기자기한 기적의 도서관 모형

책나라 등대를 지나면 도서관의 본관인 '책 나라'로 들어가게 된다. 이 도서관은 어린이 전용 도서관이라서 장서 중 80%가 어린이 전용 도서이다. 그래서 도서분류법이 보통 도서관과는 다르다는 것을 알 수 있었다. 보통의 도서 분류는 100-철학, 200-종교로 이

310

루어지는데, 여기서는 100-우리 문학, 200-외국 문학으로 되어 있었다. 책 나라의 대부분이 어린이 도서이다. 그래도 장서는 꽤 많은 편이다. 서가 옆에 책상도 4개 놓여 있고, 서가의 끝마다 아늑한 소파가 있어서 아이들이 편안하게 책을 볼 수 있도록 고려한 인테리어 감각이 돋보였다. 정말 '책의 나라'라는 이름과 걸맞게 잘 꾸며져 있는 이곳에 오래 머무르고 싶었다.

책 나라다!!!

대출-반납하는 곳 옆에는 나선형 계단이 있는데 그 계단을 조심 조심 올라가면 청소년과 어른들을 위한 책과 책상, 그리고 불가사리 모양의 빨간 소파가 있다. 여긴 바로 '지혜의 다락방'이다. 내가 이 도서관에서 가장 마음에 들었던 공간이다. 우선 여러 도서관을 많이 다녀봤지만, 다락방이 있는 도서관은 처음 보는 것이라 신기했다. 다락방이라서 그런지 더욱 아늑한 느낌이 들었다.

지혜의 다락방입니다~

다락방 책상에서 잠깐 선생님과 얘기하는 시간을 가졌다. 오늘은 일요일이라 사서 선생님 두 분 모두 나오지 않으셨다고 하셨다. 기적의 도서관이 개관할 때부터 함께 있으셨다던 이진희 선생님은 이 도서관에서 행정담당을 맡고 있다고 하셨다. 이 도서관에 대해 간단히 설명을 부탁

다락방의 서가들

드렸는데 기적의 도서관은 2003년 12월 22일에 준공식을 했고, 2004년에 개관을 했다고 한다. 'MBC 느낌표'와 책 읽는 사회문화 재단의 힘과 진해시의 지원으로 도서관이 지어졌다고 한다. 이런 사실보다 놀라운 것은 이 도서관이 건물주 한 사람의 돈으로 지은 것이 아니라 벽돌 한 장, 유리 한 장, 모래 한 삽까지도 수많은 사람들이 다양한 방식으로 기여를 해서 만들어졌다는 점이다. 정말 '기적' 그 자체였다. '느낌표'가 선정한 도서를 읽은 독자의 참여는 물론이고 책장이며 심지어 실내에 걸려 있는 그림도 모두 기증받은 것이라 하니까 말이다. 이러한 일련의 과정을 거치면서 시민들이 얼마나 도서관을 바라 왔었고 사랑하는지 알게 되었다고 하셨다.

이 도서관의 운영 원칙 첫째는 '한 살 때부터 도서관'으로, 둘째는 '살아 있는 도서관 만들기', 셋째는 '시민과 도서관이 함께하는 도서관 되기', 넷째는 '육아의 비용과 책임 분담을 하도록 하는 것'이라고 설명해 주셨다. 이용 현황은 어린 아기들과 부모님, 그리고 초등학생 저학년 학생들이 주를 이룬다고 한다. 아무래도 어린이 전용 도서관이라서 초등 고학년이나 청소년의 이용 비중이 작을 수밖에 없는 상황을 아쉬워하셨다.

이 도서관을 운영하시면서 힘드신 일이 있으셨냐고 조심스럽게 여쭤보니 책을 꽂을 공간이 부족해 책을 1~2권밖에 사지 못해 한 권 정도 있는 책은 대출할 수 없다는 데에 몹시 안타깝다고 하셨다. 그리고 MBC에서 기적의 도서관이 지어지는 것을 방송해야 해서 도서관을 3개월 만에 짓다 보니 건축물에 문제가 있고, 특히 물 샘이 심하다고 하셨다. 세상에 아무리 바쁜 일정이라고 해도 그 짧은 기간에 도서관을 지었다고 하니……. 비가 심하게 많이 올 때는 서가에 물이 새고 그 서가의 책들이 다 젖게 돼서 아주 난감한 처지가 된다고 하시는 그 말씀을 들으며 나 역시 난감할 수밖에 없었다. 정말 안타까운 상황이다. 처음에 이 도서관이 지어질 때처럼 많은 사람들의 관심과 사랑으로 이러한 문제들을 적극적으로 해결해 또 다시 '기적'을 일으켜야 할 것 같다.

화제를 돌려 도서관의 행사나 프로그램에 대해 얘기를 나눴는데 정말 다양했다. 일회성의 프로그램들이 아니라 모든 프로그램이 정해진 요일과 시간에 정기적으로 매주 운영된다고 한다. 대략적으로 소개해 주신 행사나 프로그램은 북스타트 운동, 모여서 놀아요(책 읽어주기 및 책놀이), 책동무야 모여라(매주 한 권의 책을 읽고 다양한 활동을 하여 책에 대한 흥미를 일깨워 주는 프로그램) 등 다양하고 많았다. 부모님을 위한 프로그램도 있었는데 독서 아카데미(성인을 위한 독서치료 및 독서지도 프로그램), 천연화장품 만들기(자연 보호 취지에서 만들어 사용하고 토론하는 프로그램) 등이 있었다. 특이한 점은 '할머니가 들려주는 옛이야기'란 프로그램이었는데 할머니가 직접 오셔서 아이들에게 책을 읽어주시며 옛날이야기를 해주신다고 한다. 어릴 적 할머니 다리를 베고 누워 옛날 이야기를 수없이 들었던 기억, 매번 눈을 반짝이며 할머니의 이야기를 듣던 그 추억이 아련히 되살아났다. 이 프로그램에 참여한 아이들은 한 편의 이야기 이상의 따뜻한 추억을 심어가게 될 것이고 그들이 자라면서 세상을 따뜻하게 해 주지 않을까 하는 상상에 마음에 희망이 가득 차올랐다.

또 매주 토, 일요일에는 영화 상영을 꾸준히 하고 있다고 한다. 이는 온 가족이 도서관을 찾고 즐길 수 있는 문화를 이끌어 내기 위함일 것이다. 그리고 한 해에 한 번 도서관 캠프를 하기도 하고, 책의 저자들을 초청해 강연도 듣는다고 한다. '왜 내가 어릴 때는 이런 도서관이 없었을까'라는 생각에 부러움이 앞섰으나 이걸 부러워만 할 것이 아니라 아직도 이런 문화적 혜택을 받지 못하고 있는 지역이 있을 텐데, 나의 꿈을 이뤄 더 이상 나처럼 부러움으로만 바라만 보게 해선 안 되겠다는 생각이 들었다. 내 꿈을 향한 불꽃이 다시 화르륵 솟아올라 가슴이 뜨거워졌다.

신생님과 이야기를 마무리짓고 난 다른 공간을 찾아 돌아다녔다. 이 외에 모여서 놀아라(유관순방), 강당 등이 있었다. 마치 보물찾기를 하듯 구석구석을 살펴봤고 그곳은 나에게 모두 보물이 되어 주었다.

다락방에서 바라본 책 나라

도서관 입구

　다시 지혜의 다락방으로 올라와 찬찬히 도서관을 둘러봤다. 책을 조용히 읽고 있는 아이들, 아직 책을 읽지 못하는 아이를 위해 재미난 목소리로 책을 읽어주는 엄마들의 모습을 보니 정말 사랑스럽고, 행복해 보였다. 진정한 큰 꿈을 가져야 할 새싹들인 아이들을 위한 이런 도서관이 많이 있어야 한다는 생각이 들었다.

　집에 갈 때 선생님께서는 도서관 그림과 로고가 새겨진 천가방과 도서관 이름이 새겨진 연필, 그리고 진해 기적의 도서관에 대한 모든 것을 담았다 할 수 있는 도서관 개관 5주년 기념으로 발행된 책을 선물로 주셨다. 이렇게 꿈이 넘치고, 아이들의 책 읽는 소리로 가득한 희망의 도서관을 마음에 새기고 대구로 돌아왔다. 가끔 생각할 때마다 내 마음에 환한 빛으로 되살아난다. 그곳은 진정 기적으로 빛나는 도서관이었고, 내 인생에도 기적이 일어나도록 한 곳이다.

언제나 우리 곁에 머무르고 있는 벗을 찾아서

    칠월의 태양이 뜨겁게 달아오른 날, 난 '새벗 도서관'에 갔다. 달서구 상인 2
동의 한 빌딩 9층에 있는 이곳은 사립도서관으로, 이용자들이 얼마간의 돈을
내고 이용하는 도서관이다. 처음에 빌딩 9층에 도서관이 있다고 했을 때 깜짝
놀랐다. 보통 도서관과는 다르다는 생각과 함께 어떤 사연을 간직하고 있을 거
라는 느낌이 들어 호기심 가득한 마음으로 찾아갔다. 지나가는 사람들에게 묻
고 물어 빌딩을 찾았다. 빌딩 앞에서 목을 젖히고 위로 올려다보니 건물 끝자락
에 푸른 하늘 한 조각과 함께 새벗 도서관 간판이 걸려 있었다. 건물을 올라가
는 엘리베이터가 투명 유리로 되어 있어서 9층까지 올라가는데 대단히 무서웠
으며, 한편으로는 지상에서 벗어나 새로운 세상으로 나를 이동시켜주는 듯해
서 영화 같은 상상에 유쾌했다. 마음을 가라앉히고 내려다보니 넓게 펼쳐진 전

문을 열면 어떤 모습이 날 기다리고 있을까?

문을 열면~ 짠! 도서관 입구

망에 마음이 탁 트였다.

9층에 도착했고 문이 열리자마자 보이는 건 벽면에 붙여져 있는 각종 도서관 행사 포스터와 인권 보호 포스터였다. 도대체 어떤 도서관일까 하는 기대로 가슴이 두근거렸다. 신발장에 신발을 넣고 문을 열었다. 문을 딱 열자 빌딩의 9층이 맞을까 하는 생각이 들 정도로 큰 규모의 도서관이 보였다. 첫 느낌은 '밝다!' 였다. 이른 시간인데도 서가들 사이사이에는 어린아이부터 어른들까지 많은 사람들로 북적거렸다. 관장님께 인사를 드리고 도서관을 찬찬히 살펴보았다. 맨 끝에 있는 서가부터 가봤는데 긴 창문이 있고 그 앞에 책을 읽을 수 있는 기다란 소파가 놓여 있었다. 창문 밖의 바쁘게 돌아가는 세상을 선인이 된 듯 내려다보며 창문 안쪽에서는 책속으로 빠져들어 전혀 다른 세상이 될 수 있는 공간의 대립이 묘한 느낌을 주었다. 나도 그 자리에 앉아 아무 걱정 없이 마음껏 책을 읽으며 나의 세상을 펼치고 싶어지는 걸 다음 기회로 미루고 오늘 도서관 기행을 이어나갔다.

다락방에서 본 도서관 모습

아담하고 귀여운 다락방

아이들이 읽을 만한 동화책도 많았는데 출판사 별로 정리를 해놓은 것이 특이했다. 아마 동화책이다 보니 어떤 장르인지 따지기보단 출판사별로 정리를 하는 것이 더 깔끔하고 찾기 쉬울 거란 생각이 들었다. 동화책 서가 옆에는 2층 구조의 작은 다락방이 있었는데, 어린아이들이 편안하게 책을 볼 수 있는 공간이다.

시간가는 줄 모르고 도서관 구경을 하다 관장님과 얘기를 나누게 되었다. 이 도서관에 대한 오랜 이야기들과 현재 상황을 들을 수 있었다. 최근에 대구에 공공도서관이 꽤 많이 생겼지만, 새벗 도서관이 개관되던 당시(1989년)만 해도 대구의 공립 도서관이 몇 개 없었다고 한다. 작은 도서관이나 사립 도서관은 당연히 하나도 없었다고 한다. 그래서 그 당시의 사람들에게 도서관이란 '공부하는 곳 = 독서실'로 각인되어 있었다고 한다. 지금도 그렇게 생각하는 사람들이 많은데 도서관을 사랑하는 사람으로서 몹시 안타까운 일이다. 이런 등식을 끊어버리기 위해선 어떻게 해야 할까? 잠시 고민하던 찰나 관장님의 꿈 이야기를 들을 수 있었다. 처음부터 도서관 관장이 되겠다는 꿈을 가진 건 아니셨고, 대학을 졸업하고 사회에 뭔가 보람 있는 일을 하고 싶은 마음에 작은 도서관을 만들게 되었다고 하셨다. 도서관이 많이 없었을 그 당시에 도서관을 만드는 것은 마치 혁명이라 할 수 있을 정도의 모험이었고, 큰 사회적 파장이 될 만한 일이 아니었을까? 정말 대단한 분을 만났다는 생각을 하니 온몸에 감동과 충격의 소름이 돋았다. 첫 시작은 중구에서 15평 정도의 규모로 많은 사람들에게 책을 기증받으며 책장도 직접 짜고 주변의 여러 도움을 많이 받아서 도서관을 만들었다 한다. 개관하자 고등학생과 직장인들이 많이 이용했으며, 항상 사람들로 북적거렸다고 한다. 관장님은 작은 규모지만 이용하는 사람들에게는 정말 필요한 공간이구나라는 것을 깨닫게 되셨다고 한다. 그러던 중 도서관을 이용하는 사람들이 점점 늘어나 큰 도서관을 만들기로 결심했고, 민간 도서관이라는 이름으로 시민들로부터 기금을 모으는 등 여러 활동들을 해서 지금 이 자리에 '새벗 도서관'이 있게 되었다고 하셨다. 새벗 도서관은 22년이나 된 나름 오래된 역사를 지니고 있으며, 1998년도엔 대통령상을 받았다고 한다. 이 도서관이 생기게 되기까지의 과정을 듣다 보니 존경심이 절로 들었다. 책으로써 여러 시민들에게 도움을 주고 사회에 공헌을 하는 일, 곧 나의 꿈의 모습이기에 더욱이 그러했다.

관장님은 지금 이 시대의 도시관 실태와 사서들에게 할 말이 많으신 것 같았다. 정작 우리나라 도서관을 발전시키고 더 나아가게 하는 것은 만들어진 도서관에서 근무하고 있는 사서들이 아닌 바깥에서 도서관을 직접 만들며 운영하고 있는 사람이라고 하셨다. 사서들이 보통 안정적인 것을 원하는 사람이 많기 때문에 직접 개척하려 하거나 변화를 꿈꾸려 하지 않는 보수적인 사람들이 많아 안타깝다고 하셨다.

이런저런 얘기를 들어보니 우리나라 도서관 문화가 확실히 발전이 덜 되어 있고 부족한 부분이 있다는 것은 알고 있었지만, 그 원인들과 현재 도서관의 실태에 대해 자세히 알고 나니 더욱 안타까운 부분이 많았고, 또한 나에게 도전 의식을 불러일으켰다. 그 부족함을 채우는 존재가 되어야겠다는 마음에 또 목표 한 줄을 더 추가했다. 안정적인 것만을 추구하려 한다는 사서들의 태도가 안타까웠고, '난 절대로 그렇게 행동하면 안 되겠다' 라는 생각과 '신남희 관장님처럼 우리나라 도서관 발전을 위해 사서가 되어서 아주 조금한 일부터 차근차근 실천해 나가야겠다' 라는 다짐을 했다.

인터뷰를 마치고 난 뒤 도서관을 좀 더 둘러보며 느꼈는데, '인권' 에 관한 책을 따로 두는 서가나 포스터, 팸플릿 등이 많았는데 아마 관장님의 의지가 반영된 것 같다. 새벗 도서관에 와서, 난 좋은 새 벗을 얻어 나갈 수 있었다.

도서관 기행을 마치며…

이번 도서관 기행은 정말 그 무엇으로도 살 수 없고, 바꿀 수 없는 값진 경험이었다. 후에 내 꿈도 이렇게 꿈과 희망을 주는 도서관을 만드는 것인데, 인터뷰를 통해 많은 과제와 함께 용기를 얻을 수 있었다. 또 사서가 되어서 그 자리에 머물러 안정적이기만을 바라는 사서보다는 내가 솔선수범해 한 발 먼저 앞장서 우리나라 도서관 발전에 한 획을 긋겠다는 나의 커다란 꿈도 다짐을 하게 되었다. 앞으로 꿈을 향한 여정이 힘들 때, 이 두 도서관을 다녀온 기억과 사진, 그리고 그곳에서 느끼고 다짐했던 꿈에 대한 나의 열정, 진정한 도서관의 모습과 사서의 정신은 무엇인가를 진지하게 고민했던 그 순간들이 나를 다독이고 치유하며 다시 꿈을 향해 전진할 수 있도록 할 것이다.

내가 생각하는 도서관 정신은 어릴 때부터 책과 가깝게 해줘야 한다는 것, 모든 이에게 민주적으로 평등하게 알 권리를 제공해 주는 것, 그리고 수없이 변화되는 문명과 문화에 뒤처지지 않고 끊임없이 변화를 추구하는 것이다.

이번에 다녀온 두 도서관에서 도서관 정신에 대해서도 진지하게 생각해 보는 내 미래 꿈의 모습을 더욱 구체화할 수 있었다. 나에겐 어떤 도서관들보다 특별한 도서관이고 의미 있는 도서관이 되었다. 또 이 기행을 통해 도서관이 이 사회에서 어떤 역할을 해야 하는지 깨닫게 되었다. 도서관에서 지금 이 순간도 시민들을 위해 땀을 흘리며 노력하고 있을 분들이 정말 존경스럽다.

난 꿈이 있어서 행복하다. 나중에 사서가 되었을 때 아이들에게 꿈과 희망을 두 팔 가득 안겨줄 수 있는 그런 사람이 되고 싶다. 그리고 나 역시 이 두 도서관을 모델로 삼아, 사람들에게 꿈과 희망을 전할 수 있는 곳, 더욱 성숙된 문화적 재생 공간으로써의 도서관을 만들고 말 것이다!

지금 내 글을 읽은 독자들을 훗날 내가 근무하는 도서관에서 다시 만나고 싶다. 그리고 이 책에 담은 나의 꿈과 열정을 잊지 않고 살아가는 내 모습을 그들에게 보여주고 싶다.

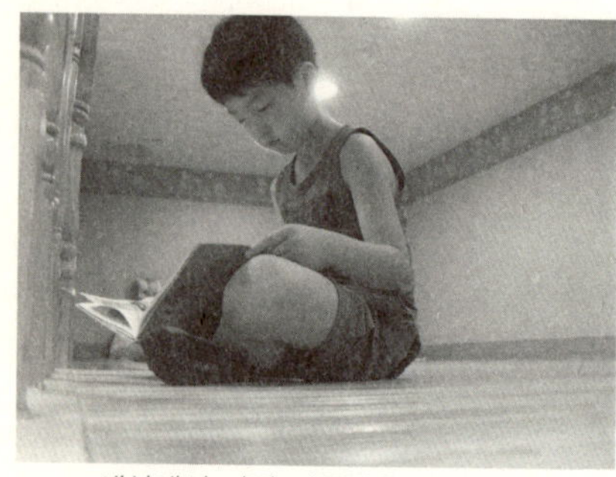

세상에서 가장 아름다운 풍경 하나!

오늘 도서관에 한 번 가보지 않으실래요? 그곳에 가면 세상에서 가장 아름다운 풍경 하나를 만나게 될 것입니다. 책을 든 당신의 모습 또한 그 풍경이 되겠지요.

이제 난 아름다운 당신을 만나기 위해 도서관 계단을 힘차게 오를 겁니다. 당신의 마음에도 기적의 아우라가 느껴지기 바라면서…….

　진해 기적의 도서관과 대구 새벗 도서관. 이 두 곳을 다녀온 지 얼마 지나지 않은 것 같은데, 이렇게 후기를 쓸 순간이 오다니 뿌듯합니다. 다른 친구들은 소설이 대부분이지만, 저는 기행문이니 창작의 고통을 그들보다 덜 겪은 것 같기도 합니다. 하지만 그렇게 기행문 쓰기가 쉬웠던 것은 아닙니다. 내 글을 읽을 독자를 생각하니 어려워 애를 많이 먹었습니다. 또 그들이 '이 두 도서관을 가보고 싶다'라는 생각이 들게 하고 싶은 마음에 부담감이 배로 다가왔던 것 같습니다. 하지만 내 희망이자 꿈인 두 도서관을 다녀오고 이에 대해 기행문을 쓰는 것 자체가 정말 행복했고 즐거웠기 때문에 괜찮았습니다.

　진해 기적의 도서관은 정말 기적의 아우라가 느껴지는 아이들의 책 읽는 소리로 가득한 곳이었고, 대구 새벗 도서관은 우리의 벗 같은 친근한 도서관으로 다가왔습니다. 두 도서관 안은 아이들을 위한, 아이들의 꿈이 가득한 공간이어서 기행하는 내내 맑고 화창한 기분을 느낄 수 있었습니다. 나의 마지막 꿈은 어려운 사람들에게 꿈과 희망을 가득 안겨줄 수 있는 도서관을 만드는 것인데, 이 두 도서관을 다니면서 그런 제 마음이 더욱 강해진 것 같습니다. 그래서 '책지게' 활동을 계기로 두 도서관을 기행한 것이 정말 행운이었다고 생각합니다. 제가 힘들 때 제가 쓴 이 기행문을 읽으며 다시 꿈을 다짐할 것 같습니다.

　사실 사서는 아직 우리나라에 많이 알려지지 않은 직업입니다. 사회적인 위치도 선진국에 비하면 많이 미미하고 부족한 것도 사실입니다. 그래서 전 사서가 되어서 우리나라 도서관 발전에 한 획을 긋는 꿈을 가지고 있습니다.

　'꿈을 실어 나르는 책지게' 이 동아리에 들어서 배운 것이 많아 정말 감사합니다. 저의 꿈에 대해 진지하게, 체계적으로 다가갈 수 있어서 보람 있었습니다. 또 꿈이라는 소재로 다양한 활동들을 하고, 최종적으로 꿈에 대한 글 한 편이 완성되어서 정말 기쁩니다.

끝까지 도움을 주신 김묘연 선생님께 감사합니다. 또 바쁘실 텐데도 불구하시고 흔쾌히 인터뷰 허락을 해주시고 많은 얘기를 통해 교훈을 주신 계명대학교 문헌정보학과 김종성 교수님에게도 감사합니다. 진해 기적의 도서관에서 하나하나 친절하게 가르쳐주시고, 도서관에 관련된 선물을 주신 이진희 선생님, 도서관에 대한 역사와 내가 앞으로 사서가 되어감에 있어서 꼭 알아야 할 많은 교훈을 주신, 도서관에 대한 열정이 넘치시는 대구 새벗 도서관 신남희 관장님. 그리고 제 글을 읽어주시며 꼼꼼하게 수정을 도와주신 이혜숙 선생님, 우수영 선생님. 정말 존경하는, 보고 싶은 윤혜숙 선생님. 영원한 단짝 연경이, 그리고 표지를 예쁘게 만들어준 보물 예슬이, 동아리 친구들. 제가 이 세상에서 제일 사랑하는 할머니와 저를 언제나 믿어주고 제 꿈을 지지해 주는 고마운 막내 이모, 그리고 엄마. 이 모든 분들이 저의 책을 완성하는 데 큰 도움을 주었습니다.

마지막으로 여러분이 제 글을 읽고 도서관과 사서에 대해 다시 한 번 생각해 볼 수 있는 계기가 되었으면 좋겠습니다.

감사합니다.^^!

다 모이니까
미스코리아 같은데?

햇살 비치는
아름다운
교정에서
힘든 글쓰기를
끝내고
모두 모여
예쁘게 한 컷

못다한 말 ...
포토 스토리!

꿈을 실어나르는 책지게

못다한 말... 포토 스토리

강동고 북토피아, 가람논술, 책지게 동아리 하계 문화 기행
시조 시인 이호우, 이영도 생가를 찾아서
2010. 7. 16

흥! 처음엔
이랬던 우리가...

여행가서
비빔밥도 냠냠먹고
죽을똥 살똥 뛰어도 놀고
땀 삐질 라져도 하니
이 제 는
죽고 못사는
우리들 사이!

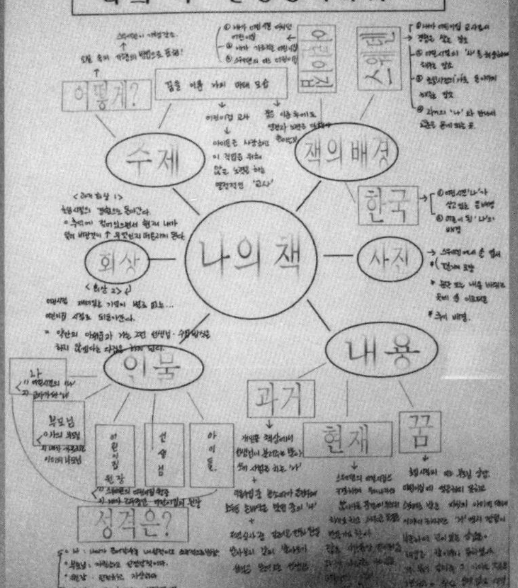

● 스웨덴 어린이집의 정보 수집

이 유리

- 아침 6시부터 어린이집은 개원하며 오후 6시까지 자유롭게 개방을 해둔다. (그 사이에 등원 시간은 따로 정해져 있지 않으며, 아침식사는 어린이집에서 아이들이 함께 한다.)
- 산책과 공작·그림그리기·체육활동이 오전시간의 주된 학습이다.
- 식사시간이나 낮잠시간에는 양초를 사용하여 집처럼 편안하고 안락한 분위기를 조성한다.
- 점심식사시간이 지난 후에는 휴식시간을 가지는데 휴식시간의 활동은 자유롭게 선택한다. (낮잠, 체험활동)
- 수업의 내용 선정방법은 다음과 같다.
  1) 아이들이 가지고 노는 것으로부터 테마를 정한다.
  2) 다양한 학습 자료를 바탕으로 테마를 표현하는 활동을 한다.
  3) 역할극·관람 등을 체험한다.
- 자연친화적인 교육활동이 많다.
  1) 유치원과 어린이집의 주변은 해변 또는 녹색으로 가득 찬 공원이다.
  2) 현장체험 학습의 횟수가 많다.
  3) '뭇레' 또는 '트롤' 이라고 부르는 대자연을 학습하는 유아 서클이 있다.
  4) 대자연을 체험하며 재미를 지식으로 바꾼다.
- 어린이집의 종류

'꿈'을 향해 날다!